徳間文庫

ブルーブラッド

藤田宜永

徳間書店

目次

プロローグ　軽井沢での惨劇

貝塚夫妻が、東京赤坂区福吉町（現在の港区赤坂二丁目辺り）にある邸を出て、軽井沢に移り住んだのは昭和二十年の一月のことである。アメリカ軍による本土に対する空襲がいよいよ激しくなり疎開したのだ。

厳寒の軽井沢。食べ物もほとんどない状態だった。運良く、戦争が始まる前からおいてあった缶詰とチーズに助けられたが、長続きはしなかった。

夫の文規はリュックを担いで田舎を回り、農民に頭を下げ、野菜を分けてもらうのが日課となった。卵一個がご馳走だった。腐ったものを食べ、腹痛に苛まれたこともあった。

電気の使用が制限されていたので、電気ストーブなどあっても何の役にも立たなかった。暖房器具は薪ストーブだった。

貝塚文規は子爵である。貝塚家は下総の出で、石高二万石の小藩の藩主だった。弱小の藩とはいえ、世が世だったら、文規はお殿様だった人物である。

三月の大空襲で、東京の邸が全焼したことを知らされた。その際、父の時代から貝塚家に仕えていた使用人がふたり、焼夷弾の犠牲になった。

文規は、使用人の死を心から悼んだ。しかし、邸がなくなったことについては、さして衝撃を受けなかった。数々の思い出が刻まれた邸ではあるが、恬淡と受け入れることができた。

そんな心境になれたのは、山荘の暮らしがあまりにも静かだったからだろう。ろくな食べ物もなく、鼻水すら凍りそうなほど寒かったが、世俗から遠く離れていることで、B-29の不気味な音を思い出しても遠い昔のことにしか思えなかった。

東京にいた頃、空から降ってくるのは焼夷弾だったが、ここでは雪である。天候がよくなると光が銀雪に目映く、木立を飛び交う野鳥に慰藉されるような暮らし。文規は戦争中だということすら忘れてしまっていた。

春が巡ってくると、さらに心が開けた。

といっても、戦時下には違いなかった。至るところで憲兵や特高が目を光らせていた。いくつかの国の大使館も軽井沢に疎開していたし、近衛文麿のような要人も暮らしていた。外国人の数も多く、この時期、日本で一番国際化していたのは軽井沢だったと言っても過言ではないだろう。

しかし、ピリピリとした雰囲気と文規は無縁だった。というのも、文規のいる山荘は町の中心部からかなり離れていたし、他の華族の別荘が建ち並ぶ地区からも遠かったからである。

軽井沢の隣の駅、沓掛（くつかけ）駅（現在の中軽井沢駅）から北へ八キロほど上がったS地区の小高い丘の一角に山荘は建っていた。

決して、高級な別荘地ではない。或（あ）る鉄道会社が、中流階級のために開発した地区で、百円別荘と名付けて売りに出していた建物が多く建っている。

文規の父、雅文（まさふみ）が、その鉄道会社の重役に勧められてカラマツと白樺（しらかば）の広大な林を買い取り、家を建てたのだ。杉皮張りの二階家。内壁はアンペラ張りで、川原の石を巧みに積み上げた暖炉がある。しかし、今は使われていない。設計上の不備が見つかり火災を起こしかねない危険性があることが分かったからである。

ここに貴重品や、大切にしていた書物をできるだけ運び込んだ。

文規は妻だけを連れてきたのではなかった。身の回りの世話をさせるためにメイドの佐々木八重（ささきやえ）を同行させた。

使用人の住まいとして造られた家は林の北側、急斜面に建っている。一階はガレージになっていて、二階が住まいである。その建物の裏は崖である。

静かな暮らしは続いていたが、敗戦が近づいていると実感したのは、広島と長崎に新型爆弾が投下されたと聞いた時だった。

八月十四日に、陛下から重大な話が放送を通じて行われると知った。しかし、その日は放送はなかった。

玉音放送が流れたのは翌、十五日だった。

貝塚夫妻はふたりだけでラジオを聴いたわけではなかった。八重も、肘掛け椅子に座っていた文規の後ろに立っていた。八重はことの外、緊張した面持ちをしていた。

もとより、負け戦だと思っていた貝塚子爵だったが、玉音放送を聞いた時は胸に迫ってくるものがあった。八重がその場にしゃがみ込み、泣きじゃくった。

「これから私たち日本人はどうなるのかしら」

その夜、食事をすませた後、妻の定子がつぶやくように言った。

「なるようにしかならんさ」そう言いながら子爵は、刻み煙草、のぞみをパイプに詰め、火をつけた。

八月二十八日、先遣部隊、第十一空挺師団が厚木飛行場に到着し、その二日後、連合国最高司令官、ダグラス・マッカーサーがやってきた。

降伏したことに承伏できない者たちの捨て身の攻撃があるかと、子爵は思ったが、小さな混乱すら起こらなかったようだ。

敗戦と同時に首相の座についた東久邇宮(ひがしくにのみや)は、所信を表明した。

「この際私は軍官民、国民全体が徹底的に反省し懺悔(ざんげ)しなければならぬと思う。全国民総懺悔することがわが国再建の第一歩であり、わが国内団結の第一歩と信ずる」

戦争中は徹底抗戦を声高に叫び、降伏した途端徹底懺悔か。一体、誰に対する懺悔なのか。文規は腹の中で笑った。

日本人は、世の中の流れにたやすく同化する。羊飼いに飼われた羊の群れのごとく、右に倣(なら)えするのが国民性である。思想も哲学も、西欧から借りてきたまがい物だから、地に足のついた指針などありはしない。

世外(せがい)の人として生きている文規はそんなことを考えながら、アメリカに占領された日本を他人事(ひとごと)のように見ていた。

文規は哲学者である。専門はヘーゲル。戦前には『ドイツにおける哲学』という本も出している。或る大学で教壇に立っていたが、学長と反りが合わず、戦争が始まってすぐに退官した。

父の雅文は貴族院議員を務めたこともあったが、山っ気の多い男だった。しかし、所詮(しょせん)、〝お殿様〟。或る詐欺事件に名前を使われたこともあるし、よく分からない事業に金を注(つ)ぎ込んだこともあった。そのせいで危うく爵位を剝奪されそうになった。何とかその難は逃れたが、家計は火の車だった。

しかし、皇室の藩屛という誇りが捨てきれなかった雅文は、威厳を保つために、寄付金などは人一倍払っていた。

日本軍が真珠湾攻撃をしかける直前、雅文は心臓マヒであっけなくこの世を去った。

家の資産を調べた文規は啞然とした。金はほとんどなく、邸の建っている土地は抵当に入っていた。金を貸していたのは室伏隆正という土地転がしだった。すぐに家を取られてはかなわないと、文規は父が昵懇にしていた有力者に助けを求め、自身も室伏に会い、窮状を包み隠さず打ち明けた。

室伏は数年の猶予をあたえてくれた。その直後に本格的な戦争になったこともあって、家が焼失するまで住んでいられたわけである。

文規は敗戦を迎える前の月に五十四歳になった。これからは文筆で身を立てていきたいが、ヘーゲルやカントのことを書いて金になるはずもなかった。

文規が学者の道を選んだのは、父親のような生き方をしたくなかったからである。

哲学などというものは、本当は何も新しいものを生み出さない。人間の気まぐれな行動を、昆虫の生態を調べるように研究し、結果に対して理論づけするだけのものだから、それでもって人の営みが変わることなどありはしない。

新たな解釈や理論を見つけた時の喜びはある。しかし、それは知的遊戯と言っていいだろう。華族には動物学者が何人かいて、鳥類の研究などで功績を上げている。哲学も鳥類の研究とさして変わりのない無用の長物だというのが、文規の本音である。そして、その無用の長物であることに本気で拘ることに文規は生き甲斐を見いだしていた。

だが、何であれ、世の中が落ち着いたら、仕事を見つけなければならないだろう。教壇に立つ道を探すのが手っ取り早い、と文規は思いつつ、浅い溜息をもらした。

生活の糧を見つけるのは大事だが、文規の一番の心配事はそこにはなかった。

ひとり息子、透馬のことがすこぶる気がかりだった。

学徒出陣で満州に渡った透馬は、向こうで日本の敗戦を知ったはずだ。新聞によれば、日本が降伏する六日前の八月九日、ソ聯が日本に宣戦布告し、満州に攻め入ったという。透馬が命を繋いで復員できることを、口には出さなかったが、毎日、心の中で祈っていた。

定子は文規とは違い、透馬が戦死していたら、と涙ながらに愚痴ることがあった。

「必ず戻ってくる。あいつは運の強い男だから。運転してた自動車が横転してもかすり傷ですんだんだからね」文規は笑ってみせた。無理に作った笑みだということは自分でもよく分かっていた。

戦争が終了したことで、自由が戻ってきた。

佐山侯爵夫妻の別荘では、進駐軍の将校たちがお茶を愉しむようになり、ダンスパーティーも開かれた。貝塚子爵夫妻も招待された。息子の安否ばかり気遣っている定子のために子爵は招きに応じた。

佐山侯爵邸の広間でのパーティーは、ほんのこの間まで戦争に巻き込まれていたことが嘘のように華やかだった。会場には〝ごきげんよう〟が飛び交い、イブニングドレスの令嬢が、燕尾服の男と踊っていた。進駐軍の将校や、国籍のはっきりしない西洋人も何人か出席していた。

東京の家を失った文規は、日本が全面降伏して二ヵ月以上が経っても、山荘に留まっていた。

その間に天皇がマッカーサーと会見をした。東久邇内閣が総辞職し、幣原喜重郎が総理の座についた。マッカーサーが五大改革を指示。労組活動の奨励、婦人解放、学校教育の自由主義化などがその内容だった。治安維持法も廃止された。

文規はそろそろ東京に戻って、就職活動をしなければと思っていたが、なかなか腰が上がらなかった。

いつしか浅間山の紅葉が里まで下りていた。冷たい風が林を吹き抜け、色づいた葉が、一斉に飛び立つ小鳥のように舞う光景を目にしていると、世俗の中に戻っていく気にはなれなかったのだ。

夕食を終えた後、定子が言った。

「華族制度はどうなるのかしら」

「天皇のお立場もまだはっきりしていないんだよ。先走って考えても始まらん。私は爵位に拘る気はない。爵位があるばかりに面倒なことが多かったじゃないか」

「でも、やっぱり、私は……」

定子は華族であることに恋々としている。定子の実家も子爵だが、貝塚家以上に家計は苦しかった。しかし、死んだ定子の父親も、雅文同様、爵位に拘りの強い人物だった。定子はその影響を受けているらしい。

その夜、定子は先に休んだ。

文規は、疎開する際に持ってきた荷物の中から、金になりそうなものを選り分けた。

ドイツに留学した時に買ったマイセンの人形、パリで遊んだ時に手に入れたルネ・ラリックの花器などを売って急場をしのぐしかないだろう。山荘に飾ってある上村松園の美人画も、定子の貴金属も買い手がつけば、売り払うことにした。

とりあえずボストンバッグに入るものは、新聞紙などにきちんと包んで収めた。

それが終わると、またストーブに薪をくべ、蓄音機にレコードを載せた。ドイツのピアニスト、ブルーノ・ワルターがモーツァルトを演奏しているものである。

レコードを聴きながら、ヘルダーリンの詩を原書で読み始めた。

読み始めて間もなくのことだった。

遠くで銃声のような音がした。二発、三発とそれは続いた。

文規はレコードを消し、耳をすました。しかし、それ以上は何の音も聞こえてこなかった。

定子が二階から降りてきた。

「銃声に聞こえたけど何かあったのかしら」

文規はそれには答えず、蠟燭(ろうそく)に火を点(とも)し、外に出た。火が風に吹き消されそうになった。

遠くで人の声がした。よくは聞き取れなかったが日本語ではないようだった。

夜間の取り締まりをやっている進駐軍のMPが誰かを追っているのかもしれない。

文規は蠟燭の火を消し、部屋に戻った。

「騒ぎがあったようだが、収まったらしい」

「あなた、何をしてたの？」定子はボストンバッグを見ながら訊(き)いた。

「私の仕事が決まるまでは売り食いをしなきゃと思ってね。ともかく、定子、時代が変わることは間違いない。覚悟だけはしておいてくれ」

定子は肩を落として二階に引き揚げた。文規は再びレコードをかけた。

それから十分も経たないうちに、枯葉を踏みつけるような音がした。

窓から外を覗いたが何も見えなかった。

様子を見ようとドアを開けた瞬間、いきなり暗闇から人が飛び出してきた。たじろいだ文規はその場に呆然と立ち尽くしていた。

男の手にはピストルが握られていた。男は日本人ではなかった。

「声を出したら殺す」男の日本語は流暢だった。「中に入れ」

文規は言われた通りにした。侵入してきた男はドアの鍵穴に差されていた鍵を閉めた。

「そこに座れ」

二階で足音がした。

「定子、来るな」

そう言ったが遅かった。階段のステップに足をかけた定子が悲鳴を上げた。

「静かにしろ。しないとご主人が死ぬ」

男は焦げ茶色のレインコートを着ていた。サングラスをかけ、口髭を生やしている。髪はオールバックだった。

どこかで見たことのある人物だった。

佐山侯爵夫妻のダンスパーティーに来ていた外国人に違いなかった。紹介されなかったので名前は知らない。だが、あの時も随分、日本語がうまい男だと思った。

「私はアメリカ兵に追われてる。ここに奴らがきたら、誰もいないと言え」そう言いながら、男は銃口を定子に向けた。「俺は二階に隠れる。奥さんと一緒にな」

「定子、この男の言う通りにしなさい」文規は落ち着いた調子で言った。

定子は恐怖で声も出ないようだった。

「使用人はいないのか」

「今日はいない。用を申しつけたから東京に行ってる」文規は咄嗟に嘘をついた。

八重が気づいて、警察に通報してくれれば、と一瞬思ったのである。

「林の向こうにも家があるが、あそこは誰が使ってる」

「メイドの住まいだが、今、言ったように今日はいない」

男は定子に銃口を向けたまま、文規に鋭い視線を馳せながら階段を上っていった。

「何もなければ、大人しく出てゆく。しばらくの辛抱だ」

男は定子の背中に銃を突きつけ、二階に消えた。

ブルーノ・ワルターはとっくに演奏を止めていた。

文規はレコードをかけ直した。薪がはぜた。

肘掛け椅子に腰を下ろし、背もたれに躰(からだ)を預けた。

すこぶる落ち着いた様子に見えるが、鼓動があばら骨を折りそうなくらいに激しく打っていた。

あの男は追われているのだろうが、一体何をやらかしたのか。

佐山侯爵の開いたパーティーに出席していたのだから、何らかの形で、華族や富豪と付き合いがある人物に違いない。だが付き合いの程度は分からない。上流階級の周りには、常に怪しげな人間がうろついているものだ。あの男はそういう人間なのかもしれない。

金を持っていそうで狙いやすい人間を、パーティー会場で探し、どこかの邸に侵入したが、警邏(けいら)中のＭＰに見つかり、逃走したのだろうか。

もうひとつ考えられるのは、自由主義者の政治家が軽井沢に集まり、今後の日本について協議をしている。そういう要人を何らかの理由で狙った犯人かもしれない。

メイドの八重は、この事態に気づいているだろうか。文規はそっと立ち上がり、カーテンの隙間から外を見た。八重の住む建物に灯(あか)りはなかった。

眠ってしまっているようだ。彼女は母屋で起こった異変に気づいてはいないらしい。

文規の胸には落胆と安堵(あんど)という矛盾した気持ちが同時に湧き起こった。

八重が警察かMPに連絡することで、無事に救出される可能性はあるが、逆に定子が犠牲になる場合もある。

漆黒の闇に光が動いているのに気づいた。光の数はひとつやふたつではなかった。

やがて人影がかすかにだが見えてきた。

問題の男を追っているアメリカ兵がやってきたらしい。

文規は肘掛け椅子に戻り、ヘルダーリンの詩集を手に取った。

足音がどんどん山荘に近づいてきた。

ドアがノックされた。文規は深く息を吐いてから、ドアの鍵を外した。

金髪が波打っている碧眼の男がドアの前に立っていた。隣には小柄な東洋人。顔立ちは日本人だが、かもし出している雰囲気が違う。日系アメリカ人ではなかろうか。

文規は金髪の男の手許に目を落とした。自動拳銃が握られていたのだ。

彼らの後ろには、小銃をかまえた兵士たちが立っていて、辺りに警戒の目を走らせていた。

「Do you speak English?」金髪の男が訊いてきた。

「A little bit」文規はおずおずと答えた。

「入っていいか」金髪が英語で言った。

隣にいた東洋人が通訳した。

文規が一番得意なのはドイツ語だが、英語もフランス語もそれなりに使える。しかし、気が動転している時に外国語は使う気にはなれなかった。

「どうぞ」と答え、踵(きびす)を返した。

中に入ってきたのはふたりだけだった。兵士たちは、金髪男の命令で周りに散った。

文規はソファーに座るように彼らを促した。

金髪の男はリチャード・コンラッド中佐。東洋人はマイク・イノウエ中尉と名乗った。

「私たちは或る男を追っています。こちらの方に逃げた可能性が高いんです。この辺で物音を聞いたとか、誰かを見たということはなかったですか？」

コンラッド中佐が文規から目を離さずに訊いてきた。そして、マイク・イノウエに目を向けた。

文規はコンラッド中佐の言ったことを理解していたが、通訳者の言葉を待ってから答えた。

「足音のようなものを聞きました。で、そこにある蠟燭に火を点して、外を見たんですが、誰もいませんでした」

文規の言ったことをマイク・イノウエが英語で中佐に伝えた。

「何があったんです？」文規が訊いた。

「武装した男たちが近くの山荘に集まってました。詳しいことはお教えできませんが、そのうちの何人かが逃走を図った」

マイク・イノウエが中佐を無視して答えた。何を言っているのか理解できない中佐は、ちょっと不愉快そうな顔をした。

マイク・イノウエが、話した内容を中佐に伝えた。

「質問は私がする」中佐がきっぱりとした調子で言った。

「イエス・サー」

中佐は部屋を見回し始めた。文規は上目遣いに階段に視線を向けた。このふたりに目で合図をしようか。一瞬、そう思ったが、危険を冒す勇気はなかった。捜索隊が引き揚げれば、あの男はここを出てゆくはずだ。

「向こうに建物がありますが、あれもあなたの所有ですか？」

文規は通訳を待たずに、黙ってうなずいた。

「英語ができるんですね」中佐が言った。

「ノー、ノー」文規は首を大きく横に振った。

八重のいる建物について訊かれた。メイドが使っているが、今は東京に行っていると答えた。上に潜んでいる男が聞き耳を立てているに決まっているから嘘をつくしかなかった。

中佐がテーブルにおいてあったヘルダーリンの詩集を手に取った。「ドイツ語ですか」

含みのある言い方に聞こえた。

文規は自分の職業を教えた。

「じゃ、ドイツ人とのお付き合いがおありですね」中佐が文規をまっすぐに見て訊いてきた。

文規は通訳されるのを待ってから答えた。

「むろん。あります。戦時中、ここ軽井沢にもドイツ人が何人も疎開してましたからね。こちらで躰を診てもらった医者もドイツ人ですよ」

戦争中、ドイツ人は枢軸国の人間だったが、外国人というだけで特高や憲兵には厳しい目で見られていた。そしてアメリカに占領されてからは、在日ドイツ人はさらに肩身の狭い思いで暮らしているはずだ。

「逃げた男はドイツ人なんですか?」文規はずばりと切り込んだ。

マイク・イノウエが通訳をした。

コンラッド中佐は碧眼に笑みを溜め、肩をすくめてみせただけだった。そして、こう言った。

「メイドの住む建物まで案内してくれませんか？」

「分かりました」

文規はオーバーを着、マフラーを首に巻いてから、必要な鍵がすべて一緒になっている鍵束を手にし、捜索隊と共に林に入った。

風の唸る音がした。樹影が静かに揺れていた。

八重は寝ているのだろう。中佐についた嘘が、建物に入った時点でばれる。文規の不安は頂点に達し、歯の根が合わないくらい震えだした。

逃走者が簡単に投降するとは思えない。定子を人質にとって抵抗するだろう。碧眼の中佐が、占領下の中で、この間まで敵だった日本人の命を慮るとは思えなかった。妻の命が危ない。しかし、八重が現れたら、マイク・イノウエが、本当のことを話す他ないだろう。

「どうしました？」マイク・イノウエが、文規の様子に気づいたらしい。

「ちょっと風邪気味でして」

八重に使わせている建物はガレージの右側のドアから二階に上がれるようになっている。ノックをしても返事はなかった。ドアには鍵がかかっていなかった。妙である。八重は用心深い女だから、寝る時には必ず鍵をかけるはずだ。

「あなたはここで待っててください」

コンラッド中佐が先頭に立ち、マイク・イノウエがそれに続いた。マイク・イノウエも懐から拳銃を取り出した。数名の兵士がその後から急な階段を上っていった。

文規は母屋に目を向けた。一階からは灯りが洩れていたが二階は闇に沈んでいた。

ほどなく、コンラッド中佐たちが外に出てきた。

「逃走者は、ここにしばらく潜んでいたらしい」中佐が険しい顔をして言った。

文規は呆然としていた。八重がいないことが不思議でならなかった。

通訳された日本語を聞いた後、文規が口を開いた。「どうしてそんなことが分かるんです？」

「ストーブがまだ熱い。メイドが東京に行ってるんだったら、誰が暖を取ったんですかね」

「………」

近くに男がいる。

「ガレージを見ていいですか？」

文規はガレージの引き戸にかかっている南京錠を開けた。

小型車が尻を向けて駐車されていた。

オースチン・セブン・クーペ。昭和六年に父親が中古で手に入れたものだった。孫の透馬が、道を走るこのクーペを見て、格好がいいと言った。透馬を溺愛していた父は、即座に買った。透馬はまだ十三歳だったが、父は運転のしかたを教えたりして、えらくご機嫌だった。

父は死ぬ前に、透馬の運転で山荘にやってきた。すでにガソリンが統制されていたが、アルコールを混ぜたものを何とか手に入れ、ここまで辿りついたのだ。

父が心臓マヒを起こしたのは、この山荘でのことだった。病院に運ばれたが死亡。遺体は列車で東京に運ばれてきた。透馬が付き添ったことで、自動車がここに残ることになったのである。

文規は、赤い車体のこの自動車を見ると、父よりも息子のことを思い出した。

コンラッド中佐とマイク・イノウエが車の中を覗き込んだ。人が隠れられるような空間などなかった。念のためだろう、車体の下も調べていた。

コンラッド中佐たちは一旦、母屋まで引き返した。文規も彼らに従った。

本当のことを話さずにすんだ文規は安堵したが、八重の姿がなかったことが不安でもあった。

「これで我々は引き揚げます。夜分に迷惑をかけました。駅前の元の憲兵隊分署はご存じですね」

　文規はうなずいた。

「怪しい人物を見かけたら、そこに連絡をください」

　コンラッド中佐が握手を求めてきた。文規は力なく、彼のグローブのような大きな手を握り返した。マイク・イノウエとも握手を交わした。

　捜索隊は隣の別荘に向かって歩き出した。空き家を虱潰（しらみつぶ）しに調べるつもりらしい。

　ドアを閉めた文規は二階に駆け上った。

　寝室のベッドに定子が寝かされていた。着物の帯で目隠しをされ、文規のパジャマのズボンが猿ぐつわの役目を果たしていた。

　男は定子の首に銃口を突きつけている。

「聞こえてたろう？　出ていってくれ」

「すぐには無理だ。明け方まではここにいる。あなたも奥さんの横に俯（うつぶ）せになれ」

　文規は言われた通りにするしかなかった。

「あなたは哲学者か」

「そうだが」

「私も哲学は好きだ」

「あなたはドイツ人なのか」

「ユダヤ系のね」

「何をやったんだ？」

「何も。計画が失敗に終わっただけだ」

「計画？」

「ヘルダーリンの詩はいいですな。先生とは話が合いそうだ」

相手の反応が先ほどとは違って柔らかいので、文規はほっとした。

「妻を自由にしてやってくれないか」

「残念ですが、それはできない。騒がれては困るから」

「定子、大人しくしてられるな」

定子が、呻きながらうなずいた。

しかし、男は文規の言う通りにはしなかった。

「ここから群馬に抜ける道、分かりますか？」

「メイドの使ってる建物の裏が谷になっている。谷に下りる道があるから、その道を進み、山越えすれば群馬県に入る」

「グリーンホテルの近くですね」

「そうだ」

グリーンホテルは戦時中は海軍の宿舎だったが、今は占領軍に接収されている。

男はしばし考え込んだ。

じりじりと時間がすぎていった。

夜が明けるまでにはまだだいぶあった。

「先生ご夫妻には、佐山侯爵のダンスパーティーでお会いしてますね」

「そうでしたか？」文規は惚(とぼ)けた。

男が立ち上がった。「先生、そろそろお別れしなきゃならなくなりました」

「まだ外は真っ暗ですよ」

男は答えず、枕を手に取った。

文規は口が利けなかった。

男は銃の前に枕を宛(あて)がった。

「約束が……」文規が躰を起こそうとした。

「パーティーでお会いしてなければね。残念ですが、死んでもらうしかありません」

瞬間、引き金が引かれた。

文規の頭に衝撃が走った。一瞬、脳裏をよぎったのは、息子、透馬のことだった。

文規が、遠くから聞こえてくる銃声を耳にした頃、佐々木八重は眠っていた。

八重は十六歳。長野県下伊那郡上飯田町の出身である。上飯田町は昭和十二年に飯田町と合併し飯田市となった。

飯田市も軽井沢町も長野県だが、気候はまるで違う。貝塚子爵夫妻にお伴して、この地に入った時は、聞いてはいたことだが、底冷えするような寒さに怖じ気づいてしまった。飯田市は冬でも一日中氷が張るようなことは滅多にない温暖な地なのだ。

八重が貝塚家のメイドになったのは十四歳になった二年前。以前貝塚家のお抱え運転手をしていた男が遠縁に当たり、その紹介で奉公に上がることになった。

父は小作人で、家は貧乏だった。他に趣味はない。父は民謡が好きで、酒が入ると、誰も聞いていないのに歌い出すのだった。野良作業で鍛えた躰を持てあますと、母を抱いた。子供は八人いる。八重は末っ子で、長男の房太郎とは二十一歳、歳が離れている。

奉公先が華族様の邸と聞いて八重は二の足を踏んだ。しかし、東京に出たいという気持ちが勝り、飯田を離れることにした。

八重が働き始めた日に、世間を騒がせる大事件が報じられた。海軍大将、山本五十六が戦闘中に戦死したことが新聞に載ったのだ。

だが、八重にとっては、遠くで起こっていることにしか思えなかった。

奉公初日という緊張感の方が遥(はる)かに強く、爆弾が落ちてきても逃げ遅れてしまいそうなほど、我を忘れていた。

しかし、時が経つにつれて、萎縮(いしゅく)した気持ちは解(ほぐ)れていった。

他の使用人だけではなく、旦那様も奥様もすこぶる優しい方で、滅多なことでは怒鳴ったりしない方々だったからである。

戦争一色の世の中で、野球用語も英語から日本語に変わった。〝セーフ〟は〝よし〟、〝アウト〟は〝ひけ〟となった。

しかし、貝塚家では戦争色は薄く、カマンベールとかいう舌を噛(か)みそうな名前のチーズを子爵夫妻は口にしたりもしていた。

当主の文規は大正末期にドイツに留学した哲学者で、息子の透馬は、学習院の高等科に在学中の昭和十二年にパリに遊学し、二年後に帰朝。復学した後、昭和十五年、東京帝国大学文学部に進学したという。

八重が奉公に上がった時、透馬は二十五歳だったが、まだ大学に通っていた。専攻は美術史だと聞いていた。しかし、勉(いそ)しんでいる様子はなく、赤葡萄酒を飲みながら、パリから持ち帰ったらしい雑誌を読んでいるような男だった。

身の丈、五尺八寸（約百七十六センチ）の、がっしりとした体格の男で、怒り肩。くっきりとした二重瞼に守られた目は漆黒に光っていた。厚い胸板に響くような澄んだ太い声の持ち主だが、取っつきにくい感じはまるでしなかった。むしろ、気さくな男で、八重にもよく話しかけてきた。

「八重は、何かやりたいことはあるかい？」

「別にございません。このままご奉公できればと思ってます」

「うちの者から聞いてるだろうけど、貝塚家は格式はあるけど、金はない。この邸にもいつまで住んでられるか分からない」

「………」

「今度の戦争だって、僕に入ってくる情報だと戦局は芳しくない。我が家もお国も一寸先は闇ってことだ。八重は綺麗だから、嫁の貰い手はあるだろうけど、クズは摑むなよ」

八重はただただ頰をほんのりと赤く染めて透馬の話を聞いているだけだった。

八重は透馬に話しかけられるだけで嬉しかった。恋心などという大それたものではなかったが、透馬に強い憧れを抱いていたのである。八重にとって透馬は王子様のような存在だった。

奥様の部屋には婦人雑誌が置いてある。部屋を片付けている時に、それらの雑誌をこっそりと見たことがある。戦争前の婦人雑誌だが、素敵な装いの女性の写真に目を奪われた。

田舎に引っ込んでいたら、起こり得るはずもなかった夢想が脳裏をいっぱいに占め、写真の女が自分にすり替わっている一瞬があった。

貝塚家に戦争とは無縁でいられない事態が起こったのは、その年の秋のことだった。透馬が出征することになったのだ。学徒出陣である。

奥様はおろおろなさっていたし、旦那様は表情には出さなかったけれど、内心、穏やかでないのは、火を見るより明らかだった。

しかし、透馬は泰然自若としていた。

「学生まで戦争に行かせるようになっちゃ、勝敗は決まったようなものだな」

「あなた、政府にお知り合いがいるでしょう？　この子をどこかの役所に勤めさせれば、戦地に行かずにすむはずですよ」奥様が言った。「鷲田子爵は、ご子息を戦争に行かせないために、お金を払ったって聞いてますよ」

「定子、そんな話をするもんじゃない」旦那様が怒った。

透馬が口をはさんだ。「お母さん、今更遅いし、僕は逃げないよ」

昭和十八年十月二十一日。明治神宮外苑競技場で壮行会が行われた。雨の降り止まぬ中、透馬は出陣していったのである。

八重は透馬が無事でありますようにと、近くの神社にいき、お祈りをした。透馬が満州に渡ったことは、その後、八重の耳にも入った。

透馬がいなくなった貝塚家は火が消えたように寂しくなった。

八重は普段通りに勤めを果たしていた。

翌年の暮れ辺りから東京にもB－29が飛んでくるようになった。軽井沢に疎開する夫妻にお伴するように言われた時は、正直、ほっとした……。

寒さに弱い八重は、ストーブの火が消えた頃、目が覚めた。厠（かわや）にいき、出てきた時だった。

母屋の玄関が開いたのが見えた。旦那様の姿が現れた。瞬間、玄関先に立っていた男が旦那様に抱きついた。八重にはそのように見えた。

男と旦那様が部屋に消えた。

八重には何が起こったのか分からなかったが、鼓動が激しくなった。丹前を羽織り、防空頭巾（ずきん）を被（かぶ）った八重は外に出た。そして、木立に身を隠しながら、母屋に近づいた。

カーテンが引かれていたが隙間があった。そこから部屋の中を覗いた。

見知らぬ男の姿がちらちらと見えた。男は黒い手袋を嵌（は）めた手にピストルを握っていた。サングラスをかけていたが外国人であることは明らかだった。

会話はよく聞こえた。男の日本語はかなり上手で、口の重い日本人よりも流暢（りゅうちょう）だった。

男は誰かに追われて、貝塚家の山荘に押し入ったようだ。奥様を人質にして身を隠し、追っ手から逃れようとしているらしい。

旦那様は言いなりだった。

八重は何かすべきだと思ったが、足がすくんでしまって、何もできなかった。

人影がカーテンに映った。カーテンが少し開けられた。八重は思わず声を出しそうになった。運がよかったのは、窓が小さく、高い位置にあったので、窓を開けて下を覗き見ないと、八重の姿を認めることができなかったことだ。

ふと、遠くに灯りが揺らめいているのに気づいた。人魂が闇に浮かんでいるようだった。懐中電灯の灯りらしい。

八重は四つん這いになって窓際を離れた。そして、自分の住まいまで逃げた。

しかし、中には入らなかった。追っている人間の正体が分からない。

自分の部屋のある建物にまで、得体の知れない奴らがやってくるかもしれない。

八重は建物の裏に移動した。裏は谷になっている。窪地(くぼち)に身を潜めた。顔を覗かせると、母屋を何とか見ることができた。

人影が母屋に向かってゆく。ヘルメットを被っている人間もいるようだ。進駐軍の兵士かもしれない。

八重は躰が震えてきた。

母屋のドアが開いた。旦那様が応対しているようだ。ほどなくふたりの男が中に入った。小銃を構えた男たちが周りに散った。

どれだけの時間、男たちが母屋にいたかは分からない。夜露がモンペの膝を濡らした。手がかじかんできた。また尿意をもよおした。我慢したが、自然に漏れてしまった。

やがて、再びドアが開いた。三人の男がこちらに向かって歩いてくる。制服の兵士たちがそれに続いた。先頭を歩いているのは旦那様だった。後ろを歩いているふたりのうちひとりは金髪の外国人だった。

顔を出そうかと思ったが、止めた。隠れ潜んでいることをどう言い訳したらいいのか、と考えると、八重は躰を沈め、窪地を離れた。そして、崖っ縁の勾配がゆるい部分に腹ばいになった。木の根っこが剝きだしになっていた。それに手をかけ、じっと堪え忍んだ。

男たちのしゃべり声が聞こえたが、何を言っているのかは聞き取れなかった。

枯草を踏みしめる音が近づいてきた。ひとりやふたりではなかった。

八重は目を閉じ、頰が濡れた土に触れるようにして静かにしていた。

やがて、足音が遠のいた。おそるおそる崖の縁から首を伸ばした。

そこから母屋は見えなかった。先ほど隠れていた窪地まで這っていった。

旦那様とふたりの私服の男が母屋に戻った。ドアの前で、旦那様と男たちが握手をしていた。

旦那様が部屋に消えると、ふたりの男を先頭にして、捜索隊と思われる兵士たちが遠のいていった。

奥様を人質にとった男が母屋の二階に潜んでいることを、アメリカ兵に教えるべきかどうか八重は迷った。余計なことをして却って、奥様の身に何かあったら取り返しがつかない。

躊躇っているうちにアメリカ兵たちは遠のいていった。

八重は住まいのある建物に戻った。そして母屋の様子を身じろぎもせずに見つめた。

母屋の二階に電気が点った。それからしばらくして、かすかに破裂音のような物音が聞こえた。しかし、八重にはそれが母屋から聞こえてきたかどうかさえ分からなかった。況んや、銃声だとは思いもよらなかった。

やがて男が母屋から出てきた。男は辺りの様子を窺いながら、こちらに歩いてくる。

八重は窓を離れ押入に隠れた。唐紙には穴が空いていた。

階段が軋み、襖が開けられた。そして電気が点された。手には相変わらずピストルが握られていた。

押入を開けられたら、自分は殺される。

震える躰を何とかしようと、両腕を胸の辺りで交差させた。

マッチが擦られるような音がした。そして、長い溜息が聞こえた。

押入の襖の穴から覗いてみた。男はストーブに手をおき、首を捻った。

ストーブに温かみが残っている。なのに人がいない。そのことに疑問を持ったのかもしれない。

しかし、周りを調べるような様子はなく、ストーブに薪をくべた。

男は壁に寄りかかり、サングラスを外した。

八重は男の顔をはっきりと見た。

歳は四十ぐらいだろうか。頬のこけた目の隈の濃い男だった。鷲鼻の向かって右側に黒子があった。唇は薄く、酷薄な感じがした。

男はズボンのポケットから何かを取りだした。それは奥様が身につけていたダイヤのネックレスだった。

男はしばらくそれを弄んでから、ポケットにしまい直した。

薪がはぜた。

男はそうやって空が白み始めるまで、そこにじっとしていた。

どこかで鶏が鳴く声がした。

それがまるで合図だったかのように男は立ち上がり、サングラスをかけ直した。そして、部屋を出ていった。

八重はそのまま押入の中にじっとしていた。

一階のガレージから音がした。自動車のエンジンをかけようとしている音に思えた。しかし、エンジン音はしなかった。

やがて、辺りが静まり返った。

時間など分からなかったが、朝日が上った頃に、八重は押入を出た。

まずは厠に飛んでいった。それから母屋に向かった。

ドアには鍵がかかっていなかった。

一階には誰もいない。蓄音機の電源が入ったままで、旦那様が読んでいたらしい外国語の本がテーブルにおかれていた。

ボストンバッグが開いていた。新聞紙に包んであった調度品が顔を覗かせていた。男が中身を調べたのかもしれない。

「旦那様」八重はおずおずと階段に向かって声を発した。

しかし、返事はなかった。

二階に上がった。寝室の扉が開いていた。

「奥様」

八重は寝室を覗きこんだ。

八重は悲鳴を上げ、その場に尻餅（しりもち）をついてしまった。

第一章　怪盗〝金色夜叉〟

（一）

貝塚子爵の息子、透馬は、東満総省平陽の通信隊に配属され、そこで敗戦を知った。武装解除された隊は、ソ聯領に入り、しばらく野営生活を強いられた。それからトラックに乗せられ、さらに北に連れていかれた。二日ほど歩かされたところに収容所があった。そこからまた山岳地帯に移動させられた。そして、鉄条網の張られた中で、丸太の運搬作業に従事した。

極寒の地である。栄養不足も重なって死んでいく者もいれば、凍傷で足の指を切断せざるをえなくなった者もいた。

翌年、昭和二十一年の秋、事故が起こった。丸太が崩れ、透馬の右脚を襲った。複雑骨折をした透馬は病院に収容され、治療を受けた。凍傷に罹りつつあった足の指も手当を受けた。怪我がやっと回復に向かった頃、朝鮮半島の平壌近郊に移送された。

怪我をした結果、復員が叶ったのである。

興南港というところから船に乗った。佐世保に着いたのは昭和二十二年三月下旬のことだった。透馬は本土の地を三年半振りに踏んだのである。

透馬は軍で支給された外套を着て、リュックを背負い、雑嚢袋を肩に襷にかけていた。外套の袖に一本の線が入っていて、星がひとつついている。

透馬は出征後、しばらくして少尉になったのだ。

列車に乗り、東京を目指した。途中、広島を通った。新型爆弾が落とされたと噂で聞いていたが、その凄さは車窓を通しても実感することができた。

列車は長い時間をかけて東京に入った。

東京は変わり果てていた。敗戦から一年半経っていたが、いまだ空襲の跡は至るところに残っていた。ところどころにビルが建ってはいるし、赤茶けたトタン屋根の家も見受けられたが、馬鹿でかいブルドーザーで押しつぶしたかのように東京は平たくなっていた。

列車が品川に近づいた時だった。連合軍のジープが列車と併走し始めた。ハンドルを握っている兵士が時々、列車の方に顔を向けた。兵士は笑っていた。やがてジープは砂埃を立てて、列車から離れていった。

ロードレースでもやっているつもりだったのだろう。

パリに遊んでいた頃、透馬は自動車レースをよく愉しんでいた。そのことが脳裏をよぎった。

列車が新橋に着いた。透馬はそこで降りた。

両親が軽井沢に疎開したことは手紙で知らされていた。しかし、今も向こうにいるかどうかは分からない。

とりあえず、自宅に向かうことにした。

どこからともなく魚を焼いている芳しい香りが漂ってきた。

都電に乗る前に腹ごしらえをしたくなった。佐世保に着いてからご飯と味噌汁が配給されたが、量は少なかった。

駅前にはバラックが建ち並び、筵のようなものを立てかけた店らしきものも目に入った。闇市らしい。

透馬はそちらに歩を進めた。

透馬と同じように復員兵がぶらついていた。国民服を着ている者も少なくなかった。子供が靴磨きをやっていた。着物をだらしなく着た女たちも歩いている。しかし、よく見ると派手な身なりの男や女も交じっていた。

混乱は、いつの世でも、誰かを利するものである。

地べたで物を売っている者たちの横を通りすぎ、バラックに近づいた。

イワシの塩焼きを売っている店を見つけた。

持っていた紙幣の中には使えなくなっているものもあった。イワシは二尾、六円だった。

日本を離れて久しい透馬でも、その値段が法外なものだと想像がついた。

イワシを貪りくってから、露店を見て回った。チャーシュー麵は五十円、チャーハンは百二十円だった。

新橋から都電、六系統に乗った。料金は五十銭だった。

田村町一丁目、虎ノ門をすぎた。

透馬は次の溜池で下車した。周りには自動車販売会社がいくつか見受けられた。

戦前からこの辺りは車屋が多かった。フロリダというダンスホールが溜池会館の中にあったが今はどうなっているのだろうか。パリに渡る直前に一度だけ入ったことがあった。かなり広いホールだった。

徒歩で自宅に向かった。辺りの様子を見る限り、自宅も焼失している気がした。

貝塚家は氷川公園の近くにある。細い坂道を上り、家に近づいた。

果たして我が家は跡形もなかった。瓦礫の山。そこに粗末な小屋が建ち、誰かが住んでいた。

透馬が敷地に入っていくと、赤子をおぶった女が小屋から出てきて、透馬を睨んだ。

透馬は女に近づいた。女が身構えた。

「いつからここに住んでる」透馬が訊いた。

「何だよ、あんた」

「空襲される前に、俺の家がここに建ってた」

「家なんかありゃしない。誰のものかなんて、こうなったら関係ないよ」女は口の端を唾で濡らして、口早に言った。「しかし、あんたらもしつこいね。私ら、立ち退かないよ」

「あんたらって誰のことを言ってる。室伏って奴が来たのか」

「そうだよ」

祖父が死んだ後、土地が抵当に入っていることを父に教えられた。室伏隆正という土地転がしから祖父は金を借りていたらしい。家に出入りしていた室伏とは何度か言葉を交わしたことがあった。素性は分からないが、当たりの柔らかい男だった。

この土地は貝塚家のものであってないようなものだったが、今は、正式に室伏のものになっているということか。

透馬は雑嚢袋から、両親の写真を取りだし、女に見せた。「このふたりがここにきたことないか」

女は写真に目を落とした。そして、首を横に振った。

「この土地は室伏って男のものだ。あんたらがここにいても、俺には何も言う権利はない。少しうちにあったものを探していいかい」

女は口を半ば開いたまま、小さくうなずいた。

広い土地だと思っていたが、建物がなくなったら小さく見えた。

瓦礫の中を透馬は地面を見ながら歩き回った。半ば焼け焦げた金色の額縁の一部が見つかった。応接間に飾ってあった曾祖父の肖像画の額縁に違いなかった。陶器の欠片（かけら）も見つかった。

本が石の間に挟まっていた。それを引っこ抜いた。石が崩れた。手にした本は父親が読んでいた洋書だった。崩れた瓦礫の間から顔を覗かせたのはアルバムだった。それも焼け焦げていて、雨に濡れたせいだろう、ページがくっついていた。しかし、何とか開ける箇所もあった。

透馬がパリ時代に撮った写真を貼ったアルバムだった。他の場所を探すと違うアルバムも見つかった。主に父と母が写っていた。幼かった頃の自分の笑顔にも対面することになった。

透馬は二冊のアルバムを手にすると、女に近づいた。

「せいぜい頑張って居座れよ」

透馬はそう言い残して、敷地を後にした。

そこから上野に出た。辺りは夜の色に染まっていた。

その夜は上野公園で野宿をし、翌日、闇市でまた簡単な飯を食い、上野駅から軽井沢に向かった。行ってみるべき場所は軽井沢の山荘しかなかった。

軽井沢に到着したのは午後一時すぎだった。

東京はもうじき、桜の便りが聞けそうなほど暖かかったが、標高一千メートルほどある高原には冷たい風が吹いていた。

抑留中に痛めた右脚に鈍い痛みが走っている。

透馬が降り立った駅は軽井沢ではなく隣の沓掛だった。

駅から貝塚家の山荘まではかなりある。バスが走っているようだが、本数は極めて少なかった。

透馬は北に向かって歩き出した。

最初の交差点を渡ろうとした時だった。

クラクションが聞こえた。透馬は立ち止まった。ビュイックが透馬の前で停まった。後部座席に乗っていた女が窓ガラスを開けた。

「やっぱり、透馬様ね」

透馬は窓に近づいた。「ああ、あなたでしたか」

相手は佐山侯爵の三女、麗子だった。

「よく僕のことが分かりましたね。こんな身なりなのに」

麗子の顔が曇った。「お父様の山荘に行かれるんですの」

「ええ。復員船で佐世保に着いて、昨日、やっと東京に戻れたんです。僕の両親にお会いになってます？」

麗子が透馬から目を逸らした。

「何かあったんですか？」

「お乗りになりません？　お話はうちで」

透馬は一瞬、車に乗るのを躊躇った。ルンペンのような汚らしい姿の上に、風呂にも長い間入っていない。

「車が汚れるし、僕自身が悪臭を放ってる。それでもかまいませんか」

「どうぞ、お乗りになって」

運転手が後部のドアを開けてくれた。

透馬はおずおずと麗子の隣に座った。走り出しても麗子は窓を閉めなかった。

「お元気そうですね」透馬が麗子に笑いかけた。

「ええ。自由が戻ってきましたから」

「ずっとこちらに？」

「私たちの邸（やしき）も空襲で燃えてしまいましたから。新しい家を建てる計画中なんですのよ」

「で、僕の両親のことですが」

「そのお話は、家でゆっくりと」麗子はまた顔を背けてしまった。

軽井沢にも連合軍が駐屯しているようで、ＭＰのジープと擦れちがった。

佐山侯爵の別荘は万平（まんぺい）ホテルの近くにある。万平ホテルは接収されているという。

浅間石でできた低い石垣の向こうに広い芝生の庭が見えてきた。すぐに、勾配の強い屋根を持つ立派な洋館が現れた。

ビュイックが門を潜（くぐ）り、車寄せで停まった。

麗子は先に車を降り、小走りに扉に向かった。そして、振り向きもせずに中に飛び込んだ。

大きな重々しい木製の扉は開きっぱなしだった。

透馬も中に入った。奥から侯爵が現れた。フラノのブレザーに黒いズボン姿だった。

「ご無沙汰しています」透馬が侯爵に頭を下げた。

「透馬君、ご無事で何よりだった」侯爵が両手で透馬の右手を強く握った。

「どうぞ、こちらに」

透馬は応接室に通された。

「僕は立ってます。立派なソファーを汚すわけにはまいりませんから」

侯爵はそれには答えず、暖炉に近づいた。火が入っていた。侯爵はそこに新しい薪を投げ入れた。侯爵は透馬に背中を向けたまま、暖炉の端に右手を預けた。

「透馬君。悪い知らせがあるんだ。君のご両親は昭和二十年の秋に御他界なさった」

透馬は言葉が出てこなかった。

「貝塚家と親しかった有志で、密葬を行い、青山霊園の貝塚家の墓にお骨はきちんと納めたよ。勝手なことをして申し訳なかったが、そうするしかなかった」

「父と母は一緒に亡くなったんですか？」

「うん」

両親が一緒に死んだ？　戦争は終わっていたのに……。

「事故ですか？」

侯爵が首を横に振り、長い溜息をもらした。「口にするのも忍びないのですが、ご両親は殺された」

透馬はすぐには口が開けなかった。

侯爵が猫脚の肘掛け椅子に躰を投げ出した。「ピストルを持った強盗にやられたらしい。遺体はベッドの上で見つかったと聞いています」

「………」

「透馬君、遠慮はいらん。座って」

透馬は侯爵に促されて、ソファーに腰を下ろした。「山荘に金目のものがあったなんて」

「こちらに疎開される時に、貴金属を持ってこられたんでしょう」

「で犯人は？」

「まだ捕ってないようです」

「今から、僕は警察に行って、詳しい事情を聞いてきます」

「気持ちは分かるが、落ち着きたまえ。私の知っていることはすべてお話しします。警察に行くのは、それからでも遅くはない。こんなことを言ったら、落胆させることになるのは分かっていますが、ここの警察などまるで当てになりません。戦争が終わって間もないこともあり、まともな捜査が行われたとは思えない」

「すみません。煙草を一本いただけませんか」

侯爵は上着の内ポケットから銀のシガレットケースとジッポーのライターを取り出した。煙草は光だった。

透馬は煙草に火をつけ、思い切り吸い込んだ。すぐに頭がくらくらしてきた。躰を背もたれに預け、目を閉じた。

両親が強盗に襲われ、ピストルで撃ち殺された。まるで実感が湧かなかった。

「透馬君、しばらくここにいてはどうかな。そんな気分にはなれないかもしれないが、まずは風呂に入って、さっぱりすることをお勧めする。息子の服が何着かここにおいてある。君は躰が大きいから寸法が合うかどうか心配だが、試してみてください」

透馬はこのままの格好の方が、今の心模様に合っている気がした。しかし、侯爵の親切を受けるのが筋だと思った。こんな服装で、この邸に留まっているのは失礼というものだ。

「お言葉に甘えさせていただきます」

侯爵がホールに出て、メイドを呼び、風呂の準備をさせた。

「両親を発見したのは誰だったんですか？」肘掛け椅子に戻ってきた侯爵に訊いた。

「メイドの八重だそうだ」

「両親は八重だけを連れて疎開してきたんでしょうか」

「執事の遠山ともうひとりの使用人は邸に残っていたようです。二十年三月の東京の大空襲で邸が焼けた際、ふたりとも亡くなったという話です」

「昨日、福吉町の家を見てきました。跡形もありませんでした。で、八重は今、どこにいるんでしょうか？」

侯爵がゆっくりと首を横に振った。「警察に通報した後、軽井沢を離れたらしいが、どこに行ったのか、私は知らない」

両親は八重を連れて疎開してきたらしい。使用人は別棟で暮らしている。だから、八重は助かったのだろう。

侯爵も煙草に火をつけた。「強盗に遭われたと、先ほど、お伝えしたが、ちょっと気になることがあるんだ」

透馬は顔を上げ、侯爵を見つめた。

「事件が起こった翌日に、ふたりの連合軍の将校が私を訪ねてきた。ひとりはコンラッドという中佐で、もうひとりは日系アメリカ人の中尉。名前はマイク・イノウエ。彼らは、なぜかお父さんのことを私に訊いてきた」

「どんなことを」

「お父さんの仕事を訊かれた」侯爵の頬がかすかにゆるんだ。「私は哲学については門外漢だから、詳しく分からないが、ドイツ哲学、特にヘーゲルの専門家だと答えた。そんな質問をしてくるコンラッド中佐の真意を測りかねていると、お父さんのドイツ語のレベルに話題が移った。向こうに留学した経験があると私は教えた。そこからまた質問の内容が変わった。お父さんがドイツ人と親しかったかと訊いてきたんだよ」

「それが強盗事件と関係があるんですか？」

「うーん」侯爵が腕を組んで、唸った。「そこがよく分からないんだ。私は、その疑問をふたりにぶつけてみた。だが、曖昧(あいまい)な答えしか返ってこなかった」

「彼らは具体的にどんなことを言ったんです？」

「連合軍としては、すべての在留ドイツ人について調査をしているというんだな。しかし、お父さんがドイツ語ができたからといって、強盗犯がドイツ人だとは限らないだろう？だから、訳が分からないんだ」

「犯人が外国人だということなんですかね」透馬はつぶやくように言った。

「分からない。だが、ご両親が被害に遭われた強盗事件と、コンラッド中佐たちが、うちにきたことは関係があるんじゃないかな」

「目撃者はいないんでしょうか？」

「八重に会ったが、犯人は見ていないと言ってた」

「そのふたりの将校はどの部隊に所属してるんですか？」

「軽井沢は、熊谷に司令部のある第一騎兵師団の管轄下にあるんだがね、どうも、あのふたりはそこには所属していないようなんだ。うちには将校がよく遊びにきてお茶を愉しんだりしておるから、それとなく訊いてみた。だが、コンラッド中佐のこともマイク・イノウエという中尉のことも誰も知らないんだ」

「偽の軍人ということでしょうか？」

「軍服は着ていなかったが、ふたりともきちんとした人物ではあったな」

「開戦前、アメリカは自国領内の日本の資産を凍結し、日本も英米の日本にある資産を凍結した。あの時、英米人が所有していた別荘も没収されましたよね」

「そうだったね。出ていった英米人の代わりに入ってきたのが、米英領やオランダ領のアジア地区などから避難してきたドイツ人だった。今でも、まだドイツ人は軽井沢にいますよ。逮捕されて強制送還された者もおるようだがね」

「両親を殺した人間が、逮捕を拒んだドイツ人だったと考えると、連合軍の将校が、ドイツ語のできた父と犯人との関係を調べてもおかしくはないですね」

「逮捕されたドイツ人は、何らかの形でナチスと繋がっていたとみるべきだろうね。ドイツ大使は箱根の山荘で拘束されたという話だし」

強制送還を迫られたドイツ人が強盗を働き、逃走した。そういうことなのだろうか。

ドアがノックされた。メイドが風呂が沸いたことを知らせにきた。

メイドについて洗面所に向かった。

檜の香りがする風呂だった。

この前、こんなにゆっくりと風呂に浸かったのはいつだったろう。透馬は思い出すことができなかった。

両親のことは頭から離れなかったが、一息つけた気分の良さを感じた。

透馬は躰を念入りに洗った。大陸での垢をこそげ落とすような気持ちで。

髭を剃り、鏡に映った自分を見た。頰がこけ、目が落ちくぼみ、自分ではないような気になるほど変わり果てていた。

褌と下着、そして絹のパジャマが用意されていた。

侯爵自身が、二階にある息子、健太郎の部屋に案内してくれた。

「健太郎さんは東京ですか？」

「銀行に勤めているよ」

「え？」

「君が抑留されている間に、世の中は大きく変わったんだ。新しい憲法が公布され、もうじき華族制度は正式に廃止になる。それに財産税というのができてね。たとえばだが、一千五百万円を超える資産があると税金は九十パーセントだ」そう言いながら、侯爵は洋服ダンスの扉を開けた。「この部屋を使ってかまわんよ。服も好きなものを着たまえ」

「ありがとうございます」

「君が着てきた服だがね、悪いが処分させてもらうよ。所持品は後でここに運ばせる」

「着替えたら、さっそく山荘に行ってみたいんですが」

「そう言うだろうと思って、運転手を待機させてある。そうだ。ひとつ言い忘れたことがある。山荘においてあった大事なものは、私が預かっている。また泥棒にでも入られたら、と思ってそうした。君のものだから、どうしようが自由だが、売り捌く気があれば、うちで預かって、骨董屋たちをここに呼びつけるがどうするかね」

「売れる物は売ります。ですが、侯爵にそんなお手間を取らせるのは」

「いいんだよ。私もいずれは売れる物は売らなきゃならんだろうと思ってる。成り上がりが幅をきかせてる。それに骨董屋や宝石屋がコバンザメみたいにくっついてる。不愉快極まりないが、背に腹は代えられん。新憲法の許では、我々は平民なんだからね。私は、これでなかなか値段の交渉は上手なんだ。私に任せてくれれば、二束三文では売らないから安心したまえ。マイセンの人形も上村松園の美人画も、成金の手に渡ると思うと胸が痛むがね」侯爵はそう言って、「は、は、は」と笑い、部屋を出ていった。

灰色の上着と紺のズボンを借りることにした。両方とも英国製の生地(きじ)で仕立てられたものだった。靴は少し小さすぎたが我慢するしかなかった。オーバーを羽織り、手袋を嵌(は)めると透馬は一階に降りた。

午後三時を少し回った時刻だった。

階段を降りたところに麗子がいた。

「まあ、見違えるようですわ。少し窮屈そうですけど」

「あなたにお会いできたのが幸運でした」

麗子の頬から笑みが消えた。「山荘においでになりますの」

「ええ。では後ほど」

ビュイックの後部座席に乗り込んだ透馬は山荘の場所を教えた。山荘のものだけではなく、すべての鍵をひとまとめにした束を、運転手が預かっていた。

透馬は鍵をひとつひとつ見てみた。今はなき家の鍵も交じっていた。運転手は、旦那様からだと言って、煙草とマッチも渡してくれた。

車が動き出すとすぐに、透馬は煙草に火をつけた。

「ガソリン、手に入るのかい？」

「入りますが、先月から制限が厳しくなりました。届け出た使用用途以外に使うことができなくなったんです。車体検査証に燃料登録済の判子が押してないと駄目なんですよ。でも、闇ガソリンは出回ってます。進駐軍からの横流しもありますし。旦那様は、闇買いはしませんがね」

S地区に入った。バス通りになっているつづら折の道を上がっていく。まだ路肩に雪が残っている場所もあった。

山荘の前に到着した。運転手を車の中に待たせ、山荘に近づいた。ドアを開けた。が、すぐには中に入れなかった。

部屋はきちんと片付けられていた。本棚には原書が並んでいた。二階に上がった。寝室のドアを開けた。

父も母も、ここで撃ち殺されたと聞いていたが、その痕跡はまったく残っていなかった。侯爵が整理をしてくれたらしい。

山荘を一通り見た透馬は使用人の使っていた建物に向かった。木立を抜ける風が冷たかった。

鍵を開け、二階に向かった。両親が撃ち殺された時、八重はここにいたはずだ。

一階に降り、ガレージの扉を開けた。赤いボディのオースチン・セブンがそのまま残っていた。祖父の雅文が買ったもので、透馬はこの車で運転を覚えた。

ドアを開けてみた。シートと床に白い羽がいくつか見つかった。羽布団の羽のようである。

たとえバッテリーが上がっていなかったとしてもエンジンをかける気にはならなかった。オースチン・セブンのエンジンをかけるには手間がかかるのだ。両親の死を知った直後である。とてもそんなことをやる気分ではなかった。

いずれこの自動車も、買い手がつけば売るしかないだろう。

ビュイックに戻った透馬は、運転手に警察に行ってほしいと頼んだ。

警察署は東雲地区にあった。

事情を話すと署長自身が応対してくれた。

署長は三浦という、五十ぐらいのごま塩頭の男だった。

三浦署長はじろじろと透馬を見た。「さすがに子爵様のご子息は違いますな。大陸から復員して間もないのに、こざっぱりとなさってる」

「佐山侯爵家で借りたものですよ。で、事件のことですが」

署長は調書を開き、指に唾をつけてページを繰った。「残念ながら、犯人の目星すらついておりません」

「事件が起こったのは正確にはいつですか？」

「女中の佐々木八重が知らせてきたのは昭和二十年十月二十七日、土曜日の午前七時頃です。通報を受けた我々は現場に向かい、ご両親の遺体を二階の寝室で発見しました。遺体の状態からすると即死だったようですな。部屋が荒らされた跡があり、一階においてあったボストンバッグも開いていた。何が盗まれたのかははっきりしませんが、嵩張るものには手をつけず、貴金属などを強奪して逃走したようです」

「八重は犯人を見ていないそうですね」

「朝、母屋に入って、遺体を見つけたと証言してます」

「銃声を聞いてなかったのは変じゃないですか？」

「いや。現場に穴があき、焼け焦げた跡のある枕が転がり、枕の中に入っていたと思われる羽が部屋に散乱してました。銃口を枕で押さえて撃ったことは間違いないでしょう。だから、彼女のいた建物までは音が届かなかったんじゃないですかね」

オースチン・セブンの車内に白い羽が落ちていた。八重が車に乗ったとは思えない。枕の羽が犯人の衣服に付着していた。それが自動車の中に落ちていた。犯人は自動車で逃走しようとしたが、エンジンをかけることができなかったのかもしれない。

「今、佐々木八重はどこにいるのでしょうか？」

「東京に戻ると言ってました。東京の住所は赤坂区福吉町×となっています。現場検証には立ち会ってもらいましたし、聴取も何度かやりましたが、彼女を留め置く理由はないので、自由にさせてやりました」

「連合軍のコンラッド中佐とマイク・イノウエという日系アメリカ人が、この件で、質問にきたことはなかったですか?」

「いや」署長の目つきが鋭くなった。「どうしてそんなことを訊くんです?」

「事件が起こった翌日、佐山侯爵のところに、そのふたりが父親について訊きにきたというものですから」

署長が眉を険しくして押し黙った。

「何か引っかかることでも?」

「実はね、ご両親が殺された日の夜に、あの山荘近くで撃ち合いがあったみたいなんです。近くに住む住人から翌日、通報があったもんですから捜査したんですが、変わった様子はありませんでした」

「連合軍が関係してるんじゃないんですか?」

「おそらく、そうだと思いますが、そういう情報は私らには入ってきません。何せ日本国は占領されてるんですから」

「使われた拳銃について教えてくれませんか？」

「使用された弾は三十八口径です。拳銃を特定するのは難しいですな」署長が調書を閉じた。「心中、お察しするにあまりありますが、現在のところ、捜査は難航しているとしか申し上げられません」

署長の顔には、お手上げだ、と書かれていた。

透馬は礼を言い、署を後にした。

侯爵と侯爵夫人、そして麗子令嬢と夕食を共にした。野菜の煮物とビフテキが食卓に並んだ。透馬はご飯を三杯もお替わりした。

食後、透馬が抑留されている間に、日本がどのように変わったか、侯爵が教えてくれた。

農地改革に財閥解体、そして新憲法……。

「ともかく、君が知っている日本ではないと思った方がいい」

「財産税の影響は侯爵家にも」

「当然だよ。この別荘も近々人手に渡ることになってる」

「東京に新しい家をお建てになると聞きましたが」

「郊外に小さな家を建て、妻とふたりで静かな余生を送るつもりだ」

「麗子さんは？」

「或る医者に嫁にいくことになってる。で、君はこれからどうするつもりなんだ」

「八重を探します。彼女から直接、話を聞かないと気がすみません」

「復学する気は？」

透馬はまっすぐに侯爵を見て、首を横に振った。そしてこう言った。

「闇屋でも何でもやるつもりです」

「闇屋ね。それはまた頼もしい限りだ」侯爵が目尻を下げ、大きくうなずいた。

明日のことすら何も分からない。

しかし、とりあえず、このようにして透馬の日本での新しい暮らしが始まったのである。

（二）

復員した貝塚透馬が佐山侯爵の軽井沢の別荘に逗留していた頃、貝塚家のメイドだった佐々木八重は神田須田町に住んでいた。

事件を目撃してから二年の月日が流れ、八重は目黒にあるドレスメーカー女学院に通うようになっていた。

警察の事情聴取を受けた後、八重は東京に出た。

犯人と思える外国人が自分を探し出そうとするかもしれない。いや、そんなことはあり得ない。自分は犯人に見られていないのだから。頭では分かっていても、通りで外国人と擦れちがうだけで、顔をそむけてしまうのだった。

貝塚夫妻が血まみれになって倒れている姿を目の当たりにした。その光景がいつまでも消え去らず、怯(おび)えが胸に巣くっていた。

もしも犯人が、自分の出身地を知ったら、と考えると、故郷に戻る気にはなれなかった。貝塚子爵夫妻の事件は新聞で報じられていたが、両親は知っているのだろうか。父にしろ母にしろ、新聞を読んでいる姿を八重は見たことがない。終戦を迎えた直後である。これから自分たちがどうなるのか、進駐軍にどう扱われるのか。そんなことばかり考えていて、他のことには気が回らないのではなかろうか。しかし、誰かが両親に教えたかもしれない。知れば、娘の安否を気遣うに決まっている。そう思っても連絡を取ることにすら二の足を踏んだ。

ともかく、八重は大都会、東京で生活することに決めた。大都会には大勢人がいる。群衆に紛れることで、不安はいくらか和らぐ気がしたのだ。とは言っても当てはまるでなかった。十六歳の女が路頭に迷ったら、行きつく先は決まっている。

七人いる〝きょうだい〟のうち、東京に出たのは長男の房太郎だけである。父親と反りが合わなかった房太郎は、支那事変に出征し、日本に戻ってきてからは故郷に帰っていない。与太者の仲間入りをし、賭博で警察の厄介になったと聞いていた。その兄が、八重に会いに貝塚家へやってきたことが一度あった。昭和十九年の春のことである。房太郎は神田で生地の商いを友人とやっていると言っていた。仕事柄だろう、見違えるほどバリッとした格好をしていた。その時、住まいの所番地を教えてくれた。

上野に着いた八重は歩いて神田に向かった。上野駅は空襲を免れていたが、辺りは焼け野原だった。

房太郎の住まいは神田区富山町にある三松荘というアパートだった。

富山町は神田駅から目と鼻の先にあったが、その一帯も空襲に遭っていて、アパートが建っていた場所すら分からなかった。

通りがかりの人に、誰彼となく三松荘のことを訊いた。五人目に話しかけた男が、偶然、三松荘の大家だった。大家は房太郎の居所を知っていた。妹だと教えると、案内してくれるという。房太郎は富山町からいくらも離れていない須田町にいるらしい。

「ここだよ」

大家が立ち止まったのは小さな平屋の前だった。表札に〝佐々木〟とあった。

玄関の引き戸には鍵がかかっていて、声をかけても返事はなかった。房太郎は不在らしい。八重は荷物をしっかりと抱いて、玄関の前に座り込んだ。そうやって兄が戻ってくるのを待つことにしたのだ。

しかし、疲れていたのだろう、引き戸に寄りかかったまま八重は眠ってしまった。

「八重、起きろ」

その声で目が覚めた。

房太郎が笑っていた。兄の向こうに燃えるような夕日が拡がっていた。

「兄さん」八重は房太郎の脚にすがって泣いた。

「よくここを見つけたな」

八重は泣き続けているだけで口がきけなかった。

このようにして八重は房太郎の世話になることになった。

再会した当時、房太郎は闇屋だった。と言ってもマーケットで物を売っているのではなかった。いわゆる〝かつぎ屋〟が運んできた品物をマーケットや露店に捌く仲介業者だった。酒は密造されたもので、東武線や総武線沿線の町から運ばれてくるという。仕事のためだろう、房太郎は電話を持っていた。その電話がしょっちゅう鳴った。房太郎が大きな声で相手と話すことは滅多になかった。

房太郎が裏稼業で生きていることはちっとも気にならなかった。

幼い頃、八重を一番可愛がってくれたのが房太郎だったのだ。二十一も歳が離れていることもあって、心おきなく甘えられる相手でもある。

房太郎は、貝塚夫妻が軽井沢で殺されたことを、新聞で知ったという。八重は房太郎にだけは本当のことをすべて話した。

「お前、俺以外に今の話は絶対にするなよ。外人が絡んでいるってことは何か大きな事件に関係していそうだからな」

八重は真剣な目で兄を見つめ、大きくうなずいた。

親に心配をかけたくなかったので、房太郎と一緒だということだけは手紙に書いた。しかし、住所は教えなかった。房太郎にそう命じられたからである。

兄に庇護(ひご)された後も、何度も悪夢でうなされた。貝塚子爵が現れることもあれば、息子の透馬が笑っていることもあった。しかし、最後は必ず、水の張られていないプールに落ちるか、何段もある階段の上から突き落とされるようなシーンが出てくるのだった。

その都度、隣の部屋に寝ていた兄がやってきて、ぎゅっと八重を抱きしめてくれた。煙草のニオイのする兄の広い胸は、世界で一番安心できる場所だった。

房太郎には、ダンサーをやっている恋人がいた。派手な服装をし、ルージュをきゅっと引いた背の高い女だった。名前は安田初子(やすだはつこ)と言った。

初子は、がらがら声の、あまり笑わない女で、いつも煙草をふかしていた。最初のうち、八重は初子が怖かった。しかし、気持ちは次第に変わっていった。暇があると映画に連れていってくれたのは初子だった。

「あんたも、洋服を着たらいいよ。兄さんに調達してくるように頼んであげる」

初子がそう言った数日後、兄は洋服や化粧品を八重のために用意してくれた。

八重は肩パッドの入った洋服や色鮮やかなスカートを身につけるようになった。

建設復興に適した活動的な服としてモンペを常用しよう、と唱えた女性の識者がいたが、八重はそんなことは知らなかったし、戦時中の嫌な思い出がこびりついているモンペは穿きたくなかった。

艶やかな服は、八重の気分を変え、悪夢を見ることも少なくなった。

服を自分で作れるようになりたい。そう思うようになった八重は、ドレスメーカーの学校に通いたいと房太郎に打ち明けた。房太郎は応援すると言ってくれた。

学校に通うようになってから、八重は見る見るうちに垢抜けていった。そして、それに合わせるかのように、嫌な記憶も次第に薄れていった。

両親にはたまに手紙を書いたが、相変わらず住所は教えなかった。

「これからもずっと、おとっつぁんやおっかさんとは会わないつもり？」或る時、房太郎に訊いてみた。

「会う気はないな。会えば喧嘩になるだけだから。だけど、金だけは送ってる」

父親は、どうせ悪いことをして得たものだと顔を歪め、届いた金は使わずにいるかもしれない。

昭和二十一年に入ってすぐ、房太郎は闇屋から足を洗った。取り締まりが厳しくなったからである。そして、神田三崎町に、戦前にやっていた生地を扱う会社を持った。

八重は一度事務所を訪ねたことがあった。自動車修理工場の二階の一間を借りて、兄はそこで仕事をしていた。

いきなりやってきた八重に房太郎の目つきが変わった。普段、八重に見せている優しい顔ではなかった。

その表情を見て、八重は来てはいけなかったのだと思った。

初子は神楽坂に住んでいると言っていた。房太郎はよく外泊をした。おそらく、初子のところに泊まっているのだろうが、詳しいことは分からなかった。

「兄さん、初子さんと結婚しないの」八重は素朴な質問を房太郎にぶつけてみたことがある。

「どうしてそんなことが気になるんだい？」

「私がいるから一緒に住めないんじゃないかと思って」

房太郎は短く笑っただけで、それ以上何も言わなかった。ちょっと顔が陰ったように見えた。

仕事にしろ、初子との関係にしろ、兄には何か秘密があるように思えてならなかった。

貝塚透馬は二十二年の五月まで佐山侯爵のはからいで、彼の軽井沢の別荘で暮らしていた。

その間に、両親の遺品で売れるものはすべて売った。

買いにきたのは、以前、侯爵の使用人をしていた男だった。

男は、新興の金持ち相手に商売をしているという。笑うと歯茎と金歯が顔を覗かせる下品そうな人物だが、情味に欠けてはおらず〝お殿様〟に言われると弱いですな、とチョッキに引っかけた懐中時計の鎖を撫でながら、さして値切りもせずに、品物をトラックに積んで持っていった。売れ残ったのはオースチン・セブンだけだった。

歯茎の見える金歯の男は、その場で金を払い、侯爵が札を受け取り、玄関まで男を見送りにいった。

世の中が変わったことで立場が逆転したわけだ。その有様をまざまざと見せられた透馬だったが、なぜか気分はすっきりしていた。貝塚家は格式はあったが、戦争前から金はなかった。そのちぐはぐさが、敗戦によって解消されたのだ。

六月の声を聞くと、侯爵に暇を告げ東京に戻った。

五月に吉田内閣が総辞職し、社会党の片山哲が首相となり、民主党、国民協同党との連立政権が誕生した。初めての社会党首班内閣。片山哲は首班に指名された後も、三八年型のフォード908という小型車に乗っていると新聞に書かれていた。いかにも社会党の党首らしい態度で国民は好感を持つであろうが、小回りがきく政権運営ができるかどうかは疑問だと透馬は思った。

金目のものを処分したおかげで、東京に出てもしばらくは食うに困ることはなかった。周旋屋の斡旋で、恵比寿駅からすぐのところにアパートを借りた。住所は渋谷区田毎町（現在の東一、二丁目）。山手線沿いに渋谷に向かう途中にあった。

渋谷区という区名はそのまま残ったが、三月に東京都は三十五区から二十二区に再編され、邸のあった赤坂区は芝区、麻布区と一緒になり、名称が港区に変わった。同じ年の八月に練馬区が板橋区から分かれ、今の二十三区の形になった。

東京に戻ってからも、透馬は、両親の不可解な死を片時も忘れたことはなかった。

佐々木八重を探しだし、当夜の模様を自分の耳で聞きたかった。しかし、彼女を見つける手がかりがまるでなかった。

八重が長野県飯田市の出身だということは知っていたが、親許の住所は記憶になかった。邸が燃えてしまっているので調べようもない。

八重を紹介したのは貝塚家のお抱え運転手だった男である。名前は井村彦治。彼の戦前の住所は知っていた。深川区平久町。区が再編された後、深川区は江東区に変わったが。

平久町の辺りも思っていた通り、空襲に遭っていた。しかし、焼け野原というわけでもなかった。新しい家がぽつりぽつりと建ち始めていた。

井村の消息を訊き回るうちに、彼を知っているという飲み屋の女に会えた。その女の話だと、妻の実家のある静岡県の清水にいるという。しかし、その女は妻の実家の住所までは知らなかった。透馬は、女に連絡先を教えておいた。軽井沢の警察に問い合わせを続けたが無駄だった。

両親の遺品を金歯の男に叩き売って金を作ったとは言え、いつまでも保つわけもない。

佐山侯爵には〝闇屋でも何でもやる〟と豪語したが、取り締まりがすこぶる厳しくなり、とても今更、やれるような状況ではなかった。

車が好きで英語もできるから、溜池にある自動車販売会社に職を求めたが、いい返事はもらえなかった。

物価が急激に上がり、七円だったビールが四月には二十円になった。

透馬の吸っている光という煙草は四円だが、この分だと近いうちに数倍に跳ね上がりそうだ。

金のある間は、のんびりと仕事を探せばいいと居直った透馬は、所在ない時を喫茶店ですごしたり、恵比寿駅近くの闇マーケット内にある、アセチレンガスの臭う屋台でカストリを飲んだりしていた。

カストリは二杯以上は飲まなかった。まずいし、三杯以上飲んだら腰が抜けてしまいそうだったからである。

住まいは六畳一間で、トイレは共同だった。扇風機も冷蔵庫もおいてないが、ラジオはあった。

家にいる時はしょっちゅうラジオを聴いていた。

岡晴夫の『啼くな小鳩よ』、平野愛子の『港が見える丘』、二葉あき子の『夜のプラットホーム』、田端義夫の『かえり船』などのヒット曲が流れることもあった。物価引下げを話題にした番組もあり、進駐軍専用の局に合わせると、デューク・エリントンなどのジャズを聴くことができた。

復員、引き揚げを彷彿とさせる『かえり船』の後にジャズを聴くと、占領下の日本に暮らしてるという実感がひしひしと湧いてきた。

出征する前から負け戦だと思っていた透馬だから、敗戦のショックはなかった。アメリカと日本の国力の違いは、戦前の小学生の教科書にも載っていたことである。

国力が上回っていれば、戦争に勝てるとは限らない。日露戦争では、ロシアという大国に弱小国日本が勝ったのだから。

しかし、今度の戦争は無謀だった。その無謀が全面降伏という結果を招き、旧体制はアメリカを中心とする連合軍によって壊された。民主化、大いに結構。華族制度などなくなってよかった。そう思う透馬だったが、新しい日本に期待を持っているかというとそうではなかった。座り心地の悪い椅子に腰を下ろしているような気分しか持てずにいた。

まさに混乱期。闇屋がはびこって当たり前だし、パンパンが続出しても不思議ではない。散歩のおり、闇市で雑誌を買った。三月に創刊された雑誌だった。表紙は上半身が裸の女で、乳首の周りに花ビラが描かれていた。金髪の外国人である。雑誌名は『犯罪讀物』。

冒頭にこんなことが書かれてあった。

〝……廣義には、法の如何を問はず時と處（ところ）を選ばず、正義に反する行為は犯罪である。戦争犯罪人がそれに當（あた）る……。また、法の制裁を受けない犯罪、直接手を下さない犯罪もある。例へば、現下日本の當面する経済麻痺、食糧危機の如きは、責任の地位にある政府當局の犯罪といへるのである……〟。

主な内容は犯罪実話や捕物帖だった。〝裏街道桃色日記〟などという怪しげな記事も載っていた。裏表紙は、阿片を吸う女の絵だった。

扇情的な雑誌は、内容はともかくとして、透馬の気持ちを明るくさせた。

新聞では、ピストル強盗や自動車強盗、詐欺事件が連日のように報じられていた。少年の強盗団まで出没しているらしい。そういう記事も透馬は好んで読んだ。

その中でも、一番興味を抱いたのは、新聞が〝怪盗、金色夜叉〟と呼んでいる強盗団だった。

株屋の金庫を破ったり、銀座の宝石店を襲ったりしているその強盗団は、犯行現場に〝金色夜叉〟と書いた紙を必ず残している。そして、盗んだ金の一部を貧民街にそっと置く。置き方はいろいろで、木箱に入っている場合もあれば、電柱に吊されている時もあるという。その場合も〝金色夜叉〟というサインがされているのだ。

義賊を気取ったこの強盗団は、目撃者の証言によると三人組だそうで、強盗を働く際は三人とも般若の面で顔を隠しているという。

尾崎紅葉の書いた『金色夜叉』の物語のように、恋人がダイヤモンドに目が眩んだことで、盗賊に身を落としたわけではなかろうが、透馬はネーミングが気に入った。

金や宝石を奪う夜叉。なかなかセンスがあるではないか。

世の中が乱れている時には、鬱屈（うっくつ）した庶民の心を明るくする、このようなあだ花が咲いてもいいと透馬は思った。

七月の声を聞いた日に、井村彦治から手紙がきた。

飲み屋の女から話を聞いたのだという。静岡から戻った後、井村はタクシー運転手をやっていて、事務所の電話番号が記されていた。連絡を取り、休みの日の六日の午後六時に、数寄屋橋（すきやばし）公園で会うことになった。

透馬は都電八系統に乗って日比谷（ひびや）で降りた。

交差点ではMPが交通整理を行っていた。日本人の警察官も少し離れた場所で手を上げたり下げたりしていた。

至る所に英語の標識が立っていて、日比谷から数寄屋橋に向かう通りはZアベニューという名称に変わっていた。東京宝塚劇場は米兵の娯楽施設として接収され、アーニーパイル劇場と呼ばれるようになった。

日劇では宝塚歌劇団が公演を行っていた。

終戦から二年が経っている。さすがに国民服の人間はかなり減っていた。何人ものアメリカ兵と擦れちがった。

日比谷の交差点には車がたくさん走っていた。進駐軍の司令部や主要な施設が近くにあるからだろう。ガードを潜り、日比谷方面に走り去る一台の車が目に留まった。パッカードだった。輪タクと自転車の群れを軽やかに追い抜いていった。八気筒エンジンを積んだ小型のパッカード。透馬は懐かしさがこみ上げてきた。一度パリで運転したことがあったのだ。

数寄屋橋の欄干から川を見ている男女がいた。川は昨日の雨で濁っていた。

交番を通りすぎ、数寄屋橋公園に入った。ここでは辻説法をする者が多くいると聞いていたが、その日は誰もいなかった。

〝ウルトラ・スピード・ピクチャー〟という看板を出した写真屋が、米兵と派手な装いの女の写真を撮っていた。

透馬がベンチに腰かけた。

通りの向こうに建つ朝日新聞と隣のピカデリー劇場を見るともなしに見ていた。

ピカデリー劇場が戦前、邦楽座という名前だったことを思い出した。

井村がやってきた。灰色の開襟シャツによれよれのズボンを穿いていた。

「〝若様〟、お久しぶりです」井村は満面に笑みを浮かべ、深々と頭を下げた。

「〝若様〟は止めてくれないか」

透馬が照れ笑いを浮かべると、井村も頬をゆるめ、小さくうなずいた。

「わざわざ呼び立ててすまなかったね。まあ、座って」

井村が透馬の隣に腰を下ろした。

「うちを辞めてから、友だちと運送会社を持ったんだったね」

「会社なんて大層なものじゃなかったです。中古トラックを買って、運送業を始めたんですけど二年ほどで潰れちまいました。その後すぐに兵隊に取られまして」

「どこに行かされたんだい？」

「天津です。天津は戦闘が少なくて、他と比べたら楽なところだったようです。わりと早く復員できましたし。〝若様〟……いや、透馬様は……」

透馬は苦笑した。「その〝様〟ってのもいけないね。貝塚と呼んでくれ」

「はい」

「俺も満州に学徒出陣で出征し、シベリアに抑留され、今年の三月に戻ってきた。家は焼けちまってたし、知ってると思うが親父とお袋は軽井沢で……」

「新聞で知ってびっくりしました。八重がお伴していたようですね」

「俺は八重から直接、その時の模様を聞きたいんだが、彼女、田舎に帰ったのかな」

「いえ。東京にいるようです。長男の房太郎さんが面倒を見てるらしいんですが、親にも居所は教えてないってことです」

「なぜ？」

井村が首を傾げた。「詳しいことは俺には分かりませんが、きっと房太郎さんに止められてるんじゃないんですかね」

「それまた不思議な話だな」

「房太郎さんはデンスケ賭博で、捕まったことがある男でしてね、今もまともな仕事はしてない気がします。家に時々、金を送ってくるそうですが、それがかなりの額だっていうんですね。闇屋かブローカーでもやってるんでしょうよ。房太郎さんが、居所を親にも隠してるってことだと思います」

「なるほど、そういうことか」透馬は背もたれにゆっくりと躰を倒した。

井村が煙草に火をつけた。「貝塚さんは、自分で犯人を探そうって思ってるんですか？」

「そんなことは考えてない。けど、少しでも詳しい事情を知りたくてね。戦地から戻ったら、両親が不可解な死を遂げてた。喉に小骨が引っかかってるような気分なんだよ」

井村が暮れなずむ空に目を向けた。「子爵ご夫妻が、そういう目に遭うなんて信じられない」

「房太郎という人の活動場所がどの辺りか見当つく？」

井村は残念そうな顔をした。「俺は彼とは付き合いがなかったですから」

諦めるしかない。透馬はふうと息を吐き、煙草に火をつけた。「話は違うが、タクシーは儲かるかい？」

「全然ですよ。失礼ですが、貝塚さん、今は？」

「職探しの最中だ。俺は車が好きだから運転手をやってもいいと思ってるんだけど」

「タクシーはお勧めできませんな。或る会社の経営側と労組が利益の分配でもめてましてね、会社側は営業所を閉鎖しちまった。だから、俺たちもストに入るかもしれません。そんな状態ですから、タクシーなんておよしなさい」

「やっぱ、闇屋しかないか」透馬は冗談めいた口調で言った。

「駄目ですよ。新橋を仕切ってる松田組も近いうちに解散するって噂ですから。でも、〝若様〟、いや、貝塚さんの口から〝闇屋〟なんて言葉が出てくるとは思いもしませんでしたよ。子爵の人間関係を頼ったら、いいとこに就職出来るんじゃないんですか？　洋行なさってもいるし、学もあるし」

「聞いた話だけど、元華族がサンドイッチマンをやってるそうだよ。そう簡単に就職先は見つからないってことだ」

井村は、世の中どうなってるんだ、という表情をして、何度も首を横に振った。そしてこう続けた。「俺が言うのも何ですが、新興成金が嫌いでしてね。昔の運転手仲間に宝石のブローカーになった奴がいるんですが、戦前のクライスラーを乗り回してて、この間、俺のタクシーと接触したことがあったんです。相手が悪かったんですが、奴は、俺に新札の束を渡してから、〝タクシーなんかやってないで、俺んとこにこい。悪いようにはせんから〟なんて偉そうなことを言ってました。俺は頭にきて、警察を呼んでやりましたよ。金のない人間の僻(ひが)みかもしれませんが、ともかく、あいつらにはむかっ腹が立ちます」

「どんな名門の金持ちも最初は成金だよ」透馬はそう言いながら、煙草を靴でゆっくりと踏み消した。

井村は腕時計に目を落とした。有楽町のガード下で運転手仲間と待ち合わせをしているという。透馬は、何か分かったらまた連絡してほしいと言い残して、井村とはその場で別れた。

辺りは夜の色に染まっていた。歩道を行き交う人の数が増えたようだ。颯爽(さっそう)とした身なりの人間もいれば、ボロ着を纏(まと)った者もいる。

数寄屋橋の交差点に出て、マツダビルの角を右に曲がった。マツダビルも接収されている。

ぶらぶら歩いて、本屋にでも寄り、新橋にある外食券食堂で飯を食うつもりだった。

日動画廊の前を通り、次の角にある本屋に入った。芹沢光治良の『未完の告白』という新刊が目に留まった。作者の若き日の恋を描いたものらしい。

なぜ、その本を手に取ったか。作者がパリに暮らしたことのある人間だと知っていたからである。しかし、それだけではなかった。透馬にはパリ時代、恋い焦がれた女がいた。しかし、まさに本のタイトル通り、告白は未完のままで別れてしまった。

彼女は今頃、どこに暮らしているのだろうか。日本に戻ってきているはずだが。

本を元に戻し、外に出た。そして、御幸通りを銀座通りに向かって歩きだした。

車が一台、通りすぎた。後部に予備タイヤを格納した部分があり、その中央にDESOTOと印されていた。デソートはクライスラー社の車である。透馬が目にするのは初めてだった。

デソートが路肩に停まった。運転席から、ベージュに縦縞の走ったスーツを着た男が降りてきて、透馬に近づいてきた。

祖父が土地を抵当に金を借りていた室伏隆正だった。

毛虫が二匹キスをしているような濃い口髭を生やしていた。以前よりも太ったようで腹が出ていた。エラが張った顎。丸い鼻は脂ぎっていた。

透馬は軽く頭を下げた。

「ここで透馬君と会うとはな」室伏は目尻にいっぱいシワを寄せ、懐かしそうな顔をした。「君がどうしてるかって、よく思い出してたよ。無事に復員してたんだね。よかった、よかった」

「相変わらず羽振りが良さそうですね」

「嫌味か」

「いえ」

「飯はまだだろう。一緒に食べよう」

「…………」

「いいじゃないか、付き合え。土地は俺がいただいたが、あれはきちんとした取引があってのことだぜ。俺に逆恨みしてるなんてことはないよな」

「まったくないですよ」

戦前からあこぎなことをやって金を作ってきた男らしいが、邸の土地が室伏の手に渡ったことについては、何とも思っていなかった。父に土地を買い戻す財力がなかっただけの話である。

「乗れよ」

透馬は室伏の誘いに応じた。

デソートが吹けのいいエンジン音を残してスタートした。

「珍しい車に乗ってますね」

「三四年型のデソート・エアフローって車だ」

透馬は計器類を覗き込むように見ていた。「排気量は？」

「三九五六ｃｃ、直列六気筒のエンジンを積んでる。この車は乗り心地がいいんだ。難点を言えばトランクルームがないことかな」室伏は得意げに言い、ギアをチェンジした。

並木(なみき)通りを走ったデソートは灘波橋(なんばばし)を通り汐留川(しおどめがわ)を渡った。

室伏の行き先は新橋の西口だった。

車を停めると、室伏は闇市街に入っていった。見窄(みすぼ)らしい建物が並んでいて、料理屋は店を閉めていた。

闇取引を一掃することや統制品の違法取引をなくす目的で、外食券食堂、喫茶店を除く、飲食店と待合は今年一杯休業という禁止令が閣議決定された。結果、料理屋だけではなくキャバレーやクラブも営業ができなくなった。それによって従業員は職替えをしなければならないらしい。

そんな最中、室伏は闇市街に入った。

「飯屋なんかやってないんじゃないんですか？」

「透馬君は、お坊ちゃまだからしかたないが、あんなお達しだけで、営業を止めてたら、みんな干上がっちまうよ」

そう言いながら、室伏は或る建物の引き戸を引いた。一階は食堂だったらしいが、真っ暗な中に椅子と机が並んでいるだけだった。

室伏は奥の急な階段を上がっていった。板戸を引き開ける。

そこには電気が点っていて、坊主頭の男が鮨を握っていた。玄人っぽい女が男と日本酒を飲んでいて、彼らの前の皿には刺身が載っていた。

「いらっしゃい」鮨職人の声は威勢がよかった。

「まあこういうことだよ」室伏は肩をゆすって笑った。「ネタは新鮮だよ。銚子辺りから毎日のように運ばれてきてるからね」

室伏に勧められるままに、赤貝やマグロの刺身を食べ、ビールを飲んだ。

「こんな席で言うのも何だが、大変なことになったね。御冥福を心からお祈りしたい」室伏が神妙な顔をして言った。

「ありがとうございます」

「で、犯人はまだ分からんのか」

「ええ」

「日本中、強盗と殺人犯だらけだからな」

「らしいですね」

透馬は訊かれるままに、シベリアに抑留されていたことなどを話した。話が途切れたところで透馬が訊いた。

「ところで、あの土地はどうなったんです？」

「あのままさ」

「復員してすぐに見に行ったら、小屋を建てて住んでる人間がいましたよ」

「先月、追いだした。こっちは子爵と取り交わした証文があるから、四の五の言わせなかった。あそこは一等地だから、買い手はすぐにつく。しつこいようだが、悪く思うなよ」

透馬は首を横に振り、イカの握りを頼んだ。鮨を食べるのは何年ぶりのことだろうか。実にうまかった。

「そうか。職がないか」

「室伏さん、何かありませんかね」

室伏は箸をおき、腕を組んだ。「透馬君は洋行してたから、英語はできるよな」

「そんなにはうまくはないですよ。僕が行ってたのはフランスですから」

「でもできるんだろう？」

「普通の会話なら何とか」

「銀座にバーがあってな。そこで働いてた男がこの間辞めた。君なら推薦できる」

透馬が眉をゆるめた。「俺はカクテルなんか作れませんよ」

「支配人がほしいんだ。ようするに酒を出したり、皿を洗ったり、変な客がきたら追いだすのが仕事だ。進駐軍専用ってわけじゃないが、外国人の客が七割って店なんだ」

「女は置いてるんですか？」

「マダムの他にひとりだけ。やる気あれば紹介するよ」

「禁止令は無視ですか？」

「外国人の来てる店は大目に見てくれる」そこまで言って室伏は透馬の耳許でこう言った。

「この店もそうだが、それなりの手は打ってあるから大丈夫さ」

〝それなりの手〟とは賄賂のことだろう。

「さっきも言いましたが、俺は恵比寿に住んでます。電車があるうちじゃないと、帰れなくなってしまいます」

「その辺のことはマダムと話してくれ」

「じゃ一度会わせて下さい」

「今夜、寄るつもりでいたから、ここを出たら連れていく」

室伏はよく食った。透馬も遠慮せずに好きなものを頼んだ。上がりを飲むと、室伏が勘定を頼んだ。二千六百円だった。物価安定のために標準賃金を月一千八百円と定めると、今朝の新聞に出ていた。闇の鮨屋の値段は法外なものに思えた。

闇市街を出た室伏のデソートは銀座に戻った。

雨が降り出していた。静かな雨だった。

デソートは並木通りを中心に広がる飲み屋街に入っていった。さすがに飲食店の営業禁止令の影響は出ていて、閉めている店が目立った。しかし、進駐軍専用のキャバレーは営業していて、ネオンが、駐車してある車の屋根に光を投げかけていた。歩道には将校らしい男たちの姿が見られ、英語が飛び交っていた。

室伏は交詢社（こうじゅんしゃ）ビルディングの近くに車を停め、下駄屋と電気の消えているバーの間の路地に入った。そして、バーの裏手にあるドアを開け、階段を上がっていった。

室伏がドアをノックした。ほどなくドアが開いた。

迎えに出てきたのは真っ赤なドレスを着た年増（としま）の女だった。

「いらっしゃい」

室伏に挨拶をした後、女は吊り上がった目を透馬に向けた。バタ臭い顔の女だった。

女は厚手のカーテンを片手で開け、透馬たちを奥に通した。

そこがバーだった。ボックス席はふたつあり、手前の席は空いていて、ふたりの男が酒を飲んでいた。日本人だった。左手がカウンターになっていて、そこには外国人の男ふたりと、日本人の女がひとり座っていた。女の片言の英語が聞こえてきた。

壁に、額縁に収められたモノクロの写真が何枚か飾ってあった。ニューヨークの自由の女神、イタリアのピサの斜塔、そして、パリのエッフェル塔の写真だった。

透馬と室伏はカウンター席についた。正面に酒棚があり、洋酒が並んでいた。と言ってもその数は数本だけだった。空いている棚を埋めているのは招き猫とリモージュ焼きと思える陶器の人形である。

女がカウンターの中に入った。

室伏が周りを見回していた。

「今夜は美和ちゃん、お休みよ。法事があるから茨城に行ってるの」

「なーんだ、休みか。じゃ来るんじゃなかった」

「社長は現金ね」

室伏はジョニー・ウォーカーの赤をストレートで頼んだ。透馬も同じものにした。

「紹介しておくよ。彼は貝塚透馬君と言ってね、子爵の息子だが、復員してまだ間もないんだ」

「マダム靖子です。お見知りおきを」

マダム靖子は小柄だが、威厳を感じさせる風格のある女だった。

「なかなかいい男だろう。マダムの好みじゃないのか」

マダム靖子はねめるように透馬を見つめた。それから酒をグラスに注ぎながら言った。

「ちょっと違うわね」

「俺みたいな海千山千がタイプか」室伏がグラスに口をつけた。

マダム靖子は鼻で笑ってレコードをかけた。クラリネットが甘いメロディーを奏で始めた。

「マダム、支配人のできる男を探してるって言ってたよな」

「誰かいい人見つかったんですか?」

室伏が透馬に目を向けた。「この男はどうだ。どこの馬の骨か分からん奴に任せるよりは安心できるだろう」

マダム靖子は戸惑った。「社長、貝塚さんとはどんな関係なんです?」

「赤坂にあった邸の土地を、室伏さんに取られたんです」透馬は淡々とした調子で言った。

「悪い冗談だ」室伏は短く笑ってから事情を話した。「借金が返せなかったから、俺のものになった。それだけのことだ」

「社長は商売になると鬼に変わりますものね」

「人聞きの悪いことを言うもんじゃないよ。透馬君が仕事がないって言うから、こうやって世話をしようとしてる人間だよ、俺は」

マダム靖子が透馬に視線を向けた。「あなたも変わってるわね。先祖代々の土地を借金のカタに取り上げた男と付き合ってるなんて」

そういう関係の男に就職先を紹介されても腹が立たない透馬を揶揄しているような口調だった。

「僕は闇屋にでもなろうかと思ったこともありました。そういう人間ですから、いい話であれば、誰が紹介者だって気にしません」

「うん」室伏が大きくうなずいた。「透馬君のように割り切りよくなきゃ、新しい日本は出来上がらない。どうだね、マダム。透馬君を雇ってみては」

「室伏さん、ちょっと待ってください」透馬が言った。「会ったばかりですよ。急にそう言われても返事ができるはずないじゃないですか?」

「いい物件を見つけた時は躊躇ったら駄目なんだ。すぐに手を打たないと他に持っていかれてしまう。人材もそれと同じ。俺は君が子爵の息子だからピンときたんだ」

「どういう意味です？」

「この店の名前は『バロン』って言うんだよ。『男爵』で子爵の息子が働く。いいと思わんか、マダム」室伏が笑った。

「貝塚さん、明後日の夕方、もう一度ここに来て下さらない？」

「分かりました」

室伏がグラスを空けた。「美和子がいないんだったら長居してもしかたないな。帰るぞ」

「明日には出てきますよ」

室伏が金を払い、先に出口に向かった。

透馬は、明後日ここに来る時間をマダムと決め、室伏の後について階段を降りた。

外に出てから、ご馳走になった礼を言った。

雨は降りつづいていた。

デソートが見えてきた。おかしい。透馬は車内に人がいるのに気づいた。

「室伏さん、車が危ない」

「え？　ああ」室伏がデソートに向かって走り出した。

透馬もそれに続いた。

ソフト帽を被った男が助手席に乗っていた。横顔が街路灯に照らし出されていた。彫りの深い鷲鼻（わしばな）の男だった。

エンジンがかかり、デソートが急発進した。

「泥棒！」室伏が大声で叫んで、車を追った。

デソートは国道一号線（晴海通り）の方に走り去り、次の角を左に曲がって姿を消した。

室伏は呆然と路上に立ち尽くしていた。

（三）

室伏のデソートには三人の男が乗っていた。誰も口をきかない。

デソートは数寄屋橋の交差点を左折し、土橋の手前をもう一度左に曲がり、銀座通りに出た。

彼らは名前で呼び合うことは決してない。

助手席に乗っているのが一号。二号がハンドルを握っている。三号は後ろの席である。

「この車、乗り心地がいいな」一号がぼそりと言った。

「運転もしやすい」二号がバックミラーを見ながら口を開いた。

三人が向かっている先は足立区興野町。興野町は西新井大師の南側に位置している。

一号が摑んだ情報によると、毛皮の闇取引が、興野町に住むブローカーの自宅の隣の倉庫で行われることになっている。

取引高は百五十万円ほどである。

デソートを盗んだ三人は、その金を強奪するつもりなのだ。

主犯の一号はそれほど背は高くないが、胸板が厚く、腕も脚も太い、がっしりとした躰つきをしている。面長。眉は太く髭も濃い。一重瞼の目は切れ長で、精悍な顔つきをしている。歳は四十である。二号は三十七。背が高く痩せている。反っ歯の猿顔である。二号は運転には自信を持っている。後部座席に座っている三号はずんぐりとした小太りの男で、歳は五十二。丸顔だが、頬骨が突き出ていて、右目が左目よりもかなり小さい。この風采の上がらない男の特技は金庫破りである。

雨が激しくなってきた。ワイパーが雨を撥ね飛ばしているが視界はかなり狭くなっていた。タイヤが湿った音を立てている。

西新井橋を渡った。一号が腕時計に目を落とした。

午後九時半少し前だった。

予定通りである。車の中に証拠を残したくないので煙草は吸わない。

本木町を抜け、興野町に入った。人気はなく、街路灯に雨が絡みついていた。

狙いをつけたブローカー、宇田孫一の家に近づいた。周りは民家と畑だった。倉庫の前を通りすぎる。

一号の頬がゆるんだ。倉庫の前の空き地にトラックが一台停まっていたのだ。取引の最中らしい。

「Uターンしてから車を停めろ」一号が二号に命じた。

二号が言われた通りにし、ライトを消した。

倉庫の手前の建物に灯りが点っていた。宇田の自宅である。

一号はじっと倉庫の方を見つめていた。

倉庫までは三百メートルはある。デソートの周りには街灯はなく、雨の降る闇に呑まれ、向こうから車を見られることはまずないだろう。

三十五分が経過した。雨の音をかいくぐってエンジンの重い唸り音が聞こえてきた。

買い付けを終えたトラックが通りに出てきた。そして、西新井橋に通じる表通りに向かって走り去った。

一号が般若の面で顔を隠した。三号も同じように面をつけた。

一号と三号が車を降りた。そして徒歩で倉庫に向かった。

宇田孫一はまだ倉庫の中にいるようだった。一号と三号の手にはブローニングが握られていた。

手筈(てはず)通り、少し時間をおいて、二号の運転する車が倉庫の前に停まった。

一号と三号は倉庫の陰に身を潜めている。

エンジン音を聞けば、必ず宇田孫一は倉庫から出てくるはずだ。

果たして跳ね上げ式の木製の扉が開いた。

ややあって、人影が倉庫の前の地面に映った。

宇田が外に出てきた。立ち止まり、顎を突き出し、目を細めてデソートを見つめていた。

二号も面をつけている。

一号が建物の陰から飛び出した。宇田は慌てて倉庫に逃げ戻った。倉庫の真ん中に一台の車が停まっていて、ボンネットの上に大きな黒いバッグが置かれていた。

宇田は振り返り、懐に手を入れた。

「動くな。死ぬぞ」一号が落ち着いた声で言い、宇田に銃口を向けた。

宇田の動きが止まった。三号が倉庫に入ってきた。一号が宇田に近づいた。

「後ろを向け」

宇田は動かない。一号は撃鉄を上げた。

宇田が口許を歪め、渋々命令に従った。一号が宇田の懐に手を入れた。出てきたのは小型のリボルバーだった。それをポケットに仕舞った。

「バッグの中身を調べろ」

三号がバッグの留め金を外した。「確かに」

「跪け」一号がブローカーに命じた。

「こんなことをしてただですむと思うか」宇田がほざいた。

「言われた通りにしろ」一号が宇田の首に腕を回し、頬に銃口を突きつけた。

宇田が跪いた。三号が用意していた麻縄で宇田を後ろ手に縛った。そして、口をタオルで塞いだ。

一号は上着のポケットから一枚の紙を取り出し、車のワイパーにはさんだ。

紙にはそう書かれていた。

金色夜叉。

三号に続いて一号が倉庫を出た。宇田の住まいから人が出てきた。着物姿の女だった。彼女が悲鳴を上げ、家に逃げ帰った。と同時に非常ベルが鳴り出した。

一号と三号が車に飛び乗ると同時に、デソートが猛スピードで走り出した。路上に溜まった雨水を気持ちよく撥ね上げ去っていく。

一号が面を外し、ずだ袋の中に仕舞った。

闇取引である。宇田が警察に届け出るとは思えなかった。

荒川放水路を越えたデソートは尾竹橋で荒川を渡り、町屋方面に向かった。

MPのジープと擦れちがった。一号はジープの動きを目で追った。

ジープがUターンし、デソートに追ってきた。動きがおかしい。

「面をつけろ」

そう命じた一号はピストルを取りだし、スライドを引いた。

ジープがデソートの真横についた。助手席に乗っているのは日本人の警官だった。

「止まれ」日本人の警官がハンドルを握っている二号に命じた。

「振り切れ」一号が口早に言った。

二号がアクセルを踏んだ。

ジープが追いかけてきた。

「止まれ」

警官は拡声器を使っていた。

デソートはどんどん速度を上げていった。ジープが食い下がってくる。

五叉路の交差点に差し掛かった。デソートはタイヤを鳴らして、斜め左の道に入った。ガードに差しかかった。電車が枕木を叩く音がした。常磐線が三河島の駅に向かっているのだった。

一号は窓を開け、目一杯躰を外に出した。そして引き金を引いた。一発、二発。銃声を電車の音が呑み込んだ。二発目がジープのタイヤに命中した。ジープの尻が振られ、スピードが落ちた。警官もピストルを発射し応酬してきた。デソートの後部のどこかに弾が当たった音がした。

ジープは蛇行しながら、電柱にぶつかった。

二号は急ハンドルを切り、路地に突っ込んだ。静まり返った住宅街を右に左に走り、都電の三ノ輪車庫前の付近に出た。

ちょうど三十一系統の都電が三ノ輪方面からやってきた。

「三号、あんたは鞄を持って都電に乗れ。早くしろ」

三号は慌てて車を降り、雨の降りしきる中を停車場に向かって走り出した。

一号は二号に千住大橋の方に向かえ、と指示した。再び荒川を越えた。

デソートを捨てたのは京成線の千住大橋駅近くだった。一号と二号は別々に京成線に乗った。それから日暮里で省線に乗り換え、神田を目指した。ふたりの距離はかなりあった。

三人の待ち合わせ場所は決まっていた。三崎町にある三崎第一自動車。二号の経営する修理工場である。

一号の事務所はその二階にある。本業は生地屋。法律を遵守している会社だが、商いらしい商いはしていない。

一号の名前は佐々木房太郎。〝金色夜叉〟の主犯は、八重の兄だったのだ。

房太郎は、三崎第一自動車に入った。修理中のフォードが一台、工場の真ん中に置かれていた。新聞に出ていた片山首相が乗っているものと同じタイプのものである。

三号はすでに着いていた。三号の名前は田尾吉之助という。

二号が戻ってきた。

「やばかったな」吉之助が言った。

「タイヤなんか撃たなくても振り切ってやったのに」二号こと阿部幹夫が不敵な笑みを浮かべ、煙草に火をつけた。

三人は二階の事務所に上がった。房太郎が鞄を開け、逆さまにして、中身を机の上にぶちまけた。

机の上に、紐で留めた百円札の山ができた。

焼酎を飲みながら、三人でいくらあるか数えた。百五十六万円あった。

百三十五万を三人で分け、残りの二十一万は、いつものように貧民街のどこかに置いてくることにした。

金を山分けしたが、房太郎はすべてを金庫に仕舞った。

夜中に大金を持って外を歩くのは避けたかった。警邏中の警察官やMPに持ち物検査をされたら大変なことになる。

それに泥棒や強盗が、東京にはうようよいる。無計画に家に侵入し、たった五百円を盗むために人を殺す奴もいる世の中。自分たちが襲われる可能性も大いにあるので、房太郎は用心深くなっていた。

二号こと阿部幹夫の住まいは工場の真裏にある。父親が死んでから後を継いだが、商売はうまくいっていない。

房太郎は博打を通じて幹夫と仲良くなった。デンスケ賭博にはサクラが欠かせない。房太郎が仕切っていた時、幹夫はサクラとして大いに貢献した。

警察に挙げられた後、幹夫が、もっとでかいことをやりたい、と本気とも冗談ともつかない口調で言った。

同じことを考えていた房太郎は幹夫を相棒に選んだ。すぐに熱くなるのが欠点だが、車の運転がうまいと知ったからである。

房太郎と吉之助は、銃をすべて幹夫に預け、酒を飲み干すと、自動車工場を後にした。

田尾吉之助は神田美土代町に住んでいる。二十年三月の大空襲で、妻と娘を失った。ふたりいた息子はサイパンと満州で戦死した。戦争前に金庫破りで一度捕まっているが、開けられない金庫はないと豪語するほどの腕である。吉之助は一軒家に住んでいて、庭を潰して掘っ立て小屋を建てた。そこにはいろいろな種類の金庫が隠されている。吉之助は腕がなまらないように常にそこで練習をしているのだ。

吉之助と出会ったのは、二十一年の夏の終わりである。

たまたま事務所で幹夫と飲んでいた時、一階の修理工場で物音がした。

車の陰に人が隠れていた。

房太郎が男に近づこうとした。

その時、工場のガラス戸を叩く音がした。

警官だった。金庫破りを追っていて、この辺で見失ったという。

「何も変わったことはありませんよ」房太郎は平然とそう言った。

警官は去っていった。

房太郎は男を連れて事務所に戻った。そして持っていた鞄の中身を調べた。五万ほどの金が入っていた。

財布を出させた。免許証に名前と住所が書いてあった。写真も出てきた。若い男がふたり写っていた。

「お前の息子たちか」房太郎が訊いた。

「ああ」

「明日まで免許証と写真を預かっておく。午後六時に、もう一度ここにこい」

それだけ言って吉之助を帰してやった。

翌日、田尾吉之助は約束通りやってきた。事務所の金庫を開けさせてみた。簡単に開いてしまった。腕がいいことが分かった房太郎は吉之助を仲間に引き込んだのである……。

房太郎と吉之助は途中まで一緒に歩くことにした。雨は小降りになっていたが、ふたりは大きなこうもり傘をさし、神保町の交差点に向かった。

都電がまだ走っている時間だった。乗客はまばらだった。通行人もほとんどおらずＭＰのジープ以外に車は走っていなかった。

「最近、わしの腕を発揮できる仕事が入ってこないね」吉之助がそう言いながら左手の指を動かした。

「いずれそういう機会が巡ってくるさ」

闇屋の仲介業をやっていた房太郎は、どの地区のマーケットにも知り合いがいて、大きな取引の情報をそれとなく探って回っている。しかし、いつでも食指が動く話が入ってくるわけはない。情報が得られない時は、宝石店を狙った。貴金属を盗んだ場合は故買屋に買い取らせる。十日以内に、指輪もネックレスも形が大きく変えられ転売される。故買屋は貴金属を加工する腕を持っているのだ。その男は初子の父親である。

盗んだ金の一部を貧乏人に分け与えようと言い出したのは吉之助だった。

「義賊を気取りたいのかよ」幹夫が小馬鹿にしたように笑った。

「そんな上等なことは考えちゃいない。わしは貧民街で育った。飲まず食わずだったこともある。わしは知っての通り、ひとり者。貧民街の連中が家族だと思って分け与えてやりてえだけさ」

「そこから足がついたらどうするんだ」房太郎が口をはさんだ。

「貧民街に金を置いてくるのは、わしひとりでやる。捕まっても、あんたらのことは絶対にしゃべらんから安心しろ」

「自分の取り分から、貧乏人に分けてやるんだったら俺は反対しねえよ」

「幹夫、面白いじゃないか。実入りのいい時は、みんなで金を出し合おうぜ」

「そんな馬鹿な。慈善事業をやる気は俺にはねえよ」幹夫が口を丸く突き出して反対した。

「世間を騒がせる。娯楽だよ、娯楽。アメリカさんの言う、アミューズメントってやつだ。

な、幹夫、俺はでかい山しか踏まない。そんな中から少し出してもいいじゃないか。新聞を読む愉しみもできるぜ」

幹夫が不服そうな顔をし、そっぽを向いた。

「俺の言う通りにしろ」

「分かったよ」幹夫がふて腐れた調子で言った。「ボスはあんただ。あんたがそうしろって言うんだったら従う。でも、せっかく義賊を気取るんだったら、名前がいるな。鼠小僧(ねずみこぞう)とでも名乗るか」

「名前ね」房太郎は顎を撫で、少し考えた。「鼠小僧じゃ芸がない。そうだ。〝金色夜叉〟ってのはどうだ」

幹夫が吹き出した。「貫一(かんいち)、お宮(みや)かい」

「俺のお袋、ミヤって名前なんだ。それを思い出してな」

「〝ダイヤモンドに目がくれて　乗ってはならぬ玉の輿　人は身持ちが第一よ　お金はこの世のまわり物〟」吉之助が歌い出した。「金の亡者を狙うんだから、いい名前かもしれねえな」

このようにして強盗団の名前が決まったのである……。

小川町の交差点で吉之助と別れた房太郎は家を目指した。

〝金色夜叉〟が出没したのはこれで四度目である。

かなりの金を手に入れた。しかし、貯めた金をどう使うかはまるで考えていなかった。

敗戦から二年、アメリカに占領された状態がいつまで続くかは分からない。政治も経済も人の心も五里霧中。嵐の中を飛んでいる小型機のように安定していない。

この乱気流の中で生きていることに房太郎はぞくぞくする。自分は根っからのはみ出し者だと思っている。会社に勤めるなんて欠伸（あくび）が出てとてもできないし、かと言って、金儲けに血道を上げる実業界にも興味がない。

盗人は天職。ただし殺しだけは避けたい。戦地で戦ったことで、人殺しがいかに簡単なものかを房太郎は思い知らされた。それが却（かえ）って、殺しまでやって金を盗むことを拒否する人間にしたのだろう。とは言え、強盗を働く時は戦場にいるようなものだ。日本人が銃を持つことは禁止されているが、ピストルなど誰もがいつでも手に入れることができる。強盗に入った先で、自分がズドンとやられる可能性だっておおいにあり得る。そうなった時、相手を殺（あや）めないですむかどうかは分からない。

家に戻った。八重が縫い物をしていた。

「兄さん、今日は遅かったね」

「少し飲んできたんだ。何を作ってるんだい？」

「見ないで」八重の頬がぽっと赤くなった。

「パンツか」

「違う。ブラジャーよ。私、学校に入るまでブラジャーという言葉を知らなかった。兄さん知ってた？」

「うん。乳当てより洒落てるよな」

八重が愉しそうに笑った。

洋服だけではなく、八重は下着も自分で作っているのだった。

健気に縫い物をしている八重を見ると、房太郎の胸が波立った。妹にだけは自分の正体を見破られたくなかった。

「最近、初子さん、全然、ここに顔を出さないわね。初子さんと知り合ってなかったら、ドレスメーカーの学校に通ってなかったかもしれない。あの人が私の気持ちを明るくしてくれたの」

房太郎は煙草に火をつけ、天井を見上げた。長いため息と共に煙が立ち上った。

「俺と初子は別れた」

「どうして？」

房太郎の唇が緩んだ。「あいつに男が出来た。それだけのことさ。だから、もうその話は止してくれ」

八重が目を伏せた。

「お前まで悲しがってどうする？」

「………」

「男と女の間にはよくあることだよ」

初子から別れ話が出た時は、かなり荒れた。しかし、仲間には簡単に説明しただけで、平気な顔を装った。故買屋の父親は「娘を許してやって下さい」と言って頭を下げた。

「取引はどうします？」

「わしの顔、見たくないでしょうね」

「初子、父親似じゃなくてよかった。これからもよろしくな」

房太郎がにっと笑うと、初子の父親は薄く笑い返してきた。

第二章　貝塚透馬の殺人

（一）

指定された時間に透馬はバー『バロン』に赴いた。

マダム靖子はすでに来ていて、誰もいないバーのボックス席で新聞を読んでいた。

「まあ座って」

透馬は彼女の正面に腰を下ろした。

「あれから大変なことがあったんですってね」

「ええ。目の前で室伏さんの車が盗まれました。交番に届け出たんですが、見つかったかどうか」

「京成電鉄の千住大橋の駅近くで発見されたそうよ」

「千住大橋？」

透馬は新聞で読んだ〝怪盗、金色夜叉〟のことが脳裏をよぎった。

「車を盗んだのは〝金色夜叉〟らしいわ。車の後部に弾の跡が残ってたって、昨日、室伏さん自身から聞いたわ」

「警察官と撃ち合いをやったって新聞に出てましたね。でも、今回は何も取らずに逃げたみたいですね」

「さあ、どうかしら」マダム靖子は、火のついていないキャメルをくわえたまま、肩をすくめた。

透馬の頰がゆるんだ。「マダムは〝金色夜叉〟と付き合いがあるんですか？」

「まさか。被害にあった宇田さんもうちのお客なの。衣類の裏取引で金を儲けてるブローカーよ。裏金を盗まれたから警察に本当のことが言えない。私はそう思ってる」

「なるほど」

マダム靖子が新聞を閉じ、テーブルの上においた。そして、煙草に火をつけた。

「あなたも吸う？」

「いただきます」

マダム靖子がライターで火をつけてくれた。

煙草を吸いながら、透馬は履歴書を彼女に渡した。

マダム靖子が目を通した。「雇うには立派すぎる履歴ね。夜の仕事の経験もないし」

「僕も務まるかどうか不安です」

「務まるわよ。バーテンとして雇うわけじゃないんだから」マダム靖子がじろりと透馬を見た。「あなた、勤める気、あんまりないんじゃないの。室伏さんに言われたから、一応付き合ってるって感じがする」

「うちの土地を持っていった男に、そこまで合わせる気はないですよ。それより何時まで働くのか知りたいですね」

「十一時半で、一応、閉店にしてるの」

だったらなんとか電車で帰れそうだ。

ドアが開く音がした。女がひとり入ってきた。黒いプリーツスカートに肩パッドの入った白いブラウス姿だった。

「美和ちゃん、遅かったわね」

「美容院で手間取ってしまって。すみません」

マダム靖子は、透馬に女を紹介した。一昨日、室伏が話していた美和子という女給だった。歳は二十五、六というところだろうか。前髪を含めて、髪はくるくる巻かれていた。

ふっくらとした頬を持つ瓜実顔。決して美人ではないが、男心をそそる色香を全身から漂わせている。

マダム靖子は美和子を透馬に引き合わせてから、履歴書を美和子に渡した。

「へーえ。子爵様の息子さん……パリに住んでたこともあるんですね」美和子はしきりに感心した。

「うちで雇うような人じゃないわよね」

「そうかしら、マダム。屋号が『バロン』だから、本物の子爵様の息子さんが働いてるっていうのはいいんじゃありませんか」

マダム靖子が透馬に目を向けた。「今夜、時間ある？」

「ええ」

「とりあえず今夜、試しに働いてみて。それによって雇うかどうか決めるわ。日当はもちろんお支払いしますよ」

「分かりました」

「美和子、いろいろ彼に教えてあげて」

「はい」

グラスに注ぐウイスキーの分量、客に出す果物の盛り方、値段のつけ方などを学んだ。

午後七時頃から客がやってきた。その夜は一昨日よりも混んでいた。グラスを洗ったり、レコードをかけたり、酒を注いだりと忙しく働いた。透馬に話しかけてくる客もいた。むろん、子爵の息子だったことは口にせず、適当に話を合わせた。米兵がパンパン風の女とやってきた。女が嫌がるのに米兵は女の躰を触りまくっていた。すぐにどこかにしけこみたい。そんな雰囲気だった。

あっと言う間に時間が経ち、午後十一時半が迫ってきた。

マダム靖子も美和子もまだ店に残っていた。透馬は日当の百円をもらって店を後にした。都電に乗り帰宅の途についた。

さして疲れてはいなかった。カウンターの内側に立つと、客の様子をつぶさに見てとることができた。カウンターの内側と外側では、こんなに見える景色が違うものか、と透馬は驚いた。

恵比寿駅前で都電を降り、中華料理屋や果物屋が並ぶ歩道をガードに向かって歩いた。

そしてガードの手前を左に曲がった。

やがて五叉路の交差点に出た。そこを右に曲がった。ガードを潜(くぐ)り、線路を越えると田毎町はすぐである。

透馬の足が止まった。ガード下で男が女に馬乗りになっていた。女が悲鳴を上げたが、おりしもやってきた電車の音にかき消されてしまった。

透馬は走った。スカートが捲れ上がり、胸もはだけていた。女は足をジタバタさせていたが、男から逃れることはできなかった。

「何してる！」透馬が叫んだ。

男が振り返った。若い外国人だった。ベージュのズボンに同じ色のシャツを着ていた。米兵のようだ。

「Go! Go!」男は手で追い払うような仕草をした。

透馬は男に近づいた。男が女から躰を離した。瞬間、透馬の拳が男の顔面を痛打した。男が壁に後頭部を打ち付けた。男は躰をふらつかせていた。かなり身の丈のある男だった。

女は俯せになっている。男と女の間に透馬は躰を割り込ませた。瞬間、男がポケットに手を入れた。小型のピストルが見えた。撃鉄が上げられる乾いた音がした。透馬は、拳銃を握った男の右手首を押さえ、ねじ上げ、壁に男の躰を押しつけた。透馬の股間に蹴りが入った。透馬は動じなかった。男は銃から手を離さない。もみ合いになった。銃口が透馬に向けられた。透馬は男の手首をさらに捻り上げた。銃口が透馬から逸れた。右拳が男の頬を捉えた。銃を握った男の手を壁に叩きつけた。銃が地面に転がった。先に拾ったのは透馬だった。透馬の背中に蹴りが入った。

電車が頭上を走り抜けてゆく。半身になった透馬は、迫ってくる男に銃口を向けた。そして引き金を引いた。男が首から血を噴き出し、もんどり打って倒れた。

透馬は一瞬、動けなくなった。

女の呻き声で我に返った。

喘ぎながら、腰を上げると、女を抱きかかえた。

女の顔が目に飛び込んできた。透馬の躰から一瞬力が抜けそうになった。相手は佐々木八重だった。

「透馬様……」

透馬は我に返った。辺りを見回し、透馬は八重を立たせた。

「歩けるか」

「はい」

透馬は家の方には向かわず、元きた道に戻り、五叉路を右に曲がった。拳銃を握っていたことにやっと気づき、慌ててポケットにねじ込んだ。顔を拭う。男の血がついているかもしれない。

透馬は八重をしっかりと抱いた。前方から自転車が一台やってきた。透馬はさらに強く八重を抱き、顔を隠すようにして歩を進めた。

次の角を再び右折し、透馬は自分のアパートに向かった。

（二）

透馬は八重を連れてアパートに戻った。人に出くわさないことを願いながら階段を上がった。鍵を開け、八重を中に通した時、トイレから男が出てきた。廊下の端の部屋に住んでいる中年男だった。何をやっている人物なのかは分からない。

男がじろりと透馬を見た。透馬は会釈をした。男も頭を下げ、部屋に消えた。

たったそれだけのことでも透馬は肝を冷やした。

八重は濃紺のスカートにピンク色のシャツ姿だった。スカートの色は目立たないが、ピンクのシャツは人目を引く。あのガード下付近に住んでいる人間が、何気なしに外を見ていて、シャツの色だけ覚えているということはありえる。

今更、そんなことを考えてもどうしようもないが、ピンク色のシャツが透馬の気持ちを暗くさせた。

部屋に入るなり、八重はその場に座り込んでしまった。透馬は電気も点けずに八重の後ろに立っていた。

どうしてこの俺が……。困惑が躰を駆け巡った。

どれぐらい同じ格好でじっとしていたかは分からない。

遠くでサイレンの音がした。

透馬は我に返った。すると上着の右ポケットに重みを感じた。

米兵を撃った拳銃が、ポケットを歪な形に膨らませていた。黒っぽい服なので幸い血は目立たない。

透馬は裸電球のスイッチを捻ろうとしたがやめた。机に近づき、その上に置かれたスタンドだけを点した。

サイレン音が近づいてきた。

自分を捕らえにきた警察車両がアパートに向かっているのかもしれない。

透馬はポケットから拳銃を取りだし、ぎゅっと握った。警察と撃ち合う？　そんな気はまったくなかった。動かぬ証拠品を持っているのはまずい。拳銃を押入の奥に隠した。

八重は畳に正座し項垂れ、両手で顔を被っている。その姿が影となってカーテンにかすかに映っていた。

サイレン音が聞こえなくなった。

透馬は窓を開け、外の様子を窺った。自分を捕らえにきたという考えは、透馬の怯えが生み出したものだった。

アパートの周りは静かだった。街灯に照らし出された通りを、茶色い猫が悠々と渡っていた。

透馬は窓を閉めた。

透馬の部屋には小さなベッドがある。ベッドと言っても市販されているものではない。頑丈な木箱を手に入れ、それを何回かに分けて運び、部屋の隅に並べた。その上に布団を敷いただけのものである。

透馬はベッドに腰を下ろし、三度、大きく息を吐いた。

「透馬様、私のせいで……」

八重は堰を切ったように泣き出した。

透馬は泣き声に苛立った。

「泣くな。もうすんだことだ」

八重は喉からしぼり出すような声で泣き続けている。

透馬はしばし間をおいてから、つぶやくような調子で訊いた。「こんな時間にあんなとこで何をしてたんだ」

聞いてもしかたのないことだが、八重に泣くのをやめさせたくて訊いたのだった。

八重はすぐには答えなかった。透馬は待った。やがて、八重が顔を上げた。

「この近所に洋裁学校の先輩が住んでいて、私、そこにいたんです。彼女にいろいろ教えてもらっていたら、つい時間が経ってしまって。泊めてあげるって言われたんですけど、タクシーで家に戻ろうと思って表通りを目指してました」

透馬は机の上に台所においてあったトリスウイスキーの瓶とグラスを置き、八重の前に胡座(あぐら)をかいた。

「飲むか」

「はい」

透馬はグラスに酒を注いだ。透馬は一気に飲み干したが、八重は少し舐(な)めただけだった。

「今夜のことは忘れろ。誰にも見られてはいない」

「透馬様は……」

「ちょっと待て。その〝透馬様〟はやめてくれないか。貝塚さんか透馬さんにしてくれ。もう子爵の息子でも何でもないし、お前は使用人じゃないんだから」

「それは無理です。私にとっては、今も透馬様ですから。透馬様は私の命の恩人です。私にできることがあったら何でもいたします」

「命の恩人は大袈裟だ」

「いえ。あのまま助けがなかったら、きっと私は殺されてたと思います」

透馬は黙って酒を飲み、煙草を吸っていた。

「働いてないのか」

八重が首を横に振った。「兄の世話になってます」

「どこに住んでる」

「兄の家です」

「房太郎とかいう人か」

八重が黙ってうなずき、住んでいる場所を教えた。「……兄は洋服の生地屋をやってまして、私が洋裁学校に通えるのも兄のおかげです」

透馬はゆっくりと煙草を消した。気持ちは少し落ち着いてきたが、上の空で八重の話を聞いていた。

自分は男を撃った。死んだかどうか確かめてはいないが、首から大量の血が噴き出していた。おそらく助かるまい。

右手の指を動かすと、引き金を引いた時の感覚が甦(よみがえ)ってきて身震いした。

襲われかかっている女を助けるために米兵と闘うしかなかったが、何もあそこまでやる必要はなかった。しかし、透馬は躊躇いなく引き金を引いた。時として、怯えがとんでもないことをしでかすことはあるが、今、振り返ってみても、あの瞬間、自分は冷静だった。逆上し、訳も分からずに相手を撃ったのではなかった。銃を構えた時、殺意が芽生えたのだった。

日本人を人間扱いしていない米兵はごろごろいる。そのことに対して義憤を感じ、成敗したいという正義感じみた気持ちが引き金を引かせたわけでもなかった。

では、なぜあんなことができたのか。

銃口を向けられた時、透馬は両親が撃ち殺されたことを一瞬、思い出した。犯人が外国人だと判明しているわけではないが、極限状態だったせいだろう、米兵の背後に、両親を殺した犯人の幻を見たのだった。

『犯罪讀物』という雑誌のことが脳裏に浮かんだ。自分のやったことは、ああいう雑誌に、尾ひれをつけられ、小説仕立てで書かれそうなことだ。

しかし、何であれ、自分は大きな犯罪を犯した。相手が死んでいれば殺人犯である。たとえ自分の犯行だとばれないですんだとしても、一生、重い荷物を背負って生きていくことになるだろう。

透馬は再びグラスに酒を注ぎ、一気に空けた。そして、八重に視線を向けた。

「話は違うが、八重は、俺の両親が殺された時、一緒に軽井沢にいたそうだな」

「はい」

「こんな時に話しにくいかもしれないけど、知ってることがあったら教えてほしい。警察は何もできずにいるようだから、俺は誰が両親をあんな目に遭わせたか調べられたら調べてみたいんだ」

八重の顔が強ばった。「あんな恐ろしいものを見たことはありません。私が旦那様と奥様を見つけたんですから」

「そうらしいが、銃声は聞かなかったのか」

「どこから話していいのか……」八重が言葉に詰まった。

「時間はたっぷりある。夜が明けるまでここにいるしかないんだから」

「私、殺した人間を見ています」八重がしっかりとした口調で言った。

「外国人か」

八重が大きくうなずいた。

「最初から話してくれ。どんなに小さなことでもすべて教えてほしい」

「事は夜、遅くに起こりました。私、眠ってたんですが、寒くて目が覚めてしまったんです。厠に行き、出てきた時でした。窓から母屋が見え、玄関口で、男が旦那様に無理やり抱きついたのを目にしました。様子が変だったので、その後、私、こっそり母屋に近づき、カーテンの隙間から中を覗いたんです。侵入した男はピストルを持ってました」

八重はそこまで言って黙ってしまった。その時に味わった恐怖感が甦ってきたようだ。

「男はいきなり両親を撃ったのか」

「違います。男は、誰かに追われてたみたいです」

「誰かって？」

「アメリカ兵です」八重は断言した。

「男はドイツ人だったのか」

「そんなこと分かりません。でも、同じ夜同じような場所でドイツ人が捕まったと警察が言ってました。だから、その仲間のような気がします」

透馬は自分の質問の仕方がよくないと反省し、八重がしゃべるに任せることにした。

八重はぽつりぽつりとだが、順を追って話し始めた。

その間、透馬は口をはさまず、酒も飲まなかった。ただ煙草だけを吸っては消し、消しては吸っていた。

「……母屋の様子を見てた時、遠くで灯りが動き始めました。懐中電灯の灯りのようで、それが母屋の方に向かってきました。私、母屋を離れ、自分のいた建物にも戻らず、建物の裏の窪地に隠れました。制服を着ていないふたりの男が母屋のドアをノックし、旦那様と短い時間話をしていました。そのふたりも外国人でした。やがて彼らは兵隊たちを引き連れ遠ざかっていきました。奥様を人質に取った男が二階にいるのは知ってましたが、アメリカ兵たちには言えませんでした。私が騒いだら奥様が殺されると思ったんです。それからどれだけ経ったかは覚えてませんが、かすかに物が破裂するような音を聞きました。でも、母屋から聞こえてきたかどうかも、ピストルの音だということも、私には分かりませんでした。その後、母屋から出てきた男が、私のいる建物に向かってきたので、私、押入に隠れました。明け方、男は出ていきました。しばらくしてから、私、母屋に行ってみたんです。そしたら、旦那様と奥様が二階の寝室で……。あの時、アメリカ兵に母屋で起こっていることを教えていたら、あんなことにはならなかったかもしれません。私に勇気があれば……」八重がまた泣き出した。

「お前のやったことは正しかった。アメリカ兵が母屋に突っ込んだら、侵入した男は親父とお袋をやはり殺していただろう。やってきた進駐軍の指揮官と思える男たちは、両親の命のことなど考えずに発砲したはずだから」

「でも、私、悔いが残っています」

八重を泣くがままに任せておいて透馬は考えた。

問題の外国人は進駐軍に追われていた。八重はふたりの私服の外国人を見ている。事件後、コンラッドという中佐とマイク・イノウエという中尉が佐山侯爵を訪ね、父のことを訊いていた。ヘーゲルを専門にしている父が、ドイツ人と親しかったかどうか気にしていたという。八重が見たという私服の外国人は、そのふたりだったのかもしれない。警察の話によると、両親が殺された夜、同じ地区で発砲事件があったらしい。進駐軍はナチスの残党を探していた可能性がある。そのひとりが逃げ延び、両親の暮らしていた山荘に押し入り追っ手から逃れた。その後、口封じのためにふたりを殺した。そう考えると辻褄が合う。

「お前は犯人をはっきりと見たのか」

八重がうなずいた。「押入の襖に穴が空いていて、そこからよく見えたんです。鷲鼻で、この辺に」八重は自分の左頰に指を当てた。

「黒子がありました。頰はこけていて、目の隈が激しかったです」

「歳はどれぐらいか見当がつくか」

八重は首を少し傾げた。「四十ぐらいに見えましたけど、外国人だったから、はっきりはしません。男は私の目の前で、奥様がよく身につけていらっしゃったダイヤのネックレスをポケットから取りだし見つめてました」

「楕円形で端が鋭角にカットされているものかい」

「そうです」

強盗に見せかけるために物を盗んだが、高価そうなネックレスを見て、自分のものにしようと考えるようになったのかもしれない。

日本語の達者なその男はおそらくドイツ人だろう。ナチスの残党だったら、そう簡単には祖国には戻れないはずだ。今でも日本のどこかで暮らしている可能性が高い。

「もう一度、その男を見たら分かるか」

「ええ。忘れたい顔ですけど、目に焼きついてます」

日本に残ったドイツ人が出入りしそうなところはどこだろうか。まるで見当がつかない。占領されてから日本には外国人が増えた。軍人だけではなくて軍属などの民間人も来ている。

逃げた男の人相や名前を、進駐軍が把握していなければ、男は、他の外国人に紛れて日本で生活しているとみていいだろう。

しかし、田舎にはいない気がする。外国人がいくら増えたと言っても、田舎では軍服を着ていない外国人は目立つ。男は大都会で生きていると透馬は考えた。

両親が殺された経緯を詳しく知った。だが、今すぐに犯人に繋がる手がかりを得たわけではない。何もできないことに変わりなかった。透馬はまたグラスに酒を注いだ。

「ありがとう。話してくれて」

「そんなこと……」八重が目を伏せた。

「佐山侯爵にも軽井沢の警察にも、誰も見ていないと嘘をついたらしいな」

八重が俯いた。「すみません」

「謝ることはないさ。怖くて話せなかったんだろう?」

八重が黙ってうなずいた。

「八重、お前は見違えるほど垢抜けたね」

透馬はがらりと話を変えた。

八重はそれには答えず、また泣き出した。

「八重、気をしっかり持っててくれ。悪いのはあの米兵なんだから。もしも、襲われたのがお前だと分かっても、逃げ出したとだけ言うんだよ」

「死んでも透馬様のことは口にしません」

八重がしゃくり上げながら答えた。

重い沈黙が流れた。夜明けまでにはまだだいぶ時間がある。

「少し、休んだらどうだ。寝心地のよくないベッドだけど」

八重が首を横に振った。「このまま起きてます」

透馬の頬がゆるんだ。「しかし、びっくりしたろう?」

八重が顔を上げた。「何がです?」

「俺の生活だよ」

八重は答えない。

透馬は声にして笑った。「思ったことを言っていい。あの邸に住んでいたなんて信じられない暮らしだろう?」

「お邸のあったところは今は?」

透馬は、土地を抵当に取られたことを教え、今、何をやっているかも口にした。

「透馬様がバーテンに?」

「バーテンならまだいい。バーの雑用係さ」

八重も飲食店が許可なしでは営業できなくなったことを知っていた。

「いくらでも抜け道はあるんだ」

「私の通っているドレメは目黒にあります。ここから近いですから、透馬様さえよければ、私、掃除でも洗濯でも、何でもやらせていただきます」

「こんなに狭い部屋だよ。掃除なんかすぐにすんでしまうし、穴のあいたパンツを人に洗ってもらうなんて笑い話にもならないよ」

「でも、私、透馬様のお役に立ちたいんです」

「気持ちは嬉しいが、俺はもう昔の貝塚透馬ではないと思ってくれ」

そう言った瞬間、胸が締め付けられる思いに駆られた。

〝もう昔の貝塚透馬ではない〟という言葉が重く自分にのしかかってきた。

本当の意味でそうなったのは、子爵の息子でなくなった時でも、貧乏を強いられているからでもない。つい数時間前に、米兵を撃った時からそうなったのだ。

夜が明けるまで、透馬は八重に質問ばかりしていた。田舎に戻らないのか。恋人はいないのか。ドレメを出たらどうするのか……。

透馬はそうやって時間をやりすごした。

やがて空が白み始め、省線が走る音がかすかに聞こえてきた。都電ももう動きだしているはずだ。

「八重、念のために恵比寿には出ずに渋谷の方に向かえ」

「はい」

透馬は窓辺に立ち、外の様子を窺った。恵比寿駅に向かって歩いている人がいた。

「そろそろ出ていいよ」

八重が立ち上がると、透馬も腰を上げた。

「気にするなと言っても無理だろうけど、忘れるように努力して」

八重はまっすぐに透馬を見て、こくりとうなずいた。またもや目が潤み始めていた。

「さあ行って」

「またお会いできますか？」

「この辺りをうろつかない方がいい」

「兄さん、電話を持ってます。何かあったらかけてください」

八重が口にした番号を透馬は書き留めた。そして、バーの屋号と電話番号を八重に教えた。

ドアを開けたのは透馬だった。廊下には人気はなかった。

八重は名残惜しそうな顔をして透馬を見、深く頭を下げると、部屋を出ていった。

再び窓の前に立った。ほどなく八重が現れた。躰を小さくし、俯き加減で渋谷の方に去っていった。

透馬はベッドに寝転がった。

八重がいた時は冗談を口にすることができたが、ひとりになったら、心細さに苛まれ、眠りにつくことさえなかなかできなかった。

また酒を引っかけた。疲れが透馬を救った。いつしか眠りに落ちていたのである。しかし、安眠はできなかった。

首から血を流してもんどり打った米兵が夢に出てきた。しかし場所は恵比寿ではなかった。軽井沢の山荘だった。そして、透馬は木立の間を米兵を追いかけていた……。

自分の呻き声で目が覚めた。首筋から汗が噴き出し、背中もびっしょりと濡れていた。

時計を見た。午後二時を少し回った時刻だった。

すぐには動き出せなかった。ぼんやりと煙草を吸っていた。煙草の灰が布団の上に落ちた。少年たちがはしゃぐ声が聞こえてきた。薄いカーテン越しに陽射しが部屋に差し込んでいた。

透馬は立ち上がり、流しで洗面をした。

風呂に入りたいし、腹ごしらえをしておかなければならない。しかし、その前にやっておきたいことがあった。

洗い桶に水を入れた。

昨夜、着ていたものを洗っておかないと落ち着かなかった。ズボンも黒だから目だたないが、クリーム色のシャツには血が飛び散った跡が鮮明に残っていた。しかし、量も少なく、夜だったこともあり、一目で分かるようなことはなかった。一個二十五円した石鹸(せっけん)はヤミで買ったものである。半分ほどに減っていた。それが小石ほどの大きさになるまで洗い続けた。

普段は窓の外に干すのだが、室内で干した。水が垂れる場所には新聞紙やタオルを敷いておいた。

あの米兵がどうなったか知りたかった。しかし、ラジオを聴いても無駄である。ニュースは滅多に流れないのだ。新聞に載るのは早くて明日だろう。

着ていたものを洗った次は、自分の躰である。透馬はタオルと小石の大きさになった石鹸を持って部屋を出た。

かんかん照りの日で、強い陽射しが、軒を連ねる建物の見窄らしさを容赦なく白日の下に晒していた。

事件の起こったガード下は目と鼻の先である。避けて通ることはできたが、どうしても様子を見ておきたかった。

胸に拡がる不安を何とか抑えこんで現場に向かった。

少し離れたところから自分が発砲した場所を見た。

警察官の姿はなかった。現場検証はすでに朝のうちに終わったのだろう。

ガードを潜って自転車が一台、透馬の方に走ってきた。自転車を漕いでいた労働者風の男は犯行現場に近づいても見向きもしなかった。

辺りには陽の光だけが戯れていた。

恵比寿駅の方に歩を進めた時だった。三メートルほど先にある民家から、ふたりの男が現れた。

ひとりはハンチングを被り、白い開襟シャツを着ていた。躰の大きな若い男で、眼光が鋭かった。もうひとりは定年間近に思える初老の男で、かなり着古した灰色の背広姿だった。若い方は顔を歪めて、手で頬の汗を拭った。背広姿の男はハンカチで額を拭き始めた。

聞き込み中の刑事たち。透馬は確信をもってそう思った。

鼓動が激しく打ち始めた。しかし、立ち止まったり、引き返しては却って妙である。

透馬はそのまままっすぐに進んだ。

ハンチングの男が透馬に視線を向けた。

「ちょっと君」

すれ違い様に声をかけられた。

透馬は立ち止まり、肩越しにハンチングの男を見た。

ハンチングの男が透馬の前に立った。そして、警察手帳を見せた。背広の男は透馬の右側にすっと近づいた。相変わらずハンカチで汗を拭いている。

「近所の人ですか？」ハンチングの男は、透馬をじろじろと見た。

「ええ」

「昨晩、あそこのガード下で射殺事件が起こったので聞き込みをやってる最中なんだ」

「射殺事件ですか」透馬はつぶやくように言った。

大袈裟に驚くような態度は取らなかった。射殺事件と聞いても実感が湧かない。そういう振りをした。

「午前零時前後に起こったようだが、その頃、君は家にいたか」

「いましたよ」

「銃声とか女の悲鳴とかを聞いてないか」背広姿の男が口を開いた。

「いいえ。この近くといっても、少し離れたところに住んでますから何も聞いてません。そう言えば、何時頃かは忘れましたが、サイレンの音は聞きましたよ」

「殺されたのは米兵なんだが、同一人物と思える男が、ガードのところで日本人の女にしつこく話しかけていたのが目撃されてる」背広の刑事が続けた。

「僕は、そんな時間にこの辺にはいませんでしたよ」

「女は、黒っぽいスカートにピンクのシャツを着てたっていう話だ。近所にそういう服装をするような女を知らないか」

透馬は首を横に振った。「そんな時間にうろついてる女はどうせ、パンパンでしょう」

「まあね」背広の刑事が小さくうなずいた。

ハンチングの男が舐めるように透馬を見た。「今から風呂か」

「ええ」

「働いてないのか」

「バーに勤めてましたが、法律が変わったせいで失業しました。しかし、銃を使った事件が多いですね。物取りか何かですか？」

「もう行っていい」ハンチングの男が偉そうな調子で言った。

透馬は振り向かずにゆっくりと歩いた。そして、風呂屋のある通りに入る時、後ろの様子を窺った。

刑事たちは姿を消していた。突然、蟬が鳴き始めた。ジージーという鳴き声が気に障った。

あの米兵は思った通り死んだようだ。予想はしていたが、刑事の口から、そのことをはっきりと聞かされた透馬は取り乱し、風呂屋を通りすぎてしまった。

風呂に入ってもすっきりとした気分にはなれなかった。

あの事件の目撃者は今のところいないようだ。犯人の人相や服装が分かっていたら、刑事たちは透馬に、そのことを訊いてきたはずだ。刑事の口振りからすると、女の悲鳴を誰かが聞いていたようだが、強姦しようとした米兵の姿も見られてはいなかったらしい。

問題は八重の服装だった。八重をアパートに連れていく際、自転車に乗った男と擦れちがった。あの男が、八重の服装を覚えているかもしれない。それが事件を解決する突破口になるとは限らないが、自分も見られているのだから不安だった。

しかし今のところ、警察は何も掴んでいないとみていいだろう。

米兵が殺されたのだ。進駐軍も動いているに決まっているが、捜査は日本の警察に任せているはずだ。日本語ができないアメリカ人には聞き込みすらできないのだから。

風呂屋を出た透馬は駅前の中華料理屋で食事を摂り、闇市で石鹸を購入し、アパートに戻った。そして、時間になると都電で銀座に向かった。

その夜のバー『バロン』は前夜よりも混んでいた。アメリカ人の客も多かった。

ふとした瞬間、外国人客の姿が、透馬には首から血を流して倒れた米兵と重なった。

その日、透馬はグラスを二個割った。

（三）

八重は二日間、学校を休んだ。

透馬のアパートにいた時よりも家に戻ってひとりになると、事件が起こった時の様子が鮮明に甦ってきて、授業に出る気にはなれなかったのだ。

透馬と別れた翌日の新聞に事件のことが報じられていた。

『恵比寿のガード下で米兵の射殺死体

九日午前一時半ころ渋谷区の公会堂通と丹後町（たんごちょう）の境にある省線の高架線下で、アメリカ人の射殺死体を渋谷署員が発見した。殺されたのは七二〇憲兵大隊に所属するMP、トーマス・ロバートソンさん、二十八歳だと所持品から判明した。ロバートソンさんは、その日は早番で、翌日は非番だった。渋谷で同胞の友人と会った後、恵比寿に向かい、ヤミ市周辺に出没する女ともめ事を起こした。ロバートソンさんはカストリを飲んでかなり酔っていたらしい。事件はその後に起こっている。午前零時少し前、アメリカ兵らしき男がガードの辺りで女に言い寄っているのが目撃され、その直後に女の悲鳴を近所の住人が聞いている。しかし、事件との関わりは不明である。凶器に使われた拳銃はロバートソンさんが所持していたものと思われる。渋谷署に捜査本部が設けられ、警察は目撃された女の発見を急ぐと同時に、事件当夜の地回りの不良たちの行動を洗っている』

自分が誰かに見られたことを知ると、新聞を持った手が震えだした。

もしも警察が自分に目をつけたら……。

絶対に白(しら)を切り通さなければならない。そうしなければ、透馬様に捜査の手が及ぶかもしれない。しかし、刑事の尋問に耐えられるだろうか。

「どうしたんだ、八重」

声をかけてきたのは兄の房太郎だった。

八重は躰を固くし、兄の方に視線すら向けることができなかった。

「何か気になることでも新聞に出てるのか」

「いえ。体調が悪いからぼんやりしてただけ」

八重は笑ってみせた。しかし、顔が引きつっているのは自分でよく分かった。

「朝帰りしてからのお前は、どこかおかしいぞ。気がかりなことがあるんだったら、俺に話せ」

「別に何もないわよ」

「ならいいけど」兄は八重から目を離さなかった。

誰かに話せたら、少しは気分が楽になるだろう。しかし、兄にすらこのことは言えない。透馬様に口止めされてはいないが、自分の胸のうちに仕舞っておくべきだと、八重は崩れそうになる心を必死に立て直した。

「お前、寝てる時に、悲鳴を上げてたぞ。すぐに収まったから起こさなかったけど」

「全然、覚えてない」

八重は嘘をついた。男が襲いかかってきた夢を見たのはかすかに記憶にあった。

「〝助けて、透馬様〟とはっきり言ってた。お前、貝塚透馬に会ったのか」

「会うわけないでしょう？　兄さんに話した軽井沢での事件をまた思い出したんじゃないかしら」

「かなり時間が経ったのに、まだそんな夢を見るとはな」兄はそう言いながら、煙草の煙を勢いよく吐きだした。

兄が仕事に出かけた。八重は家事をやり、教科書を開いたが頭に入ることはひとつもなかった。

夕方、電話が鳴った。八重は受話器を取った。

「八重ちゃん、どうしたの、二日も学校にこなくて」

相手は、襲われる前に会っていた先輩である。名前は今井豊子（いまいとよこ）という。三島（みしま）の置屋の娘である豊子は、気取りのない性格で、八重は彼女にだけは打ち解けることができた。

豊子のアパートには電話はない。どこかの公衆電話からかけてきたらしい。

「熱が下がらないの。夏風邪を引いたみたい」

「変なこと訊くけど、帰り道に何もなかった?」

いきなり核心をつく問いに八重はうろたえた。

「どういう意味?」やっと声になった。

「今日の新聞読んだかしら」

「いえ」

豊子は例の事件について話した。

「……夜道は危ないって、私、八重ちゃんに言ったでしょう。だから、心配になって」

「私は、あのままタクシーを拾って家に戻ったわ」

「ならいいんだけど」豊子の声が曇った。

「まだ何かあるの?」

「実はね、今しがたアパートに刑事がふたりやってきたの」

八重は目の前が真っ暗になり、声もでなかった。

「どうしたの?　聞いてる?」

「聞いてますよ。でも、どうして豊子さんのところに刑事が……」

「さっき話した事件の現場近くに住んでる一人暮らしの女のところを刑事たちは回ってるんですって。殺人事件と関係あるかどうか分からないけど、殺された米兵が言い寄ってた女を探してるのよ」豊子はそこまで言って黙ってしまった。

八重も口を開かない。

重い沈黙が流れた後、豊子がこう言った。「私、八重ちゃんがひとりで帰っていったことを刑事たちに話してしまったの。ひとりでいたかって訊かれたから、友だちが来てたと言っちゃった。言ってからまずいと思ったけど……」

八重は生唾（なまつば）を呑み込み、震える手を壁に押しつけた。「じゃ、刑事たちが私のところにくるわね」

「迷惑をかけてしまってごめん。でも、隠すようなことでもないって思って」

「いいわよ、豊子さん、私には何も起こってないから、正直に答えればそれですむでしょう」

「一応、八重ちゃんに知らせておかないと、と思って電話したの」豊子は申し訳なさそうな声でそう言った。

電話を切っても八重は受話器から手を離せなかった。

玄関のドアが開かれる音がした。

刑事たちがやってきたのか。八重は、その場をすぐに離れることができなかった。

床が軋む音がした。

「そんなとこに突っ立って何をしてるんだ」兄が怪訝な声で訊いてきた。

「友だちから電話があったの。兄さん、早かったわね。すぐにご飯の用意するから」

「飯はいい。また出かけるから。それで躰の方は少しはよくなったのか」

八重は豊子から聞いた話を兄に話そうかどうしようか迷っていた。普通だったら、兄に真っ先に教えていたことだ。それを今頃になって話すことに躊躇いが生じた。

しかし、刑事は必ずここにくる。やはり、話しておくべきだろう。

「兄さん……」

「ん？」

兄が八重の方を向いた瞬間、また電話が鳴った。兄が受話器を取った。

出鼻をくじかれた八重は電話から離れた。

「……うん、分かった。また連絡をくれ」

そんな短い会話を交わした後、兄は「着替えたらすぐに出かける」と言い残して自分の部屋に消えた。

戻ってきた兄は柿渋(かきしぶ)色のスーツ姿に変わっていた。花柄のネクタイを締めている。パナマ帽とサングラスを手に持っていた。

兄は腕時計に目を落としてから玄関に向かった。八重は後を追った。

「兄さん」

声をかけた時、玄関の磨(す)りガラスに人影が映った。

それに気づいた兄の眉根(まゆね)が険(けわ)しくなった。

玄関が開いた。

ふたりの男が中に入ってきた。ひとりはハンチングを被り、白い開襟シャツをきた躰の大きな男だった。もうひとりは灰色の背広を着ていた。少し背中が曲がっている。ハンチングの男は若々しく、背広の男はかなり老けていた。

「どちらさまですか？」兄が訊いた。

「渋谷署のものです」

歳の行った方が先に警察手帳を見せた。「下倉(しもくら)と言います」

ハンチングの刑事は小田切(おだぎり)という名前だった。

「どんな御用ですか」

兄は平静を装っていたが、妹の八重には兄がかなり緊張しているのが分かった。

ハンチングの刑事、小田切が八重を見つめた。すこぶる眼光が鋭い。その日を見ているだけで八重は震え上がった。

「佐々木八重さんですね」

「ええ」

「少しお訊きしたいことがありまして」

「妹に何を訊きたいんですか？」兄が口をはさんだ。

「いいのよ。何の話か分かってるの」

目つきが変わったのは刑事たちだけではなく、兄も同じだった。

「先ほど、今井豊子さんから電話がありました。恵比寿での事件に関することですね」

「ご存じでしたら話は早い」下倉の頬がかすかにゆるんだ。

「その事件のことは新聞で読みましたけど、私はアメリカ兵に話しかけられたことはありません」

「今井さんのところを出たのは何時頃です？」小田切が口早に訊いてきた。

「大体、午前零時少し前だったと思います。そのまま恵比寿の駅前に出て、タクシーでここに戻ってきました」

「殺された米兵らしき男がガード下辺りで日本人の女に話しかけていた。その女は、黒っぽいスカートに桃色のシャツを着ていたという証言があります。今井さんの話では、当夜、あなたはそういう服装をしていたそうですね」下倉の口調は穏やかだった。

「ええ。でも、私はアメリカ兵となんか話していません」八重はきっぱりと否定した。

「しかしね」小田切が目の端で八重を睨んだ。「あんな時間に、黒っぽいスカートにピンクのシャツを着た女が他にもいたとは考えにくい」

「ちょっと言いにくいことですが」下倉が口をはさんだ。「お嬢さんは、そのアメリカ兵に襲われた。女の人がそういう目に遭っても、なかなか自分からそうされたとは言えないものです」

八重は下倉を真っ直ぐに見た。「私は襲われてなんかいません」

「刑事さん、私もその事件のことは新聞で読みましたが、アメリカ兵は撃ち殺されたそうですね。襲われた妹が逆襲し、そのアメリカ兵を殺したとでもいいたいんですか？」兄が鼻で笑った。

ふたりの刑事が同時に首を横に振った。

「アメリカ兵と犯人はもみ合いになり、殴り合いもしたようです。死んだ男は身の丈が六尺ほどあるんです。被害者と争ったのは男に決まってます。女じゃ対等に闘えるはずはありませんから」下倉が答えた。

「今井豊子さんの他に、恵比寿に知り合いはいますか?」小田切が口を開いた。

「いません。豊子さんの家と駅を往復するだけで、恵比寿では喫茶店に入ったこともありません」

「何時頃、ここに戻られました?」小田切が続けた。

「一時前には戻ってました」

兄には、自分が嘘をついていることは分かる。しかし、兄は口裏を合わせてくれると固く信じていた。

果たして兄はこう言った。「それは私が証明できます。八重はその頃に戻ってきました」

「今井さんのアパートを出たあなたは、省線の線路に沿って駅に向かったんですか?」

「ええ」

「その際、与太者らしい男を見たようなことはなかったですか?」と下倉。

「よくは覚えてませんが、人と擦れちがった記憶はないです」

「二日間、学校には行ってませんね。どうしてです?」小田切はハンチングに触れながらねっとりとした調子で訊いてきた。

「体調が優れなかったからです」

小田切がじろじろと八重を見た。「お元気そうに見えますが」

「かなりよくなりました」

小田切が無遠慮に廊下の奥を覗き込んだ。「ドレメに通うには、それなりにお金がかかりますよね」

「それと事件とどんな関係があるんですか?」兄の口調には怒りが滲んでいた。

「お金ほしさに、曖昧な仕事をやる女もいますから」

「君、失礼だぞ。妹の面倒をみているのは私です。学費もね」

「失礼ですが、どんなお仕事を」

「神田で洋服生地の販売をやってます」

「道理で、ばりっとした格好をなさってる」

小田切の言い方には含みがあった。兄がまっとうな仕事はしていないと決めてかかっているようだった。

「もういいでしょう。この辺でお引き取りください」

「お嬢さん、話したくないこともあろうかと思うが、事は殺人事件です。何者かが襲われた女を助けた。その時に撃ち殺してしまった。女はその男の顔を見ているが、助けてくれた恩人だから話せない。あくまで推測ですが、そういうこともありえると我々は考えてます。知ってることがあれば、正直に言ってください。あなたの名誉は守りますから」下倉が教え諭すような調子で言った。

「私、何もされていないし、何も見てません」八重は目を伏せ、か細い声で答えた。

「仮にですが、襲われかけたあなたを、あの辺りを根城にする与太者が助けた場合、唯一の目撃者であるあなたを亡き者にしようとするかもしれない。気をつけてください」小田切が冷たい口調で言った。

「刑事さん、妹は知らないと言っているし、午前一時頃にはここにいました。妹を脅してどうする気ですか？」

「可能性について話しただけですよ」小田切が兄を睨みつけた。

ふたりの刑事は小さく頭を下げると家を出ていった。

八重はその場に座り込んでしまった。兄は呆然とその場に立ち尽くしていたが、急に奥に引っ込んだ。兄の声が聞こえた。どこかに電話をかけたらしい。

兄が戻ってきた。「待ち合わせの時間を遅らせた」

「ごめんなさい。嘘をついてて」

「そんなことは今更どうでもいい。さあ、立って」

八重は両手を床についてゆっくりと立ち上がった。脚がふらついていた。刑事たちを相手にしていた時の方が落ち着いていた。彼らがいなくなると、緊張の糸が切れてしまったのだった。

茶の間に入り兄と相対した。

兄が煙草に火をつけた。「襲われたのか」

「いいえ。大丈夫でした」

「刑事が当て推量で言っていたことは当たってたようだな。誰かがお前を助け、そいつがアメリカ兵の銃を奪って撃ち殺した。そうなんだな」

「………」

「新聞によると、お前にいたずらをしようとする前、あの辺に出没するパンパンともめたってことだから、女のヒモか地回りが、アメリカ兵を見つけて殺ったんだろう。お前は目撃したのか」

「兄さんにも本当のことは言えない」

「八重、お前は朝帰りをした。先輩のところに泊まったと言ってたが、そうじゃなかった。一体、どこにいたんだ」

「兄さん、堪忍して」八重は泣き出した。

「お前を襲おうとしたアメ公を殺った奴を俺が警察に突き出したりすると思うか。話して気分を楽にしろ。恵比寿の地回りが殺ったんだったら話は別だぜ。デカが言ってた通り、お前を亡き者にする可能性があるからな。俺は恵比寿の闇市のことも多少は知ってる。情報は取れないことはないだろう」

兄が自分を裏切ることは絶対にない。八重は黙ってはいられなくなった。

「助けてくれたのは、私が大事に思っている方なんです」

「お前に好きな男がいて、そいつと逢い引きしてたのか」

八重は首を激しく横に振った。「大事な人というのは、そういう意味じゃないの」

「焦れったいな」兄は忙しげに煙草を消した。

「助けてくださったのは貝塚透馬様です」

「貝塚透馬……」兄はつぶやくように言った。「お前、子爵の息子と逢い引きしてたのか」

「そんなんじゃないんです」

「詳しく話してみろ」

八重は思い出せる限りのことを兄に打ち明けた。

「へーえ。子爵の息子なんて軟派だと思ってたけど、透馬って男は違うらしいな」

「必死で私を守ってくれたのよ。そのせいで透馬様は人殺しになってしまった。取り返しはつかないけど、私、透馬様のためだったら、何でもするつもり」

「貝塚透馬は恵比寿に住んでるのか」

「ええ。小さなアパートにひとりで暮らしてます。明け方まで私、透馬様の部屋に隠れていました」

「小さなアパートだって？」兄が怪訝な声で言った。「いくら没落しても、それなりの金は持ってるんじゃないのか」

「部屋を見たけど、戦前に豪華な暮らしをしていた人にはとても思えなかった。今は、兄さんの方が百倍金持ちよ」

「家の財産でのうのうと暮らしてた人間は、こういうどさくさを生きる知恵がないから、貧乏になってもしかたないけどな」

「兄さんは、昔の金持ちが嫌いなんでしょう？」

「財閥が解体され、華族制度がなくなってよかったと思ってる。でも、今の話を聞いたら、貝塚透馬だけは別だ。お前の命の恩人だからな。貝塚に困ったことがあったら、俺も躰を張って助ける。で、今、奴は何をして食ってるんだ」

「銀座のバーで手伝いしてるって言ってました」

「バーの名前は？」

八重は顔を上げた。「名前なんか聞いて、兄さん、どうする気？」

「機会があったら、会ってみたいと思っただけだ。会っても余計なことは言わないから安心しろ」

八重はバーの名前を口にした。そして、上目遣いに兄を見た。

「兄さんは、今でも何か悪いことしてるんじゃないの」

「何だい、いきなり」兄が眉を八の字にして笑った。

「刑事が現れた時、兄さん、すごく緊張してたわ。取り繕ってたけど、私には分かった。刑事たちが自分に会いにきたって誤解したんでしょう」

「俺は闇屋で儲けたし、賭博で捕まってもいる。足を洗っても、デカは苦手だ。それに、刑事たちがお前に尋問しにきたとは考えもしなかったから、てっきり俺に……」そこまで言って、兄は腕時計に目を落とした。「俺はもう行かなきゃ。八重、何も心配するな。俺がついてるんだから」

「もう大丈夫よ。明日から普通に学校に行きます」

「その方がいい。家に閉じこもってると変に思われるから」

房太郎はサングラスをかけ、帽子を被ると茶の間を出ていった。

八重はしばらくその場にぼんやりとしていたが、気持ちを切り替え、腰を上げ、台所に向かった。お腹はまるで空いていなかったが、米をとぎ始めた。

心が余所にあるものだから、必要以上に米をといでしまった。

（四）

房太郎はタクシーに乗り、大手町に向かった。神田美土代町から日比谷通りを南に下った。

車中、八重のことを考えた。妹は貝塚透馬に惚れている気がしないでもなかった。透馬のことを話す時の八重は、あんな事件があったにも拘わらず、曇り空から一瞬陽が射したように顔が明るくなった。

華族制度がなくなったとはいえ、華族の心の持ちようは昔のままのはずだ。使用人だった八重がのぼせ上がってもどうなるものではない。そろそろ八重の嫁入りを真剣に考える時期がきたようだ。

大手町の交差点を越えた辺りでタクシーを降りた。通り沿いに車がずらりと並んでいる。この通りの主立ったビルは、ほとんどすべて接収されている。

房太郎は通りに面したビルのひとつを目指した。

そのビルの地下に進駐軍専用のクラブがある。普通の日本人はオフ・リミットだが、ツテがあれば入れる。進駐軍の軍人だけでなく、軍属や商売で来日している民間人と親しくなれば問題はないのである。

しかし、房太郎は進駐軍の連中だろうが何だろうが、外国人との直接の付き合いはない。横流しされてきた物資を扱ったことがあるだけである。

クラブのドアを開けると、蝶ネクタイを締めた日本人が現れた。

厚いカーテンの向こうからジャズの生演奏が聞こえてきた。

「ここは日本人は入れません」男が表情ひとつ変えずに言った。

「今夜、ここに出ているトランペット吹きの萩尾さんに呼ばれたんですが。名前は佐々木と言います」

男は小さくうなずいた。「聞いています。どうぞ」

房太郎は帽子を預け、髪を指で撫で上げながら中に入った。

左奥が舞台になっていて、バンドが軽快な音楽を演奏していた。将校らしい軍人が日本人の女を相手に踊っていた。

煌々と点った照明の光が床に鈍く光っていた。床材はおそらく桜だろう。

クラブ内はかなり混み合っていた。

「お待ちの方は向こうに」

蝶ネクタイの男の視線の先に日本人がひとりで飲んでいた。カウンターの端で小さくなっている。

豪華なクラブにはまるでそぐわない感じの男だった。

トランペット吹きの萩尾重吉(じゅうきち)とは戦前からの付き合いで、一緒に悪さをしたこともある。萩尾から久しぶりに電話があったのは一昨日のことである。親戚の人間に会ってほしいという。理由を訊いたが、萩尾は詳しいことは知らないと答えた。

「そいつが困ってて、売りたいものがあるらしい」萩尾が言った。

「俺はもうヤミの仕事はしてねえよ」

「それは知ってる。だから、話を聞いてやってくれるだけでいいんだ」

「なぜ、俺に？」

「他に信用できる奴がいないからさ。明後日、進駐軍専用のクラブ『キーウェスト』に俺は出る。支配人に話をつけておくから、そこにきてくれないか。こんな機会でもないと、お前も進駐軍のクラブには入れんだろう。アメリカさんがどんな暮らしをしてるか見ておくのも悪くないだろうが」

「そんなもんに興味はないが、あんたの頼みは断れん」

待ち合わせの時間と、会う人物の名前を聞き、受話器をおいた……。

房太郎は男の右隣に腰を下ろした。

カウンター席も一杯で、英語が飛び交っていた。

日本語でこそこそ話をするには向いている場所かもしれないと、房太郎は片頬をゆるめた。

房太郎に会いたいという男はウイスキーをストレートで飲んでいた。

「遅くなってすまなかった」房太郎はビールを注文してから男に謝った。

「深野寛二（ふかのかんじ）です」男が小さく頭を下げた。

深野は頬骨が異様に出、目が飛び出していた。顔は土気色だった。歳は三十五、六というところだろうか。髪は天然パーマらしく、もじゃもじゃしていた。店が暗いので目立たないが、夏なのに冬の上着を着ていた。

「で、お話とは」

「重吉に相談したら、あんたを推薦してくれました」

ビールが目の前におかれた。房太郎は喉を潤（うるお）し、煙草に火をつけた。

「俺はもうヤミの仕事はやってないから、おそらく、役には立てんでしょう」

「でも佐々木さんは顔が広いと聞いてます。紹介者になってくれるだけでいいんです」

「何を売りたいんですか？」

「コカイン」深野は腹話術師のように口を動かさずに言った。

さすがの房太郎も驚き、深野をまじまじと見返した。それからまたグラスに口をつけた。

「俺は、そういうものは一度も扱ったことがない」

「でも、捌ける人間は知ってるでしょう？」

「そんなものをどこから手に入れたんですか？」

「私、戦争中、目黒にあった海軍の医療工場で技官として働いてました。戦争が終わったどさくさに、私は工場にあったコカインを密かに持ち出したんです」

音楽がムードのあるものに変わった。房太郎はステージの方に目を向けた。日本人の女歌手が歌い始めた。真ん中から分けた髪が肩の辺りで強く波打っている。首には、おそらく偽物だろうが、ダイヤらしいネックレスが光っていた。ハスキーな声で粘っこく歌っている。やたらと英語がうまい。

曲に合わせて抱き合って踊る男女の影が、壁に揺れていた。

房太郎は煙草の煙をゆっくりと吐きだした。

「あんた自身が中毒になってるんじゃないのかい」

「戦争末期、三歳だった娘が女房の不注意からトラックに轢かれて死んだ。それを気にして女房は首をくくった。苦しくてね」深野はグラスを空け、お替わりを頼んだ。

湿った話である。房太郎はうんざりした。甘い曲が流れていてくれて助かったと思った。

「悪いがヤク中は信用できない」

「もうやめてる。代わりに酒を浴びるように飲んでますがね」

「ヤクはそう簡単には断ち切れない」

「酒と意志の力で何とかする。大金が入れば、絶対に生活を立て直せる」

「これまで一度も売ったことはないのか」

「モグリの医者に売りました。グラム十六円ぐらいのものを二千円で」

「それを続けるんだな」

「俺が隠してるコカインは一キロ以上だ。どっかの組織に買ってもらいたいんだ」

一キロ捌けたら、確かに大金が転がりこんでくるだろう。

「噂によると、新宿の暴力団がヤクを扱ってるって聞いたことがあるが、本当ですか？」

房太郎は鼻で笑った。「俺はそういうことに明るくない。暴力団とは関係を持ってないから」

「闇屋から鞍替え（くらが）えした連中もいるでしょうが」生気を失ったぎょろっとした目が房太郎を見た。「紹介してくれるだけでいいんです」

「悪いことは言わない。あんたひとりで、暴力団を相手に取引なんかできやしない。ヤクのことは忘れて大人しくしてることを勧めるよ」

深野がいきなり、房太郎の袖を掴み、ぐいと引っ張った。バーテンが深野に視線を向けた。

房太郎は深野を目で制し、彼の骨張った手を払った。

「ともかく、俺は必死なんだ」

女歌手が歌い続けていた。

「あんたは今、どこで何をして食ってるんだ」

「住まいは三ノ輪のバラックで、近くの印刷所で働いてます」

「三ノ輪か。縁のない町だけど、最近、三ノ輪のことが新聞に出てたな。そうだ。〝金色夜叉〟が金をばらまいたことがあったよな」房太郎は淡々とした調子で言い、グラスを空けた。

「ありましたね」

「お零(こぼ)れに与(あずか)ったかい？」

「いや。〝金色夜叉〟なんて俺は嫌いだ。義賊気取りが気に入らん。人に金を施すことが、どれだけ偉そうなことなのか、奴らは分かってない。面白半分でやってるんだろうけどな」

「あんたの言う通りだな」房太郎は軽く受け流した。

戦時中、技官だった深野はプライドが高い男らしい。しかし、気が弱くて、すぐにいじけるタイプでもあるようだ。

「俺は今の生活から脱け出したいんだ」深野は力をこめてつぶやいた。

「そう興奮するな」

「佐々木さん、頼むよ。紹介してくれるだけでいいんだ」

「相手が誰だろうが、どんな組織だろうが、グラム二千円なんかじゃ買ってくれないぜ。向こうは叩けるだけ叩いてくる」

「文句は言いません」

「あんたとはどうやって連絡を取ったらいいんだ」

「勤めてる印刷所の電話番号を教えておきます」

房太郎は深野が口にした番号を控えた。

「うまくいくかどうか分からんが、興味を持ちそうな奴を探してやるよ」

「やっぱり、あんたを紹介してもらってよかった。うまくいったら手数料を払います」

「売値の十パーセントはいただくぜ」

「結構です」

「殺されるかもしれないぐらいの覚悟はしておけ」

「覚悟はないけど、いつも自殺のことを考えて生きてるから、命は懸けられる」

房太郎は唖然(あぜん)として、天井を見上げてしまった。

演奏が終わった。室内のざわめきが房太郎の耳に押し寄せてきた。

カウンター席にいる濃紺の背広を着た日本人の男が目に留まった。背中に棒でも入れたかのように背筋が伸びているから気になったのだ。男は口髭を生やした外国人と話していたが、周りの雰囲気とまるで合っていなかった。

男は元軍人ではなかろうか。房太郎は、何の根拠もないがそう思った。

昨日の敵は今日の友、というわけではなかろうが、国の将来がまるで見えない世の中。進駐軍に取り入りたい日本人は闇屋だけではないに決まっている。

「今の話、誰にもせんでくれよ」深野が言った。

「あんたもしゃべるんじゃないぜ」

深野はまたお替わりを頼んだ。

バーテンが空いたビールグラスを見て、房太郎を見た。お替わりをどうするかと訊いているらしい。房太郎はウイスキーに切り替えた。

トランペット吹きの萩尾がやってきた。演奏し終えたばかりだからだろう、顔が上気していた。バーテンにビールを頼み、椅子には座らず、カウンターに片肘をついた。

「佐々木さん、よく来てくれた。ありがとう」

「深野さんの話は聞いたよ。だが、役には立てそうもない」房太郎は残念そうに言った。

萩尾が深野に目を向けた。「寛二さん、しけた面(つら)するなよ。どんな話か知らないけど、うまくいかないことだってあるさ」

「他を当たるからいいんだ」深野は力なく言った。

「佐々木さんに何を捌かせようって思ったんだい。俺にも言えないもんかい」

「印刷のインクだよ」

「まさかお前、勤め先からくすねたんじゃないだろうな」

「違うよ」

　房太郎はグラスを空けると立ち上がった。

「何だ、もう帰るのか」萩尾が言った。

「もう一軒、寄るところがあるんだ」

「忙しいんだな」

「今度、ゆっくり飲もうぜ」

　房太郎は萩尾の肩を軽く叩き、深野に会釈をすると、外国人の間を抜けて出口に向かった。

夜風に当たりながら、東京駅の方に歩いた。

房太郎は深野を好きになれなかったが、奴のために一肌脱いでやることにした。一キロのコカイン。交渉が成立すれば、深野にはかなりの金が入る。現在のコカインの相場を房太郎は知らなかったが、グラム五百円としても五十万にはなる。

房太郎は取引後に、深野の金を奪うことを思いついたのだ。

仲介料をいただくことになっている房太郎が、深野から取引の日時や場所を聞き出すのはそれほど難しいことではない。

房太郎は東京駅の公衆電話から日高多美夫の事務所に電話を入れた。舎弟が出て、親分は家に帰ったと言われた。

一度、多美夫の家に行ったことがあった。電話が引かれていたが、房太郎は番号を知らなかった。

タクシーに乗り、新宿に向かった。

新宿には闇市がいくつかあって、テキ屋上がりの尾津組の他にも和田組、安田組などがあり、鎬を削っている。

日高組はマーケットを持っていない。新宿通りに建つ帝都座の裏一帯をシマにしている組である。組員は十名ほどしかいない。元々は地元の不良が集まって自警団を作り、それが発展して組になった新興ヤクザである。今は、日雇いの斡旋（あっせん）やら、土地ブローカーのようなこともやってしのいでいるようだ。

多美夫は二十九歳。右脚が子供の頃から悪く、戦争には行っていない。

戦時中に、房太郎は多美夫と出会った。二丁目の赤線地帯に、ひとりでいた多美夫が、地回りに絡まれ、殴る蹴るの暴行を受けていたところを、通りかかった房太郎が助けた。地回りのひとりをたまたま知っていたから何とか収められたのである。

再会したのは去年の暮れのことだ。三越デパートの裏の小さな料理屋で飯を食っている時に多美夫が、ふたりの男を連れて肩で風を切って入ってきた。

店主の態度を見て、多美大が一端（いっぱし）のヤクザになっていることが分かった。

房太郎は遅くまで多美夫と飲んだ。

「洋服の生地を売ってるんだって」多美夫が短く笑った。

「さっきそう言ったろうが」

「本当は闇屋じゃねえのか」

「だったら何だというんだい」

「どうせ闇屋なんて長くは続きはしねえよ。俺んとこにこねえか」

「お前んとこに行って、俺は何をするんだい」

「うちの連中は若いのばかりなんだ。血の気は多いが、頭は使えねえ。あんたは度胸もあるし、頭も良さそうだ。だからさ、俺と組んで、いろいろ新しいことをやるっていうのはどうだい？」

「何か計画があるのか」

多美夫は遠くを見るような目をした。「新宿に一大遊技場を作りたいんだ」

「夢が大きいんだな」

多美夫の目が鋭い光を放った。「馬鹿にしてるんだろう？」

「いや」

「それはずっと先のことよ。まずは金を集めなきゃ始まらないからね」

ヤクザ稼業をやっているにしては、多美夫の目は澄んでいる。その澄んだ目の奥に、いつ何時、爆発するかもしれない地雷のような怖さを秘めている。欲望の塊で、早くのし上がりたくてうずうずしているのだが、大金持ちになっても、彼の飢えは尽きることのないものに思えた。しかし、房太郎はこの若者に恐怖を感じたことは一度もなかった。房太郎が好意をもっていることを、多美夫は肌で感じているようだった。

「その目つきじゃ、何でもやらかしそうだな」

「人の土地に建物を建てても平気な世の中だぜ。何でもできるってことじゃないか。な、佐々木さん、俺んとこにきてくれ。闇屋なんかやってるよりも実入りはよくなる」

「俺は地道に生きてる。あんたとは生き方が違う」

房太郎は適当にはぐらかし、多美夫と別れた。

〝金色夜叉〟を作ってからは、多美夫からもうまい話が聞けるかもしれないと時々、杯を交わすようにしていた。

多美夫は成子坂下（なるこざかした）の都電の停車場から路地に入ったところに建つ一軒家に女と住んでいた。

停車場をすぎた辺りで房太郎はタクシーを降り、徒歩で多美夫の家を目指した。

細い路地に入ってしばらく歩いた。

多美夫の家の二階から灯りがもれていた。

玄関の引き戸を叩いた。しかし返事はない。

何度も叩いた。すると二階の窓が開く音がした。多美夫が通りの様子を窺っているのだろう。

房太郎は家から離れ、被っていた帽子を脱ぎ、二階を見上げた。

ほどなく、引き戸が開いた。開けたのは浴衣姿の女だった。面長の色白の女で、白磁の壺を房太郎は連想した。

「こんな時間にすみません。ちょっと旦那さんに話があって」

「どうぞお上がりください。主人は二階におります」

房太郎は恐縮した顔をし、靴を脱ぎ、急な階段を上がった。

「こっちだ」

声が聞こえてきた襖を開けた。

房太郎はぎょっとした。銃口が彼の方に向けられていたのだ。

多美夫が大声で笑い出し、自動拳銃を座卓の上に置いた。

「拳銃は女と同じで、いつもかまってやらねえといけねえんだ」

多美夫は拳銃を磨いていたらしい。

「びっくりしたぜ」房太郎は大袈裟に息を吐いて見せた。

「それは俺が言いたい台詞（せりふ）だぜ。連絡もしねえで、いきなり、ここに来るとは。ビール、飲むかい」

「ああ」

多美夫は一階にいる女に声をかけた。

「そんなとこに突っ立ってないで座れよ」

房太郎は多美夫の前に腰を下ろし、煙草に火をつけた。

「緊急の用らしいな」

「そうでもないんだが」

ほどなく女がビールを運んできた。

多美夫は、房太郎のグラスにビールを注いだ。房太郎が注ぎ返そうとすると、多美夫は首を横に振った。

「用件は？」

「あんた、コカインに興味があるか」

「俺はヤクはやらねえよ」

「捌いたことは？」

「ないな」

「じゃ無理だな」

「あんたカタギだって言ってたが、ヤクなんか扱ってるのか」

「コカインを捌ける人間を探してる人間が、知り合いの親戚にいる。そいつの話を聞いただけだ。その時、あんたのことを思い出した。それだけだよ」

「じゃ、ブツは見てないんだな」

「俺はヤクのことはまったく知らない。舐めてみても区別がつくのは、砂糖と塩ぐらいだぜ。あんたは分かるか」

「或る程度はな」

「じゃ、やっぱり捌いたことがあるってことか」

「ただの話だけじゃ乗れないぜ」

「俺は紹介者にすぎない。あんたが興味を持てば、そいつから連絡させる。俺の出番はそこまでだ」

「仲介料は取るんだろうが」

「いくらかはいただく」

「ブツの出所はどこなんだ」

房太郎は、深野の話した通りのことを伝えた。「信用していい話だとは思ったよ」

「で、どれぐらいの量を持ってるんだ」

「一キロ以上だそうだ」

「一キロかあ」多美夫は低い声でつぶやいた。いくらの儲けになるか計算しているらしい。

「話はそれだけだ。興味がなかったら断ってくれていい」

「少し考えさせてくれねえか」

「気持ちが決まったら、俺の事務所に電話をくれ」房太郎はグラスを空けると、腰を上げた。

多美夫の澄んだ目が房太郎をじっと見つめた。「必ず連絡だけはいれる」

「そうしてくれ」

房太郎は一階に降り、女に挨拶をして外に出た。

多美夫は間違いなく乗ってくる。房太郎は確信を持った。

（五）

銀座四丁目の角にある服部時計店は接収され、占領軍専用の購買部ＰＸに変わっていた。透馬は露店をひやかし、ＰＸの並びにある本屋、教文館に立ち寄った。

恵比寿での悲惨な事件から一ヵ月半ほど経った八月の終わりのことだった。残暑の厳しい暑い日だった。

教文館を出たところで煙草に火をつけた。交差点の方を見るともなしに見ていたら、洋装の女が歩いてきた。

透馬は立ち止まり、彼女が自分に気づくのを待った。

目が合った途端、女は相好を崩した。相手は佐山侯爵の三女、麗子だった。

「お久しぶり」透馬の方から声をかけた。

「透馬様」

麗子は涼しげな水色のドレスを着、ツバの広い白い帽子を被っていた。

アコーデオンの音が聞こえてきた。歩道の隅で傷痍(しょうい)軍人が弾(ひ)いているのだった。

その悲しげな音色に麗子の服装はまるでそぐわなかった。

「お元気そうで」

「透馬様も」

「侯爵はいかがなさってます?」

麗子が目を伏せた。「それが……。先月、急死しました」

透馬の顔色が変わった。「急死?」

「透馬様にもお知らせしたかったんですけど、住所が分からなかったものですから」

「時間があれば、どこかで詳しい話を聞きたいんですが」

「五時までに第一ホテルに行かなければなりません。それまででしたら」

透馬はPXの裏道に小さな喫茶店があるのを思いだした。

喫茶店に入ると、麗子は帽子を脱いだ。

透馬と麗子はコーヒーを前にして相対した。

麗子は父親の死んだ模様を訥々と語った。侯爵が朝になっても起きてこないので見にいった。侯爵は布団の中で息を引き取っていたそうだ。

「……お医者様の話だと、大動脈瘤が破裂したそうです。父の死に顔はとても穏やかでした」麗子はハンカチで鼻を押さえた。

「新しい家を建てるとおっしゃってましたが」

「三鷹に建てました。私、今、母と一緒にそこで暮らしてます」

透馬は上目遣いに麗子を見た。「ご結婚なさったのでは」

麗子が力なく頰をゆるめた。「その予定でしたが破談にしました。父が調べたら、その方、かなり女遊びが激しくて、向島の芸者さんとも深い仲だったんです」

「結婚前に分かったのは不幸中の幸いだったですね」

「最初から気の進まないお話だったので、私はせいせいしてます。ところで、透馬様は今……」

透馬はどこに住んでいて何をしているか正直に話した。

「バーにお勤めですか。一度行ってみたいわ」

「麗子さんが来るような場所じゃないですよ。モグリのバーだから」

「私に行けない場所なんて今はもうありません」麗子はきっぱりと言ってのけた。

「麗子さんは働いてるんですか？」

「いいえ。母の躰が悪いものですから。今のところは父が残してくれたもので何とかやりくりしてます。いずれは働きに出ないと保(も)ちませんけど」

「第一ホテルに行くと言ってましたが、あそこは進駐軍の将校の宿舎になってますよね」

「透馬様は錦織(にしきおり)男爵をご存じですか？」

「いや」

「錦織男爵の長女が寿賀子(すがこ)さんというんですが、彼女が慈善団体を作っていて、戦災孤児の救済のためのバザールが開かれるんです。私も誘われたものですから、協力することにしたんです。うちから提供できるものなんかたかが知れてますが。そうだ、透馬様、明日は日曜日ですけど、午後、お時間あります？」

「ありますが、何か？」

「私に付き合ってくださらない？　寿賀子さんのところでちょっとした集まりがあるんです。私をエスコートしていただけると助かるんですけど」

透馬はコーヒーをすすった。粉っぽいまずいコーヒーである。

「今の僕はそういう集まりに着ていけるような服さえ持ってません」

「気にしないでください。寿賀子さんは自分の家をサロンとして開放し、交流の場にしてるんです。透馬様なら、もっといい仕事に就けるはずです。生意気なことを言うようですが、そのためにはいろんな人を知っておいた方がいいと思うんです」

あの事件を起こす前だったら、バーの手伝いよりもいい仕事にありつこうと、麗子の誘いにすぐに乗っていただろう。しかし、今の透馬は、そういうことに積極的にはなれなかった。

「せっかくのお誘いだが、お断りしたい」

「気楽な集まりなんですけど、駄目でしょうか」

「僕がエスコートしたら助かると言いましたね。どういう意味です？」

「実は、私にしつこく迫ってきてる男性がいるんです。ですから、本当は出席したくないんですが、逃げていても、相手は引かないでしょう。透馬様が私と一緒に出席すれば、その……」

透馬はにやりとした。「僕に、あなたのいい人のように振る舞ってほしいわけですか」

「お芝居をする必要なんかありません。私があなたにべたべたしていれば、相手は分かるはずですから。失礼な女だとお怒りかもしれませんが、透馬様だから正直に話しました」

「そういう率直なところが麗子さんのいいところですね」

「お願いできませんか？　ただ私といて下さればいいんです」

「見窄らしい格好の男が一緒だと、却って相手の戦闘意欲が湧くかもしれないですよ」

「どんな服装をしていようが、透馬様には気品があります」

「相手は何者なんですか？」

「宝石商ですが、竹松虎夫の一派だという噂です」

竹松虎夫はいわゆる大陸浪人だった人物である。戦争中、海軍に近づき、上海で竹松機関を作り、軍の庇護の許、非道なことを繰り返したという話だ。去年の秋、A級戦犯として巣鴨拘置所に投獄と新聞で読んだ。

「無理にとは申しませんが、できたら……」

「分かりました。お付き合いしましょう。できるだけあなたに恥をかかせない格好をしていきますよ」

世話になった侯爵の娘の頼み事。一旦断った透馬だったが受けることにしたのだ。

待ち合わせの場所と時間を決めると麗子は先に喫茶店を出ていった。

翌日の午後三時少し前、透馬は渋谷駅で麗子と落ち合い、東横線に乗った。錦織寿賀子という女は自由ヶ丘に住んでいるという。

紺色のスーツに水玉のネクタイを締めていた。そのスーツが透馬の持っている服の中では一番見栄えがするのだった。

「なかなかお似合いよ」

「言わないでください。これが夏物じゃないのはお分かりでしょう」

麗子は小さくうなずいた。

「寿賀子さんは、なかなかの遣り手で、進駐軍の放出物資や軍の物資を扱って大儲けしてる人なのよ。あの人にお願いしたら、仕事はあると思います。透馬様は英語もフランス語もできるんですからね」

「いや。どうせそういう商売は長続きしない」

危うい仕事には手を出したくなかった。手が後ろに回るようなことがあると、ひょんなことで、例の事件のことが発覚しないとも限らないのだから。

「フランスで思いだしたんですけど、寿賀子さんの恋人はフランス人よ。今日も来ているはずです。フランス語、懐かしいでしょう？」

「フランス人が日本にいるなんて珍しいね」

「素性はよく分からないけど、貿易商だそうです。その方、日本語がとても上手なんですよ」

そんな話をしているうちに自由ヶ丘の駅に着いた。

錦織寿賀子の邸の周りには畑が拡がっていた。この辺りは空襲を免れたらしく、古い家がそのまま残っていた。

石門があり、邸はそこから五十メートルほど先に建っていた。車寄せには、すでに何台かの車が停まっていた。

ＧＨＱの参謀第四部は昭和二十一年に入ると家屋の接収を始めた。最初は洋館にだけ目をつけ、上級将校などの宿舎に使っていたが、その後、日本家屋をも接収していった。だが、錦織寿賀子の邸は接収を免れたらしい。寿賀子がＧＨＱと深い繋がりがあるからかもしれない。

透馬の目が一台の車を凝視した。シトロエン７Ｃである。パリに住んでいた頃、何度も運転したことがあったのだ。

邸に入った。日本家屋だが、一階は洋風に造り替えられ、土足で上がるようになっていた。

紫色の派手なドレスを着た女が迎えに出てきた。「麗子さん、よく来て下さったわね。遠いところを」

「ご紹介します。こちらが電話でお話しした貝塚子爵のご令息、透馬様です」

「錦織でございます。ようこそいらっしゃいました」

錦織寿賀子は四十を少し越えたぐらいの女だった。目も鼻も口も大きく、肩は怒っていた。声も太く、女丈夫という言葉がぴったりだった。髪はやや縮れていた。ひょっとすると西洋人の血が混じっているのかもしれない。

会場に案内された。

座敷を板張りの床に変え、襖で仕切られていた二部屋を繋いだという。聚楽壁も鴨居もそのままだったから、和洋折衷の不思議な空間を作り出している。

そこに三十人ほどの人間がすでに集まっていた。日本の男は数えるばかりで、西洋人が目立っていた。女は逆で、日本人の数が圧倒的に多かった。

メイド服を着た女がふたりほどいて、給仕をしていた。客は思い思いの場所で寛いでいた。肘掛け椅子に座っている者もいれば、ソファーの背に寄りかかっている者もいる。歓談している人間ばかりではなかった。奥の部屋のテーブルでは四人の男がカードに興じていた。

ジャズのレコードがかかっていて、女たちの愉しげな笑い声が聞こえた。

部屋の隅に酒瓶が並べられた台が置かれてあった。ウイスキーだけではなく、ラム酒の瓶もあった。そして、ワインも。

透馬と麗子はワインを飲むことにした。麗子のグラスに酒を注いでいた時、タンブラーを手にした男が麗子に近づいてきた。透馬と目が合った。敵意を秘めたような鋭い眼差しだった。

「麗子さん、遅かったですね」

「彼とお茶を飲んでいたら、つい話に夢中になって遅れてしまいました」

男がまた透馬をじろりと見た。

「ご紹介しますわね。私の友人の貝塚透馬さんです」

透馬は自己紹介した。

男の名前は横山悠紀夫（よこやまゆきお）だった。光沢のあるグリーンのジャケットに赤いネクタイを締めている。大きな真珠のついたネクタイピンをしていた。長い間波に晒されてつるつるになった石のような顔だった。目は細く、赤味がかった唇は薄かった。

「貝塚さん……」横山がつぶやいた。「ひょっとして貝塚子爵の……」

「ご子息です」麗子が言った。

「ご両親のことは聞いてますよ」

麗子が横山を睨みつけた。「横山さん、その話はなさらないで」

「あ」横山が細い目をさらに細めて笑った。「これは失礼。で、貝塚さんは今は何をなさってるんですか？」

「バーに勤めてましたが、この間の法律で働けなくなり今は無職です」

「爵位のあった家柄の人でも、今は大変生きづらい世の中ですね」

明らかに横山は透馬に対抗心を燃やしていた。

「横山さんは何を？」

「宝石商です」横山は懐から名刺入れを取りだした。

渡された名刺に透馬は目を落とした。

横山商会は上野にあった。

「何か僕に向いてる仕事があったら紹介してください」

「考えておきましょう」

「透馬様、他の方をご紹介しますわ」

はらはらしながらふたりのやり取りを聞いていた麗子が透馬の袖を軽く引いた。

「失礼」透馬は横山に一礼してその場を離れた。

次に紹介されたのは正津宗男という四十ぐらいの男だった。正津は復員庁第一復員局の部長で、元は陸軍大佐だという。彼と一緒にいる連中も元陸軍の軍人だった。役人もいれば、会社を経営している者もいた。その中で一番若い男は有森恭二と名乗った。彼は元陸軍中尉で、今は父親の経営するカーボン製造会社に勤めているという。

麗子は出席者のすべてを知っているわけではなかった。男同士で、部屋の隅でこそこそ話をしている人間もいた。

「寿賀子さんは、顔が広いから、怪しげな連中とも付き合いがあるのよ」麗子がそう耳打ちした。

女たちはすべて元華族だった。中には父のことをよく知っている者もいた。

外国人にも紹介された。ＧＨＱの人間がほとんどで、中には日本の民主化を担当している民政局、ＧＳに所属している者もいた。民間人も紹介された。彼らは軍と深い関係のある人間のようだった。

一見、和やかに見える集まりだが、単に昼下がりのパーティーを愉しむためにやってきている人間ばかりではないようだった。寿賀子の開くサロンが情報交換の場所になっているらしい。

こういう場所に出入りしていたら、八重が見たというドイツ人の情報も手に入るかもしれない。

「つかぬことをお伺いしますが、コンラッド中佐、或いはマイク・イノウエという中尉をご存じの方はいませんか」透馬はＧＨＱの人間に英語で訊いてみた。

しかし、誰も知らなかった。

奥の部屋に移った。ポーカーに興じているのは外国人ばかりで、後ろに立って見物しているのは日本人だった。

「こちらに背中を向けてゲームをやっているのが、寿賀子さんの恋人よ」

麗子がその男の真後ろに立った。透馬は麗子の背後から、男のカードを覗き見た。フルハウスだった。

男がカードをテーブルの上に開いておいた。瞬間、透馬は思わず声を上げそうになった。

麗子が怪訝な表情をして透馬を見つめた。

透馬は男の顔を覗き込んだ。「ボンジュール」

男が口を半開きにして透馬を見つめた。激しく狼狽(ろうばい)しているのは明らかだった。

「透馬様、ゴデーさんをご存じなの」麗子に訊かれた。

「ゴデー……」透馬がつぶやくように言った。

「私はもうこれで止めるよ」ゴデーと呼ばれた男が英語で言い、席を立とうとした。

「勝ち逃げか」赤毛の外国人が冗談めいた口調でからんだ。

「頭が痛くなった」男はそう言い残して、部屋を出ていった。

「ゴデーさんどうしたのかしら」

透馬は呆然と男の後ろ姿を見つめていた。

「透馬様の知り合いなんでしょう？」

「人違いだったみたいだ」透馬は咄嗟に嘘をついた。

「あの人のフルネームは」

「パスカル・ゴデーよ」

透馬はその男をよく知っていた。パリで会った時は、アラン・ランベールだった。なぜ、偽名を使って東京にいるのか。さっぱり分からなかった。

レコードがムードのあるものに変わった。女性を誘って外国人たちが踊り始めた。

「透馬様、私と踊っていただけますか？」

「喜んで」

透馬と麗子はフロアーに行き、躰を軽く合わせた。横山という宝石商がねっとりした視線を透馬たちに向けていた。

「透馬様、もっとくっついてくださいません？」麗子が少し茶目っ気のある口調で言った。

「おおいに見せつけましょう」

躰を寄せた透馬だったが、頭の中ではアラン・ランベールのことを考えていた。

二曲踊ってから、透馬は麗子を部屋の隅にあったソファーに座らせ、ワインを取りにいった。戻った時、寿賀子が麗子の隣に座っていた。

ワイングラスを麗子の前においてから、透馬は肘掛け椅子に腰を下ろした。

寿賀子が透馬に視線を向けた。「愉しんでらっしゃいます？」

「ええ。久しぶりに解放された気分です。さっきゴデーさんというフランス人の方に会ったんですが、僕の知り合いに似ていたものですから間違えてしまいました」

寿賀子が周りに目を向けた。「そう言えばパスカルがいないわね」

「先ほど会場を出ていきましたよ」麗子が言った。

「彼は日本で何をやってるんです？」

「貿易です。フランスの雑貨を日本に輸入し、日本の雑貨をフランスに売ろうとしてるんです」

敗戦後、日本の貿易は連合国軍総司令部の管理下にあったが、さる八月十五日に制限付きとはいえ、民間貿易が再開された。

米英の使節団がすでに東京に到着し、思惑を持った連中はすぐに活動を開始したという。

「ゴデーさんはいつ来日なさったんです？」

「半年ほど前だけど、貝塚さん、どうしてそんなに彼に興味をお持ちになるの？」

「僕はパリに二年ほど暮らしたことがあるので、フランス人に会うと昔を思いだします。ただそれだけです」

「ちゃんとご紹介したいんですけど、どこに行っちゃったのかしら。探してきますわね」

寿賀子が姿を消した。

横山がまたやってきた。「麗子さん、お帰りの時は私に言ってください。ご自宅まで車でお送りしますから」

「透馬様と用がありますので結構です」

「どちらに行かれるんです？」

「そんなことあなたに関係ないでしょう」麗子はぴしゃりと言い、彼女も席を立った。

横山が煙草に火をつけ、ソファーに躰を倒した。「貝塚さんは麗子さんと付き合ってるんですか？」

「どう見えます？」透馬がにっと笑った。

「どんなことをしてでも、僕は麗子さんを射止めるつもりです」

「お祭りの射的みたいなことおっしゃいますね。相手の意思というものがあるのをお忘れですか？」

「綺麗事で生きていられる時代じゃないですよ」

「分かってます。僕も十分に汚れてますから。失礼します」

麗子のところに行き、婦人たちの輪に入った。

時間がどんどん経っていったが、あのフランス人は消えたままだった。

午後六時を回ったころだった。

透馬はトイレに行ってから玄関に向かった。寿賀子同様、あのフランス人を探しにきたのである。

メイドが寄ってきた。

「貝塚透馬様でいらっしゃいますか？」

「そうですが」

「これをお渡ししてほしいと頼まれました」

「誰に？」

「ゴデー様です」

「ありがとう」

メイドから渡されたものはメモだった。

〝ムッシュウ、カイヅカ。今、私は表に停まっているシトロエンの中にいる。そこで待っている〟

透馬は表に出た。西の空が橙（だいだい）色に染まっていて、蝉時雨（せみしぐれ）が頭上から降ってきた。

透馬はシトロエンに近づいた。

運転席にランベールが乗っていた。透馬は助手席のドアを開け、中を覗き込んだ。

「私のことを誰かにしゃべったか」

透馬は首を横に振り、シートに座ろうとした。

「後で会いたい。ふたりだけで。どこで待っていればいい」

「僕には連れがある」

「いいからどこで待てばいいか教えてくれ」ランベールは口早に言った。

「もう少ししたら帰る。自由ヶ丘の駅で待っててくれないか」

「分かった」

「寿賀子さんが探してましたよ」

「ありがとう」

透馬は車のドアを閉め、会場に戻った。

「どこに行ってたの？」

「停まってる車を見に行ってた。パリ時代、僕はよくレースをやってたんだ。もちろん遊びだけどね」

麗子の目が玄関の方に向いた。透馬は肩越しに麗子の視線を追った。

ランベール、いや、ゴデーが会場に戻ってきたのだ。

寿賀子がゴデーに近づいた。どこに行っていたか訊いているようだ。やがて、寿賀子とゴデーが透馬のところにやってきた。

改めて紹介された。透馬は型どおりの挨拶をフランス語を使って行った。

「貝塚さん、フランス語がお上手ね」

「もうかなり忘れています。ムッシュウ・ゴデーは日本語ができるそうですね」

「少しだけ」ゴデーは日本語で答えた。

それから十五分ばかり経ってから、透馬が麗子に、そろそろ帰ろうと言った。

「これから何か予定あります？」麗子に訊かれた。

「田園調布まで行かなきゃならないんだ。ここから近いから、ついでにと思って友だちと約束したんです」

麗子が一瞬、残念そうな顔をした。

横山がやってきて、来週の土曜日に会いたいと麗子に言った。あっぱれと言いたくなるほどのしつこさである。麗子はけんもほろろに断った。

寿賀子に挨拶をしてから麗子を伴い、邸を後にした。

「それとなく、透馬様にいい仕事がないか寿賀子さんにお願いしておいたわ」

「ありがとう。しかし、横山という男のあなたへのご執心ぶりはすごいね」

「あの人とお付き合いするぐらいなら死んだ方がマシだわ」

「それまた大袈裟だね」

「女って生理的に受け付けないものは絶対に嫌なものよ」

そんな話をしているうちに駅に着いた。田園調布に行くと言ったのだから、ホームで電車を待つ必要があった。

運良く渋谷行きの電車の方が早く着いた。

透馬は麗子を見送ってから改札を出た。

駅前広場に立った。バスが停まり、客が乗り降りしていた。向かって左側に金物屋があった。その前にシトロエンが停まっていた。

透馬が黙って助手席に乗ると、シトロエンがスタートした。広い通りに出ると目黒方面に向かって走り出した。

アラン・ランベールは、透馬のフランス語の先生の夫だった。

先生の名前はナタリー。生徒は透馬の他にふたりいた。ひとりは日系アメリカ人のジャック寺内（てらうち）。もうひとりはコークス商の娘で榎本恵理子（えのもとえりこ）という二十歳の女だった。

授業はランベールの家で行われた。時々、夫のアランと顔を合わせることがあった。

アランは神父の息子で、子供の頃、横浜で暮らしていたという。だから日本語がかなり上手かった。

夫のツテで、夫人は以前から、パリにきた日本人にフランス語を教えていたのだ。

アランは財務省に勤めている役人だと聞いたが、詳しいことは知らなかった。ナタリーとアランの間には子供はいなかった。

住まいはモンパルナスにあった。ナタリーは教師としては素晴らしかったが、決して明るい女ではなかった。アランも同じだった。

或る日、透馬は深夜のパリをドライブしていた。

モンマルトルの丘からそれほど離れていないオルナノ大通りを走っている時だった。ふたりの男がアパルトマンから飛び出してくるのが見えた。そのひとりがアランだった。

翌々日の新聞をたまたま読んでいたら、オルナノ大通り二十番地のアパルトマンで、男が刺殺された記事が載っていた。殺された人物は共産党員だった。推定死亡時刻は前日の午前一時頃だという。

アランがアパルトマンから飛び出してきたのを見たのとほぼ同時刻だった。透馬は気になり、オルナノ大通り二十番地に行ってみた。アランが出てきたのは間違いなく、そこに建つアパルトマンだった。

アランとその仲間が男を殺したとは限らないが、透馬は彼が犯人ではないか、と疑っていた。しかし、そのことは、親しかったジャック寺内にも話さなかった。

先ほど、人違いだったと誤魔化したのは、あの深夜のことを思いだしたからである。何か裏のある男に違いない。だから、余計なことは言わなかったのだ。

透馬は煙草に火をつけた。戦前は車の中で煙草を吸うのは法律で禁止されていた。今もそうなのだろうか。どちらでもいいことだが、ちょっと気になった。

「なぜ、偽名を使ってるんです？」透馬が訊いた。

「訳は言えない。ともかく、このことは黙っていてほしい。君には関係のないことだから」

「マダム・ランベールはお元気ですか？」

「パリがナチスに占領されてたのは知ってるね」

「ええ」

「俺も女房もレジスタンスだった。戦いの最中に、女房はゲシュタポに射殺された」

「祖国にいられない事情があったんですか」

「そんなものは何もない。だがともかく、俺の正体を明かしたら、君の命はないと思え」

透馬は脅されても動揺しなかった。何も言わずに煙草を吸っていた。

シトロエンは鷹番町（たかばんちょう）の辺りに差しかかっていた。

「寿賀子さんは事情を知ってるんですか？」

「彼女は何も知らない。ひとつだけ教えておいてやろう。俺はフランス政府の命に従って動いてる。偽名を使っているのもそのためだ。日本は占領下にある。日本人は何もできないってことだ。もしも、君が、俺が偽名を使っていると警察に話しても相手にされないよ」

「ＧＨＱの情報部は興味を持つかもしれない」

ランベールが目の端で透馬を睨んだ。「君はそういう連中と付き合いがあるのか」

「今日の集まりにはＧＨＱの連中が大勢来てましたよ」

ランベールが鼻で笑った。「ＧＳの連中がいたな。ＧＳと諜報部である参謀第二部Ｇ２とは犬猿の仲だ」

「それでも、怪しげなフランス人の情報には反応するかもしれない」

「黙っていてくれたら、それなりのお礼はしよう」

「いくら？」

「いくらほしい」

「何をしに日本に来たのか教えてくれたら黙ってますよ」

ランベールが溜息をついた。「パリが占領されていた時に、向こうにいたゲシュタポのひとりが、密かに日本に渡ったという情報がある。そいつを探し出すのが俺の仕事だ」

ランベールは戦前、政府の仕事をしていた。それが本当だったとすると、言っていることがデタラメとも思えなかった。しかし半信半疑である。

「しかし、偽名を使ってる理由が分かりませんね」

「いろいろあるんだ」

「GHQもナチの残党を探してるんでしょう?」

「探してはいるが、占領直後ほど熱心じゃない。あらかたのナチ党員は本国に送還されたから。今、奴らが関心をもってるのは、ソ聯のスパイと一部の国粋主義者だ」

「一部?」

「GHQは日本が共産化することを恐れてる。だから、右よりの旧軍人で協力的な者は優遇してるんだ。だが、一部には超国家主義者がいる。こいつらに目を光らせてるってことだ」

「今日の集まりに復員局の人間が来てましたが、ああいう連中は、GHQに優遇されてるんですか」

「その通りだ。復員局は旧軍人の溜まり場だよ」

「で、何かあなたは手がかりを摑んだんですか?」

「なぜ、そんなに俺のやってることに興味を持つんだ」

「…………」

「何かあるのか？」

「実は僕の両親は、一昨年、軽井沢で殺されました。その犯人がナチスの残党の可能性があるんです」

ランベールの目つきが変わった。「詳しく話してくれ」

透馬は何が起こったかを話した。「……その男は四十ぐらいで、目の隈が濃くて、頬がこけているそうです。鷲鼻で、顔の向かって右に黒子があり、唇は薄いと聞いてます。そういう男に会ったことは？」

「今のところはないな」

「東京在住のドイツ人には目をつけてるんでしょう」

「その情報をほしいということか」

「今後、あなたが探してるゲシュタポが両親を殺した奴と接触するかもしれないですから。教えてくれたら、あなたの素性は誰にもしゃべらない」

「それはできない。君に妙なことをされて、相手が警戒したら困ったことになるからね。だが、今聞いた感じのドイツ人に会ったら、君に知らせよう」

「必ず教えてくれますね」

「もちろんだ」

「寿賀子さんと付き合ってるのも情報を集めるためですか」

「初めはそうだったが、今は違う。寿賀子は魅力的な女だ」

「寿賀子さんのサロンには在留ドイツ人も来ることがあるんですか？」

「いや、あそこにはドイツ人は来たことはない。しかし、両親が殺されて、もう二年近く経ってる。おそらく、そいつはもう日本にいないんじゃないのか」

「かもしれないが、できることはしてみたい」

「分かった。該当しそうな人物を見たら、君に知らせよう」

「あなたひとりで問題のドイツ人を探してるわけじゃないんでしょう？」

「仲間はいる」

「日本人は使ってないんですか？」

ランベールがアクセルをゆるめた。「君は、俺の下で働きたいのか」

「できたら」

「残念だが、今は間に合ってる。だが、必要と感じたら、君をリクルートしよう。ただし、常時雇っておくことはしないがね」ランベールはギアをチェンジし、アクセルを踏んだ。

「君の連絡先を聞いておこう」

透馬は手帳を取りだし、ページを破ると、そこに自宅の住所やバーの電話番号を書いて、ランベールの股の間においた。

ランベールはちらりと見て、メモをポケットに突っ込んだ。そして、正面を向いたままこう言った。「以後、ランベールという名前は忘れてくれるね」

「ムッシュウ・ゴデーの連絡先を知っておきたい」

「事務所は東銀座にある。と言っても、寿賀子の会社に机が置いてあるだけだがね」

「住まいは？」

「寿賀子と一緒だが、渋谷にもアパートを借りてる。ひとりでいるのが好きなんで」

ランベールいやゴデーが告げた住所と電話番号を透馬はメモした。渋谷のアパートで何をしているのか分からないが、それ以上の質問はしなかった。

ランベールの運転はさしてうまくなかった。時々、ギアが滑っていた。

「シトロエン、懐かしいですよ」

「思いだしたよ。君はレースをやってたよな」

「よく覚えてますね」

「女房が一度……何て名前だったっけ、君と一緒にフランス語を習っていた日系アメリカ人がいたろう？」

「ジャック寺内ですね」

「ああ、そんな名前だったな。あの青年と君がレースに夢中だって女房が言ってたのを思いだしたんだ」

パリに暮らしていた時、透馬はブガッティ・ロードスターT55に乗っていた。父親の友人の日本人画家が所有しているものだったが、その友人はロスアンジェルスにも家を持っていて、当時はそちらで暮らしていた。その間、透馬が自由に使っていいと言われたのだ。

グランプリカーT51のエンジンを積み、ルーツ型スーパーチャージャーを搭載した高級車で、一九三二年から三五年にかけて三十八台しか製造されていない高級車だった。八気筒、二二六二cc。百八十キロは出る。黒と黄色のツートンカラーで、特注した幌が取り付けられていた。

その車を目にした時、透馬は一目惚れした。公道を走るだけでは飽き足らず、パリ郊外にあるモンレリィというサーキットで、車好きと非公式なレースをやって愉しんでいた。ジャック寺内も車には目のない青年だった。彼が乗っていたのは、今まさにゴデーがハンドルを握っているシトロエン7Cだった。

まともに勝負をしたら、シトロエンが透馬の乗っていたブガッティに勝てるはずはなかった。だから、時々、車を交換して愉しんだし、ジャックにブガッティを貸して、レースをやらせたこともあった。

ゴデーの運転するシトロエンが大きな交差点を左に曲がった。

「ムッシュウ・ゴデー、秘密を守る条件がもうひとつあります」

「何だ」ゴデーの頬がゆがんだ。

「たまに、この車を僕に貸してくれませんか？」

「何をするんだ？」

「ただドライブがしたいだけです」

「いつ必要になるか分からないから貸せないな」

「借りたい時には電話をします」

「大概は断ることになるだろうが、電話したかったらしろ」

「今から運転させてもらえませんか」

ゴデーが唖然とした顔で透馬を見つめた。

「危ないですよ。前を向いててください。あなたは正直に言って運転がうまくない」

「言いたいことを言う男だな」ゴデーが短く笑って車を路肩に停めた。

ハンドルを握ることそのものが本当に久しぶりのことだった。

中目黒から大橋に向かって走った。材木を積んだトラックを追い抜いた。

「そう飛ばすな」

透馬はゴデーの言葉を無視してアクセルを踏んだ。

シトロエン7Cは前輪駆動車を世に認知させることになった名車である。しかし、ハンドルは重い。

大橋の交差点を右折した。

エアロダイナミックスを十分に採用した重心の低いセダン。コーナーリングの安定性は抜群である。ギアはシンクロメッシュなのでチェンジがスムースだった。

車は渋谷に向かっていた。

ルームミラーに黒いセダンが映っていた。車種は分からないが、大橋を右折する前からシトロエンの後ろを走っていた気がした。

透馬はスピードを上げた。黒いセダンはついてくる。

渋谷を通過し、宮益坂(みやますざか)を上った。

「どこにいくつもりなんだ」

「気儘(きまま)に走ってるだけです」

黒いセダンは離れない。

「ムッシュウ・ゴデー。後ろのセダン、ずっとついてきますよ」

ゴデーが振り返った。

「あなた、尾行されてるんじゃないんですか?」

「振り切れるか」

「あんなセダンに負けるわけないでしょう」透馬の目は鋭く輝いていた。

前を走っていたフォードを抜き去り、さらにスピードを上げ、適当に右折した。その辺りは青山南町。青山墓地が近い。さらに左折した。

黒いセダンはもう後を追ってこなかった。

「大した腕だな」ゴデーは本気で感心しているようだった。

透馬はゴデーを見て薄く微笑んだ。

「せっかく撒いてくれたが、元の道に戻ってくれないか」

「どういうことです?」

「やっぱり、相手がどんな人間か知っておく方がいいと思うんだ」

透馬は黙って車をUターンさせた。

表通りに出ようとした時、尾行してきた車と思われるセダンと擦れちがった。

車種はダッジだった。運転しているのは日本人らしい。髪を刈り上げた四角い顔の男で、表情が強ばっていた。

「渋谷の方に曲がってすぐに車を停めろ。俺が歩いてるのを見たら、相手は車を停めるはずだ」

透馬は言われた通りにした。ゴデーが車を降り、歩き出した。

ダッジが姿を現した。ゴデーが歩いているのを見つけたのだろう、車を路肩に寄せた。ゴデーがダッジに近づいた。

ダッジが急発進した。透馬はダッジを追った。ゴデーは肩をそびやかしてシトロエンを見つめていた。

追走はゴデーのためではなかった。血が騒いだだけである。パリではよく、他の車を追い、また追いかけられた。その頃の気分が甦ってきたのだった。

ダッジが右折した。原宿の方に向かっている。シトロエンがダッジに迫った。ダッジが急停止したら、追突する距離まで詰めた。ダッジのナンバーは6・002だった。

細い道を抜けたり、広い道に出たりしながらダッジは新宿のエリアに入った。

先ほどとは違って、ダッジの走りに迷いはない。運転者は行き先を決めたようだ。

ダッジは帝都座の裏に入り、天ぷら屋の前に停まった。運転席から降りてきた男は、透馬の方には目をくれず、通りを渡った。そして天ぷら屋の前の二階家のドアを開けた。

その建物のドアの右隣は窓になっていて、磨りガラスが入っていた。民家でも商家でもなさそうだ。看板は出ていないが、何かの事務所のようだ。

仲間のところに助けを求めたと考えていいだろう。これ以上、留まっていてもしかたがない。

ギアを繋ごうとした。その時、三人の男がシトロエンに駆け寄ってきて、車を取り囲んだ。

色黒の猪首（いくび）の若造が、運転席のドアを開け、大きな顔を車内に突っ込んだ。

「俺のダチに何の用だ」

「向こうが、俺の車の後を尾（つ）けてきた。だからお返しに尾行しただけだ」

「ダチはそうは言ってないぜ」

「あんたは何者なんだ。この辺のヤミ屋か」

「いや、俺たちはこの町を守ってる自警団だ。俺は日高組の岡留（おかどめ）ってもんだ」

まだ二十歳そこそこの男で、何にでも噛みつきそうな躾（しつけ）の悪い犬のような人物に思えた。

岡留と名乗った若造が車内を見回した。「見たことねえ車だな」

「シトロエンっていうフランスの車だ」

岡留が目を細めた。「あんたは誰だ」

「答える義理はない。ダチに言っとけ。下手な尾行なんかするもんじゃないってな」

「でっかい口を叩くんだな。ちょっと顔貸してもらおうか」

「もう帰るから子分をどかしてくれ。じゃないとはね飛ばすぞ」

「表に出ろ」

透馬はエンジンを思い切り空吹かしした。「子分をどかせ」

いきなり胸ぐらを摑まれた。「表に出たくなきゃ、俺が出してやる」

岡留という男がぐいぐいと透馬の躰を引っ張った。

「岡留」どこからか声がした。

岡留が手を離し、車内に突っ込んでいた躰を外に出した。

「社長……」

シトロエンの右斜め前方からふたりの男が歩いてきた。ひとりは右脚を軽く引きずっていた。撫で肩の華奢な感じの若者だった。サングラスをかけているので目つきは分からない。もうひとりは中背のがっしりとした躰つきの男だった。胸板が異様に厚い。歳は四十ぐらいだろうか。その男はサングラスをかけてはいなかった。

岡留の方から男たちに歩み寄った。岡留が男たちに焦った感じで話をしていた。脚の悪い男が眉間にシワを寄せ、何か言った。岡留は躰を小さくして、何度も頭を下げていた。

脚の悪い男が透馬のところにやってきた。シトロエンを舐めるように見ていた。

「いざこざがあったようだが、忘れろ」

「あんたがボスかい？」

男が威厳を持ってうなずいた。

透馬は車を出した。ボスと一緒にいた男の横顔が目に入った。透馬はブレーキを踏んだ。

そして、男をじっと見つめた。男も見返してきた。

透馬は目を逸らし、再び車をスタートさせた。

彫りの深い鷲鼻の男。銀座で室伏のデソートが盗まれた時、助手席に乗っていた人物に似ていた。いや、間違いなくあの男だ。あの犯行は〝金色夜叉〟と名乗る窃盗団の仕業だった。〝金色夜叉〟の裏には自警団、日高組がいるということなのだろうか。

透馬には関係ないことだが興味が湧いた。

新宿駅で車を停め、公衆電話からパスカル・ゴデーの自宅に電話をした。

ゴデーは家に帰っていた。

「相手の正体は分かったか」

「いや。ですが逃げ込んだ先は分かりましたよ」

「どこなんだ」

透馬は新宿であったことをゴデーに教えた。

「新宿のギャングか」ゴデーは驚いているようだった。

ゴデーが日本に逃げ込んだゲシュタポを探しているというのは本当だろうか。先ほどあった日高組の若い奴と、ゲシュタポ探しがどうしてもしっくりこない。しかし、ゴデーに質問をぶつけることはしなかった。

「車のナンバーは分かったか」

「ええ」透馬は暗記したナンバーをゴデーに伝えた。「車、どうしますか？」

「明日、会社まで乗ってきてくれないか」

「夕方になりますが、それでいいですか」

「うん」

電話を切った透馬は、真っ直ぐには家に戻らず、四谷の方にシトロエンを走らせた。

パスカル・ゴデーという偽名を使ったアラン・ランベールに会った。あの男には裏があるようだが、両親を殺したドイツ人を探すためには大事な人物になるかもしれない。

半蔵門にぶつかると、透馬は九段下の方にハンドルを切った。

ひょんなことで〝金色夜叉〟のメンバーだと思われる男の顔を見た。

今日はいろいろなことが起こる日だと改めて思った。しかし、どれもこれも、自分が犯した殺人に比べたら、大したことはない。

透馬の心が翳った。それを振り払うようにアクセルを踏んだ。

車を飛ばすことで、一時とはいえ、透馬は嫌なことを忘れることができた。

（六）

シトロエンが去っていくと、房太郎は多美夫と共に日高組の事務所に入った。

ソファーに房太郎は腰をトろし、煙草に火をつけた。

多美夫は社長の椅子に座った。「岡留、余計な騒ぎは起こすなって言ったはずだぞ」

「すみませんでした。俺はただ友だちを助けてやりたかっただけです」

ダッジを運転していた男は窓際に突っ立っていた。

多美夫が男に目を向けた。「名前は？」

「時田義蔵です。いろいろお世話になりました。それでは私はこれで」

「おい、ちょっと待て」

時田が立ち止まった。

「あの車、お前のか」

「いえ。借り物です」

「何で、あの男に追われたんだい？」

「さっぱり分からないんです、それが」

「時田さん、相手はお前があの車を尾行したのが先だと言ってたぜ」岡留が口をはさんだ。

「あいつが追ってきたのは分かったろうが」

時田という男はしどろもどろだった。何か裏があるらしい。

「時田さんよ、あんたよりも向こうの方が上品そうで、ああいう車を運転するのに相応しい人間に見えた。だが、あんたは違う。リヤカーを引いてる方が似合う男だぜ」多美夫が短く笑った。

「………」

「誰から借りた車で、借りた理由は？」

「俺は銀座にある探偵事務所の臨時雇いです。所長から或る外国人を尾行しろと言われたものですから」

「お前、探偵事務所に勤めてるのか」岡留が訊いた。

「臨時雇いだって言ったろう」

「お前は嘘をついて、うちの岡留を使ったってことだな」多美夫がねっとりとした調子で言った。

「追われてたのは本当です。途中で気づかれてそうなったんです」

「その外国人はどうした？」

「尾行がばれた時に車を降りました。依頼人のことは俺は何も知りません」

「探偵社の臨時雇いか」多美夫はがっかりしたような声を出した。

「もう行っていいぜ」

「ありがとうございます」

時田は深々と頭を下げ、事務所を出ていった。

「日高さん、何でそんなに興味を持つんだい」房太郎が訊いた。

「車で尾行するなんて、何か深い訳がないとやらないだろうが」

「まあね」

「探偵社の臨時雇いじゃ、面白みはねえな」

「あんたは貪欲だな。何か金になる話があるんじゃないかなって思ったんだよな」

「俺はいつもアンテナを立ててるんだ」

「さて、俺は帰るかな」

「また来てくれよ」

「うん」

房太郎は腰を上げ、子分たちに軽く手を上げ日高組を後にした。

シトロエンに乗っていた男のことが気になった。走り出そうとした車を停めて自分を見つめていたからだ。どこかで会った奴なのだろうか。しかし、いくら考えても記憶にない人物だった。

都電で神田に戻った房太郎は三崎第一自動車に入った。〝金色夜叉〟の仲間、阿部幹夫と田尾吉之助がすでに二階の事務所にいた。

「倉庫の正確な場所は分かったかい」幹夫が訊いてきた。

「いや」

三日前、深野寛二から連絡があり、取引が成立したと言ってきた。五十五万で折り合いがついたという。

取引は明日午後一時に鮫洲で行われると聞いた。

なぜ昼間なのか。不可解だった。そのことを訊いてみたら、深野はこう答えた。

「白昼堂々とやる方がバレにくいと思って」

「あんたの案かい」

「そうです」

場所は警視庁自動車練習場のある鮫洲の倉庫だという。

場所を指定したのは多美夫の方だった。

「放置されっぱなしの倉庫だそうです」

多美夫に会いにいったのは、倉庫の正確な場所を、多美夫がぽろりと漏らすことを期待したからだった。しかし、多美夫は詳しいことは口にしなかった。房太郎もしつこく訊くのは止めた。

「昼間、〝金色夜叉〟が出現するのは初めてだな」吉之助が言った。

「夜になって、深野の家に押し入ればいいじゃないか」と幹夫。

「バラック住まいだぜ。そんなところに大金を持ち込むとは思えない」

「ボロ屋は意外と盲点かもしれない」

房太郎は幹夫を見て首を横に振った。「大金を粗末な家に置くのは不安なはずだ。鮫洲の倉庫から後をつけ、行き先を摑んでから、チャンスがあれば奪おう」

「チャンスがあればかい？」幹夫が、弱気だなという表情をして房太郎を見つめた。

「危険は冒さない。特に昼間だしな」

幹夫は不服そうな顔をしてうなずいた。

房太郎は今回に限って嫌な予感がしていた。その理由はよく分からなかったが。

「で、幹夫、目星をつけた車は今日も同じ場所に停まってたか」

「停まってたよ」

房太郎は、もう一度手筈（てはず）の確認を行ってから事務所を出た。

翌日は細かな雨が降っている蒸し暑い日だった。

午前十時すぎ、房太郎は大きなコウモリ傘をさして駿河台（するがだい）に向かった。

幹夫は房太郎の前、吉之助は後方を歩いていた。付かず離れずの距離を保っている。

〝金色夜叉〟は、盗んだ車を犯行に使っている。行き当たりばったりに盗んでいるわけだが、これまでの犯行は夜に行ってきたので、車を物色するのはそれほど難しいことではなかった。

しかし、今回は昼間にやらなければならない。

車をどうするか房太郎は頭を痛めていた。そのことを仲間に話した。

「駿河台の主婦之友のビルを知ってるだろう」幹夫が言った。「あの近くに昼間、路上駐車してる車がある。朝から晩まで停まってる。それを盗んだらどうかな？」

「なぜ、そんなこと知ってるんだい」吉之助が訊いた。

「俺はいつでも盗めそうな車に目をつけてるんだよ」幹夫が自慢げに答えた。「ナッシュ400って車だ。昼間、持ち主がその車に近づくことはないだろう。小型車だから車内は狭いし、さしてスピードはでないだろうがな」

房太郎はその車を盗んで、犯行に及ぶことにしたのだ。

雨は好都合だった。傘が顔や動きを或る程度隠してくれるからである。

主婦之友のビルが見えてきた。

ビルには黒くなった部分があった。空襲の際に燃えたのだろう。

ビルから三十メートルほど離れた路肩に小型車が停まっていた。幹夫が目をつけた車らしい。

幹夫がその車に近づいた。房太郎と吉之助が追いついた。吉之助が助手席の方に回った。顔が見えないように傘を斜めにさし直した。房太郎は辺りを見回し、幹夫の真後ろについた。幹夫が軍手を嵌めた。

ドアの鍵はかかっていなかった。幹夫が車に乗った。そして、ハンドルの下に手を入れ、エンジンを繋いだ。房太郎と吉之助も軍手を嵌め、房太郎が後部座席に、吉之助が助手席に乗り込んだ。

車は三ノ輪を目指して走り出した。

雨はだらだらと降り続いていた。

三ノ輪までは三十分ほどで到着した。

深野の家がどこにあるかはすでに調べてあった。バラック住宅があり、その南端が深野の住まいである。

未舗装の道はぬかるんでいた。

バラックの端に小型トラックが停まっていた。

「あれに乗ってブツを売りに行く気だな」吉之助がつぶやくように言った。

「ここで深野が出てくるのを待とう」

三ノ輪から鮫洲までは十五、六キロはある。少なくとも一時間はかかると見ていいだろう。

房太郎の嫌な予感はここまできても消えなかった。

二十分ほどして、深野の住まいのドアが開いた。深野は長靴を履いていた。手にはバッグを持っている。

俯き加減でトラックに乗り込んだ。なかなかエンジンがかからない。深野は車を降り、クランクを回してエンジンをかけた。

房太郎は幹夫を目の端で見た。「気取られるなよ」

「大丈夫ですよ」

トラックが走り出した。少し間をおき、幹夫がナッシュのエンジンをかけた。

深野のトラックは品川まで走り、京急線に沿って南下した。そして鮫洲駅の手前を右に曲がり、二本目の道をまた右折した。自動車練習場の近くである。次の角を左に曲がった。工業高校の前を通りすぎ、もう一度左折した。やや間をおいて、ナッシュはトラックの後を追った。

五十メートルほど先に、房太郎たちの方に後部を向けてセダンが停まっていた。その後ろに深野の運転するトラックがつけた。車が停まっているところに建っているのは、トタン屋根の一部が剝（は）がれた倉庫だった。深野が言っていた通り廃屋らしい。

「バックして、この車が見えないようにしろ」

房太郎が幹夫に命じた。

幹夫は言われた通りにした。

房太郎は車を降り、塀の角から顔を覗かせ、様子を窺った。

十五分も経たないうちに、男がふたり姿を現し、セダンに乗り込んだ。深野は出てこない。手に入れた金を数えているのかもしれない。

セダンはそのまま走り去り、次の角を左に曲がった。

ほどなく、深野が廃屋から出てきて、トラックに乗った。その時、向こうから黒いセダンがやってきた。先ほど、去っていった車ではなかった。

セダンがトラックの前に停まった途端、後部座席からふたりの男が飛び出してきた。ふたりともサングラスをかけ、黒いマスクで口を被っていた。あっと言う間に、深野はトラックから男のひとりがトラックの運転席のドアを開けた。あっと言う間に、深野はトラックから引きずり出され、ぬかるんだ道に投げつけられた。もうひとりの男が深野のバッグを持ってセダンに向かった。

房太郎は車に戻った。

「とんだことになった。車をバックさせて、学校の門に突っ込め。セダンがこっちにやってくるが、顔を見られないようにしろ。早く」

幹夫が車をバックさせ、工業高校の敷地内に車を入れた。

エンジン音が聞こえた。

房太郎は躰を縮め、顔を背けた。そして目の端で通りを見た。

セダンがゆっくりと通りすぎていった。後部座席に乗っている男のひとりがちらりとこちらを見たが気にしている様子はなかった。

「どうしたんだい？　深野が逃げちまうぜ」幹夫が苛々していた。

房太郎は笑った。「今度のヤマは失敗だ。車を出せ」

「失敗？　俺たちはまだ何もしてないぜ」

「いいから、早く出せ」

車が走り出した。

「俺たちよりも上手がいた」房太郎は、彼が目撃したことをふたりに話した。

「じゃ、日高が……」吉之助が口を開いた。

「他に取引場所を知ってる奴がいたとは思えない」

「汚いことやる奴だな」吉之助が吐き捨てるように言った。

「深野じゃ舐められてしまうとは思ってたが、日高もよくやるよ」

盗んだ車は品川駅の近くで乗り捨て、房太郎たちは別々に帰路についた。

嫌な予感はある意味で当たっていたのだ。

房太郎が品川駅のホームに立った頃、パスカル・ゴデーは上野にいた。

傘をさし、西郷隆盛の銅像が建つ広場から松坂屋デパートの方を見ていた。都電がレールを軋らせゆっくりと走っていた。

ゴデーの隣には、丸眼鏡をかけた背の高い日本人が立っていた。名前は中西信孝（なかにしのぶたか）。

中西はGHQの参謀第二部G2で通訳として働いている。戦前にアメリカに長く暮らしていた中西はすこぶる英語が達者なのだ。

ゴデーは中西を呼び出し、自分の車が尾行されたこと、尾行者が新宿を根城にしている暴力団、日高組に逃げ込んだこと、それからダッジのナンバーを教えた。

ふたりは英語を使ってしゃべっている。

ゴデーが煙草に火をつけた。「あんたの方で日高組を調べることはできるか?」

「やってみるが、私の勘だと、有森機関とくっついてる組じゃないかな」

有森機関とは、有森清三郎(せいざぶろう)元陸軍中将を中心とした旧軍人組織である。清三郎は有森商会という会社を作っているが、実質は何の商売もしていない。日本の再軍備を目論んでいる連中が出入りしているだけである。

「いや、どうかな。有森はGHQに抱き込まれてるから」

「確かに抱き込まれてはいるが、有森機関は資金集めをやってることも確かじゃないか」

「うん」ゴデーはうなずいた。「昨日、寿賀子のところの集まりに、有森清三郎の息子が顔を出してた。怪しいことは怪しいな」

「間違いない気がするがね」

「竹松虎夫と親しい横山悠紀夫って宝石商もきてた」

「そいつの差し金だということもありえるな」

ゴデーが透馬に言った、ゲシュタポを追っているという話は真っ赤な嘘だった。

パリがドイツの占領下にあった時、ナチスはフランス全土から財宝を略奪した。その一部はスイスの山奥に隠されたということだが、財宝が、太平洋戦争末期に上海を経て日本に流れたらしい。財宝を載せた輸送船がフランスの港を出たことを突き止めた米海軍は潜水艦で輸送船を追った。しかし、フィリピン沖で見失った。おそらく、財宝は上海を経て、戦争末期に日本に持ち込まれたようだ。

パスカル・ゴデー以下数名のフランス人が政府の命を受けて、その調査に当たるために来日したのである。

上海から日本に、財宝を持ち込んだのは、今、戦犯として巣鴨拘置所に囚われの身になっている竹松虎夫だという情報を手にいれたゴデーは、フランス政府を通してGHQの経済科学局（ESS）と接触した。旧日本軍の隠匿物資を探しているのがESSだったからである。しかし、ESSは協力的ではなかった。竹松の追及はやらないというのだ。ESの人間と食事したり飲んだりしたりしながら摑んだ情報では、竹松が隠匿したものの一部をGHQに引き渡し、折り合いをつけたというのだ。

だが、まだまだ私蔵している財宝はあるらしく、資金集めに奔走している有森機関が興味を示していることはゴデーも摑んでいた。

しかし、尾行者が有森機関に雇われた人間と決めつけるのは早計だとゴデーは思った。

「日高組と有森機関の関係を調べてみましょう」中西が言った。「ところで、ダッジを追跡した人間に、あなたの正体がばれてるが大丈夫ですか?」

「心配はいらない。相手は政治にも軍事にも興味のない坊ちゃんだから。それに、奴はドイツ人に両親を殺されてる。その男の特徴を聞いたから、そいつが見つかったら連絡してやると言ってある。要するに取引をしたわけだ。だがな、見つかっても教える気はない。そのドイツ人が本当に犯人で、財宝について何か知ってるようだったら、脅して情報を取るつもりだ」

「ナチスの残党がまだ日本に残っていても、竹松の私蔵したものについて知ってるとは思えないがね」

「まあそうだが、初めから否定的に見るのはよくない」

「確かにね」

「じゃ、その件、よろしくな」

中西と別れたゴデーは事務所に戻った。夕方、貝塚透馬が車を返しにやってきた。

「かなり乗り回したのでガソリンがほとんどないですよ。すみません」

「気持ちよかったか」

「はい。ハンドルを握ってる間は、嫌なことをすべて忘れることができました。また貸してください」

ゴデーは肩をすくめただけで、イエスともノーとも言わなかった。

貝塚透馬が帰った直後、電話が鳴った。

中西からだった。

「未確認情報ですが、竹松が獄中で死んだようだ」

「何だと……」ゴデーは呆然とした。

「一昨日に心臓マヒで死んだらしい」

竹松の財宝の行方を知っている者は他にいるのだろうか。必ずいるはずだ。しかし、見つけるのには相当の時間がかかりそうだ。

一年いや、二年……。ゴデーは長丁場を覚悟した。

第三章　ナチスの財宝

（一）

透馬が、アメリカ兵を殺してからあっと言う間に二年が経ち、時は昭和二十四年の九月を迎えていた。

復興の足音は次第に大きくはなっていたが、思うようには進まず、物価は戦前の二百倍というインフレ状態は昭和二十三年に入っても続いていた。

片山哲を首班とする社会党内閣は、党内の右派と左派の対立が原因で、たった八ヵ月で総辞職し、昭和二十三年の三月、民主党の芦田均（あしだひとし）が総理の座についた。だが、十月にはその前月に昭和電工疑獄事件が起こったことで総辞職し、第二次吉田内閣が成立し、昭和二十四年の声を聞いてすぐに衆議院議員総選挙が実施された。過半数を占めたのは民主自由党で、第三次吉田内閣が作られた。

しかし、どんな内閣ができようが占領下にあることには変わりなく、ＧＨＱの介入は多大なものがあった。

ＧＨＱは日本が二度と戦争への道を歩まないために、軍需産業だけではなく重工業の成長にまで目を光らせていた。

しかし、その方針が変わってきた。

アメリカにとっての脅威はソ聯だった。中国では毛沢東率いる中共軍が、蔣介石を相手に内戦を推し進め、朝鮮では北緯三十八度線より北はソ聯に支配されていた。

〝日本を共産主義の防波堤にする〟と明言したのは米陸軍長官である。

防波堤にするためには、日本の経済的自立が必至だった。日本にまた戦争をおっ始めるだけの力は持たせたくないが、産業の発展がなければ、アカの〝防波堤〟になれないというわけだ。

〝日本の経済は両足を地につけていず、竹馬に乗っているようなものだ。竹馬の片足は米国の援助、他方は国内的な補助金の機構である。竹馬の足をあまり高くしすぎると転んで首の骨を折る危険がある。今ただちにそれをちぢめることが必要だ〟

そう言ったのは、アメリカ政府の特別公使として来日した、デトロイト銀行頭取、ジョゼフ・ドッジである。

ドッジは公債などの発行を抑え、補助金も徹底的になくそうとした。結果、インフレは収まった。だが、今度は物価が下落し、原料費が高騰。財政が逼迫し、倒産する中小企業が大幅に増え、人員整理も顕著になった。

七月に入ってから国鉄では未曾有の人員整理が始まった。

そんな最中、奇っ怪な事件が相次いで起こった。

そのひとつは下山定則国鉄総裁が轢死体で発見された事件である。自殺なのか殺人なのか、はたまた事故なのかまるで分からなかった。

その下山事件の十日後、三鷹駅で無人の電車が暴走し、六人の人間が死んだ。そして終戦記念日の二日後、東北本線で列車の転覆事故が起こり三名が死亡した。人員整理に激しく反発していた労働組合の仕業ではないかという噂が立った。しかし、GHQの陰謀だと考えた人間もいた。ともかく、アメリカは共産主義の台頭にピリピリしていたのだ。労働組合にアカがはびこることをGHQだけではなく日本政府も恐れていたのである。

倒産と人員整理という嵐が吹きまくっていた頃、本当の嵐がやってきた。

キティ台風と名付けられた台風十号は、八月三十一日の夜、小田原に上陸し、東京にも甚大な被害をもたらした。江東区では建物の倒壊があり、錦糸町の駅前も浸水した。

このような激動の最中、透馬は世事からは遠く離れ、時が止まったような変化のまるでない日々を送っていた。だが、ドッジの言葉ではないが、地に足のついていない生活だった。丈は低いが竹馬に乗っている気分がしていた。

あのアメリカ兵を殺したことが脳裏に巣くっていて、時々、夢に現れ、透馬をひどく苦しめた。

自分は警察に目をつけられてはいないと思うのだが、不安は常に胸の底にたゆたっていた。恵比寿のアパートを引っ越さずにいたのも、急に住まいを変えると怪しまれるかもしれないと考えたからである。部屋の模様も変わっていないが、ベッドだけは本物に買い換えた。アメリカ兵を撃ち殺した拳銃は、わざわざ両国橋まで出かけていって、そこから隅田川に捨てた。

八重とはあれ以来会っていない。だが、警察がやってきたことは電話で教えられていた。その後も刑事たちは八重から目を離さず、何度も同じ質問をしてきたという。その都度、八重はシラを切った。二十二年に入って早々八重は渋谷署に呼ばれた。そして、事件が起こった時刻、日本人男性と渋谷の方に向かって歩いていただろうと高圧的な態度で刑事たちに迫られたそうだ。むろん八重は知らぬ存ぜぬを通した。警察が八重に執着した理由は服装にあった。黒っぽいスカートにピンクのシャツ。あの時間にそんな格好をした女が何人もいるはずはないと警察は見ていたのだ。しかし、それだけでは犯行現場近くにいた女が八重だとは断定できない。兄の房太郎が、犯行が行われた時間には妹は家に戻っていたと証言したこともあり、警察は、より確かな証拠を握らないと駒を進めることはできないのだろう。

捜査は膠着（こうちゃく）状態のようだが、透馬は安心してはいなかった。いまだ警察はあの事件を追っていて、何らかのきっかけで八重と自分の繋がりを知ったら、捜査の手が自分に及ぶに決まっている。

透馬は仕事も変えていなかった。

去る五月に飲食営業臨時規整法という法律ができた。酒類の販売が制限つきだが許可されたのだ。二十二年に公布された飲食営業緊急措置令はこれで廃止されたも同然だった。もっとも、飲食店に対する厳しい規制が敷かれていた間も、社交喫茶と名を変えて営業していたキャバレーやクラブはいくらでもあったし、こっそりと商売をしていたバーの数もかなりのものに上る。だから、法律が変わってもさして事情が変化したわけではなかった。

しかし、以前よりも大っぴらに営業することができるようになった。そして、電力制限が緩和され、戦前にはとても及ばないがネオンが繁華街を賑（にぎ）わしていた。

パスカル・ゴデーという偽名を使って貿易商として東京に住んでいるアラン・ランベールと、透馬はその後も付き合っていた。時々、彼のシトロエンを借り、都内を走ることもあった。ゴデーもたまに透馬の働いているバー『バロン』にやってきた。恋人の錦織寿賀子を連れてくることもあった。

ゴデーは、フランス政府の命を受け、密かに日本に渡ってきたゲシュタポを探していると言っていた。それが本当かどうかは分からないが、二年前、寿賀子の家を出た後、ゴデーのシトロエンはダッジに乗った日本人に尾行された。ダッジのナンバーをゴデーに教えていた透馬は、次にゴデーに会った時、何か分かったかと訊いたが、ゴデーは首を横に振っただけだった。

ゴデーには、両親を殺したと思われるドイツ人の人相を教えてある。ゴデーがバーに顔を出すと、時々、そのことに触れた。しかし、そういう人間には会っていないとゴデーは答えた。

両親を殺したドイツ人を見つける機会が巡ってくるとしたら、今のところ、ゴデーから情報を得るしか道はない。

パリで起こった殺人事件にゴデーが関係していると疑っている透馬だから、ゴデーを信用してはいないが、人を殺してしまった透馬には失うものは何もない。ともかく、八重が見たというドイツ人が発見できるのだったら何でもやる気でいた。

もしもあの殺しがなかったら、もう少しは将来のことを考えていただろう。そうしたら、両親を殺した犯人を見つけるなどという気持ちは薄れていたかもしれない。

バー『バロン』も透馬が勤め始めた頃と変わったところは何もなかった。自由の女神、ピサの斜塔、エッフェル塔の写真も同じ場所に飾ってあった。女給の美和子も辞めることなく働いていた。変わったことと言えばマダム靖子が少し太ったことと、透馬が幾種類かのカクテルを作れるようになったことだ。

室伏はよく店に顔を出した。美和子を口説いているようだが、彼女は相手にしていなかった。

麗子から電話があったのは、キティ台風が来る少し前のことだった。遠縁の勧めで、熊本の銀行の頭取の三男と見合いをし、来月、結婚するという知らせだった。

「それはおめでとう。横山とかいう宝石商は見事に振られたな」

「あれからもしつこかったけど、やっとこれで縁が切れたわ。挙式は熊本でやるの。透馬様にも出席してもらいたいけど……。無理しなくてもいいわよ」

「熊本は遠いな。申し訳ないが行けない。遠くから幸せを祈ってるよ」

「そうして」

「当分は会えないね」

「そうなるわね」麗子はちょっと寂しげに言ってから、気を取り直し、がらりと調子を変えて「透馬様、元気でいてね」

「麗子さんも」

都会育ちのお嬢さんが、熊本の水に合うだろうか。ともかく、幸せになってもらいたいと心から思った。

キティ台風がすぎて十日ほど経った或る夜、日本人の男がひとりで店にやってきた。初めての客だった。歳は三十五、六というところだろうか。丸眼鏡をかけている。髪は一・九にきちんと分けられていた。顔の造作は小さめで特徴がまるでない。ラッシュアワーの電車の中でもみくちゃにされているのが似合いそうな会社員風の人物だった。カウンター席に腰を下ろした男は、手にしていた雑誌をテーブルに置いた。軽く二つ折りにされていた。雑誌名が見えた。『アサヒグラフ』だった。

「ウイスキーを水で割ってください」

注文してから男はマッチで煙草に火をつけた。そして、店を見回した。

ボックス席では三人のアメリカ人が美和子を相手に飲んでいた。美和子は片言の英語しかしゃべれないが、外国人の相手が上手で、席は盛り上がっていた。

店には『セントルイス・ブルース』という曲が流れていた。

マダム靖子が男の斜め後ろに立った。

「いらっしゃいませ。初めてお見受けしますが、誰かの紹介でこの店に?」

「いや。ネオンを見て入ってきた」男はぶっきら棒に答えた。

マダムが自己紹介すると、男は板垣と名乗った。

レコードが止まったので、マダムが男から離れた。

さらに客がふたり入ってきた。ひとりは栗色の髪の外国人で、もうひとりは髪をオールバックにした、鼻ぺちゃの東洋人だった。その男の雰囲気からすると日系アメリカ人に思えた。

丸眼鏡の男が落ち着きを失ったのを透馬は見逃さなかった。

入ってきたふたりは入口近くのボックス席に腰を下ろした。マダム靖子が相手をした。

彼らはビールを頼んだ。透馬が用意をし、席まで運んだ。

カウンターの中に戻った時、男がグラスを半分ほど空けてから煙草を消した。

「勘定をしてください」

透馬は言われた通りにした。

釣銭を渡した時、男が言った。「この雑誌、もういりませんからよかったら差し上げます」

男が出ていって間もなく、座ったばかりのふたりの客が立ち上がった。彼らの相手をしようと近づいた美和子が戸惑っていた。

ふたりの男は金を払うとそそくさと店を後にした。

男たちは丸眼鏡の男の後を追ってきたのではなかろうか。

「何かしらね」美和子がカウンター越しに透馬に目を向けた。

「さあね」

男が置いていった雑誌を開いてみた。今年の六月に出た『アサヒグラフ』だった。国電の五十時間ストの記事が載っていた。電車に乗れない通勤客が長蛇の列を作ってバスに乗ろうとしている写真が目に入った。

不思議なことに気づいた。

〝三鷹電車区が〟という部分に鉛筆で線が引かれていた。

次のページのほんの一部にも線を見つけた。巨人のエース別所が登板した記事の〝対中日九回戦に初登板〟という箇所にも線がある。一年前に大地震に見舞われた福井の様子を伝える記事には線はなかった。

暗号かもしれないと透馬はふと思った。

雑誌をカウンターの後ろの棚に仕舞い、透馬は美和子に言われ、酒を作った。

忙しく働いているうちに、閉店時間がやってきた。

透馬は店を出た。手には『アサヒグラフ』が握られていた。電車の中で暇潰し(ひまつぶ)に読もうと思ったのだ。線の引かれた部分も気になった。暗号だったとしても、透馬に解読できるはずもなかったが、パズルでもやるように謎解きをしてみたい気持ちもあった。

交詢社ビルディングに近づいた時だった。MPが三人、透馬に近づいてきた。

透馬は歩みを速めた。二年前に起こした事件のことしか頭になかった。

「ストップ」MPの声が路上に響いた。

逃げたら撃たれるだけだろう。

透馬は歩を止めた。

三人のMPの長い影が透馬を囲んだ。

「何かあったんですか？」透馬は英語で訊いた。

MPたちは答えない。ほどなく黒い車が透馬にゆっくりと近づいてきた。

車が停まると、助手席から先ほど店に現れた鼻ぺちゃの東洋人が降りた。「一緒に来てもらいましょう」

アメリカ訛り(なま)の日本語だった。

「あなたは誰なんです?」透馬の声は上擦っていた。

「ともかく来れば分かります。車に乗って。抵抗したら容赦なく撃ちますよ」

透馬は言われた通りにするしかなかった。

車の後部座席には栗毛の男が座っていた。

透馬が乗ると車が走り出した。

「英語は分かるか?」栗毛の男が訊いてきた。

「少しは」

「雑誌を渡せ」

透馬は『アサヒグラフ』を差し出した。

「あなた方が何者なのか教えろ」

「聞かずとも分かるだろう」栗毛の男は正面を向いたままそっけない口調で言った。

「分かりません」

栗毛の男はそれ以上口を開かなかった。

車は日比谷に出て、皇居のお濠に沿って走っていた。

例の殺人事件に関係していないと分かった透馬は、少し落ち着きを取り戻した。

あの丸眼鏡が何らかのスパイ行為を働いていた。雑誌に引かれた線はやはり暗号だったようだ。捕まった時に証拠の品を所持していたくなかった男は、雑誌を置いていったのだろう。

車は九段にある立派な建物に着いた。終戦までは憲兵司令部だったところだ。

車寄せがあり、そこで降ろされた。

連行された部屋は狭いが天井は高かった。分厚いカーテンが窓を被っていて外は見えない。

取り調べに使うにしては立派な椅子とテーブルが置かれていた。

栗毛の男が椅子に腰掛け、透馬に正面に座れと命じた。

「私はニコラス・スタッフォード大尉」栗毛の男が口を開いた。そして、斜め横に立っている東洋人に視線を馳せた。「彼はリチャード・ヤマザキ少尉。我々は対敵諜報部の者で、ここはノートン・ホールといい、我々の部隊が司令部に使っている建物だ。尋問はヤマザキ少尉が日本語でやるから、知ってることはすべて話せ」

「僕がスパイだと思ってるんですか？」透馬は毅然（きぜん）とした態度で言った。

日本語は使わず英語にしたのはスタッフォードと名乗った男が、この取り調べの責任者だと分かったからだ。

「君は、客を装ってやってきた同志から雑誌を受け取った。今、他の部員が雑誌の中身を調べているところだ」

「僕はあの男のことは何も知らない」

「そりゃそうだろう」スタッフォード大尉が短く笑った。「連絡員の素性など知ってるスパイはいない」

透馬は首を何度も横に振った。「誤解です。あの男は、あなた方を見て、雑誌を持っているのは危険だと感じたから、見ず知らずの僕に渡したんでしょうよ」

「名前は？」

「トウマ・カイヅカ」

「生年月日は？」

透馬はスタッフォード大尉の質問に素直に答えていった。

その後の尋問はヤマザキ少尉が日本語で行った。

部屋には柱時計が掛けられていた。透馬は時々、時計に目をやった。

透馬は素性を細かく訊かれた。午前二時を回っても、尋問は続いた。

途中で日系人と思われる男が二度も三度も出入りし、彼らとこそこそと話した。

「シベリアに抑留されていたのか。あの丸眼鏡の男も同じだよ」ヤマザキ少尉が言った。

「復員が早かったのは怪我をしたからではなくて、向こうの人間と取引したからじゃないのか」

「この僕をソ聯のスパイに仕立てあげたいんですか？」

また日系人が部屋に入ってきて、メモをスタッフォード大尉に渡した。ヤマザキ少尉はスタッフォード大尉の後ろに立ち、腰を屈めてメモに目を落とした。

「〝こくしょうかいをみはれ〟」ヤマザキ少尉が言った。「暗号の内容を君は理解できるね」

「まったく分かりません」

ヤマザキ少尉が透馬の後ろに回った。そして、耳許でこう言った。「知ってることはすべて話せ」

「こくしょうかいって何かの団体ですか？」

「惚けるな」ヤマザキ少尉が、透馬の座っていた椅子を後ろに倒した。

透馬は床に転がった。

「ソ聯代表部の人間と接触はあるか」

透馬は躰を起こした。「あの丸眼鏡の男はどうなったんです？　奴に訊けば、僕が無関係だということがはっきりするはずです」

「逃げ足の速い奴で、追いつけなかった」

そこまで言って、ヤマザキ少尉が会話の内容をスタッフォード大尉に教えた。

透馬に対する尋問は夜が明けても終わらなかった。

午前八時すぎ、手錠の一方が右足首に、もう一方がテーブルの足にかけられた。

スタッフォード大尉が腰を上げた。

「しばらく休め。食事は起きてからだ」そう言い残して、ヤマザキ少尉はスタッフォード大尉の後について部屋を出ていった。

そうやって透馬は監禁され、質問攻めにあった。殴る蹴るの暴行は受けなかったが、睡眠時間が極端に少なく、髭も剃れず歯も磨けない状態だった。こんなことがさらに続いたら、と思うと気が遠くなりそうになった。

三日目の朝、ヤマザキ少尉だけが部屋にやってきた。そして、手錠を外してくれた。

「今、朝食がくる」

透馬は椅子に腰を下ろした。

「君の素性を洗った。アパートの部屋も捜索した。結果、君は、あの丸眼鏡の男と無関係だという結論を我々は出した。食事がすんだら帰っていい」ヤマザキ少尉は、透馬を睨みつけ、指さした。「ただし、ここであったことは誰にも話すな。すべて忘れろ」

透馬はヤマザキ少尉を挑むような目で見つめた。「忘れることなんかできない。頭がぼけない限りは」

「ともかく忘れるんだ。それが君のためだ」

「あなただけではなく、スタッフォード大尉にも一言詫びてもらいたいですね」

ヤマザキ少尉はそれに答えず立ち上がり、部屋を出ていった。

ほどなく兵士が朝食を運んできた。

透馬はコンビーフをぱくついた。

ひどい目に遭わされたが、この三日間、食事だけは、普段食べているものよりも上等だった。

九段下から都電に乗り、アパートに戻った。

部屋は整然としていて、教えられていなかったら、家宅捜索を受けたとは気づかなかったろう。それにしても、アメリカ兵を撃ち殺した拳銃を処分しておいてよかったと改めて胸を撫で下ろした。

その夜から、透馬はバー『バロン』に出勤した。店に入ってきた透馬を見て、マダム靖子も美和子も幽霊が現れたような顔をした。

「やあ」透馬は照れくさそうに微笑んだ。

「私たち、あなたがどうなったか心配してたのよ」マダム靖子が言った。

「私たちのところにもGHQの日系アメリカ人が来て、いろいろ訊いて帰ったわ」美和子が口をはさんだ。

「何という部署の人間が来たんです?」

「諜報部としか言ってなかった」答えたのはマダム靖子だった。「でも、私、少しはGHQの組織のことを知ってるの。参謀第二部がスパイの取り締まりをやっているのよね」

「ここにきた人間はどんなことを訊いてきたんです?」

「あの丸眼鏡の男がここにくるのは初めてかとか、あなたを雇った経緯とか、この店の客層とか、いろいろよ。私の店がスパイの連絡場所になってるみたいな言い方に聞こえたから、私、腹が立ってきて、常連の将校の名前を教え、どんな店か、その人たちに訊いたらって言ってやったわ」

「拷問されたりしなかったの?」美和子がおずおずとした口調で訊いてきた。

「取り調べはきつかったけど、飯はうまかった」透馬は短く笑った。そして、こう続けた。

「奴らは僕の素性や丸眼鏡の男との関係を徹底的に調べたけど、何も出てこないので釈放されたんだよ」

「当たり前よ」美和子が力をこめて言った。「あなたがソ聯のスパイになるわけがない」

客がやってくると、三日前と同じようにカウンターに入って仕事をした。

しかし、ソ聯のスパイだと疑われたことは脳裏から消えてはいなかった。

丸眼鏡の男はなぜ、この店に入ってきたのだ。尾行に気づき、様子を窺うために、ネオンが目に入った店に立ち寄っただけなのか。そう考えるのが一番自然である。しかし、どうして暗号の書かれた雑誌を自分に渡したのだろう。

深読みしすぎだと思いつつも、丸眼鏡の男の行動に解せないものを感じていた。そういう気持ちが胸に湧き起こったのはゴデーを知ったからだ。ゴデーは日本に潜入したフランス政府の回し者。貿易商を隠れ蓑に、日本に潜伏していると見られるゲシュタポを探しているゴデーの日常はスパイのそれとさして変わりはないはずだ。

丸眼鏡の男はソ聯のスパイらしい。だからゴデーとは関係はないだろうが、パリで透馬が目撃したのが事実なら、ゴデーはあの時、共産党員を殺したことになる。そこが引っかかるのだった。

何らかの形でソ聯のスパイとゲシュタポを探しているフランス人が接触し、情報交換をしているとも考えられる。スパイの世界は魑魅魍魎。二重スパイはいくらでもいるだろうし、普通に考えたら手を結ぶはずもない人間が裏で繋がっていることもあるに決まっている。

『こくしょうかいをみはれ』

丸眼鏡の男は誰にそのメッセージを渡したかったのだろうか。

疑問は脳裏にこびりついて離れなかった。そのせいだろう、カウンターでひとりで飲んでいる客や、ひそひそ話をしている者を見ると、スパイではなかろうか、という目で相手を見てしまうのだった。

問題の男、ゴデーが店にやってきたのは、透馬が監禁を解かれた二日後だった。

ゴデーはひとりだった。いつものようにウイスキーをストレートで注文した。

マダム靖子がやってきて、軽くゴデーの肩に手を置いた。「ムッシュウ・ゴデー、お久しぶり」

フランスに憧れを抱いているマダム靖子は、ゴデーが来ると、やたらと〝ムッシュウ〟という言葉を使いたがり、パリについても矢継ぎ早に質問をした。ゴデーは丁寧に答えていたが、時々、内心うんざりしているのが見て取れた。

他の客が入ってきたので、マダム靖子はゴデーから離れた。

「その後、どうですか？」透馬はグラスに酒を注ぎながら、フランス語でゴデーに話しかけた。

「北海道に行ってた」

「何をしに？」

「終戦後、何人かのドイツ人が北海道に渡ってるんだ。戦争中、日本には三千人ほどのドイツ人が住んでたが、今は、俺の調べたところによると七、八百人しかいない」

「大半は終戦後、本国に送還されたんですね」

「その通りだ。残ってるドイツ人の多くはユダヤ系だ。しかし、ゲシュタポが名前を変え、ユダヤ系を装って暮らしている可能性はある」

「で、北海道で何か摑めました？」

ゴデーは口角を下げ、肩をすくめた。

「ムッシュウ・ゴデー。〝こくしょうかい〟という団体を知ってますか？」

ゴデーの目つきが変わった。「〝こくしょうかい〟がどうかしたのか」

「知ってるんですね」

「超国家主義者の集まりだよ」

「フランス人のあなたが、そんなことをよく知ってますね」

「寿賀子のサロンにくる人間の中に、あの団体のメンバーがいるらしい。〝こくしょうかい〟のことは寿賀子から聞いたんだ」

「漢字でどう書くかは分からないですよね」

「国に生きる会と書くそうだ」

〝國生會〟或いは〝国生会〟と書くらしい。おそらく、超国家主義者の団体だったら、前者の〝國生會〟を使っている気がする。

アメリカ人の将校が三人入ってきた。ひとりはすでにかなり酔っていた。

店内に『ムーンライト・セレナーデ』が流れ始めた。

「ここにも〝こくしょうかい〟のメンバーが来るのか」ゴデーが訊いてきた。

「そんなこと僕には分かりません」

「じゃなぜ、突然、〝こくしょうかい〟の話をした」

「僕はひどい目に遭ったんです」

「〝こくしょうかい〟のメンバーに何かされたのか」

透馬は首を横に振り、我が身に起こったことを簡単にゴデーに教えた。

ゴデーが歯の裏側が見えるほどの大口を開け笑い出した。「君がソ聯のスパイね。あり得んな」

「とんだ災難でしたよ」透馬も笑い返した。

「〝こくしょうかい〟のことを口にしたのは情報機関の連中か」

「ええ」

「ソ聯のスパイとどう関係があるのかな」ゴデーがつぶやくように言った。

「ムッシュウ・ゴデーはソ聯のスパイにも興味がありそうですね」

「どうしてそう思う？」

「秘密裏に調査をしてればいろんな人間に会わなきゃならないでしょう」

「ソ聯の関係者とは会わないな」ゴデーはグラスを空けると、腰を上げた。「明日は神戸に行くから、今夜はもう帰って寝るよ」

「また車、貸してください」

「ああ」

ゴデーは金を払うと店を出ていった。

ゴデーは嘘をついている。透馬にはそう思えてならなかった。

ゴデーが引き揚げて二時間ほどしてから、女連れの日本人が店に入ってきた。

透馬は目を疑った。男のことをよく知っていたのだ。

男も透馬に気づいた。男の手が女の肩から離れた。

「透馬」男が低い声でつぶやいた。

男の名前はジャック寺内。パリで一緒に勉強をし、車を飛ばして遊んだ友人である。

ジャックはロスアンジェルス生まれの日系アメリカ人で、父親はホテルやレストランなどを経営している金持ちだった。

背が高く、逞しい躰の持ち主。柔道有段者で、パリでも無料で警察官に教えていた。彫りの深い顔立ちの美男で、笑うと眉が八の字になる。そこがまた彼の魅力になっていた。

ジャックと会うのは十年振りである。歳は透馬と同じだから三十一になっている。しかし、美貌も筋肉も少しも衰えていなかった。

ジャックが眉を八の字にして、カウンター越しに右手を差し出してきた。

透馬はジャック寺内と固い握手を交わした。

「こんなところでお前に会うとはな」ジャックが感慨深げに言った。

アメリカ訛りの日本語だが、すこぶる上手である。

「俺はここで働いてるんだよ」

「お前がバーテンか」ジャックは小首を傾げた。

「まあ、座ってください。お客様」透馬は連れの女をちらりと見ながら冗談口調で言った。

ジャックと女がスツールに腰を下ろした。

ふたりともビールを注文した。

「お前も飲めよ」

透馬は黙ってうなずいた。

ビールで乾杯した。女は無視されているせいだろう、ちょっとふて腐れた顔をしていた。

透馬が女に目を向けてからジャックに言った。「紹介してくれよ」

「銀座の伊東屋の上にあるダンスホールで知り合ったんだ。名前は……」

「文子よ。もう忘れたの？」

「文子さん、それを飲んだら、タクシーを拾ってあげるから、今夜は帰ってくれないかな。俺は、この男といっぱい話があるんだ」

女がふくれっ面をした。「ドライブに連れてってくれるんじゃなかったの」

「次の機会には必ず。悪いな」

「じゃ、私、これで失礼するわ」

「ビールぐらい飲んでいけよ」

「いいわよ」女が立ち上がった。

「送ろう」

ジャックが女と一緒に店を後にした。

マダム靖子がカウンターにやってきた。

「あの人、知り合い？」

「パリ時代のね」

ほどなくジャックが戻ってきた。透馬はマダム靖子にジャックを紹介した。

「ジャック、お前、日本で何をしてるんだ」透馬が訊いた。

「貿易会社の東京支社を仕された。本社はロスにあるんだがね」

名刺を渡された。

スワンソン貿易、東京支社長、ジャック寺内と書かれていた。会社は日本橋にあった。

「支社といっても、社員はふたりしかいない小さなものだよ」

「で、いつこっちに」

「半年ほど前だ。お前がどうしてるかってよく考えてたよ」

ジャックが透馬との関係を簡単にマダムに教えた。

「積もるお話もあるでしょうから邪魔しないわね」

マダム靖子はそう言い残してカウンターから離れた。

シャンソンが店に流れた。戦前に日本でも流行（はや）ったダミアという女性歌手の曲だった。

「ジャック、車を持ってるのか」透馬が訊いた。

「持ってるよ。ＭＧＴＣってイギリス車だ」

「知らないな。ＭＧＴＡは聞いたことあるけど」

「或るアメリカ人が乗ってたものなんだ。そいつが急に本国に戻ることになって、車を売りたいって話を聞いたから、なけなしの金で買ったんだよ」

「見てみたいな」

「後で乗せてやるよ。店が終わったらふたりで飲もう」

「うん」

店は閉店時間近くになっても混んでいた。透馬は、ジャックとは後でゆっくり話せるので、彼を放っておいて仕事をした。

午前零時頃、透馬はやっと店を出られた。

「車はどこに停めてあるんだい」

「タイムズ・スクエアの近く」

「タイムズ・スクエア?」

「何て言ったっけ。そうだ。尾張町(おわりちょう)だ。あの交差点を進駐軍の連中はそう呼んでるんだ」

銀座四丁目の交差点のことをジャックは言っているのだ。

透馬はジャックの後について銀座通りに出た。小松ストアーの前に、幌(ほろ)を被ったスポーツカーの尻が見えた。

「あの車か」透馬の声が驚きの色に染まった。

「そうだ」

車体を見ただけで透馬はゾクゾクしてきた。

ジャックが運転席に躰を縮こまらせて乗り込んだ。コックピットは異様に狭く、計器類がアレンジされたパネルからシートの背もたれまでは五、六十センチぐらいしかなかった。しかもハンドルは大きい。

透馬も躰を折って助手席に乗った。

二人乗りである。

ジャックがキーを差し込み、捻った。それからスターターを目一杯引いた。

エンジン音は軽やかだった。

ジャックはすぐには車を出さなかった。

「ライトなスポーツカーだけど、時速百二十キロ、いや、それ以上出るよ」

「戦前の車か」

「いや、戦後になって作られたものだ。でもフレームもワイヤーホイールも昔の感じだよね。戦前のモデルを少し変えただけみたいだ」

ジャックはこの車の説明を簡単にしてくれた。

水冷の直列四気筒、排気量は一二五〇ｃｃ。重量は七八七キロ。

「燃費は？」

「そうだな。リッター、九キロぐらいは走る」

タコメーターは運転席の正面についていたが、スピードメーターは助手席側、透馬の前にあった。サイドブレーキも運転席側にはない。

車がスタートした。銀座四丁目を通りすぎ、京橋方面に向かっている。

ゴデーのシトロエンと比べたら、すこぶる加速がいい。

「コーナーリングでスピードを出しすぎると、コントロールしにくいところがある。日本語で何ていうんだ。フレームの固さというか……」

「剛性が高くないってことだな」

「うん。そういうことだ」

ジャックがギアチェンジをした。シフトレバーは、パネルの下に潜り込んでいる。

ほとんど車は走っていなかった。

日本橋を越えたところで、MGは左に大きく曲がった。曲がる前にジャックはダブルクラッチを使ってシフトダウンした。躰が左に大きく傾いだ。

「パリにいた頃よりも運転がうまくなったんじゃないのか」

「からかうなよ」

「今からどこにいく気だ」

「俺のホテルで飲もう」

「うん」

ジャックが宿泊しているホテルは大手町にあった。四階建ての建物で『HOTEL TEITO』という看板が屋上に出ていた。

ジャックの部屋は三階にあった。窓から皇居が望めた。

狭いが小綺麗な部屋だった。ジャックはグラスと酒瓶をテーブルにおいた。酒はカナディアンクラブだった。

透馬とジャックは改めて乾杯した。

ジャックはグラスを一気に空けてから、煙草に火をつけた。そして、ゆっくりと煙を吐きだした。

「いつかはお前に会える気がしてた」ジャックがつぶやくように言った。

「俺も時々だけど、お前のこと思い出してた」

「日本とアメリカはいつかは戦争すると思ってたけど、あんなに長くやり合うとは考えもしなかった」

ジャックが煙草をくわえたまま窓辺に立った。窓ガラスにうっすらとジャックの顔が映っていた。

「戦争中はどうしてたんだ」透馬が訊いた。

「強制収容された。敵国人だったんだからな。家族も親戚もみんな収容された。ひどい差別にあったよ。財産も放棄させられ、親父は収容所で死んだ」

「戦争には行ってないのか」

「行ったさ」

「どこに？」

「サイパン。多くの日系人の若者は、アメリカに忠誠を誓ったことを身をもって証明するために、勇敢に戦った。しかし、戦場でのことを思いだすと反吐がでる。だから、何をやってたかなんて訊くな。無残な死体ばかり見てきたとだけ答えておくよ」そこまで言って、ジャックは呷るようにまたグラスを空にした。

透馬も煙草に火をつけた。「お前ほど大変な目には遭ってないが、俺も戦争に行かされ、ソ聯軍に捕まり抑留された。怪我をしたことで早めに帰ってこられたが、怪我をしてなかったら、今も極寒の地で強制労働させられてたかもしれない」

ジャックが元の席に戻った。透馬は酒を注いでやった。

廊下で女の笑い声がした。

「このホテルはバイヤーがよく使うところでな。時々、女を連れ込む奴がいるんだ」

「で、いつまでこっちに？」

「一年いるか二年いるか。半年で本国に戻るか。何も決まってない」

「ずっとホテル暮らしか。豪勢だな」

「ホテル代は会社が払ってる。俺は命令にしたがってるだけだ。訊いていいか」

「何だい？」

「子爵の息子がなぜ、バーなんかで」

透馬は簡単に事情を教えてから、両親が殺されたことを話した。

ジャックの表情が険しくなったが、透馬が話し終わるまで黙っていた。

「……犯人はまだ分かってないが、ドイツ人の可能性がある」

「ドイツ人がなぜ？」

「アメリカ兵に追われてたようだ。で、両親が疎開してた山荘に逃げ込んだ。顔を見られたから殺したんだろうよ」

「アメリカ兵に追われたってことは、そいつはナチスの残党ってことか」

「おそらくそうだろう」今度は透馬が腰を上げ、窓から外に目を向けた。

お濠に街路灯の光が揺らめいていた。

「もう日本にいないかもしれないが、俺はこの手で犯人を見つけ出したい」

「今の日本にドイツ人が何人暮らしてるか知らないが、ひとりで見つけ出すのは無理だろう。ＧＨＱに知り合いはいないのか」

「いないよ。でも、いたってどうにもならないだろうが」

「G2って聞いたことがあるだろう?」

「課報組織だな。日本語じゃ参謀第二部と言ってる」

「そこの連中ならナチスの残党の情報を持ってるかもしれない」

透馬は肩越しにジャックを見た。「お前、知ってる奴がいるのか」

「あそこで働いてる日系人に知り合いがいる」そこまで言って、ジャックは長い溜息をついた。「まあ、よく考えてみたら、そういう連中と付き合いがあっても、機密情報は取れないな」

透馬はグラスを空けると、ベッドに寝転がった。「パリ時代の人間に東京で会うのは、お前が二人目だよ」

「誰に会ったんだ」

「ランベール先生の夫を覚えてるだろう」

「ああ。名前は確かアランだったな」

「そのアラン・ランベールがパスカル・ゴデーという偽名を使って東京で暮らしてる」

ジャックが透馬をじっと見つめ、目を瞬(しばたた)かせた。「偽名を使ってるってどういうことだ」

「これは絶対に秘密なんだが、お前にになら話してもいいだろう」

透馬はゴデーが東京で何をしているのかを教えた。

「パリにいたゲシュタポを追ってきたなんてデタラメに決まってるじゃないか」ジャックがきっぱりと言ってのけた。

「かもしれないが、ドイツ人を探してるのは確からしい」

「本当かな？」

「あいつには、両親を殺した人間の特徴を教えてある。俺はあいつを頼りにしてる」

ジャックは薄く微笑み、首を横に振った。

「あいつは人間的には信用できない。だけど、偽名まで使って日本に来た理由が他にあるとは思えない」

「まあ、そうだな」

「あいつ、俺たちがパリにいた頃からスパイ活動をやってた気がするんだ」

ジャックがきょとんとした顔をした。「何でそう思うんだ」

透馬は躰を起こし、椅子に座り直した。そして、ぐいっと顔をジャックに近づけた。

「あいつ、パリで人を殺したかもしれない。被害者は共産党員だ」

「はあ？」

透馬は、十八区のオルナノ大通りで目撃したことを話した。「……人殺しがあった時間、奴が仲間と、そのアパルトマンから飛び出してきた」

「なぜ、その話を向こうでしなかったんだ」

透馬は肩をすくめた。「同時刻だったってことしか言えなかったからだ」

「俺とお前の仲なのに」

「口にするのが嫌だったんだよ。でも、奴が偽名を使って日本にいることを知ってからは、パリでの殺人に奴が関係してるって気がますます高まったよ。殺されたのは共産党員だった。あいつが今やってることを考えると、奴がパリでスパイ行為を働いていた気がするんだ」

ジャックがじっと考え込んだ。

「どうした？」

ジャックが顔を作った。「ランベール先生の夫がスパイか。ちょっと信じられないって気になっただけさ。しかし、先生が死んだとはな」

「俺もそれを聞いてじんときた」

「十年も月日が流れるといろいろなことが変わるな」

透馬は遠くを見つめるような目をした。「お前と会ってると、榎本恵理子のことを思いだすよ」

　ジャックが薄く微笑んだ。「俺も今、彼女の話をしようと思ってた」

「彼女、今どこで何をしてるんだい？」

　鼓動が激しくなったが、おくびにも出さず、落ち着いた調子で訊いた。

　ジャックが笑い出した。「日本にいるはずの彼女のことを、俺が知ってるわけないだろう」

「そうだけど」透馬が目を伏せた。「お前、彼女をアメリカに連れていったんじゃないのか」

「彼女から何も聞いてないんだな」

「パリで別れたきり、会ってない。戦争が起こったこともあって、それっきりだ」

　ジャックが酒をグラスに注いだ。そして、苦い薬でも飲むような顔をして、グラスを空けた。

「俺は彼女に求婚した。一度はうんと言ったんだが、お前が帰国した後、結婚はしないし、アメリカにも行かないと言われた」

「なぜ？」

「アメリカで暮らすのはやはり不安だと言ってた。俺が強引だったから、押しきられそうになったけど、やはり、俺と一緒になる気はなかったってことさ。日本に来てすぐに、彼女の家まで行ってみた。だけど、家はもうなかった」

「空襲でやられたんだな」

「そうらしいが、近所の人に訊いてみたら、彼女の父親が死んでから、事業がうまくいかなくなって、土地を手放したようだ」

「お前、まだ彼女に未練があるらしいな」

「ないと言ったら嘘になるけど、彼女は俺たちのひとつ上、今は三十二になってる。誰かのとこに嫁にいってるに決まってる」

透馬は黙ってうなずいた。

透馬も、初めて恵理子を見た瞬間から、彼女の美しさに惹(ひ)かれた。面長のふっくらとした頬を持つ小さな顔。柔らかい光を放つ黒い瞳(ひとみ)は長い睫(まつげ)に守られていた。快活だが、決して派手な振る舞いはせず、二十歳にしてはとても落ち着いていた。しかし、少女のような態度を見せることもあった。ランベール先生の家の近くに空き地があり、そこに集まっている野良猫が気になった恵理子は、時々、ミルクを持参し、一匹一匹に名前をつけて可愛がっていた。猫の世話をする時の恵理子は童心に返っていた。その姿がまた可愛く思えた。

恵理子には人をじっと見る癖があった。その癖とくりっとした瞳のせいで、見つめられた相手が、恵理子に特別な思いを持たれているのではと勘違いしても何の不思議もなかった。事実、透馬もそのように誤解しそうになった。ジャックは、どうだったのだろうか。魅惑的な目で見られたことを、自分に対する気持ちの表れだと思い込んだのではなかろうか。

恵理子がランベール先生の質問に答えている時、彼女に陶然とした眼差しを向けているジャックに透馬は気づいていた。

授業が終わった後、三人はカフェに行ったり、リュクサンブール公園を散歩したり、モンマルトルの丘まで遠出したりした。その際も、ジャックは英語訛りの日本語で恵理子にしょっちゅう話しかけた。冗談を言い、恵理子が笑うと、ジャックは、見ている人間の背中がこそばゆくなるほど嬉しそうな顔をした。

ともかく、ジャックは恵理子に対して積極的だった。出遅れた透馬は、ジャックに押されっぱなしで、恵理子に対する思いを表に出すことはなかった。

或る時、透馬はブガッティにジャックを乗せてパリを走っていた。

その時、ジャックがこう言った。「俺は恵理子と付き合いたい。できたら、結婚してロスに連れて帰りたい」

透馬は黙ってアクセルを踏んだ。

「恵理子も俺に気があると思う」

「彼女に訊いてみたのか」

「いや。でも、彼女の目を見れば分かる」

「恵理子は人をじっと見る癖がある」透馬は淡々とした調子で思っていることを口にした。

「確かにそうだけど、俺を見る目つきは違う」

きっぱりと言い切れるジャックが透馬は羨(うらや)ましかった。ジャックの言っていることが当たっていようがいまいが、懐疑という陰りある思考から遠く離れているジャックの態度が輝いてみえた。

「これまでは三人でしょっちゅう会ってたけど、これからは、俺、遠慮するよ」

「透馬、そんなこと気にする必要はないよ。お前に遠慮してもらわなくても、ふたりきりになる時はなるから」

そう言われたが、透馬は次第に彼らから距離をおくようになった。ジャックと草レースをやる時だけは恵理子もやってきたので一緒だったが。

そのうちに、透馬にも付き合う女ができた。ランベール先生の開いた食事会で知り合った影山芳美(かげやまよしみ)という女である。芳美は美術学校に通っていた。何度かデートを繰り返し、半年後に関係を持った。芳美は一言で言うならばフラッパーな女だった。絵描き仲間としょっちゅう遊び回っていた。しかし、透馬はそのことに腹を立てたことは一度もなかった。透馬にとっても遊び相手にすぎなかったのだ。

一九三九年の或る日曜日の午後、透馬は日本大使館で開かれた日本人のヴァイオリン奏者のコンサートに恵理子とふたりで出かけた。本当はジャックも来る予定だったが、ひどい風邪を引いて来られなかったのだ。芳美も用があり欠席した。

コンサートが終わった後、透馬は恵理子を連れてシャンゼリゼのカフェに入った。薫風爽やかな五月のことだった。

「芳美さんとはうまくいってる？」恵理子に訊かれた。

「まあね。恵理子の方はどう？」

「どうって何が？」恵理子は通りを見ながら、エスプレッソを口に運んだ。

「ジャックとのことだよ」

「あの人は魅力的よ。けど……」

「けど何？」

「何でもない。透馬さんはいつまでパリにいるつもり？」

「ずっといたいね」

「でも、そういうわけにはいかないでしょう？」

「そろそろ帰ってこい、って親父には言われてる。親父もヨーロッパの政治情勢が不安定なことは知ってるから。でもまだしばらくはいたいね」

「芳美さんとはどうするの？」

「どうもこうもないさ。何か約束をしてるわけじゃないからね」

「透馬さんって意外に冷たいのね」

「彼女はずっとフランスにいたいって言ってる。でも、僕は違う」

「いつかは別れる関係ってことね」

「まあそういうことだな」

「寂しいね」

恵理子が、透馬と芳美の関係のことだけを言っているようには思えなかった。

「ね、ドライブしない？」恵理子が言った。

「いいよ」

透馬はブガッティに恵理子を乗せ、凱旋門に向かって走った。

ブガッティ・ロードスターT55は滅多にお目にかかれない車である。しかも、運転者が東洋人ということもあって、人目を引いた。

幌を上げていたので、恵理子の髪が風になびいた。

「気持ちいいわ」

透馬は目の端で恵理子を見た。

芳美という相手がいるにもかかわらず、恵理子に対して密かな思いを抱いていることを強く自覚した。

その四ヵ月後にドイツがポーランドに侵攻し、フランスも戦争に巻き込まれた。

透馬は父の命で早々に帰国を決め、ジャックと恵理子をパリに残し、マルセイユから船に乗ったのである。その時に芳美とも事実上別れたのだった。

帰国してすぐに彼ら三人に手紙を出し、彼らからも返事がきたが、ジャックだけではなく、恵理子や芳美が、その後どうしたかはまるで知らなかった。

しばし沈黙が流れた。

「ところで、さっきお前はG2で働いてる人間を知ってるって言ってたな」透馬が口を開いた。

「うん」

「実は、俺、ソ聯のスパイと間違えられて対敵諜報部の連中に三日間監禁されたんだ」

「どういうことなんだ」

透馬は詳しく経緯を話した。

「間違いだと分かってよかったじゃないか」

「まあそうだけど、俺を尋問した連中の司令部はノートン・ホールにあった。G2はそこにあるのか」

「G2の本部は日本郵船ビルの中にある」

「じゃ、俺を監禁した連中は……」

「俺にもよく分からないが、G2の傘下にある機関はいくつもあるようだ。そのひとつがノートン・ホールを本部に使ってるんだろうな。さて、今夜はこれでお開きにするか」

「うん」

「俺が車で送ってやるよ」

「そうか。じゃ、そうしてもらうかな」

透馬はジャックと共に部屋を出た。

ジャックはかなりのスピードを出した。酔って運転しているせいだろう。

「いつか俺にも運転させてくれないか」

「いいよ。進駐軍の将校なんかとレースをやろうって話が持ち上がってる。お前も参加させてやるよ」

「それは願ったり叶(かな)ったりだな」

「パリじゃ、お前の乗ってた車をよく貸してもらったから、借りを返すよ」ジャックはにっと笑い、ギアを落とし、エンジンブレーキをかけてから、道を左に曲がった。

鬱屈した気持ちが晴れるのは、車に乗っている時だけだと透馬は改めて思った。

（二）

二年前に竹松虎夫が急死したことで、竹松商事は名前を荒谷商事に改めた。

竹松の右腕だった荒谷喜代治が後を引き継いだのである。

ボスが死んだ時、荒谷は目の前が真っ暗になった。竹松が戻ってくるまで、草履を温めていればいいと思っていたからである。

しかし、そうはいかなくなった。

竹松の葬儀が終わった直後、宝石商の横山悠紀夫から折り入って話があると言われた。

荒谷は夜遅く、宝町にある事務所で会うことにした。

午後十時すぎに、横山が現れた。

「話とは何だ?」荒谷が訊いた。

「荒谷さん、もう竹松氏はあの世にいきました。ということは、あんたが大将ですよ」

「私が？　私に竹松氏の代わりが務まるわけがないだろうが」

「務まらなくてもいいんです」

「君は何を言いたいんだ」

「竹松氏が隠匿してる財宝の場所を、あんたは知ってるんでしょう」

「君は、竹松氏の財宝に興味があるのか」

「竹松虎夫の財宝？」横山は鼻で笑った。「竹松氏の持ってるものはすべて略奪したもの。彼の所有物など何もない」

「だから何だというんだ」

「隠し場所を知ってるんだったら、我々でそれを手に入れ、利用しようじゃないですか？　あんたも大きくなりたいんでしょうが」

荒谷は声にして笑った。「私は財宝の在処は知らない。知ってるのは竹松氏だけだ。竹松虎夫が非常に用心深い人間だということは君も知ってるだろう」

「それでも、あんたは上海時代からの側近だ。気づいたことがあるはずでしょうが」

荒谷は腕を組んで天井を見上げた。

「竹松氏は海軍を利用して、隠匿物資を日本に持ち込んだ。それぐらいしか知らない」

「ナチスがフランスから掻っ払った財宝はかなりの量に上るらしいじゃないですか。竹松氏が船に載せた荷物はどんなものだったんです？」

「大半は木箱だった」

「日本に到着してからの木箱の行方を、あんたが知らないはずはない。独り占めにしようと考えてるんじゃないでしょうね」

「君の話を聞くまで、財宝のことなんか考えてもいなかったよ」

「荷が日本に着いた時、あんたも立ち会ったんでしょう」

「トラックに積んで倉庫に運んだ。だがな、横山、倉庫に隠したものは、すべてGHQに渡ってる。財宝と一口に言うが、私はその中身を詳しくは知らない」

「竹松氏は鉱物資源も日本に持ち帰ったようだが、俺はそっちには興味はない。おそらく、フランスから略奪したものの中には、ダイヤやエメラルドがごっそりとあるはずです。木箱一個でも、法外な金になる。ともかく石はズボンのポケットにだって隠せる。ね、荒谷さん、俺たちでそれを探そうじゃないですか？」

「探すと言っても、何の手がかりもないから話にならんだろうが」

「何かあるはずですよ。竹松虎夫の行動を一番よく知ってるのはあんたなんだから」

「思い出したことがあっても、君に教えるかどうかは分からんよ」

荒谷はにやりとした。実に作り笑いの上手な男で、家族でもその笑顔に騙（だま）されてしまうところがある。しかし、顔が曇ると、それだけで悪臭が漂ってきそうな嫌な表情に変わる。激怒した時の方がまだ人間味が感じられるが、荒谷は滅多に激怒しない。

「欲が出てきたようですね。結構、結構。貴金属を密かに加工したり捌いたりできる相手がいないと宝の持ち腐れですよ。俺がいて初めて金にできることを忘れないでほしい」

「冗談を言っただけだよ。手がかりになるようなことを思い出したら君にも教える」

「一度、竹松氏の女房に会うべきですね。会って正直に話し探りを入れてください。竹松商事のためだと言えば信用するでしょう」

荒谷の顔から笑みが消えた。「考えておこう」

「それじゃ吉報を待ってます」

横山は帽子を被り、事務所を出ていった。

荒谷はすぐには引き揚げなかった。回転椅子に躰を預けると、引き出しから取っておきの葉巻を取りだした。

葉巻に火をつけた瞬間、頬がゆるんだ。

横山の持ち込んできた話に興味が湧いた。

ボスを失った竹松商事は遅かれ早かれ畳むしかないだろう。そうなっても荒谷は食いっぱぐれる心配はなかった。竹松の陰に隠れながらも、荒谷は政財界の人間と深い付き合いをしてきた。ＧＨＱの高官ともいつでも接触できる立場にある。

しかし、荒谷は日本が独立できた時のことを見越して、一端の実業家の道を歩んでおきたくなった。政界に打ってでることも頭の隅にある。しかし、何をするにも金が必要。竹松が隠した財宝を金に換えることができれば御の字だ。

さっそく翌日、荒谷は本郷にある竹松邸を訪ね、竹松の妻、佳子と会った。

「葬儀の際は、お世話になりました」佳子に深々と頭を下げられた。

「当然のことをしたまでです。今日、お訪ねしたのは竹松商事のことです。私の一存で存続させたり、潰したりすることはできません。いかがしたらいいでしょうか？」

「私には商売のことは何も分かりませんので、荒谷さんにすべてをお任せします」

「分かりました。竹松さんの看板を下ろす他はないですが、それでよろしいでしょうか」

「あなたが後を引き受けてくださるのね」

「ええ」

「竹松の後を継げるのはあなたしかいませんものね」

「恐れ入ります。ところで、奥さん、上海から引き揚げた後、ご主人は木箱を持ってはいなかったですか？」

「木箱ですか？」

荒谷は大きさを両手で拡げて教えた。「上海から船に積んで持ち帰ったものですが」

「記憶にないわね。でも、それが何か？」

「奥様もご存じのように、ご主人は隠匿した物資を日本に持ち帰ってます。私は、その在処を探してます」

「GHQに差し出したと聞いてますけど」

「大半はそうなのですが、まだどこかに隠してあるらしい」そこまで言って、荒谷は薄く微笑んだ。「誤解しないでください。私がそれを我が物にしようとしてるんじゃないんです。竹松さんが亡くなったものですから、またGHQがいろいろ言ってきてまして。今はGHQに頭が上がりませんからね」

「隠匿物資と言ってもいろいろあるでしょう？」

「おっしゃる通りですが、GHQは財宝の在処を突き止めたいらしいんです」

佳子はぽかーんとした顔をした。「そういう話を私にされても」

佳子が嘘をついているとは思えなかった……。

あれから二年、竹松の隠匿した財宝の在処はようとして知れないままだった。

竹松の残した書類は何度も調べた。愛人だった女の様子も調べたが、何も分からなかった。横山も諦めたのか、最近では何も言ってこなくなった。

十月に入ってすぐ、びっくりするニュースが荒谷のもとに入ってきた。

竹松の妻、佳子が渋谷で車に撥ねられ、死んだというのだ。

竹松と佳子の間には子供がいない。確か佳子には妹がひとりいたが、普通の会社員と結婚し、佳子とは没交渉だと聞いていた。

荒谷は関係者に当たって、妹の所在を突き止め、連絡を取った。

待ち合わせの場所は竹松邸にした。

佳子の妹は夫と共に荒谷を待っていた。

通された応接間は冷え切っていた。

「私は、竹松氏の会社を守ってきた荒谷と申すものです」荒谷は、妹夫婦に名刺を差し出した。

妹の名前は佐田久江（さだひさえ）と言った。夫は一憲（かずのり）だった。一憲は冷蔵機の会社に勤めていた。

「葬儀はすでにすまされたんですね」

「身内だけでやりました」

荒谷は佐田夫婦に、邸をどうするのかと訊いた。

荒谷には邸を買い取るだけの金はなかったが、何とか資金を調達しようと考えていた。

竹松の財宝が、隠されているかもしれない邸をどうしても我が物にしたかったのである。

しかし、彼の目論見は不成功に終わった。すでに買い手がいるというのだ。

「失礼ですが、どんな方がお買いになるというんですか?」

「室伏さんという不動産屋の方に買っていただくことにしました」

「手付けは?」

「いただいています」

いやに手回しのいい不動産屋がいるものだ。

しかし、買い手が不動産業者と聞いてほっとした。その人物は転売する気でいるに決まっているから、まだ買い取れるチャンスはある。吹っかけられる可能性は大ありだが。

「実は、私が買い取ろうかと考えていました。室伏という方の名刺はお持ちですね」

「はい」答えたのは夫の方だった。

名刺は一憲が持っていたのだ。

荒谷は室伏不動産の住所と電話番号を控えた。

「これだけの家具や調度品を処分するとなると大変ですね。遺品はどうなさるおつもりです」

「室伏さんは、家具や何もかもすべて買い取ってくださるとおっしゃってました」

荒谷の顔が曇った。悪臭を放つような表情が現れた。しかし、それは一瞬のことだった。

また笑顔が戻ってきた。

「そう言えば、車がないですね。竹松氏が投獄される直前に買った車ですが」

「それは姉が生前に処分したようです」

「しかし、変わった不動産屋ですね。家具もすべて買い取るなんて」

「確かにそうですが、私たちとしては助かります」夫が言った。「あなたのおっしゃる通り処分するのは大変ですから」

妹は、佳子の着物や貴金属をここから形見として持ち出すだろう。しかし、佳子が財宝を持っているとは考えられない。佳子は何も知らないはずだから。

室伏という不動産屋の行動が解せない。なぜ、家具や調度品まで買い取ると言ったのだろうか。

何か裏がありそうだ。荒谷の顔がまた醜く曇った。

（三）

八重はドレスメーカー女学院を無事に卒業し、銀座の松屋デパートの裏にある洋裁店に勤めていた。

ショーウインドウに、流行りの洋服が飾られている。オーナーの望田朝子はデザイナーも兼ねていて、二階ではオーダーメードの客を相手にしていた。

店の名前は『エスポワール洋装店』。エスポワールとはフランス語で希望という意味だそうだ。望田の望という文字と引っかけ、そんな屋号にしたのだという。

八重は単なる売り子にすぎないが、お洒落な店で働けることが愉しかった。将来は望田朝子のようなデザイナーになることを夢見ていた。まさに八重は希望に満ちていたのである。

髪をショートにした。それも今年の流行りだが、長い髪にパーマをかけると、大人しい顔が髪に負けてしまうから以前からそうしたかったのだ。

新しい髪型は評判がよかったので、八重は意を強くした。しかし、兄の房太郎は、長い髪の方が好みで、女兵士みたいだとからかった。八重は兄の感想などまったく気にしなかった。

同僚とよく映画に出かけた。『銀座カンカン娘』も『青い山脈』も観た。映画の帰りに、よく男に声をかけられるようになった。

悪い気はしなかった。これも髪型のおかげだと思った。

しかし、自分が変わったことを一番見てもらいたい相手は透馬だった。

透馬様はどう思うかしら。

八重は透馬とはあの事件以来会っていなかったが、彼のことは常に頭の隅にあった。

電話でも随分話していなかった。去年、渋谷署に引っ張られた直後に連絡を取ったきりである。

就職したことを教えていない。自分のせいで、人には絶対に話せないことをやってしまった透馬に、お洒落な洋装店で働いているなんて明るい話をするのは憚(はばか)られたのだ。

透馬は同じ銀座で働いている。彼は夜の仕事だが、昼と夜が入れ替わる頃に、ばったりと会わないかしらと何度思ったことか。透馬に似た感じの男が歩道を歩いていると、そっと近づいて顔を見ることもあった。

十一月の初め、日本が湯川秀樹(ゆかわひでき)博士のノーベル賞受賞で沸き立っている頃のことだった。

帰宅する前に、赤坂に住む或る金持ちの奥様に出来上がったばかりのロングドレスを届けるようにオーナーに言われた。

顧客の邸は氷川町にあった。奥様にドレスを渡すと、彼女は早速試着した。その女は小太りだった。正直に言って、ロングドレスはまるで似合わない体形である。しかし、本音を言えるはずもない。八重は褒めた。奥様は満更でもない顔をして、何度も姿見の前でポーズを取っていた。

「やっぱり望田さんのお洋服は素晴らしいわね。クリスチャン・ディオールなんかよりも素敵」

去年からクリスチャン・ディオールが流行っていて、先端を走りたい女性たちがこぞって購入していたのだ。

無事に品物を納入した八重は邸を出た。

ご奉公していた貝塚家は目と鼻の先にあった。懐かしさが募り、邸のあった福吉町まで足を延ばすことにした。

教会が左手に見えてきた。教会も空襲で焼けたようで、新しい木造の建物に変わっていた。

辺りは暗くなっていて、教会の屋根の十字架も闇に沈んでいた。

教会から茶色っぽい背広を着、ソフト帽を被った男が出てきて、八重の前を歩き始めた。外国人だった。

周りには人の気配はなかった。

八重と男の靴音だけが聞こえていた。

男が後ろを振り返った。

八重の足がすくんだ。骨を砕き、皮膚を破るぐらいの激しい鼓動に八重は見舞われた。金縛りにあったように一歩も足が前に出ない。男は力強い影を伴って遠ざかっていった。

軽井沢の山荘で見た男にそっくりだった。

透馬様は今も、両親を殺した男を探したいと強く思っているはずだ。

ここで自分が見失ってしまったら、二度とあの男を見つけることはできないだろう。八重は恐怖を必死で払いのけ、男の後を追った。

男は氷川公園の中を抜けた。方角的には赤坂見附の方に向かっているが、行き先の見当はまるでつかなかった。

八重は距離を縮めないように用心しながら男についていった。

男は広い通りを右に折れた。そのまま行けば山王下に出る。

タクシーを拾われたら、それ以上の追跡は難しいかもしれない。運良く空車が来てくればいいのだが。

山王下に出ると男は都電の停車場に向かった。停車場には数名の人が電車が来るのを待っていた。

三系統の都電が溜池の方からやってきた。

八重も停車場に向かった。男が都電に乗り込んだ。八重は、出発寸前に都電のステップに足をかけた。

都電が動き出した。男の様子をおそるおそる肩越しに見た。男は座席に腰を下ろしていた。

間違いない。あの男である。

都電は赤坂見附をすぎた。次の若葉一丁目でも男は降りる気配を見せなかった。三系統の終点は飯田橋である。

四谷見附でも動きを見せなかった男が、ゆっくりと腰を上げたのは本塩町の停車場が近づいた時だった。

下車した男は元陸軍省の方に歩を進め、大通りに出る手前の道を左に曲がった。

八重は足を速めた。そして男が曲がった道に入った。途端、八重の歩みが鈍った。

数メートル先の電信柱に男が背中を預け、煙草を吸っていたのだ。

路地は表通りよりも暗かった。

引っ返したい。だが、ここで逃げ出すのは変である。

八重は真っ直ぐに進んだ。

男がじろじろと八重を見ているのが分かった。

男の横を通りすぎた時だった。

「お嬢さん、ちょっと」

鼻にかかったかすれた声だった。山荘で聞いた声に躰が震えた。

八重は立ち止まり、男に視線を向けた。

「私のことですか？」声がかすかに震えていた。

旦那様と奥様の死体が瞼に浮かび、それが自分が襲われた時のことと重なった。

「私に何か用がありますか？」男はにたにたと笑いながら流暢な日本語で訊いてきた。

「変なことをしたら大声を上げます」八重は喉からしぼり出したような声で言った。

「あなたは私の後を尾けてきた。違いますか？」

「そんなことしてません。私、友だちの家に行くところです」

男は煙草を路上に落下させ、ゆっくりと首を傾げた。路上に落とされた煙草から煙が上がっていた。

八重は男に背を向け、歩き出した。後を尾けられるのが心配だった。右前方にアパートがあるのに気づいた。

八重はそこに向かった。二階建てのアパートの敷地に入った瞬間、通りに目を向けた。

男はまだ電信柱のところに立っていた。

アパートの敷地に入った八重はそこでじっとしていた。躰の震えが止まらない。

八重が突っ立っている場所から一番近いところにあるドアが開いた。

「あなた、ここで何してるの?」割烹着を着た女が怪訝そうな顔で八重を見た。

「あの……その……」

「どうしたんです?」

「変な外国人に声をかけられて、怖くて」

言ったことは嘘だったが、演技をする必要はなかった。八重の歯の根は合っていなかったのである。

「向こうの電信柱のところで」

女が通りに出た。

「左の方です」

「誰もいないわよ」

「でも、本当の話です」

女が微笑んだ。「信じるわよ。いやあね、前にこの近くで強姦騒ぎがあったのよ」

「ありがとうございました」八重は深々と頭を下げ、アパートの敷地を出た。

再び不安が襲ってきた。次の角を右に曲がり元陸軍省の前に出た。

広い通りを左に曲がった。その通りには都電は走っていない。何度も後ろを振り向いた。あの男の姿はなかった。

八重は放心状態で合羽坂をすぎ、牛込柳町まで歩き、都電に乗った。

都電に乗っても、八重の恐怖心はまったく消えなかった。

（四）

昭和二十四年に入っても窃盗グループ〝金色夜叉〟は健在で、犯行を繰り返していた。しかし、頻度はめっきり減った。なかなか確かな情報を得るのが難しくなったからである。首領の佐々木房太郎は表向きの仕事である服地の商売をやっていたが、そちらの儲けは大したことはなく、赤字が続くこともあった。

金庫破りを得意とする仲間、田尾吉之助はさしてやることがなく、隠居老人のような暮らしをしていた。

自動車修理工場を営んでいるもうひとりの仲間、阿部幹夫の方は仕事が忙しくなっていた。ひとりでは賄い切れなくなると吉之助を呼び、手伝わせた。吉之助は自動車にはまるで詳しくないから、幹夫が手取り足取り教えていた。

房太郎は、その日、久しぶりに日高組の組長、日高多美夫と飲んだ。

二年前、海軍の元技官、深野寛二が持ち込んできたコカインの売買の際、房太郎は深野に多美夫を紹介し、取引が終了したところで、深野を襲って、金を奪う計画を立て、深野を尾行した。しかし、鮫洲での取引が終わった直後、深野は何者かに金を奪われた。〝金色夜叉〟の上をいく奴がいたのだ。犯人は誰だかすぐに見当がついた。素人の深野を舐めきっていた多美夫がコカインの代金を仲間に奪わせたに決まっている。他に秘密の取引場所を知っている人間がいるはずもなかった。多美夫はコカインを手に入れた上に、金を取り戻したのである。

多美夫には昔気質のところはまるでない。のし上がるためなら何でもやる男である。多美夫も、流行り言葉で言えば、アプレなのだ。

金を奪われた深野が房太郎のところにやってきたのは、取引が行われた翌々日のことだった。ぐでんぐでんに酔っ払い、起こったことを房太郎に話した。深野が自分に疑いの目を向けているのは感じ取れた。房太郎は、深野を慰めつつ、体よく追っ払った。

数日後、新聞に出ていた自殺者の記事が目に留まった。

巣鴨の駅近くで省線に飛び込んだのは深野寛二だった。

新聞を読んだ日の夜、房太郎は多美夫の組に赴いた。深野が自殺したことは多美夫も知っていた。房太郎は、深野がコカインの代金を奪われたと嘆いていたことを教えた。多美夫は「運の悪い男だな」と短く笑っただけだった。

房太郎が多美夫と時々、会うのには目的があった。どんどん勢力を拡げ、政治家にもコネができ、新宿でキャバレーを経営するようになった多美夫から、羽振りのいい連中の話が聞けるからである。そういう連中の情報は、〝金色夜叉〟の首領にとって大事なのだ。ヤミ屋は随分減ったが、裏で金を動かしている人間はいくらでもいる。

多美夫は房太郎を信用していたので、それとなく裏社会のことに話を振るとよくしゃべった。やっていることを誰かに話したくなるのは人情だ。特に秘密が多ければ多いほど吹聴したくなるものである。

その夜は大した話を聞き出せなかった。房太郎は午後十時すぎに、新宿を後にし神田の自宅に戻った。

八重は茶の間にいて、ひとりで日本酒を飲んでいた。コップ酒である。

火鉢に火が入っていて、その上に載せられた薬罐（やかん）がコトコトと音を立てていた。

「お前がひとりで飲むなんて珍しいな」

八重は俯いたまま答えない。

「俺も一杯やりたい」

八重は黙って立ち上がり、台所に行き、房太郎のためにグラスを用意し戻ってきた。

房太郎はきゅっと引っかけた。そして、煙草に火をつけた。

「俺に聞いてもらいたいことがあるんだったら聞くよ」

「私、今日、大変なものを見てしまったの」

「大変なもの？」

「怖かった。すごく怖かった」八重は身を震わせてつぶやいた。

「話がさっぱり分からんな」

「透馬様の両親を殺したと思えるドイツ人らしい男を見たの」

房太郎は小首を傾げた。

「透馬様の両親を殺した男よ」

房太郎の目つきが変わった。「詳しく話してみろ」

八重は酒を飲み干してから話し始めた。

房太郎は口をはさまずに聞いていた。

「……声をかけられた時は、どうしようかと思った」

「八重、無謀だよ。そんな奴の後を尾けるなんて」

「だって、お世話になった旦那様と奥様を殺した相手よ。居場所を突き止めたら、透馬様に知らせようと思ったの」

「確かに、軽井沢で見た男だったのか」

「間違いないわ。あの顔、絶対に忘れないもの。私がうまく尾行してたら」八重は弱々しい声で言い、俯いた。

「今日のこと、貝塚透馬にもう知らせたのか」

「まだよ。知らせるつもりではいるんだけど、彼、今、仕事中でしょう。だから、ゆっくり話せないと思って。会って話すのが一番いいんだけど、例の事件のことがあるから躊躇ってるの」

「男の住処(すみか)を突き止めることができたら、透馬君はどうするつもりなんだろう。警察に訴え出るのかな」

「それしかないでしょう」

房太郎の目に鋭い光が波打った。「自分で決着をつける気かもしれない」

「まさか。透馬様が人を殺す……」そこまで言って、八重は口を噤(つぐ)んだ。

透馬は事情が何であれ、すでに人をひとり殺している。八重はそのことを一瞬、忘れてしまったようだ。

「透馬様は男に会って、両親を殺した経緯や理由を知りたいんだと思う」

「そんなこと私には答えられないけど、真相が分かれば気持ちも少しは変わる。それを望んでるんじゃないかしら」

「透馬君はお前の命の恩人だ。俺はどんな協力も惜しまない。男は赤坂の教会から出てきたんだな。だったらこれからもまたそこに立ち寄るかもしれんな」

「兄さん、教会を見張ってくれるの」

「透馬君が望めばな」

「兄さん、透馬様に会ってくれない？」

「見聞きしたことはお前が直接伝える方がいい。伝聞は誤解を招くことがあるから」

「でも透馬様と会ってるところを人に見られたくないわ」

「透馬君を呼ぼう。仕事が終わったら、ここに来てほしいと電話で言え」

「兄さん、ありがとう」

八重は早速、バー『バロン』に電話を入れた。

房太郎はグラスに酒を注いだ。

「……透馬様、八重です……。今夜、仕事が終わったら、私の家まで来てくれませんか。例のドイツ人らしき男のことで話があるんです……。詳しい話はお会いした時に……」八重は自宅の場所を詳しく伝えていた。

受話器を置いた八重は茶の間に戻らず、彼女の部屋に入った。

戻ってきた八重を房太郎はじっと見つめた。

「どうかしたの？　兄さん」

八重が化粧を直したことが分かったのだ。

八重は透馬にどう見られるかを気にしているらしい。

「髪を切ってから、透馬君には会ってないよな」

「もちろんよ」

「彼、お前のショートヘアをどう思うかな」

八重の眉間が険しくなった。「こんな時に、そんなこと考えるはずないでしょう」

房太郎はにやりと笑い、うなずいた。

しかし、八重が透馬にヘアスタイルをどう思われるか気にしているのは明らかだった。

（五）

仕事を終えた透馬は国電に乗って、神田に向かった。

八重と接触を避けていた透馬だが、〝例のドイツ人らしき男〟の話と聞いては放っておけなかった。

八重の家に着いたのは午前零時を少し回った頃だった。

八重が迎えに出てきた。

髪が短くなっているので、以前会った時とは印象が随分違っていた。すっきりとした輪郭を持つ、小顔の八重にショートヘアはすこぶる似合っていた。

「しばらく会わないうちに随分、変わったね」

「髪を切ったから」

「よく似合ってるよ」

「本当ですか？」八重の目がきらきらと輝いた。

「うん」

「むさ苦しいところですが、お上がりください」

透馬は八重について茶の間に入った。

縁側に向かって着流しの男が立っていた。

透馬は八重の顔を見た。

「兄の房太郎です」八重が言った。

透馬は八重を見続けていた。

「透馬様、安心してください。兄は透馬様の味方です」

男が振り返った。彫りの深い顔立ちの鷲鼻の人物だった。

透馬は口を半開きにして目を瞬かせた。相手の目つきも変わった。

ダッジの後を尾けていった際、新宿で日高組という暴力団の若いのに因縁をつけられた。組長がやってきてその場を収めたので、事なきを得た。その時、組長と一緒にいたのが目の前の男だった。

相手も、透馬のことを覚えているようだった。

「私がここにいることにびっくりなさっていると思いますが、ご心配には及びません。八重の命を救ってくださったことは聞いてます」

透馬は少しうろたえた。

「透馬様、お座りください」

透馬は勧められるままに腰を下ろした。

八重の兄が透馬の正面に座った。「新宿でお会いしてますね」

「ええ」

驚いたのは八重だった。「新宿のどこで？」

「知り合いの知り合いが貝塚さんだったんだよ」房太郎は笑って誤魔化した。

八重が用意してあった茶を淹れた。

「八重さん、ドイツ人らしき男のことだけど」

「私、今日、その男を見ました」

八重が話しだした。透馬は茶に手もつけず話を聞いていた。

「……ちゃんと尾行できればよかったんですけど。すみません」

赤坂の教会。透馬もそこは知っていた。確か神父は戦前からドイツ人だった。両親を殺したドイツ人は神父と交流があるに違いない。そのドイツ人がナチスの残党だとしたら、教会を利用して仲間と密会しているのかもしれない。

「貝塚さん、あなたが、そのドイツ人らしき男を追って動くのであれば、私を使ってください。私の仲間も協力させますから」

透馬は房太郎を見つめた。

この男が〝金色夜叉〟のメンバーのひとりであることは間違いない。

しかし、まさか八重の兄が……。再び驚きが胸に湧き上がってきた。と同時に、房太郎が協力したいと言ってきたことに実感が持てた。

房太郎の仲間というのはおそらく〝金色夜叉〟のメンバーだろう。世間を騒がせてきた

〝金色夜叉〟の連中なら行動力は抜群にあるはずだ。彼らが味方になってくれれば、あのドイツ人を探し出すのも不可能ではないかもしれない。

「佐々木さんに、そんな時間がおありなんですか？」

「私は、服地の商いをしてます。忙しい時もありますが、時間は作りやすい」

透馬は黙ってうなずいた。

「貝塚さんひとりじゃ、教会を見張るだけでも大変でしょう」

「しかし、そこまでやってもらうのは……」

「さっきも言いましたが、あなたは妹のため躰を張ってくれた。お返しはしたい。たとえ仕事を休んでも、お手伝いをさせていただくつもりです」

「是非、佐々木さんの協力を仰ぎたい」透馬は低い声で言った。

「もしもの話ですが、その男を見つけたら警察に？」

「男を発見した後のことは何も考えてません。真相を聞いてみてから判断します」

「男を警察に突き出すのは、慎重にやらないといけませんね」

「どういう意味です？」

「八重とあなたの関係が公になることはできるだけ避けるべきでしょう。例の事件のことがありますから」

「透馬様は今もあのアパートに？」八重が口をはさんだ。

「うん。急に引っ越しをすると却って目立つと思って」

房太郎が茶を啜った。「それは正しい選択だったと思います。しかし、あれから二年がすぎてる。そろそろ移ってもいい気がしますがね。八重が男と歩いていたのは目撃されている。その男の特徴を警察が摑んでいると、何かの拍子で、あなたに目をつけるかもしれない。警察は犯行現場周辺を今も捜査してるはずですから」

「店から歩いて帰れる場所に引っ越したいとは思ってます」

「物件は私が探してもいい」

「ありがとうございます」礼を言った透馬は八重に目を向けた。「今でも学校に？」

「いいえ。銀座にある洋装店で働いてます」

「いっそう垢抜けたのは、そのせいかな」

透馬が薄く微笑むと、八重は照れくさそうに笑い返した。

「佐々木さん」透馬は視線を房太郎に戻した。「今後のことは、ふたりだけで話したいんですが」

房太郎が怪訝な顔をした。「つまり、八重がいない方がいいというわけですか？」

「ええ。八重さんをこれ以上、このことに巻き込みたくないんです」

八重が透馬をまっすぐに見た。「私は平気です。透馬様のお役に立つんだったら、私も何でもします」

「これからは男だけでやる方が、面倒がなくていい」透馬が言った。

「でも、女が必要な時もあると思いますけど」

「かもしれないが、今はお兄さんとふたり切りで計画を練りたい」

房太郎も八重も、不可解そうな顔をした。

「佐々木さん、私はそろそろ失礼しますが、駅まで一緒に歩いてくれませんか。歩きながらいろいろお話をしたい」

「かまいませんが、八重にこの部屋から出ていってもらえばそれですむことじゃないですか」

「私の言う通りにしてください」透馬は引かなかった。

「分かりました」

「透馬様、私のことを気遣ってくださるのは嬉しいですけど、そこまですることはないですよ」

透馬は、八重の不満を優しい笑みで受け、ゆっくりと腰を上げた。

房太郎も立ち上がった。

「八重さん、学校でスケッチを描いてたよね」透馬が言った。

「ええ」

「あなたが見た男の似顔絵を描いてくれないかな」

八重が戸惑った顔をした。「私、似顔絵は描けないですよ」

「やってみてほしい」

「描いてみろよ」房太郎が口をはさんだ。

「分かりました。やってみます」

透馬は佐々木兄妹の家を出た。コートの襟を立てながら房太郎が透馬についてきた。

「貝塚さん、八重に聞かれたくない話があるんですね」

「その通りです」

路地を出たところで透馬は立ち止まった。表通りには人の気配すらなかった。街路灯の光が、透馬の影を路上に映していた。

「先ほど、あなたを見た時、びっくりしました。八重さんの兄さんが、まさか……」透馬の頬がゆるんだ。

「何の話をしてるんです?」房太郎は落ち着いた口調で訊いてきた。

「佐々木さん、私はあなたの正体を知ってる」

「正体？」

「いつぞや、あなたと仲間は銀座の交詢社ビルの近くに停まっていたクライスラー・デソートを盗みましたね。その車を使った人間はブローカーを襲った。窃盗団の名前は〝金色夜叉〟」

房太郎が煙草に火をつけた。そして、顎を上げ、ゆっくりと煙を吐きだした。

「私が〝金色夜叉〟のひとりだと言いたいんですか？」

「今日、お話しした感じではあなたが首領だと思いました」

房太郎が鼻から息が抜けるような感じで笑った。「何かの間違いですよ」

透馬はゆっくりと首を横に振った。

「私はさっきも言った通り、服地を扱ってる商人です」

「それが本当だったら残念です。私は、あなたが〝金色夜叉〟の首領だと思ったから、例のドイツ人捜しを手伝ってもらおうという気持ちになった。〝金色夜叉〟は神出鬼没で、行動力もある。荒仕事にも慣れている。単に八重さんのお兄さんだというだけじゃ心許ないじゃないですか。素人がやれることなんか決まってますからね」

「…………」

角を曲がってやってきた車はＭＰのジープだった。

「歩きましょう」房太郎が言った。

透馬は房太郎と並んで駅の方に歩を進めた。

ジープの助手席に乗っていた警察官がじろりと透馬たちに目を向けた。しかし、そのまま走り去った。

「八重さん、あなたの正体を知らないんでしょう?」先に口を開いたのは透馬だった。

「単なる生地屋ではないと薄々感じてるようです」

「どんな経緯だったにしろ、僕は人を殺した。あなたは、それを知っているが、当然、誰にもしゃべらない。僕も、あなたが〝金色夜叉〟だとは絶対に口にしない。だから、認めてください。新宿で、あなたを見た時、すでに、デソートに乗っていた男だと気づいてましたよ」

房太郎が長い息を吐いた。

「僕は非合法なことをやってでも、あのドイツ人と思える男を見つけたい。〝金色夜叉〟が味方についてくれればありがたい」

「華族なんてものは、ひ弱な連中ばかりだと思ってましたが、あなたは違いますね」

「僕は剛の者じゃない。ひ弱じゃいられなくなっただけです」

「あの事件が、あなたを変えたって言いたいんですか」

「あの事件とはどのことを言ってるんです？」

「八重が関係した事件のことですよ」

「確かに、あの件で僕は変わった。しかし、それだけじゃない。戦地から引き揚げた後にいろいろありましたからね」

「明日、仲間に話し、これからどうするか計画を立てますよ」

「仲間には何て説明するんですか？」

「ご心配なく。上手に話しますから。彼らは私の言うことはきちんと聞きます」

「本格的に組むとなれば、僕も彼らに会っておきたい」

房太郎がにやりとした。「〝金色夜叉〟のメンバーに入りますか？」

「僕なんか足手まといになるだけですよ」

「事務所の住所と電話番号を教えておきます。控えられますか？」

透馬は上着の内ポケットから手帳を取りだし、房太郎が言ったことをメモした。

「あなたの仕事は何時に終わります？」

「一応、十一時半で帰っていいことになっています」

「明日、仲間と話し合います。あの事件のことだけは伏せておきますが、あなたのことを仲間に教えます。それでいいですね」

「ええ」

「何かあったら連絡します」

「そうして下さい」

透馬は房太郎に一礼し、駅前に停まっていたタクシーに乗り込んだ。

房太郎は悠然とした足取りで戻っていった。

まさか自分が〝金色夜叉〟の首領と手を組むことになるとは。透馬は唇を歪めて小さく笑った。

翌日の午後、透馬はひとりで赤坂に向かった。そして、問題の教会に入った。

木造の見窄らしい教会で、粗末な長椅子が祭壇に向かって六列に並んでいた。信者らしい女がひとり、ほぼ中央の椅子に座り、お祈りをしていた。

透馬は見物人の振りをして、教会の通路を祭壇に向かって歩いた。

祭壇の右奥にドアがあった。神父はそこから出入りしているのだろう。

祭壇の前を通っていた時、ドアが開いて背広姿の外国人が出てきた。少し腹が出ている撫で肩の男で、銀縁の眼鏡をかけていた。目が異様に大きく見える。かなりの遠視らしい。色白で、髪は茶色だった。

レンズによって拡大された大きな目がじっと透馬を見つめた。「何か御用でしょうか」

流暢な日本語である。

「いや、ちょっと見物しに入っただけです」

「そうですか」男はにこやかに微笑んだが、目は笑っていなかった。

「神父さんですか？」

「はい。クルド・ベヒシュタインと言います」

「僕は、戦前、この近くに住んでいましたから、この教会のことは知ってました。新しくなったんですね」

「爆撃されましたからね。もっと立派な造りにしたかったんですが、そうもいきませんでした」神父はまた透馬をじっと見つめた。「どこかでお会いしてますね」

「そうですか。僕は記憶にないですが」

「そうだ。貝塚先生の家に顔を出した時、あなたを見てる。あなたは貝塚先生のところの……」

ドイツに精通している父と、近くに住むドイツ人神父は交流があったらしい。

透馬は困った。嘘をつきたいが、そうもいかない。

「父とはどんな関係だったんです？」

「ドイツ通の方が近くに住んでいると聞いて一度会いにいっただけです。そうですか。あなたは先生の息子さんですか」神父は感慨をこめてつぶやいた。

両親を殺した男と何らかの関係を持っている神父。軽井沢での事件のことが耳に入っているかもしれない。とすると、神父が、突然、教会にやってきた透馬に興味を示す可能性がある。

透馬は教会にやってきたことを後悔した。しかし、今更、そんなことを考えても始まらない。居直った透馬はまっすぐに神父を見つめた。

「両親は、戦争が終わった年に、軽井沢で何者かに殺されました」

「殺された？」

「新聞に載ったはずですが。神父は日本語が読めるんでしょう？」

「少しは。でも、新聞はたまにしか読みません。それで、どうしてそんなことに……」

「さあ」透馬は神父から目を離さず、軽く肩をすくめてみせた。

沈黙を破ったのは玄関ドアの開く音だった。

神父がそちらに目を向けた。日本人の男が入ってきて、祭壇の方に歩みかけたが、途中で長椅子の端に腰を下ろした。

「それではまた」神父はそう言い、踵(きびす)を返した。

やってきた男の横を通り、透馬は教会を出た。

男は祭壇を見つめたままで、透馬には目をくれなかった。色黒の眉の濃い男で、目は落ちくぼんでいた。歳は四十前後というところだろうか。

男のことが気になったのには理由があった。男は被っていたソフト帽を脱がずに、祭壇を見つめていたのだ。礼拝に来たのだったら、すぐに帽子を取るのではなかろうか。

教会を出た透馬は、側面の窓に近づいて、中を覗き込んだ。

男が祭壇に上り、ドアの向こうに消えるのが目に入った。

男は神父に会いにきたが、見知らぬ人物と話をしていたので近づかなかったのかもしれない。神父も男を無視してドアの向こうに引っ込んだ。ふたりの行動がすこぶる怪しく思えた。

例のドイツ人が礼拝以外のことで、この教会を訪れたとしたら、何か裏があるのだろう。ナチスの残党が密かに集まる場所として教会を使っている。根拠は希薄なものだが、透馬にはそう思えてならなかった。

透馬が次に向かった先は、八重が男に声をかけられた辺りだった。

町名は本塩町。小さな住宅と商店が建ち並んでいる通りだった。旧陸軍省にほど近いのだが、空襲を免れたと思える建物も残っていた。蔵を持つ酒屋があった。

透馬は店に入った。店番をしていたのは背中の曲がった老人で、キセルで煙草を吸っていた。

「つかぬことをお伺いしますが、この辺りにドイツ人は住んでませんか?」

老人は怪訝な顔をして、透馬をじろじろと見つめた。

「今、どれぐらいドイツ人が東京に住んでるか調査してるんです」

「あんた役所の人?」

「いいえ。統計を取るのがうちの社の仕事なんです」

「外国人がこの通りを歩いてるのを見たことはあるけど、おそらく、アメリカ人だろうよ」

「その人はこの近くに住んでるんでしょうか」

「旧陸軍省が進駐軍の宿舎になってるだろう。だからあそこに住んでる人間じゃないかな―」

透馬は礼を言い、酒屋を出た。

そのようにして近所を訊き回った。しかし、興味を引くようなことは聞き出せなかった。

本塩町に隣接する坂町、三栄町まで範囲を拡げた。

三栄町の路地を歩いていた時だった。平屋のボロ家から男が出てきた。外国人だった。

表札が目に入った。

カウフマンとカタカナとローマ字で書かれてあった。

カウフマン。最後に〝マン〟がつく名前はユダヤ系だと、パリに住んでいた時に聞いたことがある。いかにもドイツ人らしい名前である。しかし、必ずドイツ人だとは断言できない。ドイツ系アメリカ人の可能性もある。

色白の太り肉。髪がかなり後退していた。八重から聞いたドイツ人の人相とはまるで違う。それでも、透馬は俄然、目の前を歩いている男に興味を持った。

男は表通りに出ると都電の停車場に立った。透馬は後を尾けてみることにした。

男は四谷見附で乗り換え、山王下で都電を降りた。向かった先は、例の教会だった。

先ほど教会に入ってきた日本人はまだ教会に残っているのだろうか。

しばし、少し離れた場所から教会を見張っていたが、何の動きもなかった。

八重が目撃したドイツ人と、カウフマンという男は関係があるに違いない。

しかし、八重が尾行した時、問題のドイツ人がカウフマンの家を訪ねる気だったとしたら、四谷見附で都電を乗り換えているのではなかろうか。いや、そうとも限らない。本塩町の停車場から歩いた方が、乗り換えをせずにすむ。そちらを選択した可能性もある。八重の尾行に気づき、乗り換えをせずに本塩町まで行ったとも考えられる。

透馬は見張りを止め、家に戻ることにした。今夜、房太郎に話し、〝金色夜叉〟の応援を得てから、本格的に教会やカウフマン宅を見張ることにした。

（六）

透馬が赤坂の教会を見張っていた頃、荒谷喜代治は室伏不動産の事務所にいた。

室伏不動産は新橋にあった。木造の事務所の二階の奥が社長室だった。

国電が行き交っているのが窓からよく見えた。

「私に折り入って、お願いがあるそうですが、どんなことでしょうか」室伏が、荒谷の名刺を見ながら訊いてきた。

「室伏さんは竹松虎夫氏の自宅をお買いになりましたね」

「ええ」

「それを私に売っていただけないでしょうか。私、以前は竹松氏の下で働いており、竹松氏には大変お世話になりました。ですから、あの邸も私が守っていきたいと思っているんです」

室伏が手にしていた名刺をテーブルの上に置いた。「残念ながら、すでに買い手は決まってます」

「そこを何とか。むろん、手付けの件は、私の方で室伏さんに迷惑がかからないようにしますから」

「それは無理ですな。私は買い手に頼まれ、竹松氏の奥さんのご遺族と交渉したんですから」

荒谷の顔つきが変わった。悪臭が漂ってきそうな独特の表情が表れた。

「買い手の方は、どうしてあの邸を手に入れたいのでしょうか」

「前々から、あの邸が気に入っていたという話です」

「家具一切も引き取るというお話ですが」

「相手はそれを望んでいたので、私が遺族と掛け合いました。ことの外、安い値段で邸は手に入り、家具等々の売買もうまくいきました」

「よろしかったら、買い手の方の連絡先を教えていただけませんか。私、直接、会って交渉してみたいんですが」

室伏が口髭を軽く撫でてから、目尻をゆるめた。「あの邸を守っていきたいとおっしゃってましたが、正直に言って、それほど造りが立派なわけじゃないし、敷地もさしてない。何を守るんです？」

「あの邸には、私なりの思い出があるんです。いずれ登記簿を見れば、誰が所有したか分かることです。だから、室伏さんが、私に買い手のことを話しても問題はないでしょう」

「秘密にしろとは言われてません」室伏がにっと笑った。

「だったら、是非、教えていただきたい」

「有森さんというカーボン製造会社を経営している人物です」

荒谷は驚いた。「ああ、あの有森さんですか?」

「ご存じなんですか」

「面識がある程度ですが」

有森清三郎。元陸軍中将で、一時、竹松虎夫とも付き合いがあった男である。超国家主義者で、〝國生會〟という政治結社の大物メンバーだ。

〝國生會〟は歴史ある愛国主義組織だが、戦後はさしたる活動はしていないと聞いている。彼らには資金がない。噂では中国で略奪した美術品を売ったりして金を得たというが、組織拡大のためにはさらなる金が必要なはずだ。

〝國生會〟が竹松虎夫の隠匿した財宝に目をつけたのか。おそらく、そうだろう。

この室伏という男は〝國生會〟とは関係がないようだ。あれば、有森の名前を簡単に口にするはずはない。しかし、一応探りを入れておくべきだろう。

「有森さんが、室伏さんに仲介を頼んだのは、やはり、親しい関係だからですよね」

「知り合いを通して、頼んでこられただけです」

「その知り合いとは……」

室伏の頬が引き締まった。「どうして、そんなことに興味を持たれるんです？」

「いや、いや。有森さんがあの邸に興味を持っていたことに驚いたものですから」荒谷は笑って誤魔化した。

「私の方から、有森さんに、あなたのことをお伝えしておきましょうか」

「それには及びません。それでは、私はこれで失礼します」

「あの邸のことは諦めて、私の抱えている物件を見てみませんか。気持ちが変わるかもしれませんよ」

「いずれまた機会が巡ってきたら、あなたにご連絡いたします」

そう言い残して、荒谷は室伏のところを後にした。

事務所に戻った荒谷は、〝國生會〟の情報を持っていそうな政治家や役人に電話をかけまくった。

結果、いくつかのことが分かってきた。

〝國生會〟は戦後すぐに、連合軍の諜報組織に目をつけられたが、大した活動をしていないことが分かり、諜報部は調査を中止した。しかし、それから数年の間に活動を再開したようだ。

米ソの対立が激しくなった。これを利用して、日本を再度軍国主義化する気運を高めようとしているらしい。

現在のメンバーの数はよく分からないが、大半は元陸軍の軍人であろう。

得た情報を宝石商の横山に教えた。

「竹松邸から財宝が出てこないことを期待するしかないですな。俺は有森清三郎の息子と面識がある」

「どこで知り合ったんだね」

「錦織寿賀子っていう女がいましてね。その女が自由ヶ丘の自宅で時々、サロンを開くんです。そこに私も有森の息子も顔を出してる」

「何をやってる女なんだ」

「進駐軍の放出物資なんか扱って、金を貯めた女です。おそらく、息子も〝國生會〟のメンバーでしょう。機会があったらそれとなく探りを入れてみますよ」そこまで言って、横山は溜息をついた。「竹松の隠匿した財宝について、あんたが一番知ってるはずなのにね」

「それが分からんから、邸を買おうとまでしたんじゃないか」

「〝國生會〟は、これまであんたの動きを密かに見ていた気がしますね。あんたに怪しい動きがないから、今は相手にしてないんでしょうがね。邸の他に隠し場所があるかもしれない。あんたの事務所には竹松の書類がわんさか残ってるでしょう。もう一度、よく調べてみたらどうですか？」

「もうやったよ」

「暗号で書かれた文章とかが出てきてないんですか？」

「そんなもんありゃせんよ」

「ともかく、邸から財宝が出て来ないことを俺たちは祈るしかないですな」

電話を切った荒谷は、竹松の財宝のことは忘れ、本業の貿易に関する書類を開いた。今扱っているのは、鉄釘（てつくぎ）の輸出だった。

（七）

「あんたの言うことに逆らう気はないけど、本当にそいつ、大丈夫なのかい」

阿部幹夫が、煙草をくわえたまま、房太郎に目を向けた。煙が目にしみるらしく、顔を歪めている。

「わしも不安だな」吉之助がぼそりと言った。

「大体、子爵の息子なんて信用できないよ」幹夫が吐き捨てるように言った。

房太郎は透馬に会った翌夜、仲間のふたりを集めた。そして、透馬のことを話し、何をやる気なのかを教えた。透馬のことは、妹の命の恩人とだけ伝えた。

彼らが二の足を踏む気持ちは十分に理解できた。

房太郎も煙草に火をつけた。「そいつは華族だったが、なかなか気骨のある奴だ」

「あんた、まだわしらに話してないことがあるんじゃないのか」

吉之助は勘がいい。

「うん。ある」

「何を隠してる」と幹夫。

「実は、そいつは俺が〝金色夜叉〟の一員だと知ってた」

「何だって！」幹夫の口からくわえていた煙草が床に落ちた。

「顔を見られてたんだよ、そいつに」

幹夫が煙草を拾い、灰皿にねじ伏せるようにして消した。

「いつどこで顔を見られたんだい」吉之助が訊いてきた。

房太郎は詳しく教えた。

幹夫も吉之助も黙りこくってしまった。

「奴は絶対に警察に垂れ込んだりはしない。俺たち〝金色夜叉〟の手助けを求めてるんだから。俺の言うことを信用しろ」

吉之助が大きく息を吐き、房太郎に目を向けた。「わしは、あんたに言われた通りにするよ。暇だから躰は空いてるしな」

「いくら、あんたにとって大事な人間だとしても、見ず知らずの奴のために時間と労力を割く気にはなれないよ。俺には仕事もあるし。修理が遅れてる車もあるんだぜ」

「幹夫は忙しくない時だけ手伝ってくれればいい」

「そのドイツ人が赤坂の教会に出入りしてるってだけじゃ見つけるのは大変だぜ」と吉之助。

「或る程度、やってみて成果がでなかったら、また別の方法を考える」

「その元華族様がどんな人間か、この目で確かめてみないと、いくらあんたの頼みでも受けられねえよ」幹夫が言った。

「向こうもお前らに会いたがってる。奴にここに来るように言うよ」

「しかし、そいつにあんたの正体がバレてるってのは気にいらねえな」

「幹夫、今更、そんなことを言っても始まらんだろうが」房太郎の口調が激しくなった。

「ともかく、そいつの面（つら）を拝んでみたい」

房太郎は小さくうなずき、手帳を取りだした。そして、貝塚透馬の働いているバーに電話を入れた。

女が出た。

「貝塚透馬さんをお願いします」

「ちょっとお待ち下さい」

受話器からは人の笑い声とデキシーランドジャズが聞こえてきた。

透馬が電話に出た。

「佐々木です。今夜、仕事が終わったら、私の事務所に来てほしいんですが」

「分かりました。僕もあなたに会いたいと思ってました」

房太郎は詳しい場所を教え、電話を切った。

透馬が三崎第一自動車のドアをノックしたのは午前零時十五分すぎだった。

迎えに出てきたのは房太郎だった。

修理工場には三台の車が置かれていた。

奥に事務所があり、その右側の階段を房太郎は上がっていった。

二階の部屋にはふたりの男がいた。背の高い猿顔の男が窓際に立っていた。椅子に腰掛けている男は、猿顔の男よりも老けていて、太っている。

猿顔の男は、顎を引き、じっと透馬を見つめていた。太った男は目の端で透馬を一瞥(いちべつ)すると煙草に火をつけた。

「この人が貝塚透馬さんだ」

透馬は自己紹介した。房太郎の仲間はふたりとも口を開かない。透馬を信用していないのは明らかだった。

房太郎がまず年上の男から紹介した。田尾吉之助は小さく頭を下げた。

阿部幹夫という若い方は紹介されても、表情ひとつ変えなかった。

「お前ら、ちょっとは愛想よくしろ。貝塚さんは俺たちの敵じゃないんだぜ」

「あんたは佐々木さんの妹の命の恩人だそうだね」吉之助が口を開いた。「具体的には何をやったんだい？」

「吉之助、その話はいい」房太郎が慌てて割って入った。

「わしらにも話せないことかい？」

「そうじゃないが」房太郎が口ごもった。

「佐々木さんの妹さんは、うちの使用人でした。もうだいぶ前の話ですが、八重さんが暴漢に襲われ、切り付けられそうになった。それを助けたのが僕です」

透馬は咄嗟に思いついたことを口にした。

「八重は心に傷を負った。それを癒やしてくれたのも、貝塚さんだったんだ」房太郎が話を合わせた。

幹夫が透馬を見つめた。「で、あんたは両親を殺したと思えるドイツ人を見つけたら、どうするつもりなんだ。自分の手で殺るのか」

「できたらそうしたい」透馬は淡々とした調子で答えた。

幹夫が鼻で笑った。「人殺しは簡単じゃないぜ。経験あるのか」

「戦場でね」

「俺は人殺しの片棒は担ぎたくねえな」幹夫の口調は投げやりだった。

「願望を言っただけです。現実には殺せないと思う。阿部さんって言いましたね。あなたは僕に協力したくないようですね。だったらやらなくてもいいですよ。佐々木さんとふたりでやりますから」

「わしは協力するよ」吉之助が口をはさんだ。

透馬は吉之助に礼を言った。

「俺たちが〝金色夜叉〟だってこと、墓場まで持っていけるかい」幹夫が訊いてきた。

「僕が人に話す理由はない。協力を得られなくても、誰にもしゃべらない」透馬は幹夫を真っ直ぐに見て答え、頬をかすかにゆるめた。「僕は、〝金色夜叉〟のことを新聞で読んだ時、痛快に思った。日本は今、占領されてる。そういう混乱の時期に、清貧に生きてる人間よりも、〝金色夜叉〟の方がずっと魅力的な存在だよ」

幹夫が鼻で笑った。「カストリ雑誌が書きそうなことを言うんだな」

「思ってることを口にしたまでだ」

「幹夫、貝塚さんがどんな人間か少しは分かったろう」

「〝金色夜叉〟に加われと言われたらどうする」幹夫が続けた。

「車の運転ならやるよ」

「運転に自信があるんだな」

「うまいかどうかは分からないが、ハンドルを握るのは大好きだよ。できたらレースをやってみたいって思ってる。まあ、今の状況じゃ夢にすぎないけどね」

「俺も車には目がない。レースか。俺も参加したいね」

「今、どんな車に乗ってるんです？」

「大した車には乗ってない。古いダットサンだ」

「下に、15型フェートンがありましたが、あれですか？」

「そうだ」

車の話をしたことで、幹夫の態度が軟化した。

「貝塚さん、俺に話があるようなことを言っていましたね」房太郎が口を開いた。

「昼間に教会に行ってみた。やはり、あそこは怪しい連中の集会所になっている気がします。それから、八重さんが問題の男に声をかけられた場所から、ちょっと離れたところにドイツ人らしい男が住んでいて、そいつも教会に入っていった。明日、その男のことを見張ろうと思ってますが、夜は働いているので、何もできない。できたら、佐々木さんに夜の見張りをやってもらいたい。問題のドイツ人が、その男に接触するかもしれないですから」

房太郎が懐から、四つ折りの画用紙を取りだした。

それは八重が描いた、ドイツ人の似顔絵だった。似顔絵は三枚あった。

透馬はそのうちの一枚を手に取った。「八重さん、似てると言ってました?」

「うん」

「見せてくれ」吉之助が言った。

房太郎は吉之助だけではなく幹夫にも似顔絵を渡した。

「悪党面だな」幹夫がぼそりと言った。

「顔に特徴があるから、見つけやすい」と吉之助。

「幹夫、明日、お前の車を俺に貸してくれ」房太郎が言った。

「いいけど、誰が運転するんだい」

「俺だって免許は持ってる」

「ぶつけるなよ」

翌日の午後一時に、透馬は房太郎と溜池の交差点で待ち合わせをすることにした。

話が終わると透馬は房太郎の事務所を出て、タクシーでアパートに戻った。

問題のドイツ人を見つけたらどうするか。何の考えも浮かばなかった。警察に突き出すのは危険だし、かと言って、自らの手で制裁を加えるのも難しい。

その夜、夢を見た。外国人を撃ち殺す夢だった。相手の大きな目が迫ってきた。あの神父に顔が似ていた。

翌日、約束の時間に房太郎と落ち合った。房太郎の運転するダットサンには、吉之助も乗っていた。

まずカウフマンという男の家の近くまでいき、吉之助にカウフマンを見張らせることにした。そして、透馬と房太郎は教会に向かった。

二時間半、見張っていたが怪しげな動きはなかった。

（八）

透馬が溜池で房太郎に会った頃、ゴデーは日比谷公園のベンチに腰を下ろしていた。

公園の木々が色づき、冷たい風に震えていた。

ゴデーが煙草を吸っていると、丸眼鏡をかけた背の高い男が現れた。

GHQの参謀第二部G2の通訳、中西信孝である。

中西はゴデーの座っているベンチの端に腰を下ろした。

鳥の鳴き声が聞こえた。

中西はコートのポケットからラッキーストライクの箱を取りだした。

「貝塚透馬の件、どうだった」ゴデーが訊いた。

「G2の下部組織、CICに引っ張られたようだ。板垣は行方をくらました」

「G2はいくつもの下部組織を抱えているんだろうな」

「ええ、最近、キャノンという少佐に新しい機関を作らせたようです。目的は、ソ聯のスパイを摘発するためらしいですが、よく分かってません」

「情報部は〝國生會〟の動きに目をつけてるのか」

「ああ。有森清三郎は、〝國生會〟の残党と組み、有森機関を解散し、〝國生會〟の復活に取り組み始めた。死んだ竹松虎夫の自宅を有森は買い取ったようだ。おそらく、〝國生會〟の本部をそこに置くつもりだろう」

「竹松の隠匿した財宝を手に入れようとして家を買い取ったんじゃないのか」

「それもあるようだ。そっちは何か摑めたか？」

「赤坂にある教会に、ナチスの残党が集まっているようだ。カウフマンというドイツ人が、日本人の男と会ってるが、その男の正体はまだ摑めてない」

「有森と関係のある奴かもしれないな。ナチスの残党についての調査は今はあまり活発じゃないが、ナチスの残党も復活を望んでいるはずだ。しかし、資金がない。竹松が隠した財宝は、ナチスの残党からみたら、彼らのものだ。だから、有森の率いる〝國生會〟と手を結んで、探し出そうとしているのかもしれない。有森は拒否はできんだろう。ナチスの残党ともめるよりも、山分けした方が問題が少なくなるからね」

二年前、尾行された時に使われたダッジの持ち主は探偵事務所の所長だった。しかし、秋田（あきた）というその男を調査してみると、〝國生會〟の元メンバーで主に大阪で活動していた人物だった。なぜ、超国家主義者の政治結社に尾行されるのかと、その時は疑問に思った。しかし、有森清三郎が〝國生會〟のトップに立ち、その有森がナチスの残党と繋がりがあるとしたらうなずける。

ゴデーがナチスの残党の周りをうろちょろしていることを相手が気にして、調べてみようとしたのだろう。

ゴデーは赤坂にあるカソリック教会に目をつけていた。神父はベヒシュタインという男で、戦前から日本に住んでいた。教会に出入りしている人間の中にカウフマンという男がいる。自称貿易商だが、実際には何の商業活動もしていない。この人物は名前からするとユダヤ系だが、ナチスではなかったとは言い切れない。

この辺りの人物の調査をやったことが、向こうに知れた気がする。

ゴデーの使っていた板垣は失踪したままである。手足になってくれる人間が少ない。ゴデーは、先行きにすこぶる不安を感じていた。

その夜、家に戻ったゴデーは事実上の妻、寿賀子に中西から聞いた話をした。

寿賀子はゴデーの仲間のひとりなので、すべての事情を知っていた。

「やっぱり、竹松の側近だった荒谷をもう一度調べてみる必要があるんじゃないかしら」

「いや。中西の情報だと、あの男は財宝については何も知らないようだ。もう俺は、この件から降りたくなったよ」

「フランスに帰りたくなったのね」

「正直言ってその通りだ」

「でも、あなたは帰れない。上からの命令に逆らえないでしょう」

ゴデーは目を閉じ、口角をだらりと下げると、力なくうなずいた。

房太郎の協力を得た透馬は、十二月に入っても、赤坂の教会とカウフマンの家の見張りを続けていた。しかし、一日も欠かさず、監視を続けていたわけではない。せいぜい週一度、やっていただけである。バーの仕事がある透馬は、夜の見張りは房太郎に任せた。

だが、問題のドイツ人を見つけることはできなかった。

師走を迎え、デパートは一斉にクリスマス・セールを始めていた。

午後になってから小雪がちらつき始めた日のことだった。

いつものように房太郎とダットサンの中で教会を見張っていた。

「佐々木さん、見張りは今年一杯で中止しましょう。いつまでやっていても切りがないですから」

房太郎がふうと息を吐いた。「私も少々疲れてきた」

「あなたはよくやってくれましたよ。感謝してます」

「悔しいな。見張ってる間に絶対に似顔絵の男が教会に現れると思ってたんだがな」

八重の尾行があったし、透馬が教会を訪れた。だから、彼らは警戒しているのかもしれない。

「帰りましょう。雪が本降りになったら面倒だし」

透馬がそう言った時、ダットサンの後ろにタクシーが停まった。

車内に緊張が走った。

降りてきたのはカウフマンの家を見張っていた吉之助だった。

タクシーが去り、吉之助が周りの気配を窺いながらダットサンに近づいてきた。

透馬が窓を開けた。

「似顔絵に似た男が、カウフマンの家に入っていきましたよ」

「乗れ」房太郎が言った。

吉之助を後部座席に乗せると、ダットサンがスタートした。

「相手はひとりか」

「ええ」

十分ほどで、カウフマンの家の近くに着いた。

「吉之助さん、確かに似顔絵の男だったんですね」透馬が念を押した。

「ちらっと見ただけだから確証はないですが、似てたよ」

「まだカウフマンの家にいるかどうか様子を見にいこう」房太郎が言った。

三人は車を降り、路地に入った。

カウフマンの家の左隣は普通の民家。右隣は空き地だった。

カウフマンの家の前を通りすぎようとした時、向こうから男がふたりやってきた。外国人と日本人だった。

カウフマンの家を目指しているのかもしれない。

透馬は空き地に入った。房太郎と吉之助もついてきた。

空き地の端に立つ楡の木のところに身を潜めた。

日本人の方の横顔が目に入った。見たことのある男だった。錦織寿賀子のサロンで紹介された、有森恭二という元陸軍中尉に違いなかった。外国人の方は見たことのない人物だった。

ふたりはカウフマンの家を訪ねてきたのだと透馬は確信を持った。

ほどなく玄関が開け閉めされる音がした。

「面白くなってきたな」房太郎が小声で言った。

透馬はカウフマンの家の側面の窓に近づいた。カーテンが半ば閉まっていたが、中を覗き見ることができた。

透馬は外壁にへばりついた。房太郎も透馬に重なるようにして中の様子を窺っている。

男たち四人が、テーブルを囲んでいた。カウフマンと有森の顔が見えた。背中を向けて座っている男のうち右側の人物が、問題のドイツ人のようだ。

透馬はその男の顔を盗み見たかったが、男は躰をまったく動かさなかった。

雪の勢いが増した。

話し声が聞こえてきた。

「竹松の邸からは何も出てこないんですか?」カウフマンが有森に訊いた。

「今のところは。庭まで掘り返して調べてるんですがね」

「まさか、私たちを騙そうとしてはいませんよね」背中を向けている外国人が口を開いた。鼻にかかった甲高い声である。八重が聞いたという声も、そんな感じだったと聞いている。

「ナチスが手に入れたものだから、我々はあなた方を尊重してる。お互い、国は違っても目的は同じ。〝こくしょうかい〟は裏切ったりはしませんよ」

こくしょうかいだって!

超国家主義者の組織の名前が出たことに、透馬は少なからず驚いた。

「もしも家にないとなると、どこに隠されてるんだろう」カウフマンがつぶやくように言った。

「竹松の持っていた倉庫も調べましたが、何も出てきません」有森が言った。

「竹松の側近の動きは？」背中を向けた外国人が訊いた。

「それをお話ししようと思ってました。荒谷という人物も竹松の邸を買い取ろうとしたようです。つまり、荒谷も竹松が隠していた財宝を狙っているということでしょう」

「荒谷がそういう動きに出たのは、やはり、邸に財宝が隠されているということかもしれないね」とカウフマン。

「少なくとも、彼が財宝の在処を知らないことだけは確かです」

「荒谷という男は竹松の事務所を引き継いだんだろう。その事務所のどこかに、手がかりとなる書類が今でも残されている可能性はあるな。その男が気づいてないだけで」甲高い声の男が言った。

「あなた方が邸を買い取る前に、邸からなくなったものはないんですか？」カウフマンが口を開いた。

「竹松の妻の遺品を、妻の妹が引き取りましたが、そこに財宝があったとは思えません。他には自動車ですね。竹松が死んだ後、奥さんが売り払ったようです。買ったばかりのもので、ほとんど乗ってなかったと、使用人をやっていた男が言ってました」

「車の種類は？」

「分かりません」

「カール、車に財宝が隠されてたと思ってるのか」カウフマンが頬をゆるませた。

問題の男の名前はカールらしい。

「フランスから手に入れた財宝はかなりのものだが、上海に流れ、竹松に預けたものだけなら車に隠せる」

カウフマンが鼻で笑った。「危険すぎるよ。車は盗まれる可能性が高い」

「ガレージに入れておけば大丈夫だよ。それに移動しやすい」

「有森さん、車の行方も探してみるべきだ。家に車の資料が残っていれば、車種はすぐに分かるだろう」

「早速、調べてみます。ところでゴデーというフランス人は、今も、あなた方のことを調べてるんですか？」

「赤坂の教会に目をつけたらしい。だから、大事な話はここでやることにした」

「あの男の目的も財宝を見つけることらしいですが、本当にフランス政府の命で動いてるんでしょうかね」

「その辺のところは分からない。だが、うるさくなってきたら処分すればいい」問題の男が事もなげに言った。

「あなた方は何でもやる気なんですね」有森が驚いた顔をした。

「ナチスを再興するためなら、人がひとりやふたり死んでもかまわない」

「よく分かりませんが、日本からの再興というのは難しいんじゃないですか？」

「その通りです」カウフマンが答えた。「だが、我々はブラジルの同志とも連絡を取り合っている。ナチスの再興はおそらく南アメリカで実現するでしょう」

空き地に足音がした。後ろを振り返った。

「ここで何してるの？」少年のひとりが無邪気に訊いてきた。

透馬たちは窓から離れ、路地に向かって走り出した。そして、ダットサンを目指した。

しんがりを走っていたのは透馬だった。

背後で玄関が開く音がした。カウフマンの家から人が飛び出してきたのだろう。

表通りに出たところで、三人は別の方向に散った。

透馬は建物の陰に潜み、様子を窺った。

路地からは誰も出てこなかった。深追いするのは止めたようだ。

透馬は新宿に向かって歩き出した。

内藤町の手前で、反対側の車道にダットサンが停まっているのが見えた。

透馬は通りを渡り、ダットサンに近づいた。

吉之助は後部座席に乗っていた。透馬は助手席に躰を滑り込ませた。

ダットサンが静かに路肩を離れた。

「どうだった、似顔絵の男だったろう？」吉之助が訊いてきた。

「残念ながら背中しか見えなかった。だけど、声の感じは、佐々木さんの妹が言ってたのと同じだった」

房太郎は車をUターンさせた。

「面白い話がきけたな。ナチスがフランスから略奪した財宝か。〝金色夜叉〟の首領としては、是非、狙ってみたいな」

「今のところ誰も在処を知らないんですよ。狙うにも狙いようがないでしょう」透馬が言った。

「その通りだけど、諦めるのはまだ早い。何か手立てがあるはずだ」

「止めた方がいいですよ。超国家主義者の集まりとナチスの残党が手を組んでる。下手をしたら殺される」

「おい、見てみろ」吉之助が身を乗り出して、左斜め前方を指さした。「あの似顔絵の男だよ、あれは」

透馬はじっと男を見つめた。確かに似顔絵の男に似ていた。男は何度も後ろを振り返っていた。尾行を気にしているらしい。

「停めてくれ」透馬が言った。

房太郎が車を路肩に寄せた。

透馬は車を降りた。男は透馬の方に歩いてくる。

男と擦れちがいそうになった時、男が角を曲がった。

透馬も角を曲がって細い道に入ると、男を追い越した。男がちらりと透馬を見たが、そのまま、透馬の後ろを歩いてきた。肩越しに後ろを見た。

男は表通りに視線を向けてから、目の前に建っている二階家の玄関の鍵を開け始めた。

ついに、両親を殺した男の住まいを見つけることができた。透馬の全身に力が漲った。

透馬は踵を返した。建物の中に灯りが点った。表札が目に入った。

カール・シュミットと書かれてあった。

透馬はダットサンに戻った。

「やっと、あいつの住まいが分かった」透馬の声は深く沈んでいた。

「これからどうしたいんだ」房太郎が口を開いた。

「両親を殺したかどうかますは白状させたい」

「その後は」

透馬は首を横に振った。「ともかく、僕は奴の家に乗り込む」

「ひとりじゃ無理だな」

透馬はちらりと房太郎を見た。「手伝ってくれるのか」

「そのつもりだ。だが、殺すのだけは止せ。殺人だけは御免被りたい」

「殺る時はひとりで殺るよ」透馬はつぶやくように言った。

ダットサンは宮城に近づいていた。

「俺の事務所で話そう」

透馬は黙ってうなずいた。

三崎第一自動車に戻った。幹夫はフォード・フェートンのエンジンルームを覗き込んでいた。手にも頬にも油のようなものがついていた。

「ダットサンのガソリンがだいぶ減ってる。満タンにしてくれないか」房太郎が幹夫に頼んだ。

「どうした、血相を変えて」幹夫が房太郎を見つめた。

「話が聞きたかったら、上に来い」

そう言い残して、先に房太郎が階段を上がった。

透馬が客用のテーブルの前の椅子に座った。吉之助が透馬の正面に腰を下ろし、房太郎は吉之助の後ろに立った。

透馬は彼らに目を向けた。「今夜、僕はあいつの家に侵入する」

「焦るなよ」房太郎が言った。

「ぐずぐずしている理由はありませんから」

「下調べをした方がいい」吉之助が口をはさんだ。

「調べることなど何もない。あいつが不在でも、家の中に入って調べることはできる」

房太郎は溜息をついた。

「気乗りがしないんだったら、僕ひとりでも乗り込む」

「不在だったら、ドアの鍵をこじ開けなきゃならない。貝塚さん、錠前をいじれるかい」

そこまで言って房太郎は短く笑った。「できるわけないよな」

透馬は力なくうなずいた。

「武器も持ってないよな」

「…………」

「よし、分かった。あんたの頼みは断れない。一緒にやろう」

透馬は電話を借りた。バー『バロン』に繋がると、美和子に風邪気味なので、仕事を休みたいと告げた。

美和子は本気で病状を心配してくれた。

「今日だけ安静にしてれば、明日は大丈夫」透馬は咳き込みながら笑って答えた。

夕方になって、雪は止んだ。幹夫も加わって、近くの食堂で食事を摂った。

それからまた房太郎の事務所に戻った。

「〝こくしょうかい〟ってのはどんな組織なのか、あんた知ってるのか」房太郎が訊いてきた。

「詳しいことは知らない。が、カウフマンのところにやってきた日本人は知ってる。有森という元陸軍中尉だ。ゴデーという名前も出てたが、その男のことはよく知ってる」

「日本のファシストとナチスの残党が手を組んで、フランスで盗まれた財宝を探してるのか」房太郎がにやりとした。

「佐々木さん、本気で財宝を奪う気なのか」

「確実性のまるでない話だけど、俺たちが参戦する余地がないってわけじゃない。奴らも見つけられずにいるんだからな」

「房太郎、これまで、わしらは確実な場合にしか〝金色夜叉〟にはならなかった。わしは、賛成できんね」吉之助が言う。

「確かに、これまでの事情とはまったく違う。だけど、盗んでも誰も訴えられないんだぜ。それに、日本のファシストとナチスの残党の妨害ができるっていうのは気持ちがいいじゃないか」

吉之助が呆れた顔をして房太郎を見つめた。「あんたらしくない。政治になんか興味ないだろうが」

「無関心だよ。だけど、痛快じゃないか。たった三人だけの、小さなグループが、奴らをあたふたさせるんだぜ。面白いじゃないか」

「しかし、具体的にどうするんだい？」幹夫が訊いた。

「竹松の邸の様子を窺う。それから、竹松の側近だったという男の事務所も調べる。何か出てくることを期待してな」房太郎が答えた。

「時間がかかるぜ」と吉之助。

「いいじゃないか。聞こえた話からすると、財宝の値打ちは相当なもののようだ。何億って金になるに決まってる」

「貴金属は捌くのに手間がかかるぜ」幹夫が独り言めいた調子で言った。

房太郎が大声で笑い出した。「今の段階で、そんな心配をする必要はない。うまく行かなくても、できるだけのことはやってみたい。〝金色夜叉〟を作ってもう三年の月日が流れてる。ちまちました窃盗に俺は飽きてたところなんだ」

吉之助がふうと息を吐いた。「命取りにならなきゃいいがね」

「手に負えなきゃ、すぐに引くさ」

「俺は賛成だな」幹夫が言った。「俺はでっかいヤマを踏みたい」

「わしは反対してるんじゃない。心配してるだけだ」

「歳を取ると心配性になるようだな」幹夫が短く笑った。

房太郎が透馬に目を向けた。「あんたは、関係者を知ってる。摑める情報があったら摑んでくれないか」

透馬は小さくうなずいた。「分かった。できるだけのことはやってみよう」

「ところで、今夜は車を盗む必要ないよな」幹夫が言った。

「お前のダットサンを使っても大丈夫だろう。問題の男の家には、俺と吉之助、そして貝塚さんの三人で侵入する。お前は車の中で待機していてくれ」

「分かった。念のためにナンバーを変えておくよ」幹夫はそう言って、一階に降りていった。

房太郎は金庫から拳銃やお面を取り出し、透馬に目を向けた。「あんたもお面をつけてくれ」

「うん」

透馬にも拳銃が手渡された。

準備が整ったのは午後九時少しすぎだった。全員が雨合羽を着た。

四人はダットサンに乗り、問題の男が入っていった三栄町の家を目指した。

ダットサンは、その家からかなり離れた場所に停まった。

透馬たちは車を降り、家を目指した。家の中に灯りが見えた。

家の前で透馬たちはお面を被った。

玄関扉を叩いたのは透馬だった。

「誰ですか?」

「有森さんの使いです。重要なことが分かったんです」

しばし沈黙が続いた。

「カウフマンは家にいないんです」

鍵が開けられる音がした。扉が少し開いた。瞬間、房太郎が扉に手をかけ、思い切り引いた。透馬が家に飛び込んだ。

男は口を半開きにして、後じさった。

透馬は一歩前に足を踏み出した瞬間、男の頬に拳を沈めた。

男が仰向けに倒れた。

房太郎と吉之助も中に入った。房太郎と透馬の手には拳銃が握られている。

「ゆっくり立ち上がるんだ」透馬が男に命じた。

「何者だ」

「早くしろ！」

畳敷きの部屋にカーペットが敷かれ、ソファーとテーブルが置かれていた。電気ストーブがつけられていた。

透馬は男をじっと見つめた。確かに似顔絵の男である。憤怒がこみ上げてきた。

「そこに座れ」

男は言われた通りソファーに浅く腰を下ろした。

「カール・シュミットか」透馬が続けた。

「用は何だ？」

「あんたはナチスの残党で、四年前、軽井沢で人をふたり殺してる。そうだな」

「何の話だ。私は人など殺したことはない。ナチスの残党だって？　私はユダヤ系のドイツ人だ。ナチスに恨みがある人間だよ」

房太郎が部屋の奥の襖を開けた。

何に使っている部屋かは分からないががらんとしていた。

「あんた、軽井沢には行ったことはあるんだろう？」

「戦中、あそこに住んでた。しかし、人殺しなんかしていない。私には何の話かさっぱり分からない」

「アメリカ兵に追われて、山荘に飛び込んだ。そして、そこに暮らしていた男女を殺した」

「馬鹿なことを言うな」カール・シュミットは顔を歪めて笑った。

「拳銃は持ってるか」

「なぜ、私がそんなものを持たなきゃならない」

透馬が銃口をシュミットに向けた。「二階に案内しろ」

シュミットがゆっくりと立ち上がった。先に房太郎が階段を上がった。その後にシュミットが続いた。

二階には二間あった。ひとつは書斎で、その隣が寝室だった。

房太郎と吉之助が机や箪笥の引き出しの中を調べた。

「ドイツ語の書類だな」房太郎がお手上げだと言外に言って笑った。

寝室も調べる。吉之助が押入を開けた。

「金庫があるぜ」

「開けろ」透馬が言った。

シュミットが金庫に近づいた。「金がほしいのか」

「黙って開けろ。お前が開けたくないんだったら、こっちで開けるぜ」吉之助が言った。

シュミットがしゃがみ込み、ダイアルを回し始めた。

金庫が開いた瞬間、透馬はシュミットを突き飛ばした。

房太郎が金庫の中身をベッドの上に投げた。札束がベッドの上に散った。

他に出てきたものは拳銃とネックレスだった。

ネックレスは母がつけていたものに違いなかった。拳銃は三十八口径のコルトである。

「このネックレスはどこで手に入れた」

「女にプレゼントするために買ったんだ」

シュミットの顔に蹴りを入れた。「これは、お前が殺した女の持ち物だ」

シュミットの目に恐怖が波打った。

「この拳銃から発射された弾を調べれば、軽井沢の事件で使われたものかどうかすぐに分かる」

「お前は誰だ」シュミットが低く呻くような声で訊いてきた。

「誰でもいい。お前が、山荘にいた夫婦を殺したんだ。認めろ」

「座っていいか」

透馬は黙ってうなずいた。

シュミットが躰を起こし、回り込むようにしてベッドに近づいた。

瞬間、シュミットは窓ガラスを素早く開け、外に飛び出した。

透馬は窓に駆け寄った。シュミットが裏の空き地に飛び降りたところだった。

引き金を引いた。当たらなかった。

「おい、止めろ」房太郎が叫んだ。

透馬は無視して、空き地を駆けぬけてゆくシュミットの背中を狙って、撃った。

だが、またもや外れた。

ぐいと腕を掴まれた。房太郎が睨んでいた。「逃げるぞ」

透馬は、シュミットの金庫から出てきた拳銃とネックレスを手に取り、房太郎たちの後について階段を駆け下りた。そして、ダットサンまで走った。

周りの家の窓が開き、人々が透馬たちを見ていた。

（九）

両親を殺したドイツ人に向かって無我夢中で発砲した。躊躇いはなかった。あのドイツ人を殺す気だったことは間違いない。自分で決着をつけようとしたのである。

自分が変わったことを透馬は、改めて思い知った。

八重を助けようとした結果、米兵を撃ち殺した。ひとり殺すのもふたり殺すのも同じだ、と考えていたのだろうか。いや、そうではない。あの男を逃がしたくないという一心で引き金を引いたのだ。

表向きは普通の生活を送っているが、自分は市民社会から遠く離れたところにいるという思いが強い。守るべきものは何もない。逃げていくドイツ人に向かって間髪を容れずに引き金が引けたのは、その気持ちの顕れだった気がする。

家族も恋人もなく、社会的野心もない。あるのはがらんどうのような心だけである。

理由や経緯が何であったにせよ、自分は殺人者である。この思いから逃れることは不可能だ。逃れられない限りは、不安定な気持ちを拭い去ることはできない。

房太郎たちと別れてアパートに戻った透馬は、カール・シュミットの家から持ってきた物をベッドの上に置いた。

母親が気に入っていたネックレスと殺人に使ったと思われる三十八口径のコルトである。大事な証拠品だが、あの家から持ち去ったことで、誰のものか分からなくなってしまった。しかし、あそこに残しておくわけにはいかなかった。カール・シュミットは、どんな危険を冒してでも証拠品を処分しようとしただろうから。

証拠品をどうするか。透馬は考えた。持ち去った際、手袋を嵌めていたので、透馬の指紋はついていない。

このまま自分が隠しもっていてもしかたがない。

透馬は然るべきところに匿名で送りつけることにした。持ち主のことなどを克明に記して。

軽井沢の警察に送るのが普通だろう。しかし、田舎の警察では迅速な対応ができないかもしれない。何せ四年も前の事件なのだから。ナチスの残党に興味を持つとしたら連合軍の情報部、G2だろう。G2の本部は日本郵船ビルにあるという。

透馬は筆跡が分からないように、新聞を切り抜いて手紙を作った。ナチスの残党の動きも記したので長い文面になった。

ネックレスと拳銃を小さな空き箱に入れた。

翌日、郵便局の本局から郵送した。小さな郵便局を使うと局員に顔を覚えられる可能性があるからそうしたのである。

カール・シュミットが逮捕されれば良し。逮捕されずとも、G2が動けば、奴は窮地に追い込まれるだろう。もしも、もう一度シュミットを見つけることができたら、透馬は彼の息の根を止めるつもりでいる。

その翌日の新聞に愛住町（あいずみちょう）での発砲事件のことが載っていたが、記事は小さなものだった。

新聞を読んだ後、透馬は四谷三丁目に向かった。カール・シュミットの家の前を通ってみる。家は静まり返っていた。或（あ）ることに気づいた。表札が消えていたのだ。荷物は深夜のうちにでも運び出し、どこかに潜伏したに違いない。もうここには戻ってこないだろう。

同じ日の夜、房太郎から呼びだしがあった。仕事を終えた後、彼の事務所に行った。

吉之助も幹夫もいなかった。

房太郎はウイスキーをストレートで飲んでいた。

「飲むかい」

「いただこう」

房太郎がグラスを用意し、酒を注（つ）いでくれた。

「しかし、あんたにはまいったよ」房太郎の眉根（まゆね）がゆるんだ。「いきなり撃つとは思わなかった」

「当たらなかったのが残念だ」透馬は落ち着いた口調で言った。

「〝金色夜叉〟は荒っぽいことはしない主義なんだがね」

透馬はウイスキーで喉を潤してから煙草に火をつけた。

「今夜、来てもらったのは、本気であんたの協力を得たいからだ。四人目の〝金色夜叉〟になるぐらいの気持ちを持ってほしい。貝塚さん、カウフマンの家に来た日本人を知ってるって言ってたな」

「面識がある程度だよ」

「名前は何て言うんだ」

「有森恭二だ」

「奴らの話に出ていたゴデーとかいう人物は何者なんだい？」

「僕がパリに住んでいた時から知ってる人物で、フランスの政府の命を受けて、ナチスの残党を追ってるという話だ。だけど、本当かどうかは分からない」

「ゴデー或いは有森と接触することで、情報が取れないもんかな」

透馬はゆっくりと首を横に振った。「無理だろうな。大体、誰も財宝の行方を知らないようだから」

「今は知らなくても、いつか在処に繋がる手がかりを発見するかもしれない」

「有森と親しくなるのは難しい。探りを入れることができるとしたらゴデーだな」

「やってみてくれないか」

透馬は黙ってうなずいた。

「こっちはすでに、竹松虎夫の会社を引き継いだ男のことは調べた。荒谷という人物だ」

「事務所に押し入るんだね」

「下調べがすんだらな」

そう言った房太郎の目は輝いていた。

やることが窃盗だとは言え、房太郎には生きる目標がある。自分とは大違いだと透馬は少し寂しい気持ちで、自分の心を見つめた。

「カール・シュミットの件は、どうするつもりなんだ」房太郎が訊いてきた。

透馬はG2に手紙を添えて証拠品を送った話をした。

「連合軍の情報部か。あんたの望み通りに動いてくれるかな」

「調査はするはずだ。シュミットはカウフマンたちの手でどこかに匿われているんだろうが、カウフマンや神父のクルド・ベヒシュタインは情報部の尋問に遭えば、震え上がるはずだ。ほとぼりが冷めた頃に、また奴らを監視したい。その時はまた手伝ってくれるね」

「もちろんだ」

透馬はグラスを空けた。房太郎がまた酒を注いでくれた。

「貝塚さん、あんたは俺にとっては第四号だ」

「第四号？」

「〝金色夜叉〟は事を起こす時、番号で呼び合うようにしてる。一号は俺で、二号は幹夫、三号が吉之助だ。そして、あんたは四番目のメンバーだ。そう言われるのが嫌だったら止めるがね」

「光栄だよ。ただし、僕は首領の言うことを何でもかんでも聞く気はない」

「分かってるさ。あんたはシュミットを見つけるのが目的で動いてるんだもんな」

「G2がシュミットを拘束したら、僕の目的はなくなるけどね」

「財宝にはまったく興味がないのか」

「あるよ。あなたが財宝を手に入れたら、分け前をもらうつもりだ」

「一体、どれぐらいの金になるか愉しみだぜ」

「ナチスの残党と超国家主義者の連合軍を相手にするんだ。かなり危険だよ」

「承知の上だ。俺はこの一件に懸けてみる気だ。〝金色夜叉〟を作った頃は、それだけで燃え上がるものがあったが、今は違う。慣れというのは恐ろしいもんだな。小さなヤマを踏んでも気分が高まらない」

「窃盗も麻薬と同じようだな。どんどん量が増えていく」

「その通りだ。貝塚さんはいつまでも、バーテン紛（まが）いの仕事をやってる人には思えない。もちろん、俺たちのようなケチな窃盗団に加わる人間でもない。シュミットのことは別にして、これからどうする気なんだ」

透馬は口許（くちもと）をゆるめ、軽く肩をすくめて見せた。

「悪かった。差し出がましいことを言って」

「ともかく、〝金色夜叉〟に必要な情報を集められたら集めてみるよ」

「よろしく頼む」

透馬は一気に酒を飲み干すと、ゆっくりと腰を上げた。

第四章　透馬の恋とレース

（一）

ゴデーと連絡がついたのは、年の瀬も押し迫った二十九日のことだった。

その日は、錦織邸にいるというので、午後、透馬は自由ヶ丘まで出かけていった。

ゴデーと一緒に暮らしている錦織寿賀子は不在だった。

メイドがコーヒーを用意してくれた。

透馬はソファーに座り、ゴデーは肘掛け椅子に躰を預けている。

「わざわざここまでやってくるというのは、よほどのことだね」ゴデーが日本語で言った。

「その後、あなたの調査の方は進んでますか?」透馬も日本語を使った。

「君が探してるドイツ人については何も分からないよ」

「僕の方もいろいろ探ってみました」

「ほう。君がね」ゴデーが驚いた顔をした。「で、何か分かったのかね」

「赤坂にカトリックの教会があります。あそこに怪しげなドイツ人が、いや、ドイツ人だけではなく日本人も出入りしている。そのことは、あなたはもう知ってますよね」

ゴデーが透馬をじっと見つめた。「君はひとりで調査してるのか」

「協力者なんかいませんよ」

「どうやってあの教会のことを知った」

「あそこの神父は、死んだ父と面識があったんです」

「それだけじゃ、怪しい奴が出入りしてるなんて分かるはずはないじゃないか」

「あなたは偽名を使って日本で活動してる。それには裏があるんでしょう?」

「おいおい、君は俺のことまで調べる気か」

「僕が連合軍の情報部に、スパイの疑いをかけられ引っ張られた話はしましたよね。あの時、暗号を潜ませた雑誌を僕に渡した板垣という男は、あなたと密会するつもりだったのではないかと思うようになったんです」

「馬鹿なことを言うな。私は板垣なんて男は知らない」

「〝こくしょうかい〟とナチスの残党が手を結んでいたら、あなたの活動と無関係とは言えない。腹を割って話しませんか」

「腹を割る？」ゴデーが小首を傾げた。

「フランクに話をしようと言ってるんです」

「分からん。君がそこまで私のやっていることに興味を持つ理由が」

「僕は、両親を殺したドイツ人を見つけたいだけです。だからいろいろと調べたんですよ。あなたの掴んだ情報を僕に教えてくれませんか？　あなたの邪魔にはならないように行動しますから」

「さっきも言ったが、君の探してるドイツ人のことは分からない」

「本当ですか？　あなたは、あなたの目的のために動いているから、見つけても僕に教える気がないのかもしれない」

「貝塚さん、あまり深入りしない方がいいな」

透馬は腰を上げ、ゴデーの後ろに回った。「ゴデーさんは、フランスから逃げたゲシュタポを追ってるのではなくて、フランスからナチスが奪った財宝を探してるんじゃないんですか？」

ゴデーが肩を上下に揺すって笑い出した。「フランスの財宝の噂は知ってるが、そんなものありはしない」

「本当ですか？」

「しかし、噂だろうが何だろうが、どこでそんな話を知ったんだい？」

「問題のドイツ人を探しているうちに耳に入ってきたんです。僕は、単なる噂だとは思っていない」

「で、その話が本当だとして、君にどう関係があるんだ」

「例のドイツ人も財宝を狙ってるに決まってる。だから、財宝があるところに必ず、奴は現れる。ゴデーさん、知ってることを話してくれませんか」

「君に話さなければならない理由はない」

「僕は口は固い。あなたが偽名を使っていることだって誰にも話してない」

透馬は嘘をついた。ジャック寺内には教えたのだから。

「後ろに立ってると落ち着かない。座ってくれないか」

透馬はソファーに戻り、脚を組んだ。そして、煙草に火をつけた。

「ゴデーさん、カウフマンとはどんな人物なんです？」透馬があっさりとした調子で切り込んだ。

「そこまで調べているとは驚きだ。君の天職はスパイかもしれないな」

「そんなに買ってくれるんだったら、僕に知ってることを教えてもいいじゃないですか」

ゴデーはふうと息を吐いて、目の端で透馬を見た。笑みはない。「君の言う通りかもしれないね。よかろう。その代わり君も掴んだことを俺に教えろ」

「あなたはフランス政府の命を受けて、ナチスに略奪され、竹松虎夫の手によって日本に運び込まれた財宝を探すためにやってきたんですね」

ゴデーが大きくうなずいた。「その通りだ。俺の使命は、財宝をナチスの残党や〝こくしょうかい〟の連中が発見する前に見つけ出し、本国に送り返すことだ。で、君は何を知ってる？」

「問題のドイツ人は愛住町に住んでいたらしい。今はどこにいるのか分かりませんが」

「他には？」

「ここのサロンに出入りしている有森という男は〝こくしょうかい〟のメンバーだ」

「そんなことはとっくに知ってるよ」

「僕の掴んだことはそれぐらいです」

ゴデーが煙草に火をつけ、ゆっくりと煙を吐きだした。「君は、榎本恵理子という女と親しかったな」

「ええ。お互いにあなたの奥さんの生徒でしたからね」

ゴデーの口から、突然、恵理子の名前が出たことに透馬はびっくりした。

「あの人がどうかしたんですか?」透馬が訊いた。

「今は有森恭二の奥さんだ。だが、関係はよくないらしい。あの女に近づいて探りを入れてみろ。君なら容易に近づける」

透馬は黙って煙草を消した。

「嫌なのか」

「妻からは情報なんか取れないでしょう」

ゴデーの頰に下卑(げび)た笑みが浮かんだ。「深い関係になれば、何でも話すし、協力者にもなってくれる」

「そういうことは僕には向いてません」

「寿賀子は恵理子とバザーで会って、親しく付き合ってる。寿賀子の話によると、彼女はパリ時代のことを懐かしそうに話してたそうだ」

「あなたは会ってないんですか?」

「有森に偽名を使ってることを知られると困るからね。恵理子のこと、君も懐かしいだろう」

「ええ、それは。会いたいですよ」

「寿賀子がお膳立てするから、会ってみろよ。死んだ妻が俺に言ったことがある。恵理子は透馬が好きらしいってな」

「それは誤解です。恵理子が好きだったのは一緒に授業を受けてたジャック寺内の方です」

「そうだったのか。しかし、そんなことはどうでもいい、ともかく、恵理子に近づいてみろ」

「彼女を騙すようなことはできません」透馬はきっぱりと言ってのけた。

ゴデーが鼻で笑った。「そう怒るな。会えば何かが始まるかもしれない」

（二）

透馬は新聞を読みながらラジオを聴くともなしに聴いていた。正午すぎからのど自慢コンクールをやっていた。

若い女が、美空ひばりの『悲しき口笛』を熱唱していた。

その前日、新しい千円札が世に出たという記事が目に留まった。ミカン箱に一杯で一億円ぐらいになるという。

竹松虎夫が隠匿したとされるフランスの財宝の価値は一体どれぐらいになるのだろうか。

透馬はふとそんなことを思いながら、煙草に火をつけた。

年末はばたばたとすぎ、正月休みは何もせずに所在ない時を本などを読んですごした。

年が変わって一週間が経っていた。その日は日曜日だった。

早朝に目が覚めた透馬は、そのまま起きてしまった。時間が経つのがやけに遅かった。

錦織寿賀子のお膳立てで、午後三時頃に銀座の喫茶店で恵理子と偶然を装って会うことになっていたのだ。

ジャック寺内に、恵理子のことを話すべきだろうが、その前に自分が先に会いたかった。

午後二時半すぎ、透馬はアパートを出た。

よく晴れた日で、冬の陽射(ひざ)しが眩しかった。寿賀子が指定した喫茶店が近づくにしたがって、透馬の頬が熱くなってきた。

冷たい風が吹いているのに、頬の熱は躰全体に拡がり、首筋や脇に汗を掻いた。

逸る気持ちを抑えて喫茶店のドアを静かに開けた。

寿賀子と恵理子は奥の窓辺の席に座っている。恵理子は背中を向けていた。

寿賀子と目が合った。彼女が「まあ」と声を上げた。

恵理子が振り返った。透馬は足を止めた。

窓から射し込む光で、恵理子の顔はよく見えなかった。

透馬は歩を進めた。恵理子が立ち上がった。

「透馬さん」

「いやあ、驚きました。ちょっとコーヒーでも飲もうと思ってここに寄ったんです」

洋装のとても似合う恵理子だったが、その日は着物姿だった。

明るい灰色の着物。地模様が竹縞で、笹の葉が遊んでいた。それに市松模様の帯を締めている。

「どうぞ、お座りください」寿賀子が窓際の席に躰をずらした。

「失礼します」

透馬は恵理子の正面に腰を下ろした。

「お変わりありませんね」透馬が恵理子に微笑みかけた。

「透馬さんも」そう言って恵理子は透馬をじっと見つめた。

人を見つめる癖は、年を重ねても消えてはいなかった。

恵理子には十年以上会っていない。しかし、顔つきに大きな変化は見られなかった。柔らかい光を放つ黒い瞳もふっくらとした頬も以前のままだった。変わったのは体形だった。恵理子は少し太ったようである。そして、着物のせいかもしれないが、落ち着いた感じがした。

ウェートレスが注文を取りにきた。透馬はコーヒーを頼んだ。

「今日はおふたりで何を」透馬は寿賀子に訊いた。

「バザーの帰りなんですよ。貝塚さんと恵理子さんがパリで一緒に勉強していたことは聞いてます。こんな偶然ってあるかしら」寿賀子の演技は抜群にうまかった。「私、用を思いだしたので、お先に失礼するわね」

恵理子が不安そうな目を寿賀子に向けた。「こんな機会は滅多にないわよ。ふたりでゆっくりお話しなさって」

寿賀子はコーヒー代を払って、そそくさと喫茶店を出ていった。

透馬の前にコーヒーが置かれた。一匙(ひとさじ)、砂糖を入れ、ゆっくりスプーンでかき回した。目を合わせることができなかった。

先に口を開いたのは恵理子だった。

「透馬さんのこと、錦織さんから聞きました。彼女のサロンに顔を出したことがあるんですってね」

「ええ、一度だけですが」

「よくあの頃のことを思いだします」

「僕もです」

彼女の父親の会社が駄目になったことも、有森の妻になっていることも知っていたが、口にすることはできない。

「戦争中はどうしてたんですか？」透馬が訊いた。

「ずっと東京にいました」

「じゃ大空襲も経験したんですね」

「ええ。本土決戦に備えて竹槍訓練もやりました」

「ご両親は？」

「いろいろあって」恵理子が目を伏せた。

「いろいろとは？」

「父が死んでから会社はうまくいかなくなりました。家は空襲でやられました」

「結婚は？」知っているのに、とぼけて訊くのが心苦しかった。

「親戚の紹介で二年前に嫁ぎました。今は榎本ではなく有森です」

「有森さん？　寿賀子さんのサロンに顔を出した時、有森恭二さんという方に紹介されましたが、関係ないのかな」

「私の夫です」

「結婚なさっているとなると、気軽には会えないですね」

恵理子がまたじっと透馬を見つめた。「そんなことはないわ。あなたは私のお友達だもの」

恵理子の口調が柔らかくなった。

透馬は薄く微笑んだ。「あなたの自由な考えかたは変わってないようだね。でも、ご主人はいい顔はしないでしょうよ」

「昼間だったら会うことはできるわ。パリ時代が、私、一番幸せだった」

透馬はにこやかに微笑みうなずいた。

「詳しいことは知らないけど、バーにお勤めとか」

「ええ。僕もすべてを失った」

「透馬さんの方は、その……」

「結婚のこと？」

「ええ」

「してないし、恋人もいないよ」

透馬は煙草を取りだし、火をつけ、戦争に行ったことや、復員してからのことを話した。

「……両親は軽井沢で殺されたんだよ」

「殺された？」恵理子が目を瞬(しばたた)かせた。

どんなことがあったか簡単に恵理子に教えた。

「知らなかったわ。当然新聞には載ってたんでしょうけどね。私ね、新聞は読まないんです」

「どうして？」

「愉快な記事なんかほとんど載ってないし、世間のことなんか知りたくないから」

恵理子の今の生活が決して幸せなものではないことが、言葉の端々（はしばし）から感じ取れた。

透馬は話しながら、恵理子に対して抱いていた恋心がいまだ死んでいないことを知った。

しかし、自分の気持ちを行動に表す気はなかった。

恵理子との関係は複雑すぎる。

透馬は煙草をふかしながら窓の外に目を向けた。「あなたはてっきり、ジャックについてアメリカに渡ると思ってた。ところが渡らなかった」

「ええ」

「なぜ？」

「ジャックのことは好きだったけど、好きにもいろいろな種類があるでしょう？」

「まあね」

「彼には悪いことをしたと思ってるわ」

「実はね、恵理子さん、ジャック寺内は今、東京に住んでるよ」

「彼が東京に……。何をしてるの？」

透馬はジャックから聞いた話を教えた。

「ふたりの間に何があったかは知らないけど、彼に会ってみたい？」

「もちろんよ。パリ時代の幸せな時を思いだすと、必ずあなたとジャックが出てくるもの」

「変なことを訊くけど、ご主人はどんな人？」

「私たちが会うのに、夫が障害になると思ってるのね」

透馬は黙ってうなずいた。

「そのことは気にしないで。私がうまくやるから。錦織さんは、私に協力してくれるでしょうし」

「ご主人は確か、お父さんのやってるカーボン製造会社で働いてるんだったね」

恵理子が目を大きく見開いた。「そんなに主人のことが気になるの？」

「元陸軍中尉だし、会った時の感じもかなり固い人に思えたから」

「質実剛健がモットーの男よ。仕事よりも政治に興味があってね。でも、女遊びもする人。神楽坂の芸者と付き合ってるのよ。だからおあいこ」

透馬は頬がゆるんだ。「僕たちは友だちだから、おあいこにはならない」

「そうね」恵理子もくくっと笑った。

「でも、ご主人は自分のことは省みず、妻にはうるさいことを言うんじゃないの？」

「何をやってるのか知らないけど、父親と一緒に政治に首を突っ込んでるから、私のことなんか気にしてる暇はないと思う」

「政治って、具体的にはどんなことをやってるの？」透馬は軽い調子で訊いた。

「進駐軍のやり方が気に入らないというか、占領下の状態に大いなる不満を持ってるようよ。詳しいことは知らないけど。ともかく、主人のことは気にしないで」

恵理子に探りを入れることはしたくないと思っていたのに、その気持ちは簡単に崩れた。

恵理子に想いがあるのに、それも忘れて、情報を取りたい。透馬は胸苦しくなってきた。

「ジャックにはすぐにあなたと会ったことを教えるけど、いつ頃、どんな形で会えるかな」

「さっきも言ったけど、昼間だったらいつでもいいわよ」

「あなたにはどうやって連絡を取ったらいいかな。自宅に電話はあるだろうけど、いくら何でも僕がかけるわけにはいかないだろう？」

「昼間、夫が自宅にいることは滅多にないわ。使用人もいないから、電話に出るのは大概、私」

「僕はアパートに電話を引いてない。連絡は働いているバーにしてほしい」

透馬は恵理子と連絡先の交換をした。恵理子は本郷に住んでいた。

「車で遊んでないの？」恵理子が訊いてきた。

「たまに人の車を運転させてもらってるけど、パリの時のようなわけにはいかない」

恵理子が遠くを見つめるような目をした。「よくあなたの運転する車に乗せてもらったわね。モンレリィのサーキットであなたが優勝した時のこともよく覚えてる」

「ジャックがいい車を持ってる。あいつが貸してくれたら、ドライブしよう」

恵理子と目が合った。透馬はすぐには視線を逸らさなかった。恵理子も透馬を見つめっ放しだった。

恵理子の黒い瞳に気持ちが吸い込まれていくような錯覚を覚えた。

恵理子が先に顔を横に向けた。

「寿賀子さんのサロンに顔を出したことはないの？」透馬はあえて訊いた。

「主人が行くサロンよ。私、行きたいと思ったこともないわ。錦織さん、フランス人の男性と一緒にいるようだけど、どんな人？」

「普通の男だよ。僕もよくは知らないんだけど」

恵理子が腕時計に目を落とした。「今日はそろそろ失礼するわね」

「じゃ、一緒に出よう」

透馬は恵理子と共に銀座通りに出た。恵理子はタクシーで自宅に戻るという。

空車がやってきた。

透馬は恵理子を見送った。恵理子は屈託のない笑みを浮かべて、透馬に手を振った。

タクシーが姿を消しても、歩道の端に立っていた。深い溜息がもれた。

透馬は歩き出した。向かっているのはジャックの泊まっているホテルだった。電話をかけようかと思ったが、直接会いにいくことにした。いなかったら伝言を残すつもりでいる。

数寄屋橋の交差点を左に曲がり、日比谷を右に折れた。

ＧＨＱの司令部のある第一生命ビルにさしかかった。路肩にはびっしりと車が並んでいる。珍しい車が停まっていた。

フォードのロードスター。幌(ほろ)は開けられたままだった。かなり古い車だが、透馬は魅力を感じた。

帝国劇場もすぎ、そのまま真っ直ぐに大手町に向かう。

やがて日本郵船ビルが見えてきた。Ｇ２の本部が置かれているビルである。カール・シュミットの家から持ち出した拳銃とネックレスはここに送った。

情報部が日本の警察の協力を仰いで、捜査に乗り出してくれるだろうか。

うっちゃられる可能性がないわけではない。しかし、他に方法はなかったと改めて思った。

胸がざわついている。恵理子に再会したからだ。気持ちを鎮めなければならない。

恵理子は、あのカール・シュミットという人物と繋がっている有森恭二の妻である。これから先も、恵理子と会った時、夫のことをそれとなく訊くことになるだろう。彼の動向を探るために。

純粋に会いたいという気持ちと不純な動機が分かちがたく結びついている。透馬はやりきれない思いがした。

ジャック寺内の泊まっているホテルに着いた。フロントで、ジャックが部屋にいるかどうか訊ねた。

ジャックは部屋にいた。透馬はエレベーターで三階に上がった。

ドアを開けたジャックが驚いた顔をしていた。「どうしたんだ。電話もしないで」

「銀座からぶらぶらと歩いてきたんだ」

「まあ、入れよ」

透馬は部屋に入った。机の上に開きっ放しの書類が置かれていた。ジャックは仕事中だったらしい。

「俺は一時間ほどしたら出かけなきゃならない。お前がくるんだったら、夕飯でも一緒に食べたのに」

「いいんだ。ちょっと知らせておきたいことがあってやってきた」

透馬は椅子に腰を下ろした。宮城がよく見えた。

「知らせておきたいことって何だ」ジャックは書類を閉じながら訊いてきた。

「お前がびっくりすることだ」

「何だい？」

「さっきまで榎本恵理子と会ってた」

ジャックが唖然とした顔で透馬を見つめた。

「喫茶店で偶然会ったんだ」

「うん。容姿も気持ちも昔とちっとも変わってない」

ジャックが透馬の前に座った。「彼女、元気だったか」

「俺の話をしてくれたか？」

「したよ。俺たちにまた会いたいそうだ」

「そうか」ジャックの顔が綻んだ。

「昼間だったらいつでも会えるって言ってた」

「連絡先を教えてくれ」

「ちょっと待て。他にも教えておきたいことがある。お前が前に想像してた通り、彼女は結婚してたよ」

ジャックの顔が曇った。「誰と？」

「有森恭二という男だ」

ジャックの眉根が険しくなった。

「どうした、お前、有森を知ってるのか」

「知るわけないだろう。そうか。やっぱり、結婚してたか」ジャックは背もたれに躰を倒した。

「だけど、夫婦関係はよくないようだ」

「よくそこまで分かったな」

「恵理子は、昔からストレートに物を言う女だったろう？　今も同じだ」

「結婚した相手がどんな人間か言ってたか」

「俺、有森恭二と面識がある。前に会った時に、ランベールのことを話したろう？」

「うん。ゴデーとかいう偽名を使ってることは聞いた」

「ゴデーが一緒に暮らしてる錦織寿賀子という女がいる。彼女は自宅で時々、サロンを開いてる」

透馬は、有森恭二と会った時のことをジャックに話した。

「恵理子が元陸軍中尉と一緒になったとはね」ジャックはつぶやくように言った。

「彼は父親のカーボン製造会社で働いてるようだが、政治に首を突っ込んでるらしい」

「政治？　議員にでもなろうとしてるのか」

「いや」透馬はそこまで言って黙った。

「どうした、何かあるのか？」

「俺が、両親を殺したドイツ人を探してる話をしたよな」

「ナチスの残党だって言ってたな」

「ナチスの残党はまだ日本に残っていて、日本の超国家主義者の団体と密かに連絡を取り合っている。有森恭二は、その団体のメンバーだ」

ジャックはあんぐりと口を開け、透馬を見つめた。「そんなことお前ひとりで調べ上げたのか」

「時間をかけてね」

「で、問題のドイツ人は見つかったのか」

「いや、まだだ」

「その話、恵理子にしたのか?」

「するわけないだろう。彼女に会っても、その話はするなよ」

「分かった。黙ってるよ。しかし、恵理子のような自由闊達な女が、超国家主義者の妻になるなんて考えられないな」

「親戚から勧められて結婚したらしい。家が破産していろいろあったんだろうよ」

「その政治団体は何て言うんだ」

「〝こくしょうかい〟」

「この間、お前が捕まった時に、名前が出た団体だな」

「その通りだ」

「ナチスの残党と〝こくしょうかい〟が手を結んで何かやる気なのかな」

「ジャック、G2がナチスの残党の動きを調べているかどうか調べる手立てはないかな。G2に知り合いのいるお前なら何とかなる気がするんだが」

ジャックの目が鋭くなった。「お前、本当に単なるバーの従業員なのか」

「どういう意味だい。どっかのスパイではないかと疑ってるのか」

「お前に裏の顔があったとしても、俺は誰にも言わないよ」

透馬は肩を揺すって笑った。「俺に裏の顔なんかないさ。両親がドイツ人に殺されてなかったら、ナチスの残党も超国家主義者も俺には関係なかった。G2が動いてくれれば、問題のドイツ人が見つかるかもしれない。そいつが逮捕されれば、俺が動き回ることはなくなる。簡単じゃないかもしれないが、G2の動きを探ってみてほしい」

送りつけた証拠品に対して、G2がどういう反応をしているのか透馬は知りたかった。民間人のジャックではできることは限られているが、他に頼れる人間はいないので、透馬は或る程度のことをジャックに話したのである。

「分かった。G2の人間にそれとなく訊いてみるよ。でも、あまり期待するなよ」

「ありがとう」

「で、いつ恵理子に会える？」

「明日にでも彼女に電話してみる。その前にお前の予定を聞いておきたい」

「明後日の午後なら時間は作れる」

「じゃ、彼女に時間を合わせて、俺がここに連れてくる。ここだと人目につかないから」

「そうしてくれ」

「彼女にランベールの話はするなよ。ランベールが偽名を使って東京にいることを知らないんだから」

「なぜ、隠さなきゃならないんだ」

「俺はゴデーと付き合いがある。お前には話したが、秘密にしてほしいと言われてるんだ」

「ゴデーは相変わらず、ゲシュタポを探してるのか」

「そうは言ってるが裏に何かありそうだ」

透馬は、竹松虎夫が隠匿したらしいフランスの財宝についてはジャックにも話さなかった。ジャックに余計なことを教えても何にもならないからである。

「ところで、いつ、俺をレースに誘ってくれるんだ」透馬が訊いた。

「来週の日曜日、久しぶりに進駐軍の連中とレースをやる」

「俺も参加していいか」

「レースには俺が出るが、俺の車のハンドルは握らせてやるよ」ジャックがにっと笑った。

(三)

二日後の午後二時、透馬は再び、ジャックの泊まっているホテルに赴いた。

恵理子とは都電の大手町の停車場で待ち合わせをし、一緒にホテルを目指した。

恵理子は紺色のダブルのオーバーを着、薄紫色のショールを巻いていた。

「ジャックと会うと思うと、ちょっと緊張するわ」エレベーターに乗った時、恵理子が言った。

「向こうも同じだと思うよ。僕は遠慮した方がいいかな」

「それは困るわ。ずっと一緒にいて」

「ジャックに恨まれそうだけど、そうするよ」

ジャックの部屋をノックした。すぐにドアが開いた。

ジャックは濃灰色のダブルのスーツ姿だった。卵色のネクタイを締めている。「お久しぶり。さあ、どうぞ」

ジャックは微笑んだが、表情はすこぶる硬かった。

恵理子を椅子に座らせた透馬は窓辺に立った。内線を使って、コーヒーを頼んだジャックは、落ち着かない様子で部屋を動き回っていた。

恵理子はコートを脱いだ。金色のボタンのついた薄茶色のジャケットに白いスカートを穿いていた。シャツの色も白だった。襟が大きい。

ジャックが恵理子に微笑みかけた。「あなたは昔のままだ。驚くぐらいに変わってない」

「ジャック、あなたは変わったわ」

「歳を取ったからね」

「そういう意味じゃない。立派になったっていうことよ」

「あの頃はまだ青二才だった」ジャックがまた微笑んだ。ぎこちない笑みだった。

「ジャック、動き回ってないで座ったら」

透馬が口をはさんだ。

ジャックは恵理子の正面に座った。そして、真っ直ぐに恵理子を見た。

「こんな形で再会するとは思ってもみなかった」

「私も」

しばし沈黙が流れた。

ドアがノックされた。ジャックが立ち上がった。

コーヒーが運ばれてきて、テーブルに置かれた。

「さあ、どうぞ」

「いただきます」恵理子は砂糖壺を手に取った。

透馬はコーヒーカップを持ってベッドまで移動した。そして、ベッドに浅く腰掛けた。

冬の陽射しが、恋人同士だったふたりを鈍く照らしていた。

「ジャック、あの時は本当にごめんなさい」恵理子が深々と頭を下げた。

「もう終わったことだよ。何も気にしてない。僕も若かった。あなたの立場も考えず、アメリカに連れていくなんて言い出すなんて、どうかしてたんだよ」

「そう言ってもらえると、気持ちが楽になるわ」

「結婚したんだってね」

「ええ。ジャックは？」

「透馬と同じく独り者さ」

「お仕事、順調？」

「何とかやってるよ」

透馬は口をはさまずに聞いていた。

恵理子を見るジャックの目つきは熱情を帯びていた。パリで恵理子を口説いていた時とまったく同じである。

「結婚していても、俺たちには会えるそうだね」

「いつでもというわけにはいかないけど」

「時間は君に合わせる。今度、昼飯を食べよう」

「考えておくわ」

ジャックの目に落胆の色が波打った。

「パリ時代みたいに、三人で愉しくやれたら、私、幸せ」

「立ち入ったことを訊くけど、毎日どんな生活してるの？」

「普通の暮らしよ。食事を作り、掃除洗濯をして、ラジオを聴いたり、本を読んだりしてるわ。たまに演奏会を聴きにいったりするけれど」

「演奏会か。じゃ、今度誘うよ」

恵理子が透馬に目を向けた。「透馬さんもいらっしゃる？」

透馬は小さくうなずき、コーヒーをすすった。

恵理子が昔話を始めた。リュクサンブール公園を散歩した日のこと、授業を受けていた時のこと……。

またこんな話を恵理子が思いだした。

新聞の特派員に真壁（まかべ）という名前の男がいたが、フランス語でマカベというのは水死体を意味する。その真壁がドーヴィルに海水浴に行き、溺れ死んだ。名前通りの死に方をしたので、笑ってはいけないと思いつつも、三人の頬はかすかにゆるんでしまった……。

話は尽きず、時間がどんどんすぎていった。

「ああ、もうこんな時間。私、そろそろ失礼するわ」

「何か用でもあるの？」ジャックが未練たらしく訊いた。

「ええ」

「僕もあなたに連絡していいね」

「電話番号や何かは透馬さんに訊いて」

「分かった。そうするよ。そうだ、車がある。家の近くまで送ろう」

「いいわよ」恵理子が困った顔をした。

「ジャック、あの車で家の近くまで送ったら目立ちすぎる」透馬が口をはさんだ。

「分かった。じゃ、送るのはよそう。次の日曜日、僕たちはレースをやる。観にこないか」

「どこでやるの？」

「多摩川にある元レース場だ。来るんだったら、俺がレース会場まで案内するよ」

「残念だけど、今度の日曜日は用があるの。でも、次の機会には是非誘って」

「君が来てくれると、昔に戻ったような気になるだろうな」そう言ったのは透馬だった。

「それじゃ、私はこれで。ジャック、再会できて本当に嬉しかった」

「俺もだよ」

恵理子が透馬を見た。「また連絡して」

「そうする」

恵理子はふたりに頭を下げ、笑顔を残して部屋を出ていった。

ジャックはベッドの上に躰を投げだし、煙草に火をつけた。透馬は椅子に座ると、肘掛けに左腕を載せ、半身になってジャックに目を向けた。

「どうした、ジャック」

「恵理子は本当に昔のままだな」

「お前の恵理子に対する気持ちも昔のままか」

「困ったよ」ジャックが力なく言った。

「お前、まさか恵理子に……」

ジャックが躰を起こした。「日那との関係、良くないんだろう?」

「そう先走るなよ。今日、再会したばかりだぜ」

「時間はかけるさ。でも、俺はもう一度、恵理子の本当の気持ちを確かめたい」

「はっきり言うけど、お前は振られたんだぜ」

ジャックがじろりと透馬を見た。「お前は、俺が恵理子に近づくことに反対らしいな」

「反対はしない。けど、お前が積極的な行動に出れば、彼女は困るだろうよ」

「俺は、今の旦那から奪い取るぐらいの情熱を持ってる」

「はあ」透馬は天井を見て声を上げた。

「何が〝はあ〟だ」

「お前がひとりで意気込んでも相手があることだよ」

「俺の努力で、恵理子をその気にさせてみせる」

「えらい自信だな」

「自信なんかないさ。自分の気持ちに忠実に行動したいだけだ」

「勝手にするがいいさ。でも、俺も恵理子に会うよ」

「俺に断ることはないよ。でも、何で改まってそんなことを言うんだ」

「別に意味はないさ」

ジャックは、透馬が恵理子に想いを寄せていることにまるで気づいていないようだ。

「透馬、俺に協力してくれるだろう？」

「協力って何をすればいいんだ。お前の気持ちを俺から伝えろって言うのか」

「そこまでやる必要はないが、恵理子、お前にになら本音を話すだろうからね」

「本音を聞いたら、お前に教えてやるよ。でも、お前は、否定的なことを耳にしても、突き進む気だろう？」

「恵理子は、超国家主義者といるような女じゃない」

「うまくいったら、恵理子をアメリカに連れて帰る気なのか。おそらく、彼女は日本を離れないと思うよ」

「今が不幸だったら、分からんさ。それに当分、俺は東京にいる」

「さて、俺も帰るよ。日曜日のレースの件だけど、何時から始まるんだ」

「午後一時からだ。俺が車でお前を連れていってやる。アパートで待っててくれ」

「じゃ、よろしく頼むよ」

ベッドで座り、ぼんやりとしているジャックを残し、透馬は部屋を出た。

バー『バロン』が開くまでにはまだだいぶ時間があった。しかし、アパートに戻る気にはならなかった。

ぶらぶらと歩いて銀座に向かった。

ジャックの恵理子に対する想いを聞いた透馬は歯痒(はがゆ)くてしかたがなかった。

自分は引いていなければならない。殺人事件を起こしていなかったら、ジャックとの関係が悪くなっても、恵理子に近づいていただろう。

寂寞感(せきばくかん)が胸に静かに拡がっていった。

恵理子の夫、有森恭二を探る。恵理子を利用してでもそうする。汚い人間になることで、恵理子への想いを断ち切ろうと思った。

（四）

　空が高みにぐんと押し上げられた冬晴れの日だった。

　透馬はジャックの運転するＭＧＴＣに乗り、多摩川にある、今は使われていないレース場にやってきた。

　透馬がこのレース場に来るのは初めてだった。しかし、戦前、ここで本格的な自動車レースが行われていたのは知っていた。

　レース場は多摩川の河川敷にあり、東横線の鉄橋が間近に見えた。電車がやってきた。多摩川園前駅（現在の多摩川駅）の方から、新丸子駅に向かってゆっくりと走っていく。

　十台ほどの車が集まっていた。楕円形のコースで、スタンドも設けられている。コースの内側は畑だった。戦後の食料難を乗り越えるために、どこでも畑にしたのだ。六本木の交差点ですら芋畑だった。サーキットとて畑に変えられても何の不思議もない。

「一周、一・二キロある。コースはだいぶ荒れてるがな」ジャックの声を川風がさらっていった。

透馬は、ジャックの仲間に紹介された。全員が連合軍の将校だった。車を見て回った。

フォード、スチュードベーカー、ビュイック、ジャガー　トライアンフ……。

初めて見る車がほとんどで、大半はスポーツタイプのものだった。

新しいMGが三台あった。MGTDという車だった。ふたり乗りのオープンカーである。

「TDは車好きの軍人に人気があってね」ジャックが言った。「どんどん日本に入ってきてるんだ。イギリスがアメリカ人向けに造った車だと言えるね」

「お前の乗ってるTCよりも新しいんだね」

「そうだ。だけど、俺は負けないよ」

「TDはどれぐらいの排気量があるんだ」

「TCと同じ一・三リッター。直列四気筒も変わらない。最高スピードはTCよりもちょっと上だが、大差はない」

テスト走行を始める車もあった。吹けのいいエンジン音が聞こえてくる。

「今、走ってるスチュードベーカーもTDと同じく、四九年型だ」

「テスト走行、俺にやらせてくれ」

「運転するのはレースの後にしてくれ。お前はスタンドから観戦してろ」

「分かったよ」

「レースは二十周で行われるが、まずは予選でタイムを競う。ちょっと走ってくるよ」

透馬はジャックから離れ、スタンドに向かった。観客がどんどん増えてきた。軍服を着た進駐軍の兵士もいれば、出場者の家族らしい外国人の親子もいる。日本人の姿もかなりの数である。近所の人たちが見物に来ているようだ。

階段式のスタンドの上の方に透馬は腰を下ろした。

やがてスタートラインに並んだ車が走り出した。タイムを競うようだ。三番目にジャックのMGTCが走り出した。土煙を上げて、カーブを曲がっていく。少し膨らんだ。タイムを落としたに違いない。

透馬は夢中で、他の車の様子も見ていた。三台のTDの走りが素晴らしくよかった。

順位が決まった。緑色と白のMGTDが一列目に並んだ。二列目は赤いTDとスチュードベーカーが占めた。ジャックのTCは三列目だった。

エンジン音が響く中、旗が振られた。一列目の白のTDのスタートが遅れ、スチュードベーカーとジャックのTCに抜かれた。

緑色のTDは快調に飛ばしていた。

ジャックは二位を走っている。四周目、トライアンフがジャガーと接触した。トライアンフはレースに復帰したが、ジャガーはそのままリタイア。白いＴＤが持ち直し、スチュードベーカーを抜き、ジャックのＴＣに迫った。そして、裏正面で、ＴＣを一気に抜き去った。ジャックが猛追し、三コースでインをついた。しかし、白いＴＤはしっかりと二位をキープしていた。

「スコット、ゴー、ゴー！」兵士が声援を送った。

スコットというのはスチュードベーカーに乗っている大尉である。

ジャックは三位をキープしたまま十六周目に入った。フォードのコンバーチブルはかなり遅れていて、周回遅れになっていた。

透馬は興奮すると同時に苛立ちを覚えた。観戦しているだけでは物足りないのだった。ハンドルを握りたい。ジャックのＴＣを目で追いながら、透馬は何度もそう思った。

緑色のＴＤが独走態勢に入った。ドライバーはケヴィン・マグガイアーという少佐だった。コーナーリングも上手だし、コーナーを抜けた時のスピードの乗せ方も他のドライバーを上回っていた。

デッドヒートを繰り返していたのはジャックのＴＣと白いＴＤだった。

最終ラップに入った。ジャックは三位を走っている。白いＴＤが三コースに差し掛かったところでスピンした。ジャックは自動的に二位に上がった。そして、そのままフィニッシュした。

後続車が次々と戻ってきた。

ドライバーたちが互いの健闘をたたえ合っている。

草レースである。表彰式のようなことは行われないらしい。

スタンドを降りた透馬はジャックに近づいた。ジャックは優勝したマグガイアー少佐と話をしていた。

透馬は少佐におめでとうを言った。

興奮の冷めないドライバーたちは、またコースに車を出し始めた。

少佐が自分の車に戻っていった。

「ジャック、運転させてくれるだろう」

「いいよ。だが、無理して事故を起こすなよ」

「ゆっくり流すだけだよ。心配するな」

透馬はTCに乗り込んだ。

「横に乗っててやろうか」

「いらないよ」

キーは差しこまれたままだった。キーを捻り、スターターを引いた。

車体が軽く振動した。ぞくぞくしてきた。

ギアの感じを確かめてから、周りに注意を払って、TCをスタートさせた。一周目は車に慣れるためにゆっくりと走った。

しかし、二周目からは、レースをやっているような思いで、アクセルを踏んだ。思ったよりも加速がよかった。問題はやはり、剛性が高くないことだった。

一コーナーで膨れたが、二コーナー目からは修正できた。

直線でフォードを抜き、コーナーを攻めた。いつしか後ろにマグガイアー少佐の緑色のTDが迫っていた。

少佐が本気で戦いを挑んできているのが分かった。

正面にはレースを終えて停まっている車が何台かあった。

透馬はクラクションを鳴らしてから、車の間を抜けた。

少佐のTDがぴったりとついてくる。一コーナーでTCのタイヤが鳴った。

裏のストレートには障害物がない。アクセルを思い切り踏んだ。最高速度は百二十キロ、いや、それ以上と聞いていたが、そこに達する前にコーナーに引っかかった。

少佐のTDは、透馬が思ったほどには伸びてこなかった。

真剣勝負をやっていることが、他のドライバーたちに分かったらしく、コース上に停まっていた車はいなくなった。

正面スタンド前を百二十キロで通過した。ＴＤと少し距離ができた。しかし、コーナーでは詰められた。透馬の運転ミスでコーナーで大きく膨れた。すっとＴＤが抜いていった。今度は透馬が追う番である。直線ではスロットルを目一杯開いた。ＴＤよりもジャックの車の方が加速は良さそうだ。

しかし、少佐を抜き返すことはできなかった。

何周か回った後、少佐がスピードを落とし、透馬に向かって手を上げた。そろそろ止めようという合図らしい。透馬もスロットルをゆるめた。

先に正面スタンド前に戻ったのは少佐の車だった。透馬は彼のＴＤの隣にＴＣを停めた。車を降りた透馬に少佐が近づいてきた。そして、大きな手を透馬に差し出した。透馬はにやりとし、握手を交わした。

ジャックも寄ってきた。

「ミスター、カイヅカ、愉しいバトルだったよ」少佐が目を輝かせて言った。

当然、英語が使われている。

「こっちも愉しませてもらいました」

透馬は久しぶりに英語で会話をすることになった。

「レース経験があるようだね」

「パリで」そう言ったのはジャックだった。

「その時は何に乗ってたんです？」

「ブガッティのロードスターＴ５５」透馬が答えた。「知り合いから借りた車でしたが」

「ブガッティのロードスターか。それは本格的だね。世界に何台もない名車に乗ってた。羨(うらや)ましい。しかし、そんな車をよく貸してくれる人がいたね」

「こいつは、子爵の息子で、父親もヨーロッパに滞在してたことがあったから、いろいろな人を知ってたんですよ」ジャックが口をはさんだ。

「子爵の息子か。ブルーブラッドって言葉を知ってるか」

　透馬は首を横に振った。

「貴族や名門の出の人間のことをそう言うんだ。あなたの血は、俺たちとは違う色をしているってことだ」少佐はそう言って笑った。

　透馬はジャックを見た。「次のレースの時には、僕も参加したい」

「是非、是非」少佐が言った。

「ジャック、その時はお前の代わりに俺が走る。いいだろう？」

「しかたないな。お前には借りがあるから」

次々とレースに出ていた車が引き揚げていった。スタンドに残っている人間もほとんどいなくなった。

透馬とジャックもサーキットを後にした。

丸子橋を渡り、中原街道を走って都心を目指した。

「お前、いい走りをしたな」ジャックが言った。

「この車、思ってたよりも加速がいいよ。で、次はいつだ。レースが開かれるのは」

「まだ決まってない」

「月にどれぐらい開いてるんだ」

「月に一回、開ければいい方だろう。雨だと中止だしね。次は恵理子を誘いたい」

「あれから連絡を取ったのか」

「一度、電話をしたけど、誰も出なかった」

「例のこと、G2の知り合いに訊いてみてくれたか」

「いや。まだだ」

ジャックがちらりと透馬を見た。「何か焦ってるみたいだな」

「そんなことはないけど」

恵比寿に着いたのは午後四時半すぎだった。

「次のレースのこと必ず知らせてくれよ」

透馬はそう言い残して車を降りた。

TCは軽やかなエンジン音を残して去っていった。

アパートに戻った透馬は、ベッドに寝転がった。

サーキットを走っていた時の感覚がまだ消えてはいなかった。

ハンドルを握っている時は余計なことを考えずにすむ。毎日でもレースをやっていたかった。

少佐の言った、ブルーブラッドという言葉を思いだした。

青い血。貴族のことを指す言葉だというが、あまり響きのいいものではなかった。

確かに自分には青い血が流れている。貴族の血という意味ではない。

ブルーには陰気なという意味もある。

人を殺した人間の血の色。透馬にはそう思えてならなかった。

自首した方が気持ちが晴れやかになるかもしれない。しかし、両親を殺したドイツ人の件が決着を見ない限りは、獄中の人となるわけにはいかない。

G2に証拠品を送ったのは、むろん、あの男を捕らえてほしいからだが、自分がまた人を殺さずにすむからでもあった。

いかにして、あの男を見つけ出すか。皆目見当もつかない。透馬の苛立ちは募るばかりだった……。

時は無駄にすぎていき、二月に入った。

四日の新聞に興味ある記事が載っていた。

軽自動車競走を秋までには始めるというものだった。自動車レースも公営ギャンブルとして認めようということらしい。まだ法案を作成している段階のようだが、実現したらサーキットを各県に設け、車券が売り出される。つまり、自動車レースが競馬や競輪と同じような扱いを受けることになるということだ。

選手をどうやって募るのかは分からないが、バーに勤めているよりも、競走選手になる方が、透馬としては沈んだ気持ちを回復できると思った。

しかし、予定通りに話が進んでも始まるのは秋である。まだまだ時間がある。

新聞を読み終えた時、ドアがノックされた。

自分を訪ねてくる人間などいるのか。不安な気持ちを抱いたまま「どなた」と訊いた。

「私です」

恵理子の声である。透馬はドアを開けた。

「渋谷まで用があってきたから、ちょっと寄ってみたくなって」

「よくここが分かったね」

「ちょっと大変だった」

廊下の端のドアが開いた。八重をこのアパートに連れてきた時にトイレから出てきた中年男である。

男はじろりとこちらを見た。

透馬は恵理子を部屋に通し、椅子に座るように勧めた。

恵理子は言われた通りにした。部屋を眺め回している。

「僕の今の暮らしは、こういうものだ。驚いたろう?」

「正直に言って、びっくりしてる」

「でも、来てくれてよかった。本当の生活を見せることができたから。日本茶でいい?」

「ええ」

透馬はほうじ茶を用意した。

「その後、ジャックとは」

「電話を何度ももらったから、一度、喫茶店で会ったわ」

しばし沈黙が流れた。

「この間、レースを観にいき、俺もコースを走ったよ。次は僕もレースに出る。よかったら観にこないか？」

　恵理子が目を伏せた。

「どうしたの？」

「ジャックとはもう会わないでおこうと思ってるの」

「なぜ？」

「ただの友だちでいられるんだったら、三人で愉しくやりたいんだけど、彼、そうじゃないの」

　恵理子は、ジャックのことを話しにきたらしい。

「離婚してほしいとでも言われたの？」透馬は冗談口調で訊いた。

　恵理子は真面目な顔で大きくうなずいた。

「ジャックも気が早いな」

「私に対する想いは、昔とまったく変わっていないと言ってたわ」

「でも、君の気持ちはもう彼にはない。そういうことだね」

　恵理子は透馬を真っ直ぐに見て、またうなずいた。

「当然、今の旦那と離婚する気もないんだろうな」

「具体的に離婚は考えたことはないけど、いつ別れても私は平気。そのことを正直にジャックに言ったのがいけなかったの」

「今日、旦那はどうしてるの？」

恵理子が怪訝な顔をした。「会社に行ってるわよ、いつものように」

「偶然だけど、旦那を知ってるというドイツ人に会ったよ」透馬は思いきって、ありもしないことを口にした。

「ドイツ人との付き合いもあるみたいね。たまにだけど、家に外国人の訛りのある男から電話がかかってくるわ」

「何て言う人？」

「カール・シュミットって名乗ってたわ」

透馬の鼓動が激しくなった。まさか、恵理子の口から、あの男の名前が出るとは想像もしていなかった。

「でも、どうしてそんなこと訊くの？」

「僕の会った人物と同じかなって思っただけさ。でも、違ってた」透馬は薄く微笑んで誤魔化した。

うまくいけば、恵理子から何らかの情報を引き出すことができるかもしれない。想いを寄せている女まで利用しようとしている。そんな自分が嫌になったが、カール・シュミットという名前を聞いたことで腹は決まった。情報を得るために、恵理子ともっと親しくすることにしたのだ。

「透馬さんにお願いがあるんだけど」

「何?」

「ジャックに、私が彼と一緒になることは絶対にない。諦めろって言ってほしいの」

「僕が言ったって聞きやしないよ」

「でも、やってみて」

「今日、君がここに来たことを言っていいんだね」

「当然よ。あなたまで彼に遠慮してもらったら困るわ」

「僕と会うのはいいんだね」

「来週の火曜日、あなたの働いてる店に行ってみようかと思ってるんだけどいい?」

「いいけど、なぜ火曜日なの? 旦那がいないの?」

「そうよ。京都に行くことになってるの」

「仕事で?」

「さあね」恵理子は肩をすくめた。

会社の仕事ではなく、〝こくしょうかい〟のメンバーとして京都に何らかの用があるのかもしれない。

恵理子を抱き込みたい。透馬はそう思ったが、方法がまるで分からなかった。

（五）

約束通り、恵理子は翌週の火曜日にバー『バロン』にやってきた。

午後九時を回っていた。

その夜、店は混んでいたが、恵理子が現れた時は、何人かの客が帰った直後だった。ボックス席では常連の株屋が連れの男ふたりと飲んでいた。美和子が同席していた。カウンターの客はひとりだけ。音楽事務所を営んでいる田丸という男で、相手をしているのはマダム靖子だった。

恵理子は臙脂色のコートを脱いだ。肩パッドの入った黒いワンピース姿だった。

店内にはバラードがかかっていた。マダムが進駐軍の人間から買ったか、もらったかしたジ・インク・スポッツというグループのレコードだった。

恵理子が入ってくると、株屋がじろりと彼女を見た。田丸の目つきも変わった。

恵理子はカウンター席の端に腰を下ろした。

女がひとりでバーに来ることはかなり珍しい。客たちは、恵理子のことを夜の商売をしている女だと誤解しているようだった。

「迷わなかった？」透馬が訊いた。

「あなたの書いてくれた地図が正確だったから、すぐに見つけられたわ」

「家からタクシーで来たの？」

恵理子が首を横に振った。「電車よ」

「何を飲む？　フランスのワインあるけど」

「ウイスキーにします。滅多に飲まないから飲んでみたいの」

「水で割る？」

「ストレートでいいわ」

透馬はオールドパーを用意した。

「透馬さんも飲んで」

透馬は黙ってうなずいた。

こういう場所に不慣れなはずの恵理子だが、態度は堂々としていた。

マダムが席を離れ、恵理子の斜め後ろに立ち、恵理子と透馬を交互に見た。

「彼女は僕のパリ時代の友人なんです」透馬はマダムに教えた。

「こんな素敵な人が、うちに来ることはないから誰かと思ってしまったわ」

透馬は恵理子にマダムを紹介した。恵理子は、名前を告げたが苗字(みょうじ)は口にしなかった。

「パリに住んだことがあるなんて羨ましいわ。向こうでは何をしてらっしゃったの？」

「僕と同じように語学を学んでたんです」透馬が口をはさんだ。

「ただ遊んでいただけです」

「いいわね。私も、お金があったら、パリで遊んでみたいわ」

恵理子はそれに答えず、グラスを口に運んだ。噎(む)せた。喉に流し込んだ量が多かったらしい。

「やっぱり水で割ろうか？」

「いえ。大丈夫」

マダムの目に好奇心が波打っていた。なぜ、ウイスキーの飲み方も知らない女が、ひとりでバーにやってきたのか興味を持ったようだ。

「素敵なお店ですね」恵理子がとってつけたように言った。

「ありがとうございます。ここもあなたのような女性がたくさん来てくれる店にしたいんですけどね」

「そうなったら女給はいらなくなるね」田丸が会話に割り込んできた。

「お客様を女給代わりにするなんて失礼なことはできませんよ」笑って応じたマダムが、恵理子の方に目を戻した。「それではごゆっくり」

元の席に戻ってゆくマダムに、恵理子が軽く頭を下げた。

透馬はグラスに口をつけた。「こういうバーに来るのは初めて？」

「ええ」

「シャンゼリゼのバーに何度か一緒に行ったね」

「覚えてるわ」恵理子が遠くを見つめるような目をして、グラスを空けた。「ピアノ演奏がある素敵な店だった」

恵理子は、前々からそうだが、パリ時代の話になると顔が輝く。あの頃で人生が終わった。そう思っている気がしないでもなかった。

いくら友人が働いているとは言え、夫が出張している間に、ひとりで飲みに出てくるというのも普通ではない。恵理子の胸に吹き荒れている風は、透馬が想像しているよりも遥かに強いらしい。

恵理子がお替わりを頼んだ。

「普段はそんなに飲まないんだろう？」

「家にひとりでいる時は、よく日本酒を飲んでるわ」

再び店が混み合ってきた。透馬は恵理子の相手だけをしていられなくなった。

その間にも、恵理子は何度かグラスを空けた。

「飲みすぎないように」透馬は恵理子に注意した。

結局、看板まで恵理子は飲んでいた。

「一緒に出よう」透馬が言った。

恵理子は小さくうなずき、バッグから財布を取り出した。その際、財布が手から滑り落ち、床に転がった。それを拾おうとした恵理子の脚がふらついた。かなり酔いが回っているらしい。

「今夜は僕の奢りだから、財布は仕舞って」透馬は薄く微笑んでそう言った。

「いいわよ。客は客ですもの」

「友だちからは取れない。もう一度来ることがあれば、その時は払ってもらうけど」

「じゃ、お言葉に甘えます」恵理子は財布をバッグに仕舞った。

透馬は、脚の覚束ない恵理子を連れて、店を後にした。

「酔った、酔った」恵理子が暗い空を見ながらそうつぶやいた。

透馬と恵理子は表通りに向かった。ふたりの影が路上で重なっていた。

「私、まだ帰りたくない」恵理子がぽつりと言った。

「どうしたいの？」

「そうね。透馬さんのアパートに行って飲み直しましょう」

「これ以上、飲まない方がいい」

「じゃ、お茶をご馳走して」そう言いながら、恵理子から腕を組んできた。

かすかに品のいい香水の香りがした。

表通りに出ると、流しのタクシーに手を上げた。そして、恵比寿と告げた。

タクシーが走り出すと、透馬は煙草に火をつけた。恵理子は窓の外に目を向けていた。

車中、透馬も恵理子も口を開かなかった。

透馬は、自分の家に来たいと言った恵理子の真意を掴み切れずにいた。

「あのバー、素敵だけど、透馬さんが働くようなところではないわね」恵理子が突然口を開いた。

「今の僕は昔の僕じゃない。あのバーで働くことに不満はないよ」透馬は軽い調子で答えた。

「私も働きに出たいわ」

「そんなに家にいるのが嫌なの」

恵理子はそれには答えず、また窓の外に目をやった。

アパートの近くでタクシーを降りた。

部屋に恵理子を通すと、電気ストーブを点け、茶の用意をした。

恵理子はコートを脱ぎ、ベッドの上に仰向けに寝転がり、目を閉じた。

「恵理子さん、大丈夫？」

恵理子が目を開けた。天井を見つめたままである。

「苦しい？」

「全然」

「お茶を飲んで暖まって」

恵理子は躰を起こし、差し出された湯飲みを受け取った。

蓄音機はないし、ラジオはすでに終わっている。

透馬は畳に腰を下ろし、壁に躰を預けた。

「恵理子さん、今の暮らしが愉しくないようだね」

「…………」

「余計なことを言ってごめん」

「いいのよ。その通りだから」

「旦那とうまく行っていないようだけど、愉しくない理由はそこにあるの？」

「何もかもが嫌になってる」

透馬は茶を啜った。「初めはいいと思って、今の旦那と一緒になったのだろう？」

「堅実で確かな人のように思えたから、それでいいと思った。あの時はね。家が破産した時、手足をもぎ取られたような気分になったの」そこまで言って、恵理子はくすりと笑った。「世の中のことを何も知らないお嬢さんだったのよ」

「今でも、君はお嬢さんだよ」

「生きてる価値もない女ね、私って」

恵理子が自暴自棄を窺わせる言葉を吐くとは思わなかった。

「タクシーの中でも言ったけど、私、働きに出たい」

「そんなこと旦那が許さないだろう？」

「家を飛び出したいって意味よ」

「そこまで関係が悪いとはね」

「こっちにきて」

透馬は卓袱台の上に湯飲みを置き、ベッドの端に浅く腰を下ろした。

恵理子が飲みかけの湯飲みを枕元に置いた。そしてまた目を瞑った。

透馬は恵理子の顔を見つめた。それから視線を下ろしていった。生々しい気分に襲われた。彼女の右手をそっと握った。恵理子が握り返してきた。ゆっくりと上半身を恵理子の上に倒し、唇に唇を落とした。激しいキスではなかった。透馬は、そこまでで留めて躰を離そうとした。恵理子が目を見開き、透馬の腰に腕を回してきた。

透馬は再び恵理子をじっと見た。恵理子は視線を逸らさない。彼女の眼差しには覚悟が感じられた。

透馬は恵理子の上半身を起こし、ぎゅっと抱きしめた。そして、今度は激しく唇を吸った。恵理子も首をよじらせて透馬の求めに応じた。

何も考えられなかった。長い抱擁が続いた後、透馬はボタンを引きちぎらんばかりの勢いで服を脱いだ。

「電気、消して」恵理子が喘ぎながら言った。

言われた通りにした。

恵理子はワンピースを脱ぎ始めた。下着姿になると、布団に躰を潜り込ませた。

透馬は布団の端を捲り、恵理子の横に寝転がった。

激しく抱き合いながら、ふたりは下着を脱ぎ去った。愛の言葉は一切吐かずに躰を合わせた……。

事果てた後も恵理子は透馬の腕の中にいた。

「僕は会った時から君が好きだった」

「私もよ。でも、なぜ、その時に言ってくれなかったの」

「ジャックがあまりにもストレートに君に接近してたから、何も言えなくなってしまったんだ。いくじがなかったことは認めるよ」

「そうよ。いくじがなかったのよ」恵理子が感情を込めずにつぶやいた。

沈黙が流れた。

「私が、今夜、バーに行ったのは、あなたとこうなりたかったからよ」

きっぱりとそう言い切った恵理子に清々しさを感じた。自分よりも恵理子の方が決断力があると思うと、ちょっと自分が情けなくなってきた。

「そんな気持ちを持ってるなんて、全然、気づかなかった」

「でしょうね」

透馬の心が次第に翳ってきた。自分は、恵理子を利用して、夫の動きを探ろうとしている。そのために関係を持ったわけではないが、疚しい思いがしていた。

「もしもあなたが、家出しろって言ったら、私、してもいいわ」

透馬はすぐには答えられなかった。

恵理子が短く笑った。「そんなことされたら困るのね。困るんだったら、はっきりそう言って」

「君に言ってないことがいろいろあるんだ。一生言えないこともある」

恵理子がじろりと透馬を見た。「私のこと信用できないの」

「信用はしてるさ。でも、聞かない方がいいこともある」

「何よ！　水くさいわね。私、あなたと一心同体のつもりよ」

きっぱりとした口調でそう言われると、胸がじんじんと鳴った。

「早く言いなさいよ」

透馬は天井を見上げた。「僕の両親が殺された話はしたよね」

「うん」

「この間、君がここに来た時、カール・シュミットという男の名前を口にしたね」

「主人と付き合いのあるドイツ人ね」

「両親を殺したのは、そのカール・シュミットという男なんだ」

恵理子が上半身を起こした。豊かな乳房を布団で隠しつつ、透馬に目を向けた。

「主人のことを私に訊いたのは、その男が主人の知り合いだということを知ってたからなの？」

透馬はうなずいた。

「私から情報を取ろうとしてたのね」

「今でも取りたいと思ってる。僕はあのドイツ人をどうしても見つけ出したいんだ」

恵理子が肩をゆすって笑い出した。「私とこうなったのは、純粋な気持ちからではなかったのね」

透馬は弾かれたように起き上がった。「それは違う。この間、再会した時、僕は君に対する気持ちがちっとも薄れていないことを自覚した。でも、君から情報を得たいと思っていたことは否定しない。今夜のことがなかったら、君にこの話はしてなかったと思う」

「私に話せないことって何？　私、あなたが人殺しでも平気よ」

恵理子は、透馬が人殺しだとはまったく思っていないから、そんなことが言えたのだ。彼女の自分に対する気持ちの顕れとして受け取ったが、真に受けて、本当のことを話す気はまったくなかった。

「ともかく、話せないことがある。これ以上、訊かないでくれないか」

「じゃ、そうする」

「ありがとう」

「あなたは、私に主人をスパイしてほしいの？」

「さっきまではそう思ってた。でも、今は違う。君を巻き込むことはしたくない」

恵理子が躰を元に戻した。

透馬はパンツを穿き、布団から出た。そして、卓袱台の上に載っていた煙草を手に取った。

「私にもくれない？」

透馬は火をつけた煙草を、恵理子の口許（くちもと）まで運んだ。

「横にいて」

透馬は再び添い寝をした。「君が家を出たら僕が面倒を見る。しかし、そうしてもらいたくはない」

「どうして？　私にスパイをさせる気がないんだったら、家に置いておく必要はないでしょう？　家を出たら、私も働くわ」

「もうこの話はよそう」

再び部屋が静まり返った。

「あなたが、私に家を出てもらいたくないんだったら我慢する。主人をスパイできるわよ」

「旦那をスパイするなんて嫌じゃないのか」

「嫌よ。別に彼に恨みがあるわけじゃないから」

「じゃ、やらない方がいい」

「私、早く彼と別れたい。あの人、何か企んでるみたいなの。それが怖いから一緒にいたくないの」

「〝こくしょうかい〟って団体のことを知ってる？」

「ええ。時々、家に主人の仲間が来て、討論をしているんだけど、その時に、〝こくしょうかい〟って言葉が何度か聞こえてきたわ。何の団体なの？」

「超国家主義者の集まりだよ」

「超国家主義者？」

「日本を再軍備したい連中なんだ。現実的にはできないかもしれないが、クーデターを起こしたいと思ってるんだろうね」

「日本がアメリカに占領された状態に甘んじてる姿は私も見たくないけど、再び軍が作られ、力を持つようにもなってもらいたくないわ」

「同感だな。だけど、僕は超国家主義者たちをどうのこうのしたいわけじゃない。君の旦那とその仲間は元ナチスと手を組んでる。両親を殺したカール・シュミットって男もナチスの残党なんだ」

「私に知ってることを教えておいてくれる？」

「本気で僕のために旦那をスパイするつもりなのか」

「家に戻ったら、他に愉しみがないもの」恵理子は軽く肩をすくめてみせた。

「どこから話したらいいか分からないけど、君の旦那たちは、今、或る人物が隠匿した財宝を探してる」

「財宝？」

「うん」透馬は、順を追って〝こくしょうかい〟と元ナチスがやっていることを教えた。

「……有森恭二たちも元ナチスも資金が必要なんだろう」

「カール・シュミットという男も関係してるのね」

「そうだ」

透馬は赤坂にある教会のことやカウフマンの名前も恵理子の耳に入れておいた。

「もうひとつ伝えておきたいことがある」透馬が続けた。

「何？」

「錦織寿賀子が一緒に暮らしているフランス人は、僕たちの知ってる人間なんだ」

「誰？」恵理子の声色が変わった。

「マダム・ランベールの旦那のことは覚えてるかい」

「もちろん。何度か先生のお家で会ってるもの。物静かな陰気な男だったわね。確か名前はアランだった」

「実は彼が錦織寿賀子の相手なんだ」

「先生のご主人が……。どういうことなの？」

「彼は今、パスカル・ゴデーという偽名を使ってる。彼もフランス政府の命を受けて、さっき話した財宝の行方を追ってる。財宝はフランスでナチスによって略奪されたものだから、一応、辻褄（つじつま）は合ってるが、本当のところはよく分からない」

「なぜ、偽名を使ってるのかしら」

「分からないが、あいつはいろんな顔を持ってるんだろうよ」

「錦織さんは、そのことを知ってるのかしら」

「彼女が、君をサロンに呼ぼうとしたことはある？」

　恵理子が首を横に振った。「一度もないわ」

「じゃ、彼女がアラン・ランベールの正体を知ってる可能性もあるな。君を彼に会わせたら、偽名を使っていることがばれてしまうからね」

「あなたは、彼の正体を見破ってる。危なくないの？」

「彼に秘密にしておいてほしいと頼まれた。君だけじゃなくて、ジャックにも教えたけど公にするつもりはない。カール・シュミットを探し出すために、彼との関係を保っておきたいから」

「マダム・ランベールはどうしてるのかしら」

「それなんだけど、アランの話によると、占領下のパリでレジスタンス運動に加わり、ゲシュタポに射殺されたそうだ」

「まあ」

「聞いた時は僕も驚いたよ」

「アラン・ランベールは……」

「ちょっと待って。話がややこしくなるから、彼のことはパスカル・ゴデーという名前で呼ぼう」

「パスカル・ゴデーね。分かったわ。で、パスカル・ゴデーと私の主人はどんな関係なの？」

「利害がぶつかってる。ゴデーは元ナチスの動きを調べ、そこから財宝の在処(ありか)を探し出そうとしてるんだから」

「どれだけあなたの役に立つ情報を収集できるかは分からないけど、やってみるわ」

「家にはよく仲間が集まってるんだね」

「よくでもないわ。たまに二、三人の元軍人が来てるだけよ。でも、何か摑んだら、あなたに連絡する」

「うん。でも、そのこととは関係なく、君には会いたい」

「次のレースにあなたが出場するんだったら、私、観に行くわ」

「ジャックのことはどうするの？」

「彼とはふたりきりでは会わないけど、三人でだったらかまわない。私、あなたのレースが観たいもの」

「レースはいつ開かれるか分からない。それまでにも会おう」

「もちろん、そのつもりよ。しばらくはあなたのために家にいるけど、いつかは私を攫って」

「できたらそうしたいけど」透馬は天井に向かって深い溜息をついた。

明け方まで、恵理子は透馬の腕の中にいた。いつの間にか、彼女は柔らかい寝息を立てていた。透馬は一睡もできなかった。

恵理子は都電が動き出した頃に帰り支度を始めた。

「停車場まで送ろう」

「いいわよ。ひとりで帰れるから。またここに来るわ」

「分かった」

恵理子を送り出した透馬は、窓辺に立った。表通りに向かって遠ざかっていく恵理子の姿をずっと見つめていた。

ベッドに寝転がると煙草に火をつけた。

恵理子を離したくない。その思いが胸に一気に拡がった。

恵理子は、関係を結ぶつもりで自分に会いにきた。何がそうさせたのかは分からないが、必死で自分を求めてきたのだ。家が破産し、戦争があった。恵理子は抜け殻の状態で戦後を生きてきたようだ。それは透馬とて同じだった。戦前は、透馬も恵理子も恵まれすぎていたのかもしれない。

それにしても恵理子は大胆だ。そうなったのは戦争で過酷な経験をしたせいばかりではないだろう。彼女は昔からそういう性格だった。情熱を素直に行動に表すところは、苦労知らずで育ったことが育んだものかもしれない。

躊躇いもなく、恵理子を抱いたのは、彼女のことが好きだからだが、それだけではなかった。

殺人という大罪を犯してしまったことが影響していたのは間違いない。失うものはないという気持ちが後押ししていたようである。

あの事件がなければ、恵理子を攫って一から出直そうと考えただろう。しかし、それはできない。恵理子に殺人のことを告白するつもりもまったくない。自分が獄中の人になったら、そこに至るまでに何を築き上げてもすべて無に帰してしまうのだから。

透馬が眠りについたのは、午前八時すぎだった。

夢を見た。

恵理子と森を散歩していた。どこの森かはよく分からなかったが、日本ではなかった。透馬は、恵理子を伴って外国に逃げ出していたのだ。

（六）

三月の初め、房太郎はいよいよ竹松虎夫の側近だった荒谷喜代治の事務所に押し入ることに決めた。

それまで慎重に荒谷の行動を調べた。荒谷は保守系の代議士や秘書、それから進駐軍の将校とよく会っていた。事務所に出入りしている人間の中に横山という人物がいた。上野に店を持っている宝石商だった。荒谷も竹松虎夫が隠匿した財宝を狙っているとしたら、宝石商は彼にとって大事な存在だろう。

気になる動きはまるでなかった。

事務所の入っているビルにも何度か足を運んだ。荒谷が靴屋によく顔を出していることを知った房太郎は、デパートで靴を買いそろえ、吉之助を靴のセールスマンに化けさせた。デパートよりも破格に安いので、荒谷は興味を持ち、二足購入した。荒谷が靴を試している間に、吉之助は事務所の中を観察した。机の横に金庫があることも分かった。ダイアル式の金庫。製造会社の名前もしっかりと記憶に留めた。

犯行の際に使用する車を盗むことはしなかった。幹夫が修理を頼まれたナッシュ400という三六年型のセダンを使うことにした。当然ナンバープレートは偽物に換えられている。

午後九時少し前、ナッシュは銀座四丁目から三原橋まで進み、昭和通りを左折した。川を渡り、都電の線路を横切った。

荒谷の事務所は、昭和通りに面したビルの三階にある。

事務所の灯りは消えていた。幹夫を車に残し、房太郎は吉之助を伴いビルに入った。エレベーターはない。三階まで階段で上がり、辺りの様子を窺いながら、念のためにお面をつけた。

吉之助が鍵束を取り出し、そのうちの一本を鍵穴に差し込んだ。あらかじめ下見をしておいたおかげで、ドアは簡単に開いた。

不測の事態に備えて、鍵は内側から閉めておいた。

手前の部屋には椅子と机が並んでいた。社員の部屋である。ふたりいる社員は六時すぎには社を出ることは分かっていた。

奥の部屋に入った。そして、電気を点した。吉之助が真っ直ぐに金庫まで歩を進めた。房太郎は書類ケースを開き、中のものを机の上に並べた。この場ですべてを読んでいる暇はない。ざっと見て、竹松が生きていた頃の書類だけを選別し、用意してきたずだ袋ふたつに詰めていく。倉庫の場所を記したものもあった。

吉之助が金庫のダイアルを回していた。

「まだ開かないのか」

「黙っててくれ。ちょっと手強いんだ」

ずだ袋はすぐに書類で一杯になった。

「開いたぜ」吉之助が安堵の溜息をもらした。

と同時に、入口のドアから音がした。鍵を開ける音である。房太郎は慌てて電気を消した。

緊張が走った。

房太郎は懐から拳銃を取りだし、ドアの真横の壁にへばりついた。吉之助の手にも銃が握られている。

足音が近づいてきた。おそらく荒谷だろう。

相手が奥の部屋に一歩、足を踏み入れた瞬間、房太郎がぬっと相手の前に姿を現した。

「ああ」

相手は驚き、甲高い声を上げた。入ってきた人物は果たして荒谷だった。

「手を上げて、ゆっくりと前に進め」

銃口を荒谷に向けた房太郎が低くうめくような声で命じた。

荒谷は口を半開きにして、房太郎を見た。「早く言われた通りにしろ」

荒谷は手を上げ、部屋に入った。

房太郎は銃を構えたまま、荒谷の後ろに回った。

「〝金色夜叉〟って、そういうお面をつけてるっていう話だが、お前らがそうなのか」荒谷がか細い声で訊いてきた。しかし、誰も答えない。

「ここには金なんかないぞ」

「金が目的じゃない」

「………」

「戻ってきたのが運のつきだな」房太郎が落ち着いた調子で言った。「こうなったら、あんたの話を聞いてから帰ることにする」

「何のことを言ってるんだ」

「竹松虎夫が隠匿した財宝のことだ」

「〝金色夜叉〟が竹松の財宝を狙ってる。そういうことか」

「そんなことはどうでもいい。俺たちはあんたが、財宝の在処を知ってるっていう情報を得たんだ」

「私は知らん」荒谷が強く首を横に振った。「知ってたら、私の物にしてる」

「すでに見つけたが、周りが騒がしいから、ほとぼりが冷めるまで、静かにしてるつもりじゃないのか」

「馬鹿な」荒谷が吐き捨てるように言った。

房太郎は吉之助の方をちらりと見た。「金庫には何が入ってる？」

「金と書類です」

「すべて机におけ」

吉之助が言われた通りにした。

房太郎は札束には目もくれず、書類に目をやった。一番上に載っていたのはミシンの部品の取引に関するものだった。ざっと見たが、興味を引くものはまったくなかった。

「お前ら、〝金色夜叉〟を装ってるだけじゃないのか」

「どういう意味だい？」

「どうやって竹松虎夫の財宝に目をつけた」

「余計なことを言ってないで、命が惜しかったら、さっさと隠し場所を教えろ」

「私も探したが、見つからなかった」

「じゃ質問を変えよう。〝こくしょうかい〟が財宝を発見した可能性はあると思うか」

荒谷が顔を歪めて笑った。「やっぱり、あんたらは本物の〝金色夜叉〟じゃないな。ただの泥棒が、そんなことを知ってるはずはない」

「じゃ、俺たちを何者だと思うんだい」

「本当は〝こくしょうかい〟に頼まれて、私の事務所から書類を盗み出せと言われたんだろう」

房太郎はそれには答えず、こう訊いた。「竹松虎夫の自宅は探したのか」

「邸が今、誰の手に渡ったか知らんのか」

「知ってるさ。〝こくしょうかい〟の有森が買い取ったんだよな」

「だから手も足も出ない」

「邸には誰か住んでるのか」

「奴らの集会所になっているだけで住んでる人間はいない」

「生前の竹松は、この事務所と自宅を往復してただけじゃないだろう。よく立ち寄った場所を教えろ」

「私は、竹松虎夫といつでも行動を共にしてたわけじゃないし、監視してたこともない。だから分からんよ」

「愛人のひとりぐらいはいたろう？」

「そりゃいたさ」

「名前は？」

「山瀬良子（やませりょうこ）」

「住まいは？」

「銀座にあるアパートだ」

「住所は？」

荒谷が懐に手を入れようとした。房太郎が銃を握り直した。

「手帳を取り出すだけだ」

「ゆっくりとな」

荒谷は黒い手帳を開いた。「銀座一丁目××、福寿アパートメント四〇三号室だ」

「電話はあるのか」

「ある」荒谷が番号を口にした。

　房太郎は聞いた番号を何度も復唱し、覚えた。

「竹松が死んだ後、あんたは山瀬に会って、彼女のアパートに残っていた物を調べたんだろう？」

「ああ。でも、何もなかった。竹松虎夫は用心深い男だったから、愛人宅に貴重な物を置くようなことはしなかっただろうし、彼女に財宝に関することを話しているとも思えない」

「その女は何をやってる？」

「働いてないようだ。竹松が相当金を渡してたらしいから、それで食ってるんだろうよ。だが、今はどうしてるか分からんよ。私が会ったのはだいぶ前のことだから」

　これ以上、荒谷と話していてもしかたがない。

「机の上のスタンドのコードを切って、それで奴を縛れ」房太郎が吉之助に命じた。

　吉之助は銃を懐に収め、代わりにナイフを取りだした。コードがコンセントから外され、切られた。

「手を後ろへ」吉之助が言った。

「私をどうする気だ」

「どうもしやしない」

房太郎がそう答えた瞬間、荒谷が斜め後ろに立っていた吉之助を突き飛ばした。その衝撃で、吉之助が被っていたお面が外れた。吉之助はさっと顔を隠した。

「お前を見たことがある。そうだ。ここに靴を売りにきた奴だ」荒谷の口から唾が飛び散った。

房太郎が撃鉄を起こした。「死にたいらしいな」

荒谷が口を大きく開き、荒い息を吐いた。「誰にも言わない。助けてくれ」

吉之助はお面を被り直し、立ち上がった。

「縛り上げろ」房太郎が口早に命じた。

吉之助が後ろ手に荒谷の両手を縛った。

房太郎が机の引き出しを開けた。糊を見つけると、荒谷の額にたっぷりと塗り、額に書類の一枚を貼り付けた。

目が見えなくなった荒谷の躰が震えだした。

「警察には言わないから殺さないでくれ」

房太郎は吉之助に、顎でドアの方を指し示した。

吉之助はずだ袋のひとつを担ぎ、部屋を出ていった。房太郎は、机の上に置いてあった札束をずだ袋に押し込み、荒谷から離れた。

事務所を出るとお面を取り、ずだ袋を担いで階段を降りていった。

外に出ると、辺りに目を配り、車まで急いだ。

ずだ袋を車に積み込むと、彼らは後部座席に躰を入れた。

幹夫がすぐに車をスタートさせた。

「荒谷らしき男がビルに入っていくのが見えたが大丈夫だったのか」

「大丈夫じゃなかった」

「何があった」

「わしが奴に突き飛ばされ、顔を見られちまった」吉之助の声に動揺が表れていた。

「靴屋のセールスマンだっていうこともバレてしまったよ」房太郎が煙草に火をつけてから口を開いた。

幹夫が次の角を左に曲がった。「奴は警察に届けるかな」

「届けないとは言ってたが、分からんな」

「荒谷は生きてるんだな」幹夫が続けた。

「俺には殺しはできない」

「俺だったら殺ったかも」

吉之助に手が回るようなことがあったら、自分の身も危ない。しかし、今更どうしようもない。

「わしが捕まっても、ふたりのことは絶対にしゃべらんよ」

車内が静まり返った。まるで霊柩車の中のようだった。

（七）

事務所で事件が起こった四日後、荒谷は、有森清三郎に会いにいった。

清三郎の邸は駒込西片町の住宅街にあった。

座敷に通された荒谷の前に和服姿の清三郎と、紺色の背広を着た恭二が現れた。

部屋は冷え切っているのに、荒谷はじわりと汗を掻いていた。

清三郎が座卓を挟んで、荒谷の前に胡座をかいた。そして、手にしていた新聞を座卓の上に置いた。

縛られたまま朝を迎えた荒谷は、社員によって助けられた。警察に知らせたのは、社長を発見した社員だった。

本物の〝金色夜叉〟かどうか半信半疑だったが、荒谷は起こったことを警察に話した。むろん、竹松の財宝のことや、犯人とのやり取りについては伏せておいたが。靴のセールスマンを装った男の人相については、記憶は曖昧だったが、思い出せる限りのことを刑事に伝えた。

戦後、世間を騒がせてきた〝金色夜叉〟のひとりと思える男の面が割れた。警察は大いに興味を持ち、似顔絵を作製すると言い、荒谷を築地署まで連れていき、専門の絵描きを呼んだ……。

目の前にある新聞には、その似顔絵が載っていた。

「電話では、ここに載ってる事件について話したいとおっしゃっていたが、あなたの事務所が荒らされたことと、私とどんな関係があるんですか」清三郎は腕を組み、大きな目を見開いて荒谷を見つめた。

「私の事務所を襲った二人組は〝金色夜叉〟のようなお面を被ってましたが、本物だったかどうかははっきりしないんです」

「でも、あなたは警察に〝金色夜叉〟だと言ったんじゃないんですか？」恭二が口を開いた。

「よく分からないが、そういうことにしておいただけです。首領と思える男は、竹松虎夫の財宝に興味を持って、〝國生會〟について質問してきた。〝金色夜叉〟であろうがなかろうが、その男は、どこからそんな情報を得たんでしょうね。あなた方が財宝を探していることは私も知ってますから、隠し立てをしても意味がないですよ」

清三郎と恭二が顔を見合わせた。

「奴らは、竹松虎夫が生きていた頃の書類を盗んでいきました。あんなもの読み直しても、財宝の行方は分からないはずですが、一応、調べてみたくなったんでしょう。〝國生會〟も、私が持っていた古い書類に興味があるはずですが」

恭二の眉根が険しくなった。「荒谷さん、あなたは、我々が誰かにやらせたと思ってるんですか？」

「襲われた時、一瞬、そういう気持ちになりましたよ」

「失礼極まりない男だな」恭二が背筋を伸ばし、声を荒らげた。

「もしもあの連中があなた方と関係がなく、〝金色夜叉〟でもなかったら、一体、誰が裏で糸を引いているのか関心が湧くでしょう？」

清三郎が煙草に火をつけた。「君は、何が目的で、私に会いにきたのかね」

「室伏という不動産屋からすでにお聞きだと思いますが、あなたが竹松虎夫の邸を買い取らなかったら、私が手に入れていたでしょう。なぜ、そうしようとしたかは言わなくてもお分かりになると思います」

「君は私利私欲のために、財宝を手に入れようとしている。そういうことでしょう」

「私は長い間、竹松虎夫の下で働いていた。しかし、それだけの報いを得ていない。どうです、私を仲間にして、財宝を探すというのは」

清三郎が大声で笑い出した。喉に絡んだ痰を吐きださんばかりの勢いだった。

「君の助けなんかいらん」そう言ったのは恭二だった。

「もう財宝は見つかったということですか？」荒谷は交互にふたりをじっと見つめた。

清三郎の頰はゆるみっぱなしで、恭二の方は相変わらず難しい顔をしていた。

「君を仲間にすると、我々にどんな得があるんだね」清三郎が訊いてきた。

「側近だった私です。もう一度、竹松虎夫の死ぬまでの行動を洗い直してみます。財宝に一番近いところにいたのは私ですよ」

「見つけ出す自信があるんだったら、我々と組む必要なんかないじゃないか」恭二が不機嫌そうに言った。

「私には手足になってくれる人間がいない。ひとりで動くのは大変なんです。ですが、〝國生會〟と手を結べば、それは解消される。私は欲張りじゃない。だから、多くは望みません」

「〝國生會〟は政治団体だ。竹松虎夫の財宝をお国のために使う気でいる。君のような人間は必要ない」

荒谷はにやりとした。下卑た笑いである。

「私の事務所を襲った人間のことが気になりませんか？　あれが〝金色夜叉〟にしろそうでないにしろ奴らも財宝を狙ってる」

「それは大いに気になる」清三郎がつぶやくように言った。

「私と〝國生會〟の他に、財宝を狙ってる者に心当たりはありませんか？」

「あるわけないだろう」清三郎が憮然とした。

「じゃ、おそらく情報は〝國生會〟から漏れたはずです。あなた方の周辺に、政治的意義を無視して、私利私欲に走った者がいるってことですよ」

「我々の結束は固い」恭二が強い口調で言った。

「手先に使ってる人間から漏れたのかもしれませんよ」

「そういう連中は、我々が何をやってるか知らない」恭二が続けた。

「そのことはまあいいでしょう。それより、あなた方の宝探しに私を加えていただきたい」

清三郎が上目遣いに荒谷を見た。「財宝の一番近くにいたのは君だが、手がかりすらつかめていない。そんな人間は役には立たない」

「人手をかけて竹松虎夫が使っていた倉庫などをもう一度調べれば見つかるかもしれない。私の持ってる情報はすべてあなた方に教えます」

「横浜、豊洲、晴海に竹松の使っていた倉庫があるが、我々でもう調べた」清三郎が煙草を消しながら言った。

荒谷がにやりとした「倉庫は他にもあります。今となっては私しか知らない倉庫がね」

「君はもうそこは調べたんだろう?」

「ざっと見ただけです。だから漏れがあるかもしれない。洗い直す必要が絶対にあると思います」

清三郎がふうと息を吐いた。「今日のところはこれで。仲間とよく検討して、君の助けを借りるべきだということになったら連絡しますよ」

「分かりました。吉報をお待ちしています」

荒谷はふたりに深々と頭を下げ、座敷を後にした。

外に出ると煙草に火をつけ、邸にちらりと目を向けてから表通りに向かった。

清三郎に組まないかと持ちかけたが、相手が拒否するのは分かっていた。

清三郎と会った目的はそこにはなかった。

事務所を襲った連中が、〝國生會〟の息のかかった人間かどうか探りを入れたかったのだ。

彼らの様子からすると、〝國生會〟が裏で糸を引いていた可能性はまったくないように思えた。

もうひとつ知りたいことがあった。それは、すでに〝國生會〟が財宝を見つけたかどうかということ。彼らがすっとぼけているとは考えにくい。買い取った竹松の邸を徹底的に探したが見つからなかったと考えていいだろう。〝國生會〟も手をこまねいている。荒谷はそう確信した。

彼らが財宝を手にしていないのであれば、自分が見つけ出すチャンスがあるということだ。

しかし、気になるのは事務所に押し入った連中だ。いかにして奴らは竹松の財宝のことを知ったか。清三郎たちに言った通り、秘密は〝國生會〟から漏れたとしか考えられないが、違っていたとしたら、新たな組織が財宝を狙って動き出したことになる。それが本物の〝金色夜叉〟がどうかは分からないが。

一体、竹松は財宝をどこに隠したのだろうか。何か見逃していることがあるはずだ。竹松の残した書類は奪われてしまったが、倉庫の場所など大事だと思えることは、手帳に書き記してある。

荒谷はもう一度、最初から洗ってみることにした。

都電で事務所に戻ると、受話器を取り上げた。

「山瀬さんですね」

「ええ」

部屋には音楽が流れていた。ジャズがかかっていたのだ。

「一度、お会いしている荒谷という者です」

「ああ、竹松さんの……」

「そうです。実は、竹松さんのことを訊きに、あなたに会いにくる人物がいるかもしれません」

「なぜ、今頃になって私に？」

「竹松さんの残した財産のことでもめている人物がいましてね。そいつが来たら、改めて会うと言い、待ち合わせの日時を決めてほしいんです。そして、その日時を私に伝えてください」

「何で私がそんなことをしなきゃならないの」山瀬良子は露骨に嫌な声を出した。

「ご迷惑なことは分かってますが、それなりにお礼はします」

「いくらよ」良子はだらりとした口調で訊いてきた。

「一万円支払います」

「少ないわね。二万はもらわないと」

ふっかけやがる。荒谷は顔を歪めたが、「いいでしょう」と淡々と答えた。

「新聞に出てましたけど、あなたの事務所が〝金色夜叉〟にやられたんですってね」

「とんだ災難でした。それでは、よろしくお願いします」

荒谷は、どうしても財宝を狙っている第三の人物或いは組織のことを調べておきたかったのだ。

（八）

房太郎は三崎第一自動車の二階にいた。幹夫と吉之助が一緒である。

荒谷の事務所を襲った〝金色夜叉〟の新聞記事が、房太郎の目の前に置かれていた。

房太郎はほっとしたことがあった。

吉之助の似顔絵があまり似ていなかったのだ。

「これだったら、あんたが目をつけられることはないよ。あんたはこんなには目は大きくないし、下ぶくれでもない」

「この似顔絵を見せられても、この俺ですら、すぐにはピンとこなかったよ」幹夫がくわえ煙草のまま薄く微笑んだ。

「でも不安だよ」吉之助が弱々しい笑みを頬に溜めた。「わしは戦前、金庫破りで一度捕まってるからな」

「大丈夫だよ」と幹夫。「そんな昔のこと覚えてる奴はいないよ。戦争が挟まってるんだぜ。記録も残ってない、おそらく」

「どこの警察署に引っ張られたんだっけ」房太郎が訊いた。

「表町署、今の赤坂署だ」

「あそこは戦災に遭ってる。きちんと記録が残ってるとは思えない。それに、あんたが捕まった時はまだ三十代だったんだろう。あの似顔絵から、昔のことを思いだす奴はいないさ」

「だといいんだがな。ともかく、わしが捕まっても口は割らないから、その点は心配せんでくれ。あんたらとの付き合いを知ってる人間はひとりもいない。ふたりともうちに来たことは一度もないしな。でも、これからしばらくは、あんたらと会わんようにする」

房太郎がうなずいた。「用心するに越したことはないな」

幹夫が不服そうな顔をして房太郎を見つめた。「財宝のこと諦めるのか」

「いや」

奪った書類を、房太郎は家に持ち帰った。そして、時間をかけて読んだ。

五つの倉庫の場所が判明した。今、それらの倉庫がどうなっているかは分からないが、おいおい調べてみるつもりでいる。

竹松の愛人だったという女にも会いにいくことにしている。

荒谷は、事務所を襲われた件を警察に話したが、財宝に関することは口にしていないはずだ。女の存在も警察は知らないとみていいだろう。知られていたら、張り込まれている可能性があるが、その心配はまずないだろう。

荒谷は、自分たちの存在を気がかりに思い、動きを見せるかもしれないが、四六時中、女のアパートを見張ることは現実的には難しい。

少なくとも一ヵ月はじっとしていて、それから行動に移ることに決めた。

（九）

透馬と深い仲になった恵理子は、それからも時々、透馬のアパートにやってきた。肌を合わせることもあれば、ただ話をして帰る時もあった。

恵理子は透馬に言われた通り、夫をスパイしていた。恭二が京都に行ったのは、会社の仕事ではなかったことだけははっきりした。家に電話がかかった時、恭二が受話器を取った。その際、「京都の支部は固めた」と言ったそうだ。その電話で〝アラタニ〟という名前も出たという。

〝金色夜叉〟が、荒谷という人物の事務所に侵入したことが新聞に出た直後だった。

さっそく、その日のうちに透馬は房太郎に連絡を取り、恵理子から聞いたことを伝えた。

恭二が口にした〝アラタニ〟という人物は竹松の側近だった男だそうだ。

「新聞に載った似顔絵、どう思った?」房太郎に訊かれた。

「吉之助さんらしいが全然似てないな」

「だから心配はいらない」

「で、何か新しいことが分かった?」

「いや。今のところは用心して静かにしてるよ。そっちはどうだい?」

「進展なしだよ」

透馬は持久戦を覚悟した。

三月半ばを迎えた。

恵理子が昼すぎに、いつものように透馬のアパートにやってきた。

「ジャックから午前中に電話があったわ」

「用件は？」

「来週の日曜日にレースをやるから来ないかと言ってきたの」

「で、君は何て答えたの？」

「もちろん、行くと言ったわ。あなたがレースに必ず出るって聞いたわよ」

「ジャックからまだ何も言ってきてない」

「いずれ連絡がくるわよ」

恵理子と通じ合ってから、ジャックとは会っていないし、電話でも話していなかった。

「ジャックに会ったら、君とのことを正直に伝えようと思ってる」透馬は肩を落として言った。

「本当は話したくないのね」

透馬は短く笑った。「そりゃそうだよ。僕は彼から君を奪ったようなものだから」

「私はそういう風には思ってない。ジャックには深い付き合いはしないと言ってあるのよ」

「でも、僕の友だちだから」

「気持ちは分かるけど、私としては、彼に遠慮しないではっきり言ってほしい」

「そのつもりだよ。レースの後、あいつを食事にでも誘うよ」

恵理子が黙ってうなずいた。

午後五時半ぐらいまでアパートにいた恵理子と共にアパートを出た。

恵比寿駅に向かって歩いている時、自転車に乗った男と擦れちがった。男に見つめられた。嫌なものを感じた。米兵を殺した後、八重を連れてアパートに戻る際、自転車に乗った男が正面からやってきた。同じ人物かどうかはまるで分からなかったが気になった。

「どうしたの？」

肩越しに後ろを振り返っていた透馬を恵理子は怪訝に思ったようだ。

「何でもない」透馬は笑って誤魔化した。

「あなたの秘密、まだ私に打ち明ける気にはならない？」恵理子は冗談めかした口調で訊いてきた。

透馬は俯(うつむ)き、首を横に振った。

恵比寿駅から都電に乗った。日比谷までいき、店まで歩くつもりである。本郷に戻る恵理子は都電を三回乗り換える必要があった。

「私も日比谷で降りて、銀座四丁目まで歩くわ。そうすると乗り換えが二度ですむから」

日比谷から数寄屋橋に出て、まっすぐに銀座四丁目を目指した。

銀座四丁目に着くと、恵理子が都電に乗るまで一緒にいた。

恵理子と銀ブラをする。透馬は幸福感に包まれていた。虚無の淵から這い出たような気分になった。

それが束の間のものかもしれないと思うと、余計に気持ちが昂ぶった。

その夜、ゴデーが店にやってきた。

ゴデーはカウンター席につき、ウイスキーを頼んだ。

「調子はどうです？」透馬はフランス語で訊いた。

「まあまあだ。そっちは？　何かつかんだか」

「〝こくしょうかい〟は京都にも支部があるようですね」

ゴデーがウイスキーを舐めてから、煙草に火をつけた。「京都に支部がある？　大阪にはあるが京都のことは知らない。確かな情報なのか」

「おそらく間違いないでしょう」

ゴデーが含み笑いを浮かべた。「パリ時代の女友だちに近づいたようだな」

「いや。彼女はこの件には関係ありません」

「カウフマンたちは目立った動きはしていない。君が探してる男は、どこかに隠れ潜んでいるのだろうな」

「赤坂の教会にはもう奴らは集まってないんですか？」

「しばらく監視させたが、神父は普段通りの生活をしているようだ」

外国人の客がひとり入ってきた。これまで一度も店にきたことのない男である。トレンチコートを着た、背の高い男だった。色白で目が細かった。

男はボックス席についた。美和子が注文を取った。

ゴデーが肩越しに男に視線を向けた。

男がコートを脱いだ。茶の背広の胸ポケットから灰色のハンカチが顔を覗かせていた。

男がハンカチをポケットから抜き取った。

美和子に言われてビールを用意した。

ゴデーがグラスを手にして男の席に移り、席につこうとした美和子を断った。

ふたりはひそひそ話を始めた。男がちらちらと透馬を見た。

自分のことを話題にしているのか。透馬は気になった。

彼らの話し合いは十分足らずで終わった。

男が先にバーを出ていった。ゴデーがカウンター席に戻ってきた。

「何か新しい情報が入ってきたんですか？」透馬は単刀直入に訊いた。

ゴデーがにやりとし、グラスを空けた。

電話が鳴った。受話器を取ったのは透馬だった。

「透馬、元気にやってるか」

相手はジャックだった。

ジャックの用件はレースのことだった。

「……俺は恵理子を乗せて会場に向かう。お前は電車で来てくれ」

「レースに参加させてくれるんだろうね」

「そうするつもりだ。マグガイアー少佐もお前と戦いたいと言ってる」

「レースの後、飯でも食わないか」

「奢ってくれるのか」

「奢るよ」

電話を切った透馬は、下げられたグラスを洗い始めた。

「耳に入ったんだが、レースって、車のレースか」ゴデーが訊いてきた。

「ジャックがスポーツカーを持ってるんです」

「ジャックは、ここにも来るのか」

「一度だけ来ましたよ。あなたは鉢合わせしたくないでしょうね」

「会わないに越したことはないな」

「あなたが偽名を使わなきゃならない理由が今ひとつ分からない」

「余計な詮索は止せ」ゴデーが鋭い視線を透馬に向けた。

透馬は肩をすくめ、洗い物に戻った。

それからしばらくしてゴデーは店を出ていった。

ゴデーが密談の場所として、透馬の働いているバーを選んだのには意味があったのだろうか。男にちらちらと見られた透馬は、何かあるのではと疑心暗鬼に駆られた。


厚い雲が拡がり、多摩川の元レース場には冷たい風が吹きまくっていた。

透馬が会場に着いた時には、すでにジャックと恵理子は到着していた。

スタンドの中央に恵理子を見つけた透馬は、彼女に近づいた。ジャックはコースにいて、車の調子を調べていた。

恵理子は型どおりの挨拶をし、コースに目を向けた。

「ジャックにここまで連れてきてもらったんだよね」

「断ったんだけど、日本橋で待ち合わせをしようと言われたから、ＯＫしたの。車に乗るだけだからいいと思って。まずかったかしら」

「まずくはないけど、ジャックの気持ちを考えるとね」

「今夜、あなたが私たちのことをはっきりと伝えたら引くしかないでしょう」

女はこうと決めたら、男よりも冷淡になれるようだ。

「レースが終わったら、すぐに電車で帰るとジャックに言ってあるから」恵理子が続けた。

透馬は乱れた髪を直しながら見るともなしにスタンドの上の方に目をやった。

ハンチングを被った男がひとりで座っていた。阿部幹夫である。

房太郎と電話で話した際、レースのことを話した。幹夫が興味を持つだろうと房太郎は言っていた。

果たして、房太郎の勘は当たっていた。

むろん、彼と言葉を交わすことはなかった。幹夫は透馬と目も合わせなかった。

透馬はスタンドを離れ、コースに降りた。

「お前のために車の調子を見ておいたよ」ジャックが言った。

「ありがとう」

マグガイアー少佐が透馬のところにやってきた。彼は、マッカーサー元帥と同じようなサングラスをかけていた。

「やっと来ましたね」マグガイアー少佐が、透馬に握手を求めてきた。

「少佐と走れるのを愉しみにしてました」

コースには、この間と同じような車がテスト走行をしていた。ＴＤが一台増えていた。色はベージュだった。

ほどなく予選が始まった。一番速かったのはやはり、マグガイアー少佐の緑色のＴＤ。二位は新しく参加したベージュのＴＤ。透馬のＴＣは三位スタートとなった。

いよいよ本番となった。透馬は二列目のインからのスタートだ。前を走るのはマグガイアー少佐のＴＤである。

一周一・二キロのコースを二十周。十一台の車のエキゾースト音が会場に響き渡っていた。

それを聞くだけで透馬はぞくぞくしてきた。

旗が振られた。透馬はスタートダッシュを決め、予選タイムが二位だったベージュのＴＤを一コーナーに差しかかる手前で抜いた。しかし、マグガイアー少佐のＴＤはコーナーの立ち上がりが素晴らしく、透馬のＴＣと差が開いた。直線では目一杯にアクセルを踏み、コーナーではインを攻めた。ベージュのＴＤと四九年型のスチュードベーカーが透馬を追ってきていたが、周回を重ねるごとに差が開いていった。

十周を超えた。マグガイアー少佐と透馬の距離は縮まらない。スチュードベーカーが土煙を上げてスピンするのがミラーに映った。

十三周目、マグガイアーのTDが四コーナーで少し膨れた。透馬との差が縮まった。正面スタンド前を通過。透馬はちらりとスタンドを見た。恵理子が立ち上がって声援しているのが目に入った。

TCの加速は悪くない。直線では百二十キロ以上のスピードが出ていた。ミスを犯したら、少佐には勝てない。しかし、慎重すぎても差は縮まらない。

素早く減速し、コーナーをできるだけ速く抜け、車にスピードを乗せた。

差が次第に縮まり、コーナーでは緑色のTDのテールに接触せんばかりに近づいた。しかし、直線ではまた差ができた。

最終ラップに入った。裏の直線で少佐のTDが周回遅れの車に引っかかった。

ここぞとばかりに透馬はアクセルを踏み、少佐と並んだ。

そして、三コーナーでインをつき、彼を抜き去った。しかし、少佐は食いついてきた。

透馬のTCと少佐のTDは並んでゴールした。

鼻の差だった。レースを制したのは透馬のTCだった。

スタンドから拍手が起こった。透馬はそれに右手を上げて応えた。

「素晴らしい走りだったね」マグガイアー少佐が透馬を称えた。

「少佐が、周回遅れに引っかからなかったら、どうなったか分かりません」

他のドライバーが「おめでとう」と透馬に声をかけてきた。そして彼らはまた車に戻っていった。

数台の車が再びコースに出た。

「お前のドライビング・テクニックは大したもんだ」ジャックが手放しで褒めてくれた。

「少し走ってくる。待っててくれ」

「いいよ」

透馬はスタンドに向かった。

「やっぱり、あなたはすごい」恵理子が小さな拍手で透馬を迎えてくれた。

スタンドを見回したが、幹夫の姿はもうなかった。

ジャックがハンドルを握ったTCが快走していた。

「私、そろそろ帰るわ」

「うん。気をつけて」

恵理子が風に髪をなびかせながら遠ざかっていった。

透馬はコースに視線を戻した。

ジャックが白いTDをコーナーで抜き去るのが見えた。

ジャックに恵理子との関係を話さなければならない。そう思うと、透馬は気が重くなってきた。

（十）

ジャックの運転するMGTCは、銀座四丁目の裏通りに停まった。

ジャックが鰻を食べたいと言ったので、以前、入ったことのある鰻屋に案内することにしたのだ。

ビールと鰻丼を注文した。

お互いにビールを注ぎ合い、グラスを合わせた。

「レースに勝ったから、ビールがうまいだろう」ジャックが頬をゆるませた。

「まあね」

「なんだ、元気ないな」

「別に」透馬は煙草に火をつけた。

「お前に頼まれた件だけど、向こうから連絡があった」

透馬の目つきが変わった。「で、どうだった。Ｇ２は動いてるのか」

「何人かの在留ドイツ人を調べてるみたいだ」ジャックは周りに目をやってから小声で言った。

「何のために？」

「新しい情報が入ったらしい」

「どんな」

「そこまでは分からないよ」

自分が匿名で送った証拠品がきっかけとなり、Ｇ２が調査を始めたに違いない。

鰻丼が運ばれてきた。

「車の中でもその話はできたのに、なぜしなかった」

「レースの話に夢中になってたし、こういう話は、落ち着いてするもんだと思ったんだよ」

「僕の両親の事件について調べてる様子はないか」

「その話をしてはみたが、はっきりした答えは返ってこなかった」

「カール・シュミットという名前は出なかったか？」

「そこまで詳しい情報は取れない。俺が訊いてる人間は情報部員じゃないんだから」

ジャックが鰻丼を食べ出した。やはり日系人だけあって箸の使い方はとても上手だった。透馬も丼を手に取った。

「カール・シュミットって男が、両親の事件に関係してるのか」

「そいつが犯人だ」透馬はぼそりと言った。

ジャックが口をもぐもぐやりながら、上目遣いに透馬を見た。「どうやってそんなことを知ったんだ」

「必死で探していると、いろいろな情報が入ってくるもんなんだよ」透馬は笑って誤魔化した。

「今も、アラン、いや、パスカル・ゴデーとは付き合いがあるのか」

「あるよ。あいつの動きも俺にとっては大事だからね。G2、パスカル・ゴデーにも興味を持ってるかもしれないな」

「そのこともG2の人間に訊いてほしいのか」

「うん。今のところはどんな情報でも手に入れたい。カール・シュミットの居所が分かれば、他のことはどうでもいいんだけどね」

「あまりしつこく訊くと、俺がスパイじゃないかと疑われる。だから、お前の望み通りにはいかないだろう」

「それでもいいから、これからも俺に協力してくれ」

「分かった。俺もお前にお願いがあるんだ」ジャックが真っ直ぐに透馬を見た。

透馬は箸を止めた。

「恵理子のことだけど……」

ジャックは目を伏せ、食事を続けた。

ジャックが先に本題に触れてくるとは思っていなかったので、透馬は不意をつかれ言葉が出てこなかった。

「恵理子から何か聞いてないか」

透馬は黙って箸を動かしていた。

「彼女、お前に何か言ったんだな」

「ジャック、その話は、お前のホテルでしたい。まずは飯を食ってしまおうぜ」

「言いたいことがあるんだったら、はっきり言えよ」

「………」

「ここじゃ話せないことなのか」

「早く食べてしまえ」

ジャックは不服そうな顔をしたが、鰻を口に運んだ。

食事が終わるまで、ふたりは口を開かなかった。

約束通り、会計は透馬がした。

車に乗り込み、ホテルに向かった。ジャックは無言でアクセルを踏んだ。すごいスピードで、カーブを曲がるものだから、透馬の躰が大きく横に流れた。ギアを変えるジャックの手つきには苛立ちが露骨に表れていた。

数寄屋橋を越えた直後だった。

前を走っていたセダンが急ブレーキを踏んだ。金属がぶつかり合う嫌な音が周りに響いた。脇道から飛び出してきた小型車が、セダンの左のボンネットに接触したのだった。ジャックの車も危うくセダンに突っ込みそうになったが、素早くハンドルを右に切って回避した。

ジャックは車を停めた。

小型車から出てきたのは女だった。

セダンには四人の男が乗っていた。運転者と助手席に乗っていた男が路上に立った。いずれも外国人だった。

「大した事故じゃなさそうだな」そう言いながら、ジャックが車をスタートさせようとした。

「ちょっと待て」

「どうした？」

それには答えず、透馬は、車の傷み具合を調べている男を、目を細めて見つめた。

見覚えのある男だった。

先日、バー『バロン』で、ゴデーと話していた人物に間違いなかった。

「どうしましょう。私、ぼんやりとしてて」女の焦(あせ)った声が聞こえてきた。

セダンの後部座席に乗っている外国人は、まったく車を離れようとはしなかった。

「知り合いか？」ジャックが訊いてきた。

「知ってる人間に似てる気がしたけど、違ってた」透馬は笑って誤魔化した。

「行くぞ」

「ああ」

車がスタートしても、透馬は男を見ていた。

セダンのフロント部分が目に入った。

ナンバープレートのところに、ハンマーと鎌のマークが入っていた。

透馬は眉をひそめた。

ハンマーと鎌。セダンはソ聯代表部の車のようだ。

「何か気になることがあるのか？」

ジャックが日比谷の交差点に向かいながら訊いてきた。

「セダンから降りてきた男のひとりは、この間、パスカル・ゴデーと会っていた人間だった」

「あれはソ聯の車だぜ」

「だから気になるんだ。フランス政府の命を受け、日本で秘密裏に動いているフランス人が、なぜ、ソ聯代表部の人間と会ってたかだ」

「アラン、いや、パスカル・ゴデーには裏がありそうだな」

今、パスカル・ゴデーと名乗っている男は、パリで共産党員を殺した可能性がある。そして、透馬が進駐軍の情報部の取り調べを受けた時、相手方はソ聯のスパイではないかと疑っていた。

ゴデーに、その話をした時、彼は〝ソ聯の関係者とは会わない〟とはっきり言っていた。

それは真っ赤な嘘だったらしい。

フランスから略奪された財宝とソ聯の関係者がどう繋がるのか。まるで見当もつかなかった。

ホテルの駐車場に車を停めたジャックは肩を落として、建物に向かった。

部屋に入ると、透馬は窓辺に立った。皇居のお濠に街路灯が映っていた。

ジャックはウイスキーの瓶とグラスをテーブルの上に置いた。

グラスになみなみと酒を注ぐ音がした。

「恵理子に、ふたりきりじゃ会わないって言われたよ」ジャックがぽつりと言った。「お前にそのことを伝えたんだな」

「その通りだ」

「他に何か言ってたか」

「いや」

「もうふたりきりでは会わない、と言ってたけど、今日は会ったな」

「パリ時代みたいに三人で会うのはかまわないそうだ」

「俺はそうなった理由を知りたい」

その答えを透馬は知っている。しかし、簡単に口にできるはずもなかった。

男と女の関係は時として残酷だと透馬は思い知った。

「お前には理由を話したんだろう」

透馬はテーブルについた。そして、目の前のウイスキーを呷るように飲んだ。

「恵理子は俺の何が気に入らないんだ。結婚の話を持ち出したのは、ちょっと早すぎたと反省してるが、それが原因であぁなったのか」

「ジャック、俺はお前に謝らなければならないことがある」

「お前が俺に謝る？」ジャックが怪訝そうな顔をした。

「恵理子のことは諦めてくれ」

「諦めろって言われても、簡単に諦められないよ。俺はずっと彼女のことを想ってきたんだ」

透馬はジャックから目を逸らした。「恵理子には好きな男がいる」

「それは誰だ」ジャックが呆然とした調子でつぶやくように言った。

「今、お前の目の前にいる男だ」

部屋が静まり返った。

ジャックがグラスを空け、酒を再びなみなみと注いだ。そして矢継ぎ早にまた飲み干した。

ジャックの息づかいだけが部屋を満たしていた。

「お前が恵理子と……」

「すまない。でも、これだけはしかたがなかった」

「訳が分からない。お前は、俺の気持ちを知ってるくせに彼女に近づいたのか」

「お互いに求め合ってることが分かったんだ」

ジャックが背筋を伸ばし、透馬を睨みつけた。「そんなこといつ分かった」

「つい最近だ」

「前々から、お前は彼女を狙ってたんだな」

「いや。そんなこと考えもしなかった」

「じゃ、どうやって意思を確かめ合ったんだ。恵理子が先に告白したのか」

透馬は黙ってうなずいた。

「恵理子がお前を好きだったなんて、俺には信じられない」ジャックが悔しそうに唇を嚙んだ。

「心苦しかった。でも、こういうことは、遠慮して引くことじゃないと思った」

「パリにいた時、お前も恵理子に気があるんじゃないかって思ったことはあった。それは俺の間違いか」

「間違ってはいないよ」

「でも、あの時は引いた。なのに今度は……」

「申し訳ない」

「謝るな！　謝られると余計に腹が立つ」

ジャックはまたグラスを空けた。

「飲みすぎだよ、ジャック」

ジャックは虚ろな目を壁に向けたまま口を開かなかった。

透馬は煙草に火をつけた。

「恵理子は離婚して、お前と一緒になるのか」

「そんなことまったく考えてない」

「まったく考えてないだと。無責任じゃないか。恵理子は夫とうまくいってないんだぜ」

「俺にも事情がある。今のままでは、彼女を食わせることもできないし」

「彼女、働きに出たいって言ってた。共稼ぎすれば何とかなるじゃないか」

ジャックは自分の気持ちの処理に困って、煮え切らない透馬を責めている。そんな風にしか思えなかった。

「ともかく、今は現状のままの付き合いを続けるしかないんだ」

「それで、彼女もいいと言ってるのか」

透馬はまた黙ってうなずいた。

ジャックは背もたれに躰を預け、天井に目をやった。そして、両腕をだらりと床の方に下げた。

「な、ジャック、こういうことになってしまったけど、俺はお前とこれからも付き合っていきたい」

ジャックは口を大きく開き、ゆっくりと笑い出した。「G2の情報を渡せるのは俺しかいないもんな」

「そういうことじゃない。お前とはこのことで喧嘩別れしたくないんだ」

「G2の情報はいらないのか」ジャックが嫌味ったらしく言った。

「そっちの協力も、今まで通りにやってほしい」

「図々しい男だな。またレースにも出させろって言いそうだな」

「そこまでは……」透馬はうなだれた。

「俺はお前の顔をもう見たくない」

透馬はボトルを手にとると、酒をグラスに少しだけ注いだ。「気持ちは分かるが、どうしようもないことなんだ」

「俺が恵理子に会っても文句は言わないよな」

「言わないが、彼女は会わないと思う」

「三人では愉しくやれるんだろう？」

「まあ、そうだけど」

ジャックの未練の尾はなかなか切れないようだ。それは時間が経たないとどうにもならないに決まっている。

ジャックが躰を起こし、いきなり、グラスをベッドの方に投げつけた。壁に当たったグラスが粉々に割れた。

「帰れ、とっとと帰れ」

透馬は立ち上がり、ベッドの上に散らばっているガラスの破片を拾い始めた。

「そんなことやる必要ない。帰れと言ってるんだ」ジャックが怒鳴った。

「このままじゃ怪我するかもしれない」

透馬は淡々とそう言って、破片を拾い集めた。

目についた破片を拾い終わると、ベッドサイドのテーブルに置いた。そして、ジャックの真後ろに立った。

「また連絡するよ」

ジャックは、透馬のグラスを手に取り、残っていた酒を飲み干した。

透馬はそれ以上何も言わず、振り向きもせずに部屋を出た。

日比谷公園のところまでお濠に沿って歩いた。

ジャックがあれほど荒れるとは思ってもみなかった。ジャックと縁が切れてもしかたがないだろう。友情など、恋愛が絡むと簡単に壊れてしまうものだ。しかし、できるものなら、彼との関係を修復したかった。

翌日の午後、公衆電話から恵理子の自宅に電話を入れた。恵理子はひとりで家にいた。ジャックにきちんと話をしたことを伝えた。

「これでもう彼は諦めるわね」

「どうだかな。かなり荒れてたから」透馬は力なく答えた。

「明日の午後、アパートに行くわ」

「待ってる」

ジャックのことは気になったが、彼に伝えたことで、すっきりして恵理子と会えることは間違いなかった。

(十一)

房太郎が紺の背広に黄色いネクタイをし、灰色のソフト帽を被って銀座に向かったのは、荒谷の事務所を襲って一ヵ月半後、四月半ばのことだった。

微風が頬を撫でる気持ちのいい日だった。

普段は生やしていない顎鬚を蓄えていた。

房太郎が向かっているのは銀座一丁目にある福寿アパートメントだった。

竹松の愛人だったという山瀬良子と、午後三時に会うことになっていた。

三日前に彼女に電話をすると、会う日時を指定されたのだ。

アパートは銀座通りから一本入った、静かな通りにあった。

六階建ての鉄筋のアパートだった。戦前に建てられたものらしい。運良く戦災を免れたようである。

房太郎は用心のためにアパートには直接入らずに、その前を素通りした。周りに不審な人物がいないかどうか確かめたのである。気になることは何もなかった。

房太郎はそれでも煙草に火をつけ、辺りをもう一度見回した。

通りを挟んだところに建つ弁護士事務所の前にフォードが停まっていた。車内に男がいて、アパートの方を見ていた。

房太郎はフォードの横を通りすぎた。

頬がかすかにゆるんだ。運転席にいるのは荒谷だった。

荒谷は車を持っていないはずだ。誰かから借りたらしい。

山瀬良子が、待ち合わせの日時を荒谷に知らせたようだ。

危ないところだった。山瀬良子の部屋を訪ねたところを、荒谷に見られたら顔がばれてしまう。

荒谷は、事務所に侵入した人間の顔を知ってどうするつもりなのだろうか。おそらく、後をつけ、何者か知ろうと思ったのだろう。財宝に興味を持っている人間が気になっているということだ。

房太郎は一旦表通りに出て、それから、フォードの停まっているところに裏から回った。約束の時間を大幅に過ぎたら、荒谷は去っていくはずである。

小さな旅館の前に立ち、フォードがいなくなるのを待った。

房太郎がその場に着いて四十五分が経った。荒谷がフォードから降りてきて、アパートに向かった。山瀬良子の言った通りにはならなかったので、どうなっているか訊きにいったらしい。

それから十五分ほど経った時、荒谷がアパートから出てきた。そして、車をスタートさせた。

フォードが角を曲がって姿を消した。少し時間を置き、周りの様子をうかがってから房太郎はアパートに向かった。

床にスクラッチタイルの貼られたモダンなアパート。扉が蛇腹（じゃばら）式のエレベーターがついていた。それに乗って四階まで上がった。

狭い廊下を歩きながらサングラスをかけた。四〇三号室のドアをノックした。

返事はなかったが、ドアはすぐに開いた。

「遅くなりまして。お電話をした牧村（まきむら）です」

「一時間以上の遅刻ですよ」女が眉間にシワを寄せた。

「タクシーで来たんですが、途中でそのタクシーが事故を起こしてしまって。危うく私も怪我をするところでした」

「忙しいから出直してきて」

「明日東京を離れますので、一時間でいいですから、時間をいただきたい」

「で、用は何なの？」

「あなたにとっても悪い話じゃない。中に入れていただければお話しします」

山瀬良子は、房太郎の頭のてっぺんからつま先までをじっと見つめた。そして、「入って」と投げやりな調子で言った。

狭い部屋だった。円形の窓の前に籐椅子が二脚、丸テーブルを挟んで置かれていた。

右側の椅子に房太郎は腰掛けた。テーブルには吸い殻の入った灰皿が載っていた。

「手短にね」

「分かってます」

山瀬良子が房太郎の前に座った。

赤いスカートに白いブラウス姿だった。小太りの丸顔の女で、化粧が濃かった。決して美人とは言えないが、男好きのするタイプである。

「あなたは荒谷という人物をご存じですよね」

「もちろん、知ってるわよ。竹松の側近だった人ですから」

「荒谷は竹松さんが死んだ後、彼の財産の一部を着服したんです」

荒谷の姿を見つけるまでは、用意してきた他の話をするつもりだったが、急遽（きゅうきょ）、思いついた嘘を口にすることにしたのだ。

山瀬良子は煙草に火をつけると、顎を少し上げて、思い切り煙を吐きだした。

「それが私とどう関係があるんです？」

「本来ならあなたに渡るべき金も、あの男の懐に入ってしまった」

山瀬良子がぐいと躰を前に倒した。「嘘でしょう」

「荒谷からあなたに連絡がきませんでしたか？」

山瀬良子が黙った。罠かもしれないと警戒しているようだ。

「私は、竹松さんの親戚に頼まれて調査をしてるんです。それを荒谷は恐れている」

「で、私のもらえる金はどれぐらいだったの？」

「三百万、いや、もっとかもしれない」

「それをあなたが取り戻してくださるっていうの？」

「お約束はできません。荒谷は巧妙に隠していますから。ともかく、竹松さんの親戚筋は、荒谷から財産を取り戻そうとしているんです」

「よく分からないわね。あなたは、そのことを私に伝えにきただけなの」

「違います。竹松さんは、いろんなところに財産を隠してた。それを見つけるのも私の仕事なんです」

「だいぶ前の話だけど、同じようなことを荒谷が私に言ってきたわ。でも、何も知らないのよ、私は」

「失礼ですが、あなたは竹松さんから相当のお金をもらってますよね」

「彼は私によくしてくれたわ」

「現在もそのお金で生活しているんですね」

山瀬良子が笑い出した。「今は働いてます。ダンスホールでね」

「竹松さんから現金だけをもらっていたわけじゃないんでしょう？　高価な貴金属とかもプレゼントされていたはずですがね」

山瀬良子の目つきが変わった。「何でそんなことに興味を持つの？」

「興味なんかありませんよ。ただそうじゃないかと思っただけです」房太郎は平然と答えた。

「売れるものは売ってしまったわよ。三百万は私にとって大きいわね。本当に荒谷から取り戻せたら、私にくれるの」

「もちろんです。正統な受取人ですから、あなたは」

山瀬良子の目に欲が波打っていた。

この女は財宝については何も知らないようだ。しかし、ここに手がかりになるものが置かれているかもしれない。誰もそれとは気づかずに。

房太郎がここにきた一番の理由は、彼女の生活を知り、空き巣に入る機会を得たいと思ったからだ。

「ダンスホールで働いているとおっしゃってましたが、場所は銀座ですか？」

「ここからすぐのところよ。『エスプリ』って店」

急にそわそわし始めた山瀬良子が立ち上がった。そして、黙って部屋を出ていった。

トイレは室内にはない。

房太郎は鋭い視線を山瀬良子の背中に馳せた。そして、彼女がいなくなるとすぐに腰を上げた。短い時間で、部屋を捜索することは不可能だが、ぼんやりと彼女が戻ってくるのを待っている気にはなれなかった。

状差しが目に入った。私信に混じって、固定資産税の納税通知書が見つかった。

驚いた。山瀬良子が軽井沢に家と土地を持っていたのだ。別荘として使っているのだろうか。

房太郎はその住所を暗記した。

それ以上のものを調べる余裕はなかった。

元の席に腰を下ろした瞬間に、ドアが開き、山瀬良子が戻ってきた。

「竹松さんは、あなたに土地とか家を残してはいませんか?」

山瀬良子の目が泳いだ。「そんなものはないですよ」

「本当ですか?」

「私に何も言わず、勝手に私の名前を使って軽井沢の別荘を買ってたようですけど」

「あなたのことを心から想っていたんですね、竹松さんは。でも、なぜ黙ってたんでしょうね」

「さあ」

「で、どうやってそのことを知ったんです?」

「この間、突然、固定資産税の通知が来たんです。私はそんなもの買った覚えはないので調べたら、確かに私の名義の別荘でした。竹松さんが持っていたものだとしか思えません」

「竹松さんが死んだのは三年前。今頃になってそんな通知がくるとはね」房太郎はつぶやくように言い、上目遣いに山瀬良子を見た。

「私も変に思ったけど、あの人、税金がかからないように資金を巧妙に分けて管理してたはずよ。だから、全部、きちんと洗い出すのにかなりの時間がかかった。いや、まだ終ってないかもしれないわね。死んだのが戦争が終わって二年後だしね。役所もゴタゴタしてたんじゃないかしら」

その通りかもしれない。房太郎は山瀬良子の言ったことに納得した。

「それで、その別荘には行ったことは？」

「あの人とは旅行に出かけたことさえ一度もないですよ。別荘なんか私には必要ないから、知り合いの不動産屋に頼んで、この間、売りに出しました」

「買い手はつきました？」

「まだです」

「良い値で売れるといいですね」

房太郎は、その情報にまるで興味のない顔をして、淡々とした調子でそう言った。

山瀬良子は、竹松の隠したものが何であろうが、さして関心はないようだ。

問題は荒谷である。

「その話、荒谷にはしてないですよね」

「あの人にする必要なんかないでしょう」

「そろそろ私は失礼しますが、荒谷から連絡があっても、余計なことは何も言わない方がいいでしょう。あの男は、私たちの調査を邪魔しようとしてる人ですから」

山瀬良子が上目遣いに房太郎を見た。「初対面のあなたを信用していいのかしら」

「調査がうまくいくかどうかにもよりますが、三百万を持ってくるのは私で、荒谷じゃない」

そう言ってにっと笑った房太郎は、ゆっくりと腰を上げた。

「あなたの連絡先を知りたいわ」

「あなたの口振りだと、私よりも荒谷の方を信じているようですね。だから、私の連絡先を、あなたが荒谷に教えてしまうかもしれません。ですから、あなたには言えない。でも、間違ってはいけません。荒谷と親しくしても、三百万円は手に入りませんよ。それでは」

房太郎はそう言い残して、部屋を後にした。

山瀬良子がどんな行動に出るかは分からない。荒谷に軽井沢の別荘について話してしまうかもしれない。そうなることも頭に入れ、一刻も早く、別荘を調べることにした。山瀬良子のアパートに侵入するのは後回しにしていいだろう。

房太郎が幹夫が運転するダットサンで、軽井沢に向かったのは、翌日の朝早くだった。幹夫は工場を臨時休業にして、房太郎に付き合った。しばらく連絡を取らなかった吉之助も誘った。

軽井沢ではやっと木々の芽吹きが始まったばかりで寒かった。

山瀬良子名義の別荘は南原（みなみはら）という場所の一九五四番地にあった。しかし、住所を知っていてもすんなり行き着けないのが別荘地である。地元の不動産屋に行き、詳しい場所を訊き、メモしてから向かった。

それでも問題の別荘はなかなか見つからなかった。表札が出ていない別荘もいくつかあった。

雑木林の中に、家がぽつりぽつりと建っている。昨日、雨が降ったようだ。別荘地内の狭い道はぬかるんでいた。

三十分ほど走った。

「あれじゃないかな」房太郎が右前方に建つ建物を指さした。

〝売物件、××土地〟という立て札が立っている別荘を見つけたのだ。そこには不動産屋の電話番号だけではなく、住所も書かれてあった。

確かに一九五四番地だった。

念のために、ダットサンをその別荘からだいぶ離れた場所に停めさせ、徒歩で向かった。

小さな平屋の別荘で、敷地もそれほど広くはなかった。

石垣が切れたところが門だった。門扉はなく、誰でも自由に入れた。

周りには人の気配はなく、野鳥の囀(さえず)りだけが聞こえている。

吉之助がドアの鍵穴を調べ、鍵束から合う鍵を差し込んだ。

ドアが開いた。

長年、窓すら開けていなかったのだろう、床には小虫がたくさん死んでいた。

三和土(たたき)を上がった左側のドアの向こうはトイレと浴室だった。

細い廊下を進むと、そこが居間。左手は台所である。居間にはテーブルと椅子、それから背の低い小さな簞笥(たんす)が置かれているだけだった。

房太郎は簞笥の引き出しを開けた。どの引き出しも空だった。

居間の奥に部屋が三つあった。

中央の部屋には畳が敷かれていた。畳は湿気を吸ってボコボコしていた。

幹夫が押入を開けた。布団が入っていた。他には何もない。

房太郎が押入の天井に目をやった。

布団を畳の上に下ろし、押入の中に入り、天井の板の一部を押してみた。そこから屋根裏が覗けた。ざっと見たところ、何も置いてなかった。

「これは何だろう」吉之助の声がした。

房太郎は押入を出た。

向かって左側のドアが開いていて、吉之助はその部屋の真ん中に立っていた。その部屋の床は板敷きだった。

幹夫がしゃがんで、そこに置かれているものを見ていた。「これは溶接の道具だぜ」

房太郎が幹夫の後ろに立った。

溶接の道具の他に、鉄板と銅線が見つかった。

溶接に銅線を使ったらしい。おそらく、鉄と鉄をくっつけたのだろう。

誰が何を何のために溶接したのかは見当もつかない。

その部屋には溶接の道具以外には何もなかった。

残りの部屋に入った。そこも板敷きだった。

机と椅子が部屋の隅に置かれている。さして立派なものではない。房太郎は机の引き出しを調べた。ハサミや筆記道具とともに、大学ノートが出てきた。そこには手書きで、溶接の方法が書かれてあった。最後のページに走り書きされたものが、房太郎の目に留まった。

１５０２　ＸＰＯＮ２０１７

何かの番号なのだろうか。

「これを書いたのは竹松かな」幹夫がノートを覗き込みながら言った。

「荒谷のところから持ってきた書類の筆跡と比べてみよう」

「竹松がひとりで何かを溶接していたとしたら、財宝の隠し場所と関係があるかもしれない」吉之助が言った。

房太郎はノートを机の上に置くと、部屋を出た。そして洗面所と台所も調べた。気になるものは何もなかった。

幹夫が房太郎を見た。「財宝の入った金属の箱の蓋を溶接して、どこかに埋めたんじゃないのか」

「竹松がこの別荘を手に入れ、名義を愛人にして、秘密裏に使っていたとしたら、ここの敷地内に財宝を埋めたんじゃないのかな」そう言ったのは吉之助だった。

「外を調べてみよう。何かを埋めたんだったら、その部分は他の場所と違った感じがするもんだよ」

房太郎を先頭にして彼らは外に出た。手分けして、土が掘り起こされた場所を探した。

房太郎はちょっとした異変も見逃さないように注意しながら庭を回った。

「おーい」幹夫の声がした。

「どうした？」

「ここに掘ったような跡がある」

房太郎は幹夫が立っている場所に駆けていった。吉之助もやってきた。

二本の白樺（しらかば）の間の下草の生え方が違っていた。

「掘り返してみよう」

「スコップを取ってくる」吉之助が車の方に向かって走り出した。

念のためにスコップを二丁、車に積んできたのだ。

ほどなくスコップを抱えた吉之助が戻ってきた。

周りに人気（ひとけ）はない。

房太郎と幹夫がスコップを手に取った。

土には軽石が多く混じっていた。浅間山（あさまやま）の爆発で飛んできた火山礫（かざんれき）だろう。掘っても掘っても小石が崩れ、難儀した。

掘り始めてすぐに、小道に自転車に乗った人が現れた。

作業を中止し、木陰に隠れた。自転車に乗っていたのは郵便局員だった。

郵便局員は房太郎たちには気づかず、遠ざかっていった。

再び房太郎はスコップを握った。五十センチほど掘ったところで骨が出てきた。

ぞっとした。そっと小石をどけた。

人骨ではなかった。白骨化していたのは動物だった。おそらく犬だろう。

手の甲で額の汗を拭いながら、房太郎は力なく笑った。

幹夫は犬の骨をどかし、さらに掘り始めた。

「犬の骨の下にお宝が埋まってる可能性もあるぜ」

確かに。房太郎も再び作業に戻った。

幹夫の勘は外れていた。いくら掘っても何も出てこなかった。

誰が犬の死骸を埋めたのかは分からないが、穴掘りは徒労に終わった。

他の場所も隈なく調べたが、財宝を隠した形跡は見つからなかった。

房太郎は、大学ノートだけを失敬して、別荘を後にした。

「俺の勘じゃ、あの別荘には財宝は隠されてないな」帰りの車の中で、房太郎が言った。

幹夫が煙草をくわえた。「金属の箱に入ってる気がするよ」

金属の箱とは限らない、と房太郎は思ったが口にはしなかった。

東京に戻った房太郎は、大学ノートを持って家に帰った。

「どうしたの？　ズボンが汚れてるわよ」

八重に指摘された房太郎はズボンの膝を見た。乾いた土が付着していた。

「車のタイヤを替える時についたらしい」房太郎は笑って誤魔化した。

「さっき、透馬様から兄さんに電話があったわ」

「用件を言ってたか？」

「いいえ。また電話するって」

透馬が何かつかんだのかもしれない。こちらからバーに電話をしてもいいが、話しにくいかもしれない。房太郎は透馬からの連絡を待つことにした。

自分の部屋に入った房太郎はビールを飲みながら大学ノートを開いた。そして、盗んだ書類の筆跡と見比べた。

竹松が書いたと思われる書類と大学ノートに書かれた字はそっくりだった。

ということは、溶接作業をやったのは竹松自身ということになる。

他人に頼まずにひとりでやったとすれば、財宝の在処を誰にも知られたくなかったからと見ていいだろう。

あの別荘でやったのだろうが、室内で行ったのか。そうだとすると、幹夫の言う通り、金属の箱のようなものを溶接したのかもしれない。それをどこかに運んだと考えるのが一番筋が通る。邸に持ち帰ったのだろうか。だとすると面倒なことになる。今の邸の持ち主は有森清三郎なのだから。

いくつかある倉庫のどこかに隠した可能性も否定できない。荒谷も〝こくしょうかい〟の連中も倉庫を調べたようだが、見つけ出せなかっただけかもしれない。

房太郎はまず横浜にある倉庫に出かけようと決め、もう一度、ノートに走り書きされた番号のようなものを見た。

これが何か分かると、財宝の在処に一歩近づくような気がしてならなかった。

第五章　青い血は流れたか

（一）

透馬が房太郎に電話をしたのは頼み事があったからである。

その夜、仕事中の透馬に恵理子から電話があった。

「変なことがあったの」

「何？」

「さっき主人に電話があったんだけど、電話中に、主人があなたの名前を口にしたの。私との関係に気づいたのかもしれない」

「そんな馬鹿な。僕たちはほとんど外で会ってない。ばれるはずはないよ」

「私、ばれてもかまわない。出てけって言われたら、喜んでそうするつもりよ。そうなったら私をアパートに置いてくれるでしょう」

「もちろんだけど……」

「気が進まないのね」

「僕の今の生活では君の面倒は見られないだろう」

「私も仕事を探すって言ってるでしょう?」

「今、旦那は家にいないのか」

「電話の後、どこかに出かけたわ」

「また何か分かったら知らせて」

「そうする」

恵理子としゃべり終えた透馬は、客の注文したビールを用意しながら考えた。

有森恭二が、自分と恵理子との関係に気づいたとは思えなかった。では、なぜ、自分の名前を口にしたのだろうか。

カール・シュミットの家に押し入り、発砲したのが貝塚透馬という男だと疑いを抱いたのかもしれない。

有森恭二がカール・シュミットの居場所を知っているはずだ。彼の行動を知りたい。特に夜、何をやっているのか探ってみたくなった。

しかし、それをやるには房太郎たちの協力が欠かせない。

すぐに房太郎の自宅に電話を入れた。八重が出た。

「元気かい？」

「ええ。透馬様は？」

「何も変わったことはないよ。お兄さんと話したいんだけど」

「今、いないわ。いつ帰ってくるか分からない」

「じゃ、また後でかけてみる」

「兄さんに伝えておくわ」

「うん」

仕事を終えて恵比寿に戻った透馬は、駅の公衆電話からもう一度かけてみた。今度は房太郎が直接出た。

「何か分かったのか」

「いや、あなたの役に立つ情報はないよ。今夜はお願いがあって電話をした」

「どんな？」

透馬は、恵理子から聞いた話を教え、有森恭二の夜の行動を監視してほしいと頼んだ。

「有森があんたの名前を口にした。それは変だな」

「だから、できる限りでいいから、奴の動きを見張ってほしいんだ」

「いいだろう。こっちも奴の行動を知っておいて悪いことはない。奴らの動きから財宝の在処が分かるかもしれないからね。ただ毎晩は無理だな。俺たちにもやることがあるから」

「いつやるかはあなたに任せます」

「そうしてくれると助かる」

房太郎だけに任せておくわけにもいかないので、昼間は有森恭二が働いているカーボン製造会社を、透馬自身が見張った。十日続けて、数時間にわたって様子を窺ったが、有森恭二はほとんど外出しなかった。

恵理子が何の前触れもなく、バー『バロン』にやってきたのは、五月に入ってからのことだった。すでに店は終わりかけていた。

「旦那はどこに出かけたんだ?」

「横浜だけど、東京には戻れないって言って、八時頃に家を出たわ」

透馬は有森恭二がどこに行ったか気になった。彼が出かけて行った先で、〝こくしょうかい〟が何らかの集まりを開いているのかもしれない。そこにはナチスの残党も集っていて、カール・シュミットもいる可能性がある。

房太郎たちが、今夜、有森恭二を監視しているかどうかは分からなかった。

仕事を終えると、透馬は恵理子と共に店を出て表通りに向かった。

「今夜、うちに泊まるつもりか」

「そうよ」

「横浜だと突然、旦那が帰ってくることもあるんじゃないのか」

「前にも横浜で泊まってきたことがあったけど、家に戻ってきたのは翌日の夜よ」

表通りに出た透馬は空車がやってくるのを待った。

たまに車が通るだけで、大通りも閑散としていた。酔っ払った会社員風の男が千鳥足で歩道を歩いていた。

空車はなかなか来なかった。

黒いセダンが透馬の前に滑り込んできた。車種はダッジだった。

後部座席からふたりの男が降りてきた。

透馬は身構えた。恵理子は透馬の腕に両手を当て、身をすくめた。

下駄のような四角い顔の男が、透馬に警察手帳を見せた。

「ご同行願いたい」

「何のために」

「話は後で。抵抗すると手錠をかけますよ」

もうひとりの猪首(いくび)の男がじろじろと恵理子を見ていた。

「この人は、僕の働いているバーのお客です。帰してあげてください」

「もちろんです。お嬢さんには用はありませんから、お引き取りくださって結構です」

「私、彼と一緒にいます」

「君は帰って」透馬は強い口調で言った。

「さあ、乗って」四角い顔の男が透馬の肩に手をかけた。

透馬は後部座席に乗せられた。右に四角い顔の男、左に猪首の男が座った。

運転手は三十ぐらいの背の高い男だった。

車が走り出すと、透馬は振り返って恵理子を見た。恵理子は歩道に立ち尽くしていた。

恵理子に目をやっていたのは透馬だけではなかった。猪首の男もずっと彼女を見ていた。

ついに来るべきものが来た。透馬はシートに躰を預け、目を閉じた。

誰も口を開かない。

車は猛スピードで走っていた。

目を開け、窓の外を見た。

「どこに行くんだ」透馬は猪首の男を睨(にら)んだ。

車は品川の近くを走っていたのだ。

「………」

あの事件の捜査本部は渋谷署にある。明らかにおかしい。

「どこの署の人間なんだ」

猪首の男が懐から拳銃を取りだし、透馬の腹に銃口を押しつけた。突然、四角い顔の男が透馬の首を押さえ、手にしたハンカチで鼻と口を押さえた。嫌な薬品の臭いが鼻をついた。透馬は暴れた。

「静かにしてろ」猪首の男も一緒になって透馬を押さえつけた。

こいつらは警察官ではない。何者なんだ。

そう思ったが、次第に気が遠くなり、何も分からなくなった……。

頬に鈍い痛みを感じた。それがだんだん強い痛みに変わっていった。

一度目を開けたが、すぐに瞼(まぶた)が閉じてしまった。

「起きろ！」

透馬は前に倒れかかっていた躰を起こした。手の自由がきかない。かっと目を見開いた。

椅子に座らされ、腕が後ろに回っていた。手首が縛られていることに気づいた。頭を大きく二、三度、横に振り、辺りを見回した。

透馬は土間の真ん中にいることが分かった。土間の壁に鋤や鍬が立て掛けられていた。炊事場があり、そこには桶や瓶が置かれている。

農家の土間のようである。

透馬の前に、猪首の男と四角い顔の男が立っていた。猪首の男の手には拳銃が握られている。運転手の姿はなかった。

土間の向こうは一段高くなっていて、板敷きだった。そこには人の姿はなかった。

「もう目が覚めたろう？」四角い顔の男が口を開いた。

透馬は男を睨みつけたまま口を開かなかった。

「訊きたいことがいろいろある」

「………」

「口がきけないのか」

話すのはもっぱら四角い顔の男だった。

「何が知りたい」

「お前は何が目的で赤坂の教会に行ったんだ」

「あんたらの仲間にカール・シュミットという男がいるだろう。そいつを探しにいった。理由は分かってるはずだ。あの男が、数年前、軽井沢で僕の両親を殺したからだ」

「それだけか？」

「他に何かあるというのか」

「荒谷のことは知ってるな」

「知らない。そいつもあんたらの仲間か」

「惚(とぼ)けるな。荒谷の事務所を襲ったのはお前らだろう」

「カール・シュミットはどこにいる。この家の中に隠れ潜んでるのか。潜んでるんだったら、顔を出させろ。奴になら何でもしゃべってやる」

「お前の仲間のことを話せ」

「荒谷とかいう人間のことは何も知らない。勘違いも甚(はなは)だしい。〝こくしょうかい〟は政治団体だろう？　こんなヤクザ紛(まが)いのことをするとはね」

「質問に答えろ」

「話すことは何もない」

「カール・シュミットの居場所をどのようにして知った？」

「偶然だよ」

「ふざけるな！　お前は、我々のことを探ってたんだろう？」

透馬は挑むような目で四角い顔の男を見つめた。「何のために？」

「しらばくれるな。お前らが本当の〝金色夜叉〟かどうかは分からんが、カール・シュミットの家を襲った時も、荒谷の事務所を荒らした時も、お面を被ってた。カール・シュミットを捕まえるだけなら、荒谷の事務所に侵入するわけがないだろう。竹松の隠匿した財宝に、お前らも興味を持ってるんだろうが」

「財宝？　何のことだ」

「時間を無駄に使わせるな。荒谷の事務所から持ち出した書類をこっちに渡せ」

「僕は持ってない」

「仲間について話さないと、お前は生きては帰れない」

「さっきも言ったが、カール・シュミットと話させろ」

「奴は逃げた。どこにいるかは我々も知らない」

「じゃ話にならない」

「自分がどんな状況に置かれているか分かってないようだな」四角い顔の男がそう言って、猪首の男に目を向けた。

猪首の男が一歩、透馬に近づいた。そして、拳銃を握っていない左手で、透馬の頬に拳を沈めた。

透馬は椅子ごと床に倒れた。

「我々を甘く見るな」四角い顔の男が静かに言った。「仲間のことを話せ。我々が、お前を拉致したことを伝えてやるから」

透馬は答えなかった。猪首の男が、透馬の脇腹を蹴り上げた。

息が一瞬止まった。

「起こしてやれ」四角い顔の男の声が聞こえた。

猪首の男が透馬の躰を乱暴に持ち上げ、倒れていた椅子を起こし、そこに再び座らせた。

透馬はうなだれたまま黙っていた。

かすかに奥の方で床が鳴る音がした。

目を上げた。だが、人の姿はなかった。

二階に他の人間が隠れ潜んでいるようだ。奥の右手に急な階段があった。

〝こくしょうかい〟或いはナチスの残党がいるのだろうが、誰がいるのか知りたかった。

透馬は絶対に房太郎たちのことを話す気はなかった。たとえ拷問にかけられても口を割らない自信はあった。〝金色夜叉〟である房太郎たちのことは死んでも口にできない。

「いくら強情を張っても、いつかはしゃべる。俺は戦争中、捕虜を尋問するのが仕事だった」

四角い顔の男が頬をゆがめて笑った。そして、少し間を置き、こう言った。「話を変えよう。パスカル・ゴデーとはどんな仲だ」

「パスカル・ゴデーもあんたらにとっては邪魔者か。いろいろ分かってきて面白いな」

「奴が何をしてるのか知ってるんだろう?」

「知らない。単なる知り合いだから」

「ゴデーはよくお前の働いてるバーに顔を出してるのは分かってるぜ」

「客だよ」

「もっと手荒い仕打ちを受けないと、口が軽くならないようだな」

「二階に誰がいるんだ。〝ごくしょうかい〟の幹部が様子を窺ってるのか」

四角い顔の男が猪首の男に耳打ちした。猪首の男が炊事場に近づき、そこに置かれていた大きな瓶(かめ)を透馬の前に置いた。それから蛇口にホースを取り付け、それを引っ張り、瓶を水で満たした。

「顔を洗うとしゃべりたくなる」四角い顔の男がにやりとした。

後ろ手に縛られたままの透馬を、ふたりの男が瓶の前に連れていった。無理やり、顔を瓶の中に押し込まれた。抵抗したが、無駄だった。

息が出来ない。しばらくすると、髪を引っ張られ、顔を瓶から出された。喘(あえ)ぎながら息を吸った。しかし、すぐにまた瓶に顔を突っ込まれた。

それを何度も繰り返された。

「仲間の居所を教えろ！」

透馬は暴れる力も失せ、ぐったりとなった。

（二）

透馬が拷問にかけられている姿を窓ガラスから覗いている者がいた。

房太郎である。

房太郎はここ数日間、幹夫と吉之助を伴い、有森恭二を監視していた。

昨晩は旧竹松邸で、〝こくしょうかい〟のメンバーと思われる人物たちと会っていた。

今夜は一旦、自宅に戻り、八時すぎに家を出た。家の近くに車が待っていて、それに乗って出かけたのである。

幹夫の運転するダットサンが後をつけた。

有森恭二を乗せた車はかなり長い時間走り、多摩川を越えて川崎市に入った。南武線、武蔵溝ノ口駅の近くを通り、車は南下した。川崎市から横浜市に入ったのかもしれないが、よく分からなかった。

車の通りの少ない道だから、かなり距離をおいて尾行を続けた。

やがて、問題の車は竹林の近くに建つ農家の敷地に入っていった。

房太郎が何も言わずとも、幹夫は車を停め、ライトを消した。

「有森たちは何か企んでるのかもしれんな」吉之助が言った。

「しばらくしたら様子を見にいってみよう」

十五分ほど間をおき、房太郎たちは徒歩で農家に向かった。

有森を乗せてきた車の他にもう一台セダンが停まっていた。

窓ガラスから中を覗いたが、一階は真っ暗だった。灯りがもれているのは二階からで、カーテンに時折、人影が映った。

窓には鍵がかかっていた。

中に入るのは危険だ。

房太郎は仲間と共に車に戻った。

「また誰か来るかもしれない。幹夫、車をここに停めておくと目立つ。藪(やぶ)の中に隠せ」

言われた通りにした幹夫が口を開いた。「どうするつもりなんだい?」

「集まりが解散するまで、ここで待つ。うまくいけば、誰が集まってるか分かるだろうから。ひょっとすると、透馬が追いかけてるカール・シュミットを見つけることができるかもしれない」

房太郎たちは息を潜めて車の中で待機していた。何とか農家が見える場所だった。風が立ち、黒い影と化した木々が揺れている。

エンジン音がかすかに聞こえたのは、午前零時半を回った頃だった。

ダッジらしきセダンがやってきた。そして、農家の敷地に入っていった。

車のドアが開け閉めされる音が聞こえた。

やがて二階に灯りが点った。しばらく見ていたが、その灯りが消える様子はなかった。

「もう一度、俺が様子を見てくる」

そう言い残して、房太郎は車を降りた。

そっとガラス窓に近づき、中を覗いた。

驚きが躰を駆け巡った。土間に置かれた椅子に座らされているのは透馬だった。後ろ手に縛られていた。意識がないように見えた。

透馬の周りには六人の男がいた。

四人は日本人で、ふたりは外国人だった。

外国人のひとりはカール・シュミットで、もうひとりはカウフマンだった。

有森恭二以外の日本人は初めて見る顔である。

「この男のことは君たちに任せる」有森恭二が四角い顔をした男に言った。「何としてでも、仲間のことを吐かせろ」

「仲間のことが分かったら、こいつをどうする気だ」カール・シュミットが有森に訊いた。

「あなたはどうしたいんです？」

「この男は私を狙ってる。処分は私に任せてくれ」

「死体は埋めるべきだな」カウフマンが淡々とした調子で言った。

「それはそっちに任せる」そう答えた有森が「我々は二階にいる」と言い、奥に向かった。

カール・シュミットとカウフマン、それから背の高い日本人が後に続いた。

残ったふたりの日本人が透馬に近づいた。猪首の男が懐から拳銃を取りだした。四角い顔の男が透馬に平手打ちを食らわせた。

透馬の意識が戻ると、質問が始まった。

奴らは、房太郎たちが荒谷の事務所から盗み出した書類を手に入れたいらしい。

透馬は口を割らなかった。

猪首の男が透馬を殴ったところで、房太郎は建物の裏に回った。裏口があった。ドアノブをそっと回してみた。鍵がかかっていた。暗くてよく分からないが、農家に取り付けられた鍵を吉之助が開けられないわけはない。

車に戻った房太郎は、農家で起こっていることを幹夫たちに教えた。

「何としてでも助け出さなきゃ」吉之助が口早に言った。

房太郎がうなずいた。「相手は六人。荒っぽいことは好まないが、今回だけは強攻策を執る他ないな。一階にふたり、二階に四人いる。俺と吉之助は裏口から中に入る。幹夫は頃合いを見計らって、奴らの車のタイヤを撃て。驚いて外に飛び出してくる奴がいるはずだ。後は出たとこ勝負だ」

房太郎たちはお面を被り、拳銃を手にして再び農家を目指した。

幹夫は玄関の間近に立つケヤキの後ろに姿を隠した。

房太郎と吉之助は建物に近づいた。房太郎はもう一度、窓から中の様子を窺った。

ふたりの男が透馬を押さえつけていた。透馬の首から上は大きな瓶の中だった。透馬は抵抗する力を失っていた。

拷問にかけて、透馬の口を割らせようという気らしい。下手をしたら透馬は死んでしまうかもしれない。

房太郎は吉之助と共に裏に回った。

辺りは漆黒の闇に包まれていた。吉之助が跪いて、鍵穴の様子を調べた。そして、懐からナイフを取りだし、鍵穴に差し込んだ。

鍵は簡単に開いた。

房太郎は細心の注意を払って、ドアノブを回した。

奥にドアがあり、隙間から灯りが漏れている。ゆっくりとそのドアに向かって歩を進めた。

房太郎が鍵穴に目をつけた。瞬間、後ろでガチャンという音がした。吉之助が何かを倒してしまったようだ。

透馬を拷問にかけていたふたりの男が顔を上げた。

猪首の男が銃を構え、房太郎たちのいる方に向かってくる。二階で足音がした。

外で銃声が二発轟(とどろ)いた。幹夫が車のタイヤを撃ったのだ。

猪首の男が足を止め、振り返った。もうひとりの男が玄関に駆けだした。猪首の男がそれに続いた。

玄関が開けられた。

玄関の向こうに人影があった。

幹夫が四角い顔の男に銃口を向けていた。「動くな。銃を捨てろ」

房太郎がドアを大きく開けた。そして、拳銃を構えて土間に繋がっている板敷きの部屋に飛び出した。

階段の途中に人の気配がしたが、そっちは吉之助に任せ、透馬が倒れているところまで走った。

猪首の男が房太郎の方に顔を向けた。

「銃を床に投げろ！」

房太郎の声に最初に反応したのは、四角い顔の男だった。猪首の男は銃を捨てない。

「早くしろ。死にたいのか」

房太郎は猪首の男に狙いを定めた。

猪首の男は房太郎を憎々しげに睨みながら、銃を足許に落とした。

幹夫が、透馬を拷問にかけた男たちの前に進み出た。「隅に寄れ」

男たちは言われた通りにした。

幹夫が彼らの拳銃を一丁ずつ拾い、リボルバーをポケットにしまうと、オートマチックを左手で握った。

房太郎が透馬に駆け寄った。透馬はひとりで立ち上がれそうもなかった。

手を縛っている荒縄を解いてやってから、階段の方に目を向けた。

有森恭二の後ろにカウフマンと背の高い日本人が重なるように立っていた。カール・シュミットの姿はなかった。

吉之助ひとりに任せておくのは心許なかった。房太郎は階段の下まで行った。

「カール・シュミットはどうした？」

「そんな奴はいない」有森が答えた。

「嘘つけ！　奴はここにいた。俺はこの目で見たんだぞ」

「調べたきゃ、どこでも探してみろ」

カール・シュミットがいなくなったことが不安だったが、かまっている暇はない。透馬を救い出すことが先決である。

房太郎は透馬のところに戻り、彼を抱きかかえた。そして、後のことは幹夫と吉之助に任せ、車に向かった。

農家の敷地を出た時、銃声がした。竹林の方から誰かが発砲してきたのだ。撃ってきた人間はカール・シュミット以外には考えられない。

房太郎は透馬を地面に下ろし、様子を窺った。再び銃声がした。閃光が走った方に房太郎は撃ち返した。それからまた透馬を抱き起こした。

「もう歩ける。大丈夫だ」透馬が力のない声で言った。

幹夫と吉之助が農家から走り出してくるのが見えた。

「気をつけろ。竹林にシュ・ミットが潜んでる」

透馬が立ち上がろうとした。

「シュミットを捕まえなきゃ」

「無茶を言うな」

幹夫たちが躰を縮めて先に車に向かった。

房太郎は透馬を抱えるようにして、幹夫たちの後を追った。

竹林からの発砲がまた始まった。房太郎だけではなく、幹夫と吉之助も撃ち返した。

何とか車まで辿りついた。後部座席に透馬を座らせると、房太郎は隣に乗った。

幹夫が車をスタートさせた。

もう銃声はしなかった。おそらく弾が切れたのだろう。

透馬はずっと後ろを見ていた。

シュミットがいたのに捕まえられなかった。顔に悔しさがにじみ出ていた。

（三）

〝金色夜叉〟に助け出された透馬は、その夜は房太郎の家に泊まった。

蹴られた箇所や殴られた右頬に痛みが走っていたが、ひとりで歩くことはできた。

八重が奥の部屋に布団を敷いてくれ、寝間着も用意してくれた。八重は化粧をしていない顔を見られるのを恥ずかしがっているようだった。

房太郎が傷の具合を見た。「骨は折れてないようだ。湿布をしておこう」

痛みと興奮でよく眠れなかった。

恵理子のことが気になってしかたがない。自分を拉致した男たちに、恵理子は見られている。その連中が、恵理子の正体を知っていたら、奴らは有森に報告するだろう。そうなったら恵理子はどうなるのだろうか。できるだけ早い段階で、恵理子と連絡を取りたいと思った。

目が覚めたが、何時なのか分からなかった。枕元に、嵌めていた腕時計が置かれているのに気づいた。房太郎か八重が置いてくれたのだろう。

午前十時少し前だった。

部屋を出た。茶の間から房太郎が顔を出した。

「おはようございます」

「よく眠れたか」

「まあ、何とか」

「洗面所は向こうだ」

房太郎が廊下の奥に目をやった。

洗面所には、タオルや歯ブラシが用意されていた。右頬が腫れていた。

小窓から空が見えた。薄い雲がたなびいている曇り空だった。

髭を剃ってから洗面所を出、茶の間に入った。

房太郎は茶を飲みながら新聞を読んでいた。

「八重さんは仕事に？」

「うん。店を休んで、あんたの面倒をみたいって言ったが、俺が無理やり行かせた。まあ、食ってくれ」

卓袱台には、塩鮭と大根の味噌汁、そして海苔が載っていた。

透馬は礼を言い、食事を始めた。

「どうしてあんなことになったんだい」房太郎が訊いてきた。

透馬は簡単に事情を教えた。「……連行される時、僕は女と一緒だった」

「女？　店の人間か」

「違う。有森恭二の妻だ」

房太郎には、恵理子との関係は話してあった。

「あんたを捕まえた連中、彼女を見てるのか」

透馬は黙ってうなずいた。房太郎は、透馬と同じことを危惧していた。

「電話、貸してもらいたいんだけど」

「彼女に連絡を取るのか」

「心配だからね」

食事を途中で止めた透馬は、電話の置かれている場所まで行った。

電話に出る者はいなかった。ますます不安が募った。

茶の間に戻った透馬は、房太郎にそのことを伝えた。

「もしもばれていたら、有森、女房に何をするか分からんな」

「後でまた電話してみる」

食事を終えた透馬の前に、房太郎が煙草を置いた。

透馬はゆっくりと煙草をふかした。

「有森たちは、お前が財宝を狙っている一味のひとりだと思って、強硬手段に出たようだな」

「うん。でも、口を割ろうが割るまいが、僕を殺す気だったらしい」

「あんたの両親を殺したカール・シュミットが、あんたを亡き者にしたがってるんだろう」

「おそらくね」

「しばらくアパートには戻らん方がいいな」

「逃げ隠れしても始まらない。仕事もあるし」

「奴らが、あんたを拷問にかけ、情報を得ようとしたということは、奴らはまだ財宝の在処を見つけてないってことだな」房太郎が眉をゆるめ、軽い調子で言った。

「財宝は本当に存在するのかな」

「疑わしくなってきたな」

「それでも、あなたは探す気なのか」

「諦める気はない」房太郎は財布の中から紙切れを取りだした。「ここに書かれてある番号が鍵になる気がするんだ」

　透馬は紙切れを手に取った。

　1502　XPON2017
「今のところ、何だか見当もつかないんだけどな」房太郎が続けた。

　透馬も何を意味する番号か想像もつかなかった。

「財宝探しを諦めないって言ってたけど、〝こくしょうかい〟も荒谷も、財宝を見つけ出せないでいるとなると、あなたも打つ手がないんじゃないのか」

「ないな。時間をかけて〝こくしょうかい〟の動きを探り、奴らが見つけたところを襲うしかないんだがね」

「気の遠くなる話だな」

「持久戦は覚悟してる」

「財宝のあるところには、必ずカール・シュミットが現れるはずだ。僕もあなたたちと行動を共にしたい」

「大きな動きがあったら、必ずあんたに知らせる」

「そろそろ僕はアパートに戻るよ」

「分かった」

寝ていた部屋に戻り、着替えをすませると、透馬は、房太郎に礼を言い、外に出た。歩くと蹴られた箇所に激しい痛みが走った。

恵比寿に着いたのは午前十一時半すぎだった。アパートが見えてくると、周りを警戒した。怪しげな人物も車も見当たらなかった。

アパートから出てくる人影が見えた。

驚いた。俯き加減でこちらに歩いてくるのは恵理子だった。

透馬はもう一度周りに目を配ってから彼女に近づいた。

恵理子が立ち止まり、透馬を見つめた。「私、あなたのことが心配で」

「部屋に行こう」

透馬は恵理子と共にアパートに入った。部屋に通された恵理子は、ベッドの端に腰掛けた。透馬は彼女の横に座った。

「その傷、どうしたの？　警察が……」

それには答えず、透馬はこう言った。「ここに来ちゃ危険だ」

「どうして？」

「僕を捕まえた奴らは刑事じゃなかった。〝こくしょうかい〟の連中だった」

「〝こくしょうかい〟。そんな……」恵理子が呆然としてつぶやいた。

透馬は何があったかをかいつまんで教えた。

「じゃ、主人がその場にいたのね」

「ああ。だから、心配してた。旦那は家に戻ってないのか」

「今朝、帰ってきて、しばらくしてまた出かけていった」

「君に何か言ったか」

恵理子は首を横に振った。

「普段と変わりなかった？」

「ええ」

自分を車に乗せた連中は、恵理子のことを知らなかったようだ。しかし、これから先、奴らが恵理子に気づいてしまう可能性はある。

透馬は、そのことを恵理子に話した。「旦那の仲間が家に来ても、顔を出さないようにしろ」

「気をつけるわ。でも、なぜ、主人たちはあなたを狙ったの？」

「これには複雑な事情があるんだが、君には話せない」

「あなたのご両親を殺したドイツ人と関係があるの？」

「うん。ともかく、旦那の様子が変だったら、すぐに僕に知らせてくれ」

「主人にあなたとのことが知れたら、その時は絶対に家を出る」

「いいだろう。後は何とかするから」

恵理子が透馬の肩に顔を預けてきた。

透馬はしっかりと恵理子を抱きしめた。

翌日の新聞に、横浜で起こった銃撃戦の記事が載っていた。透馬や房太郎のことにも、〝こくしょうかい〟やナチスの残党にもまったく触れられていなかったが、驚くべきことが書かれていた。銃撃戦の起こった建物の近くの竹藪から刃物で腹を刺された男の死体が発見されたという。その男の身元は荒谷喜代治だった。

財宝に興味を持ちすぎた荒谷は目障り。〝こくしょうかい〟とナチスの残党は、荒谷を拷問にかけ、聞き出せることを聞いた後に手にかけたのだろう。

（四）

五月の半ばの夕方、パスカル・ゴデーは渋谷の大和田町にいた。

ＧＨＱの参謀第二部Ｇ２の通訳、中西信孝が待ち合わせ場所に指定したのはパチンコ店だった。

店はよしず張りで、雨が降ったらどうするのだろうか、と思いながらゴデーは中に入った。

店は混んでいて、空いているパチンコ台はひとつもなく、赤ん坊を背負った女もゲームに夢中になっていた。

ゴデーはパチンコ店に入るのは初めてだった。どのようにして遊ぶゲームなのかも知らない。

通路の奥の右側の台の前に中西がいた。ゴデーは彼の後ろに立った。

「ちょっと待ってください」玉の行方を追いながら中西が英語で言った。

「面白いのか」

「ええ。やってみますか？」

中西が台の前から少し躰を離した。「その穴に玉を入れてレバーで弾く。それだけです」

ゴデーはやってみた。玉はピンに弾かれたり、風車に当たったりしながら下に落ちていく。玉を二個弾いてみたが、いずれも、一番下の穴に吸いこまれた。しかし、三個目の玉は、お多福の顔が描かれた部分に入った。すると、ジャラッと音を立てて玉が受け皿に出てきた。

「上手ですね」中西が言った。

ゴデーは中西を見つめ、にやりとした。

「全部、打ってしまってください」

ゴデーは言われた通りにした。玉はすぐになくなってしまった。

「出ましょうか」

そう言った中西についてゴデーはパチンコ店を後にした。

「パチンコというのはいくらぐらいで遊べるんだい」

「玉一個が二円です。玉が五個で、〝光〟が一本、七個で〝ピース〟が一本もらえます」

十本入りの〝ピース〟は五十円である。

「煙草を買った方が安いじゃないか」

「今の日本人に手軽に遊べるものなんかありません。ですから、そんなことは関係ないみたいです。ともかく、今、一番人気のある娯楽はパチンコなんですよ」

「私を呼び出したのは、日本人の娯楽を私に教えるためじゃないだろう」

「尾行があるかないか確かめるのに、都合のいい場所だったから、あそこを選んだんです。尾行があったら、私はそのまま家に帰るつもりでした」

ゴデーは立ち止まった。「何かあったのか」

中西は小さくうなずいた。

渋谷駅の広場に出ると、中西は、百貨店とは名ばかりの雑貨屋の二階にある中華料理屋に入った。

窓際の席につき、中西はビールと支那ソバを頼んだ。ゴデーも同じものにした。

ゴデーは煙草に火をつけて、外に目をやった。広場の中央に銅像が見える。ハチ公とかいう犬の銅像である。周りに置かれているベンチは、座るところがほとんどないくらいに人で一杯だった。

料理が運ばれてくるまで、ゴデーも中西も口を開かなかった。中西は眼鏡のレンズをハンカチで神経質そうに拭いていた。

テーブルの上に支那ソバとビールが置かれた。お互い手酌でビールをグラスに注いだ。

ゴデーはビールで喉を潤した。「で、話とは」

「G2が、あなたに目をつけ、対敵諜報組織が動き出したようです」

「以前から、私はマークされていたはずだが」

「ええ。でも、これまでは、あなたの正体がよく分からなかった」中西はそう言ってからソバを啜った。

ゴデーも箸をつけた。まずいソバだった。パリのカルチェ・ラタンにある中華料理屋のことがふと脳裏をよぎった。そこの料理は抜群にうまかった。

「ソ聯代表部の人間とあなたが接触したことをG2は摑んでます」

ゴデーの眉が険しくなった。「どうやって摑んだんだろう」

「どこかで代表部の人間と会いましたか？」

「会ったよ。銀座にあるバーで。しかし、彼とは英語で話してた。周りの人間が、彼のことをソ聯人だと気づくはずはない」

「なぜ、会ったんです？」

「カイヅカ・トウマの話はしたね」

中西が小さくうなずいた。

ゴデーはトウマについて詳しく話し、アリモリ・キョウジの妻との関係も教えた。

「……彼と情報交換をするようになった。で、メンシコフは、トウマの顔を見ておきたいと言ったんだ。メンシコフはトウマを仲間に引きずりこめないかと考えたんだよ。私は無理だろうと言っておいたがね」

中西がビールを飲んでから、ソバを啜った。

「G2は、或る日系アメリカ人の諜報部員を民間人として、活動させています。あなたに関する情報やカイヅカの動きは、そいつからG2に入ってきているらしい」

「私の周りに、怪しげな日系アメリカ人なんかいないよ」

中西が上目遣いにゴデーを見た。「ジャック・テラウチという男を知らないですか」

ゴデーは目を瞬かせて、中西を見返した。「知ってる。カイヅカの友人だ」

ゴデーは、ジャック・テラウチについて知っていることをすべて中西に話した。

中西は腕を組み、にかっと笑った。「その男が嗅ぎ回ってるんですよ。そいつがカイヅカの前に現れたのはいつ頃か分かりますか?」

「うーん」ゴデーは窓の外に目をやった。「覚えてないな」

「カイヅカがG2に引っ張られる前ですか?　それとも後?」

「後だってことは間違いない」

中西は何度か小さくうなずいた。「対敵諜報組織はカイヅカを泳がせ、ジャック・テラウチに近づかせたんでしょう」

「あのふたりはパリ時代の友人だ。でもG2がそこまで知っていたとは思えないがね」

「多分偶然でしょう。ジャック・テラウチはスパイする相手が友だちだと分かって、きっとびっくりしたんじゃないですかね」

「ジャック・テラウチがスパイだというのは確かなのか」

「ええ。ジャック・テラウチはしょっちゅうG2の人間に会いにきてます。この男、誰だろうと思ってたんですが、或る時、スワンソン貿易の東京支社長だって分かったんです。しかし、スワンソン貿易なんて会社は存在しません。あそこで働いている人間はみな諜報部員です。スワンソン貿易が日本橋に借りている建物の家賃をG2が支払っているのは確かです。私は経理の人間とも親しいので簡単に調べがつきました」

「カイヅカも騙されてるってわけか」ゴデーがつぶやくように言った。

「だと思います。カイヅカはジャック・テラウチに何でも話しているはずです。気をつけてください」

「うん。しかし、メンシコフと私の関係はカイヅカは知らないはずだけどな」

「その情報をジャック・テラウチがどのようにして手に入れたかは分かりませんが、用心しないと、逮捕される可能性がありますよ」

ゴデーは虚ろな目をまた外に向け、グラスを一気に空けた。

中西はソバを綺麗に食べきったが、ゴデーは半分以上残した。

中西が腕時計に目を落とした。「私はこれで。また何かあったら連絡します」

「うん。君が先に出てくれ」

「分かりました。それでは」

中西が店を出ていくと、ゴデーはもう一本ビールを頼んだ。

パスカル・ゴデーこと、アラン・ランベールは戦前からソ聯のスパイだった。

当時のソ聯がスパイとして使っていたのは、その国の共産党員だったのだが、自国を裏切ることに躊躇する者が相次いで出てきて、寝返る者もいて、思うようには事は運ばなかった。そこで本国から、プロとしてスパイ教育を受けた人間を送り込んだ。その中には、スパイ網を作った者もいた。共産党シンパだったランベールは、本国から来たプレーヴェという男の下で働くようになった。

軍需工場で事務をやっていたランベールは、知り得た情報をプレーヴェに伝えていた。

軍需工場を辞めた後、ランベールはプレーヴェの直属の部下となった。そして、裏切り者の粛清に当たった。

共産党員のひとりが二重スパイだということを突き止めたプレーヴェは、ランベールとその仲間に、問題の人物を殺すように命じた。ランベールは命令に従い、二重スパイを殺した。

ランベールは最初のうちは共産主義の単純な信奉者だったが、政治の裏を知るうちに理想は色褪せ、ソ聯のスパイ活動の片棒を担ぎ、自分の手を汚すだけの人間になってしまった。

そんなランベールを救ったのは、皮肉にもナチス・ドイツがパリを占領したことだった。ランベールは妻、ナタリーと一緒に、レジスタンス運動に加わった。ナチス・ドイツから祖国を救うという大義は、彼の暗く沈んでいた気持ちを光で照らした。

しかし、パリが解放される直前、ナタリーが殺された。

解放の歓喜で沸き立っているパリだったが、ナタリーを失ったランベールは失意のどん底だった。

パリが解放された二年後の一九四六年の秋、ハンガリー人だという男が、ランベールに会いにきた。その男はプレーヴェと親交があると言い、二重スパイ殺害事件のことを口にした。警察は、あの事件の犯人の目星をつけているというのだ。今のうちに偽名を使い、モスクワに渡れと言う。モスクワで何をするのか訊いたが、相手はプレーヴェが待っているとしか答えなかった。捕まりたくはなかったし、ナタリーのいないパリに未練もなかった。ランベールはそのハンガリー人の命に従うことにした。

モスクワに着くと、見知らぬ男が迎えにきていて、郊外の一軒家に連れていかれた。そこでプレーヴェと再会した。

「君はフランス人で日本語が達者だ。だから、東京に行け」

「何のために」

「フランスからナチス・ドイツが奪った財宝が日本に持ち込まれたという情報がある。アメリカの占領軍も、その財宝を探している。奴らよりも先に見つけ出し、我々の物にする。これから先、我が国とアメリカが敵対することは間違いないだろう。戦争になるかもしれない。今のところはどうなるか分からないが日本の共産党が革命を起こせる基盤は作っておかなければならない。君は、フランス政府の命を受けて、財宝を取り戻しにきたということにすればいい。細かなことは、東京にいる同志が教える。どうせ君はパリにいても、いつ刑務所送りになるかもしれない身なんだ。我々の命令に従うのが君のためでもある」

「もしも断ったらどうなるんです？」

「断るという選択肢は君にはない」プレーヴェは冷たく言い放った。

このようにして、アラン・ランベールはソ聯の命を受けて来日したのである。

錦織寿賀子も同志のひとりだった。寿賀子の父親は共産党員だったが獄中で死んでいる。寿賀子は、拷問にかけられ殺されたのだと言っていた。

最近、以前にも増して、ソ聯代表部は、財宝の行方について訊いてくるようになった。その裏には、スターリンが日本の共産党に対し、それまでの平和革命路線を捨て、本格的な革命の準備をせよと命じたことが関係しているように思えた。

しかし、パスカル・ゴデーことアラン・ランベールは、一刻も早く、この任務から降り、日本を出たかった。パリに戻れば逮捕される可能性があるが、故郷に戻りたい気持ちで一杯だった。

とは言っても、自分の望みは叶わないことは分かっていた。任務を放棄して逃げ出したら殺されるだろう。どこに隠れてもきっと見つかるに違いない。

中華料理屋を出た彼は一旦、家に戻り、夜遅く、銀座に向かった。寿賀子の会社の隣の空き地に停めてあったシトロエンに乗ると、バー『バロン』に向かった。

（五）

バー『バロン』は暇だった。マダム靖子の姿はなく、美和子が奥の席で日本人客の相手をしていた。カウンター席には誰もいない。

ドアが開いた。現れたのはゴデーだった。

「いらっしゃいませ」透馬が挨拶をした。

ゴデーは透馬の顔をじっと見つめてから、カウンター席についた。そしてウイスキーのストレートを頼み、煙草に火をつけた。

「顔、どうしたんだい？」ゴデーが日本語で訊いた。

「いろいろありましてね」そう言いながら、透馬はグラスに酒を注いだ。

ゴデーは周りに目をやってから「話があるから、店が終わったら、俺に付き合ってくれ」とフランス語で言った。

「重要な話ですか？」透馬もフランス語を使った。

ゴデーは黙ってうなずき、グラスを口に運んだ。

仕事が終わると透馬はゴデーと共に店を出た。

表通りに彼のシトロエンが停まっていた。

「アパートまで送ってやる」

「話とは？」

「車の中で話す」

透馬が助手席に乗るとシトロエンが走り出した。

「お前、ジャック・テラウチとは、その後も付き合ってるんだろう？」

「今は会ってない」

「なぜ？」

「いろいろ行き違いがあって」

「奴に俺のことを話したか」

「なぜ、ジャックのことを気にするんです？」

「話したかどうか訊いてるんだ」ゴデーの口調が激しくなった。

透馬は煙草に火をつけた。

「話したんだな。約束を破って」

「すまない。話したよ。でも、あいつが知っても、何の問題もないでしょう？　それよりも、あなたに訊きたいことがある。あなたがこの間、店で話してた外国人はソ聯の人間ですね」

車は数寄屋橋の交差点に近づいていた。

ゴデーは車を路肩に寄せ、停めた。

「なぜ、お前がそんなことを知ってる」

「この近くで、ジャックの車に乗ってる時、あの男を見た。ソ聯代表部の車から降りてきたところをね」

「………」

「なるほど。それで謎が解けた」

「謎が解けた？」

ゴデーは険しい顔を正面に向けたまま口を開かない。

「あなたは共産党員なんでしょう？」

「………」

「秘密を知った僕をどうします。殺しますか？」

「俺が君を殺す？　ありえないよ」ゴデーが短く笑った。

ゴデーはすでにひとり殺していると透馬は思っている。だから、彼の言葉はまったく信用していなかった。しかし恐怖は感じなかった。利害関係さえ一致すれば、ゴデーは手を出したりはしないはずだ。

再びシトロエンが走り出した。

「ソ聯も、竹松の財宝を狙ってるってことですね」

「君は騙されてるんだ」

「誰に？」

「ジャック・テラウチは貿易会社の東京支社長なんかじゃない」

透馬はまじまじとゴデーの横顔を見つめた。

「奴はな、民間人の振りをして諜報活動をやってる情報部員だよ」

「あなたがどうしてそんなことを知ってるんです？」

「俺も情報網を持ってる。君がソ聯のスパイと間違われて捕まった後に、ジャックはあのバーに姿を現した。そうだったな」

「ええ」

「君が本当に無関係かどうかを調べるために、君に近づいたんだ。昔の友だちだから信用してしまうのも無理はないが、あの男は君から得た俺の情報をG２に報告してる」

「何か魂胆がこんたんあって、僕にそんなデタラメを言ってるんじゃないんですか？」

「やっぱり、子爵の息子は育ちがいいから、お人好しだな」

ゴデーが嘘をつく理由が見当たらない。透馬はショックで口がきけなかった。

「君は、両親を殺したドイツ人を探してることもジャックに話してるよな」

透馬は黙ってうなずいた。話したのはそれだけではない。ゴデーが財宝を狙っていることも教えた。

「ジャックは、ソ聯の動きだけではなく、超国家主義者の動向も探っているはずだ。君の動きも今でも気にしているに決まってる。君は最初からジャックに裏切られてたんだよ」

「………」

「ジャックに仕返ししたくないか」

「仕返し？」

「ジャックは君に正体がばれているとはまったく思ってない。だから、君なら奴にガセネタを流せる」

「あなたに関するガセネタですか？」

「そうだ。俺がアメリカの情報部と接触したがってるとそれとなく言ってくれればいいんだ。これまで得た情報を、俺がすべてアメリカ側に流したがってると信じ込ませたい」

「なぜ？」

「分からないのか。俺の正体が君のせいでばれたからだよ」

「ソ聯を裏切るんですか」

「いや。俺は身を守りたいだけだ」

「そんなことは僕にはできない」透馬が力なく言った。

「友情が邪魔してできないのか。馬鹿馬鹿しい」ゴデーが声にして笑った。

「違います。今、僕はジャックと絶縁状態。僕が連絡を取っても、彼は僕に会わないでしょう」

「どうしてそうなったんだ」

「そんなことはどうでもいいでしょう。ともかく、彼とはもう親しくないと思ってほしい」

ゴデーが舌打ちした。「何とかならないのか」

「ならないし、僕があなたのためにそこまでやる理由がどこにあるんですか?」

「ないよ。だけど、奴に一泡吹かせたい気持ちはあるだろうが」

「ないですね」透馬は淡々とした口調で答えた。

ゴデーは黙ってしまった。

車は芝白金三光町の辺りを走っていた。

「ところで、その顔の傷はどうしたんだ?」

透馬は何があったか教えた。

「〝こくしょうかい〟がなぜ、君を狙ったんだ」

「僕がカール・シュミットを追ってるからでしょう」

「それだけの理由で」ゴデーが腑に落ちない顔をした。「で、どうやって奴らから逃げた」

「見張りが眠ってる間に逃げ出したんです。運が良かった」

「信じられんな。君には仲間がいて、そいつらが君を救い出したんじゃないのか。赤坂の教会のことにしろカウフマンのことにしろ、君がひとりで調べたとは思えない」

「僕に仲間がいようがいまいが、あなたに関係ないでしょう」

「大ありさ、君が財宝に興味がなくても、仲間はそうじゃないかもしれない」

「〝こくしょうかい〟は、僕とあなたの関係も気にしてましたよ」

「勝手にするさ。で、君はどんな連中を味方につけてるんだ。フランスからナチスが奪った財宝を探すなんてことは、きちんとした組織じゃないとできない。その辺の与太者が集まっても、手も足も出ないだろう」

「なぜそんなことに興味があるんです？」

「君と俺は、ここまでいい関係を保ってきた。これからもそれを続けていきたい。君に仲間がいるんだったら、彼らとも俺は手を結び、財宝を見つけ出したい」

「僕には組織なんて立派なものはついてませんよ。それにもしも、組織がついていて、その連中が、財宝を狙っているとしても、あなたと組むことはないでしょう。だって、あなたはソ聯のために財宝を探してる。見つかったら、全部、ソ聯に引き渡す気でいるんでしょう。そんなあなたに協力する者がいると思います？」

「隠匿された財宝がどれぐらいあるのかは分からないが、相当の数に上るはずだ。君の仲間の手にもその一部が渡るようにできる」

車は恵比寿駅に近づいた。

「次の角を右に曲がってください」

ゴデーは言われた通りにした。

「僕の目的は、カール・シュミットを見つけ出すこと。それ以外のことには関心ありません。これまで通り、情報交換だけはやっていきましょう」

「君の仲間のことはさておき、何とかもう一度ジャック・テラウチに近づいてくれないか」

透馬はそれにには答えず、少し身を乗りだした。「次の四つ辻で降ろしてください」

シトロエンが停まった。

「君はジャックに騙されてた。そのことを忘れるな」

「また何かあったら連絡をください」

そう言い残して、透馬は車を降りた。

部屋に戻ると、煙草に火をつけ、ベッドの上に大の字に寝転がった。

ゴデーがソ聯の工作員だと知っても、透馬はさして驚かなかった。戦前、パリで共産党員を殺したのも、裏切り行為があったからではなかろうか。

有森を中心とする超国家主義者のグループ、ゴデーを使っているソ聯、そしてアメリカの情報部が、竹松の隠匿した財宝を探している。

この三つ巴（みつどもえ）に、房太郎の率いる〝金色夜叉〟が加わっている。政治絡みの三つの組織に、単なる泥棒が挑んでいるようなものだ。

竹松の財宝が誰の手に渡ろうが、知ったことではないが、〝金色夜叉〟が勝利を収めることを心のどこかで期待していた。

大国の思惑にしろ超国家主義者の陰謀にしろ、たとえ大義を振りかざしていようが、すこぶる胡散臭（うさんくさ）い。

そういう連中を、戦後の混乱を痛快なやり方で攪乱（かくらん）してきた〝金色夜叉〟が勝利して一泡吹かせてほしいのだった。

それにしても、ゴデーから聞いたジャックの話は、透馬を強（した）たかに打ちのめした。

ジャックが再会した時から自分を裏切っていた。ゴデーが言ったにすぎないことだが、ソ聯の工作員の話である。信憑性が高い気がした。

恵理子のことを彼に話した時は後ろめたかった。逆上したジャックの姿を見た時は同情もした。申し訳ない気持ちで一杯だった。

ジャックの方はどうなのだろうか。友人を騙していることに良心の痛みを感じていたのだろうか。

彼の様子がおかしいと思ったことは一度もない。パリで遊んでいた頃とまったく同じ態度で自分に接していた。上層部の命令に従って行動していたのだろうが、心の陰りのようなものは一切見えなかった。

あいつは仮面を被って自分と付き合ってきたのだ。そう思うと、透馬はむしょうに腹が立ってきた。

いつか機会を見つけ、ジャックから直接、話を聞きたい。しかし、自分には会おうともしないに決まっている。恵理子を奪われたショックは透馬が想像していたよりもはるかに大きいものだったらしい。

（六）

世の中のことに疎（うと）い八重だったが、六月の下旬に北朝鮮が韓国に侵攻したニュースを新聞で読んだ時は、もしかしてまた日本も戦争に巻き込まれるのではないかと心配になった。その後も連日、朝鮮半島で起こっている戦争のニュースが新聞に大きく報じられていた。在日米軍も韓国へ急行していた。

米軍という文字を見た時、胸がちくりとした。久しぶりに、自分が襲われた時のことを思いだしたのだ。

七月に入ってすぐの日曜日、八重は日本橋の高島屋に行った。大売り出しが行われていたからだが、それだけではなかった。全館が冷房してあると知ったからである。

その日は朝から三十度を超えていたのである。

綿のハンカチが三枚で百四十円だった。それだけを買って夕方、家に戻った。

房太郎はどこかに出かけていて不在だった。

夕食はソーメンにでもしようか、と台所に向かった時、玄関が開いた。

やってきたのはふたりの中年の男だった。ひとりは怒り肩の髭の濃い人物で、白い開襟シャツに茶色いズボンを穿いていた。白い開襟シャツを見て、思い出したのは、あの事件の直後、ここにきた刑事のことだった。

もうひとりは頬に肉がたっぷりとついた丸顔の男で、唇は赤みを帯びていた。小狡(こずる)そうな小さな目が、八重をじっと見ている。彼も開襟シャツを着ていたが、色はグレーだった。ふたりとも無帽で、髭の濃い男の髪は縮れていた。そして、もうひとりの方は坊主頭だった。

ふたりの男は同時に胸ポケットから警察手帳を取りだした。

「佐々木八重さんですね」髭の濃い刑事が口を開いた。

「はい」

八重の鼓動が激しくなった。

「私、渋谷署の大川(おおかわ)と言います。こっちは三田村(みたむら)です」

紹介された丸顔の刑事が八重に会釈をした。

「どんなご用でしょうか」

「上がらせてもらってもかまいませんか？」

「どうぞ」

八重はふたりの刑事を茶の間に通した。そして、朝、作った麦茶を出した。

三田村は扇子で、顔の辺りを煽いでいた。大川の方は首筋をハンカチで拭いている。

「暑いですね」八重は麦茶を卓袱台に置きながら言った。

しかし、ふたりの刑事は口を開かなかった。

八重は刑事たちの前に座った。「ひょっとして昔の事件のことでしょうか？」

「よくお分かりですね」大川が言った。

「警察の方が私を訪ねてくる理由、他には思い当たりませんから」

三田村が麦茶を一気に飲み干した。

「もう一杯おつぎしましょうか」

「いえ、けっこうです」

大川も麦茶に口をつけ、八重をじっと見つめた。「実は、佐々木さん、あの事件の犯人の目星がつきましてね」

八重は頭皮から汗が噴き出さんばかりに緊張した。麦茶の入ったグラスを持とうとしたが、止めた。手が震えそうになっていたのだ。それでも頑張って顔を作った。

「それはよかったですが、どうして、私にそのことを知らせにいらっしゃったんですか？三年前にここにきた刑事さんにも話しましたが、その事件で襲われたのは私じゃありません」

三田村が手帳を開き、指を舌で舐めてからページを繰った。「佐々木さん、あの夜は何時頃に帰宅したんでしたっけね」

「一時前にはここにいました」

三田村が首を傾げた。「以前の証言と違ってませんかね」

カマをかけてきているのは明白だった。

「いえ。前にも同じことを言いましたけど」八重はきっぱりと言い切った。

三田村は手帳を見、「あ、そうでしたね。私の記憶違いでした」

大川がぐいと躰を前に倒した。「嘘はいかんですな」

「嘘？」

「襲われたのは、あなたに決まってる。正直に言わないと、署に来てもらいますよ」大川の態度が高圧的なものに変わった。

「私、嘘なんかついてません」

「あなたは、今井豊子さんの他に恵比寿に知り合いはいないと言ってましたが、あれは嘘でしょう」

「本当です」

三田村が覗き込むような仕草で八重を見た。「あなた、赤坂にあった貝塚という家に奉公に上がってたことがありましたね」

どきりとした。しかし、顔色ひとつ変えずに「はい」と答えた。

「じゃ、貝塚透馬を知ってますよね」三田村が続けた。

「もちろんです。透馬様がどうかしたんですか？」

「貝塚透馬は、事件の起こったガードの近くに住んでる」今度は大川が口を開いた。「今井さんの他に、恵比寿に知り合いがいたじゃないですか？」

警察がどこまで事実を摑んでいるのか分からない。だから不安で卒倒しそうな気分だった。

「私、透馬様には戦争が終わってから一度も会ってません。戦争で中国に行かれた後、透馬様がどうなったのかも知りません」

三田村が細い目をさらに細め八重を睨んだ。「正直に言わないと大変なことになりますよ」

「どういうことなんでしょうか。透馬様が、あの事件に関係してるんですか？」

「目撃者から得た情報で似顔絵を作り、あの一帯の家を地道に回ったんですよ。それで、貝塚透馬という男が、似顔絵にそっくりだということが分かった。同じアパートに住んでいる人の証言によると、貝塚透馬の部屋には今も女が出入りしているそうだ。通っているのはあなたですよね」

「私じゃありません。透馬様にはずっと会ってないし、今井さんのところを訪ねたあの夜以来、恵比寿にも行ってません。人違いです。証言した人に会ってもいいですよ」

　ふたりの刑事は顔を見合わせた。

「それに刑事さん、犯人が透馬様だというのも間違いです」

「ほほう」三田村の目がさらに小さくなった。「なぜ、そんなことが言えるんです？」

「透馬様がアパートに住んでるなんて考えられません。貝塚家はお金持ちです」

「貝塚家は没落してます」大川が冷たく言い放った。「それに貝塚透馬は本名で部屋を借りてる。だから間違いないですよ」

　三田村が煙草に火をつけた。「あの夜、貝塚透馬は、使用人だった女が男に襲われているのを目撃し、助けた。その際、相手ともみ合い、奪ったピストルで相手を撃った。佐々木さん、あなたは奉公していた家の息子である貝塚透馬を庇うために、嘘を吐き通してきた。そうでしょう？」

　八重は唇をきゅっと結んで、首を横に振った。そして、か細い声で言った。「透馬様は優しくて立派な方です。人殺しなんて透馬様にはできません」

「優しくて立派な男だから、襲われている女を助けたんでしょう。相手は米兵です。しかもかなり酔っていた。日本人の女を人間とは思っていない鬼畜のような奴だったんでしょう。そんな奴は殺されて当然です。私は日本人として貝塚透馬によくやったと言ってやりたい」三田村は少し興奮した調子でそう言った。

「私も三田村と同じ思いを抱いてます」大川が口をはさんだ。「しかし、警察官としては、殺人犯を捕らえなきゃならない。犯行の動機が何であろうが」

「透馬様は逮捕されていないんですか？」

「先ほど、同僚がアパートに行ったんですが、貝塚透馬はいなかった。しかし、我々はアパートを見張ってます。逃げられはしない。彼の身柄を確保したら、事情聴取をし、容疑が固まり次第、逮捕ということになるでしょう。佐々木さん、あなたが貝塚透馬を守りたい気持ちはよく分かりますが、真実を我々に話してください」

まだ透馬は捕まっていないのだ。何とかする方法はないだろうか。八重は、自分のために透馬が獄中の人となることが耐えられなかった。

「透馬様が犯人だなんて、いくら言われても私は信じません。ですが、もしも透馬様が、襲われた女の人を助けたとしても、助けられたのは私ではありません」

「どうしても認めないということですね」

「その事件が起こった頃、私はここにいたんです。認めるも認めないもないじゃないですか」八重は口早に言った。

大川は軽く溜息をついた。

透馬は逮捕されたら、自白するだろうか。犯行を認めるかもしれないが、しかし、自分の名前は絶対に口にしない気がした。

何であれ、自分から透馬のことを話すわけにはいかない。

「襲われた女の服装は、あの日、あなたが着ていたものとそっくりなんですよ」大川が続けた。「今のうちに本当のことを言っておく方があなたのためだ。貝塚透馬がしゃべったら、あなたの嘘はすぐにはれてしまう」

八重は目を伏せ、また首を横に振った。

部屋に沈黙が流れた。三田村の扇子の動きが激しくなった。

「今日のところはこれで我々は引き揚げますが、貝塚透馬が捕まったら、署に来てもらうことになるでしょう」

八重は挑むような視線を刑事たちに向けた。「私、どこにでも行きます」

ふたりの刑事はほぼ同時に立ち上がった。八重は玄関まで彼らを送った。

刑事たちは八重に頭を下げ、家を出ていった。

八重はその場に座り込んでしまった。躰がぶるぶると震えていた。

どれぐらいそうしていたかは分からないが、気持ちが少し落ち着くと、電話機に向かった。

兄が事務所にいることを願って、受話器を持ち上げた。

電話に出たのは房太郎だった。

「兄さん」そう言った途端、八重は泣き出してしまった。

「どうした、八重。何かあったのか」

「今、刑事がここにきたの。透馬様、今頃、逮捕されてるかもしれない」

「どういうことなんだ。落ち着いて話せ」

八重は一呼吸おき、何があったかを話した。「……アパートを警察が見張ってるのか。じゃ、今頃はもう」

「兄さん、様子を見てきてくれないかしら」

「いいけど、こればかりは、俺でもどうしようもない」房太郎が力なくつぶやいた。

「アパートに戻ってくる透馬様を見つけられるかもしれない」

「そんな……」そう言った房太郎は黙ってしまった。

八重の涙は止まらない。

「分かった。今すぐ様子を見にいってみる。だけど、透馬を助けられるなんて思わないでくれよ。警察が相手じゃ、何もできないから」

「ともかく、すぐに行ってみて」

「分かった」

電話を切った八重は茶の間に戻った。

次第に辺りが暗くなってきた。しかし、八重は電気も点けず、ただただじっとしていた。透馬のことは兄に任せるのが一番だ。自分は絶対に動いてはならない。警察に監視されているはずだから。

八重はふうと長いため息をついた。すると、これまで胸の底に沈んでいたことが頭をもたげてきた。

透馬の部屋を出入りしている女がいる。誰だろう。透馬には恋人がいるらしい。八重は何となく面白くなかった。恋仲になろうなんて大それた気持ちはまったく持っていないが、透馬には女っ気がない暮らしをしてほしかった。

いけない。いけない。そんなことを考えるなんて。

透馬様が幸せになればいいの。八重は念仏を唱えるように何度も心の中でそうつぶやいた。

（七）

房太郎は幹夫のダットサンを借りることにした。

「どこに行くんだい」幹夫に訊かれた。

「透馬のことでちょっと。話は帰ってからする。急いでるんだ」

幹夫がダットサンの鍵を房太郎に渡した。九段に出たダットサンは、四谷を通り、赤坂の方から渋谷方面を目指した。

行っても何もできないが、できるだけ早く着こうとアクセルを踏んだ。

恵比寿に着いたのは七時少し前だった。透馬のアパートに近づくと緊張が走った。

陽は落ち、辺りは暗くなっていた。ゆっくりと辺りの様子を見ながら、車を走らせた。

透馬のアパートの入口、それから近くの電信柱の陰に人影が見えた。セダンが二台、アパートから少し離れた場所に停まっていた。

刑事たちが張り込んでいるのは間違いない。透馬はまだアパートには戻っていないらしい。

透馬がどこに行っているかは知る由もないが、戻ってくるとしたら都電か山手線を利用する可能性が高い。

房太郎は渋谷方面に走らせていたダットサンを、Uターンさせ、恵比寿駅を目指した。都電の停車場と山手線の駅の両方がよく見えるところに車を停め、房太郎は外に出た。車の中からだと、雑踏の中で透馬を見つけだすのは難しいと判断したのだ。時間がどんどんすぎていった。しかし、透馬の姿を見つけることはできなかった。

（八）

透馬はその頃、渋谷の喫茶店にいた。

恵理子が金王町（こんのうちょう）に住む親戚に用があり、渋谷に出てくると言ったので、ハチ公の銅像の前で五時に待ち合わせをしたのだ。

アパートの部屋は暑すぎるので、そうしたのである。

ゴデーから聞いたジャックの秘密は、以前会った時に話してあった。話を聞いた恵理子も驚いていたが、短く笑ってこう言った。

「あなたは、私のことでジャックにすまないと思っているんだろうけど、もうそんな気持ちを持つ必要はなくなったわね」

「いや、あの件と今度のことは別だよ」

「そう生真面目（きまじめ）に考えることはないんじゃないの」

そんな会話を交わしたが、その後はジャックのことは話題にならなかった。その日も同じだった。

「旦那の様子は？」透馬がコーヒーを啜りながら訊いた。

「相変わらず飛び回ってるし、外国人からも電話はあるし、家にも仲間が来てる」

「前にも言ったが君は、旦那の仲間に顔を見られてる。気をつけろよ」

「あの時見たふたりの男の顔はよく覚えてる。でも、そいつらは家には来てない。あいつらは下っ端なんでしょうね。もしもあなたが、探しているドイツ人を見つけたら、どうするつもりなの？　警察に突き出すの？」

「その後のことは今は考えてない」

透馬はいくら恵理子にでも、殺すつもりだとは言えなかった。

「あなたとパリへ行きたいわね」恵理子ががらりと話題を変えた。

「行きたいね。でも、金はないし、占領下だから簡単に渡航できないし。今のところは無理だろうな」

「まず日本を脱出して、そこからフランスに渡れないかしら。密航船で台湾辺りまで行っ

「すごいことを考えてるんだね」

「そうかしら。日本には台湾人がたくさんいるから、何とかなると思うんだけど」

「それにも金がかかる」

「そうか。そうね。何をやるにしてもお金がないとね」恵理子が溜息をついた。「でも、いつかは行けるわよ。どんなに苦労しても、私は向こうで暮らしたい。日本人が経営してたホテルがクリシーにあったわね」

「うん」

「あそこだったら雇ってもらえそうな気がする」

「パリも戦争に巻き込まれたんだよ。経営者の日本人が占領下のパリで暮らしてたとは思えない。ホテルを畳んで日本に戻ってるよ」

「そうね。その可能性の方が高いわね」

そんなとりとめもない話をしているうちに時間が経っていった。

七時半を回った頃、恵理子は帰ると言った。

ふたりは喫茶店を出た。

恵理子は都電の十系統に乗り、須田町まで行き、乗り換えるそうだ。

都電の停車場まで彼女を送った透馬は歩いてアパートに戻ることにした。

渋谷の駅前からアパートまでは五、六百メートルぐらいしかないのだ。

山手線の線路沿いを恵比寿方面に向かって歩を進めた。

陽が落ちても、蒸し蒸ししていた。

電車が枕木を叩いて走り去ってゆく。見るともなしに見てみると、どの電車も混んでいた。

アパートが見えてきた。透馬は足を止めた。二台のセダンが目に入ったのだ。

この辺りに車が停まっていることは滅多にない。しかも二台も停車している。

透馬は建物の陰に姿を隠し、様子を見た。

アパートの入口近くにはパナマ帽を被った男が立っていて、周りに目を走らせていた。

様子が明らかにおかしい。〝こくしょうかい〟の連中がまた動き出したのかもしれない。

アパートには近づけない。透馬は元来た道を戻った。

どうしたらいいのか分からなかった。とりあえず房太郎に助けを請うことにした。

渋谷まで引っ返して公衆電話から、房太郎の家にかけた。

電話に出たのは八重だった。

「お久しぶり、元気かな」

「ああ、透馬様」八重がただならぬ声を出した。

「八重、どうした？」

「………」

「聞いてるのか」

「透馬様、今、どちらに？」

「渋谷だけど」

「アパートには戻らないで。警察が張り込んでます」

今度は透馬の方が黙ってしまった。首筋からどっと汗が噴き出した。

「どうしてそんなことを君が知ってるんだ」

八重がしどろもどろで説明した。

ついに自分の犯行だと警察に知れてしまった。透馬は口がきけなかった。

「透馬様、聞こえてますか？」

「うん」

「兄さんが、様子を見に恵比寿に行ったんですけど」

「僕は渋谷にいたから。八重、今からお前の家に行ってもいいか」

「いいですけど、警察に見張られているかもしれません。念のために見てきます。十分ほどしたら、もう一度電話をください」

「分かった」

頬を汗がゆっくりと伝っていった。周りに視線を向けた。ぼんやりと立っている男も、広場のベンチに座って新聞を開いている男もすべて刑事に思えてきた。

長い十分がすぎた。透馬はもう一度八重に電話を入れた。

「大丈夫です。家の周りに変わった様子はありません」

「今すぐに行く」

「待ってます」

透馬はタクシーで神田須田町に向かった。

辺りを警戒しながら、佐々木家に近づいた。

玄関が開けられると、透馬は中に飛び込んだ。八重が鍵をかけた。

「よかった。ご無事で」

八重について茶の間に入った。

卓袱台の前に胡座をかいた透馬は煙草に火をつけた。

八重が麦茶を用意してくれた。透馬は一気にグラスを空けた。

突然、蝉の鳴き声が聞こえてきた。

「ここに警察が？」

「夕方、きました」

八重が刑事たちとのやり取りを詳しく教えてくれた。

まだ逮捕状は出ていないらしいが、あのままアパートにのこのこ戻っていたら、拘束され、否認しようが、似顔絵を証拠におそらく逮捕されていただろう。〝こくしょうかい〟に拉致された一件が、透馬に強い警戒心を持たせた。おかげで、警察の手から逃れることができた。皮肉なものである。

「房太郎さんは、僕のために恵比寿に行ったのか？」

「私が頼んだんです。透馬様から電話があった後、兄さんの事務所にかけたんですけど、兄はまだ戻ってませんでした。すぐに家に帰るように伝言しておきました。透馬様、安心してください。私と兄で透馬様のことはお守りしますから」

「殺人犯を匿ったりするとどうなるのか分かってるだろう」

八重はまっすぐに透馬を見つめた。「あの事件は、私があそこを通らなかったら起こってません。責任は私にあります」

「お前には何の責任もないよ。僕はあの男を殺したかった。なぜだかよく分からないけど」そう言いながら、透馬は煙草をゆっくりと消した。

それから一時間ほどして、房太郎が戻ってきた。

茶の間にいる透馬を見て、房太郎は目を瞬かせた。「これは一体、どうなってるんだ。

俺はアパートの様子を見にいってから、あんたが恵比寿駅に現れるかもしれないと思って、

ずっと待ってたんだよ」

「そこまでしてくれて感謝しています」透馬は礼を言ってから、ここにくるまでの話をした。

「ほう。あんたは運がいいな。八重、ビールを用意してくれないか」

「はい」

「とりあえずこの家に隠れてろ。広めの納戸（なんど）がある。そこに入ってる荷物を出し、寝床を作る。刑務所より寝苦しいかもしれんが我慢しろ」房太郎はにっと笑った。

「兄さん、ここは危ないんじゃないの」ビールを運んできた八重が心配そうに言った。

「またここに刑事がくるかもしれないのよ」

「家から出なきゃ大丈夫さ。灯台もと暗しっていうじゃないか」

このようにして透馬は房太郎の家に匿われることになった。

納戸は三畳ほどの広さがあり、天井近くに明り取りの窓がついていた。

ドアを少し開けておかないと、寝苦しくてしかたがなかった。

翌朝、房太郎が透馬のところにやってきた。

「家を警察が見張ってる。絶対にここから出るなよ。おそらく八重を尾行するつもりなんだろう」

その日、房太郎は家を離れず、透馬の相手をしてくれた。

「髪は俺がバリカンで刈ってやる。顎に鬚を蓄えろ。それでかなり印象が変わる」

透馬は言われた通りにすることにした。

翌々日も八重には尾行がついていた。八重が逃亡した透馬とどこかで落ち合うと警察は見ているらしい。

透馬のことが新聞に載ったのは、水曜日だった。

『渋谷の米兵殺し、元子爵家の長男に逮捕状
昭和二十二年七月に、渋谷区の省線高架線下で起こったアメリカ人射殺事件の容疑者として、近くに住む、貝塚透馬、三十二歳に逮捕状が出た。しかし、容疑者は捜査の網の目をかいくぐってこつ然と姿を消した。警察の手が及んでいることを察知し、逃亡した模様。

容疑者は、元子爵貝塚文規の長男で、復員後は、銀座にあるバーで働いていた。なお、彼の両親は昭和二十年に、軽井沢の山荘で射殺されているが、犯人はいまだ判明していない』

似顔絵が載っていた。誰から話を聞いて作ったものかは分からないが、かなり正確なものだった。

刑事らしき男たちが家の周りから姿を消したのは、透馬が逃亡を図って二週間ほど経ってからだった。

それでも、透馬は家から一歩も出なかった。八重を尾行しても何の成果も上がらないから中止したようである。

或る夜、深夜に家に戻ってきた房太郎と酒を飲んだ。

彼が用意した酒はオールドパーだった。

「房太郎さん、財宝探しはどうなってるんです？」

「何の進展もない」

「有森たちの監視は続けてるんですか？」

「うん。幹夫は自動車修理の仕事があるから加われないが、俺と吉之助は、有森の監視にほとんどの時間を割いてる。有森の家には時々、仲間が集まっているが、何をしているのかは分からない」

「集まってくる連中の中にナチスの残党はいないんですか？」

「外国人の姿はないな」

「カウフマンの家はどうなんです？」

「吉之助に調べさせたが、家に戻ってる様子はない。と言っても、俺たちふたりで、二十四時間、奴らを監視することは不可能だから何とも言えないがな」

透馬は飲み干したグラスに自分で酒を注いだ。

房太郎が煙草に火をつけた。「あんた、こうなってもカール・シュミットのことを諦めてはいないんだな」

「諦めるどころか、その気持ちがさらに強まった。僕はいつかは捕まるでしょう。その前に奴を見つけ出したい」

「俺たちが探し出せればいいんだがな」房太郎が悔しそうにつぶやいた。

透馬は黙ってグラスを口に運んだ。

「有森の女房、心配してるだろうな」

透馬は恵理子に会いたかった。しかし、警察に追われている身である。下手な動きをすれば恵理子を巻き込むことになるかもしれない。

時間が経てば、警察の追及の手も緩むし、世間も、透馬のことなど忘れてしまうだろうが、今は静かにしているしかない。

「カール・シュミットを見つけ、仇討ちができたとしてだが、その後はどうするんだ。自首するつもりか」

透馬が短く笑った。「今の僕は何も考えられない状態です。カール・シュミットを見つけること以外は。それよりも、いつまでもあなたの厄介(やっかい)になるわけにはいかないですね」

「ここを出たって行く当てはないんだろう？」

「まあ、そうですけど」

「あんたのために、何とか偽(にせ)の運転免許証を手に入れようと思ってる」

「当てはあるんですか？」

「吉之助の知り合いの印刷屋は、戦争中、偽の書類を作るのを専門にしてた。そいつなら作れると思う。金はかかるが、その心配はいらん。でも、何であれ、あんたの面倒はすべて俺が見るから心配するな。今のところはここに隠れてるのが一番安全だよ」

その通りである。しかし、これから先、何もしないで、ずっとこの家の納戸に隠れているなんて耐えられない。

重く沈んだ胸に、透馬は酒を流し込んだ。

（九）

追われる身となって二ヵ月以上の月日が流れた。九月に入っても、うだるような暑さは続いていた。

偽造された免許証が手に入ったのは八月の終わりだった。

望田隆一。それが透馬の新しい名前だった。歳は二十九歳。坊主頭に顎鬚を生やし、素通しの眼鏡をかけている。以前の透馬とは風貌が大きく違っているので、余程のことがない限り、正体を見破られることはないだろう。

房太郎と八重は、近所の人たちに、透馬のことをシベリアから戻ってきた親戚だと言っていた。

たまに散歩に出かけたが、大半は八重に頼んで買ってきてもらった本を読んで過ごしていた。単調な生活。さすがに透馬は苛立ちを感じていた。

房太郎は、〝こくしょうかい〟の動きを調べていたが、何の進展もなかった。

カール・シュミットを見つけ出し、殺すという思いも、次第に薄れていった。

逃げ隠れしながら、一生を送るのかと思うと、重い疲れが全身を被った。

透馬の逃亡後、日本は大きく変わろうとし始めていた。朝鮮で起こった動乱が、想像もしていなかった事態を日本にもたらすことになったのである。

八月の終わりに、GHQは、在日兵站司令部を設置し、ドルによる買い付けを始めた。

それまで疲弊していた日本経済が、戦争によって好景気に転じたのである。

景気がよくなりつつあることが、透馬の人生に影響をあたえることなどありはしないから、透馬は遠い世界のことだと新聞を読みながら思った。

或る時、恵理子に最後に会った時、彼女が言っていたことを思いだした。

〝あなたとパリへ行きたいわね〟

〝まず日本を脱出して、そこからフランスに渡れないかしら。密航船で台湾辺りまで行って〟

日本を脱出する。パリに行けずとも、そうすることができれば、穴倉に隠れているような暮らしからは抜け出せるだろう。

恵理子を連れて外国に行く。可能性はほとんどないが、そのようなことを考えるだけで、気持ちが少し和んだ。

房太郎と飲んでいた時、透馬は冗談半分に海外に脱出できないものかと言ってみた。

「占領下だから、パスポートなんて役に立たないぜ。連合軍の軍司令部の身分証を持ってないと船には乗れないはずだ。それを偽造するのは不可能だな」

「漁船を装った密航船があるんじゃないんですか？」

「あるさ。だけど、中国から密航してきた奴はいるが、日本から、密かに出ていった人間がいたなんて聞いたことがないよ」そこまで言って房太郎が透馬を見つめた。「本気で日本を出ることを考えてるのか」

「このまま日本で逃亡者として暮らしていてもしかたがないと思って」

「密輪をやってる船にならなら、金さえ払えば乗れるかもしれないな」

「そういうことに関係してる人間を知ってます？」

「直接は知らないが、訊いてみることはできるよ。カール・シュミットのことは諦めたのか」

「諦めてはいませんよ。でも、今のところどこにいるのかも分からない。だから、逃げ出すことも考えるようになったんです」

「ここにいれば安全だ。余計なことは考えるな」

透馬は力なくうなずき、吸っていた煙草を消した。

「お前、有森の女房に会いたいんだろう？」

「ええ。でも、彼女に迷惑がかかるから連絡はできない」

「もうそろそろいいんじゃないか。世間は飽きっぽい。もうあんたのことなんか忘れてるさ。八重を使って連絡を取ればいい」房太郎の口許がゆるんだ。「なぜ、俺がそんなことを言い出したか分かるか？」

「いや」

「俺は、お前と有森の女房の惚れた腫れたには興味はない。恵理子って女は、俺たちに日那の動きを教えてくれてた、言わば内通者だ。だから、彼女が必要なんだよ」

「なるほど」

「カール・シュミットを見つけたいあんたにとっても、彼女の情報は大事だろうが」

「会うとしたらどこで？」

「ここしかないだろう」

警察が恵理子に目をつけている可能性はあるだろうか。おそらくそれはないだろう。だが、有森恭二に、自分と恵理子との関係がばれていたら面倒なことになる。

しかし、危険を冒してでも、透馬は恵理子の顔が見たかった。

家に電話をするのだったら、日曜日以外の午後が安全だろう。

九月下旬の月曜日、八重が公休を取るという。透馬は八重に恵理子に電話をするように頼んだ。

「透馬様のためなら何でもしますが、どんなことを話せばいいんですか？」

透馬は何を言ってほしいか教えた。

「今すぐにかけてみます？」

「そうしてくれ」

八重が茶の間を出、電話機のある場所に向かった。

透馬は八重の隣に立ち、固唾を呑んで電話が繋がるのを待った。

「有森恵理子さんですね……。私、貝塚透馬様の代理で電話をしています。今、ゆっくり話せますか？　……そうですか、じゃ、透馬様に代わります」

受話器を握った手が汗で濡れていた。「僕だよ」

「今、どこに？」

「それはおいおい教える。警察が来たりはしてないね」

「ええ」

「旦那に僕とのことがばれてもいない？」

「大丈夫よ。すぐにでも会いたいわ」

「今から出られる？」

「ええ。居場所を教えて」

透馬は一瞬黙ってしまった。

「どうしたの？」

「用心のために都電を何度か乗り換えろ。気になる人物がいたら、来なくてもいいから」

「で、どこまでいけばいいの？」

「神田須田町の停車場で降りろ。交差点に〝山路羅紗〟という生地屋がある。そこにさっき電話で話した人が迎えにいく」透馬は八重の特徴を教えた。

「私、緑色のスカートに白いブラウスを着ていくわ」

「三時半までに着くようにきてくれ」

「はい」

電話を切った透馬は八重に礼を言った。

「透馬様は、ここで待っているんですね」

透馬は首を横に振った。「須田町で、ふたりの様子を見てる。念には念を入れたいんだ」

「その方のこと信用なさってないの」

「信用してるさ。でも、旦那がなかなかの策士だから」

透馬は一刻も早く恵理子に会いたかった。そう思っている分だけ時間の進みが遅かった。

先に家を出たのは透馬だった。

須田町の交差点には多くの生地屋が店をかまえている。

〝山路羅紗〟の前に女の姿があった。緑色のスカートに白いブラウスを着ていた。

恵理子は周りに何度も目をやっていた。

反対側の歩道に立っている透馬には気づいていない。

　やがて八重が現れた。八重が恵理子に話しかけている。ほどなくふたりは歩き出した。怪しげな人物が後を尾けている様子はなかった。

　八重が恵理子を連れて家に戻った。それから五分も経たないうちに、透馬も玄関の扉を開けた。

　茶の間の前の廊下で足を止めた。八重の姿はなく、恵理子がひとりで卓袱台の前に座っていた。

　透馬を見た恵理子の目に驚きが波打っていた。

「僕と擦れ違っても、君でさえ貝塚透馬だとは分からないだろう?」透馬は目尻をゆるめてそう言った。

　八重が麦茶を運んできた。透馬は茶の間に入り、恵理子の前に座った。

　透馬と恵理子はしばし見つめ合っていた。

　会わなくなって三ヵ月も経っていないのに、二年も三年も顔を見ていなかったような気がした。

　八重が台所から顔を出した。「透馬様、私、買い物に行ってきます」

「八重、助かったよ、ありがとう」

　八重が小さく微笑み首を横に振った。

ほどなく買い物籠を手にして、八重が家を出ていった。

「会いたかったよ」透馬は目を合わせず、しめやかな声で言った。

「私も」

「新聞で読んだと思うが、僕はアメリカ兵を殺した。君にでもそのことは話せなかった」

「どうしてそんなことになったの？」

事件が起こった時の新聞には事情が載っていたが、透馬が犯人だと分かった後には詳しいことは書かれていなかった。

透馬は、何があったのかを詳しく教えた。

「じゃ、あなたが闘わなかったら、その女の人は……」

「強姦されていただろう。下手をしたら殺されていたかもしれない」

「そのアメリカ兵、日本人の敵ね。死んで当たり前だわ」恵理子が吐き捨てるように言った。

「まあそうだけど、僕が殺したことには変わりない。実はね、襲われそうになっていた女というのは、八重なんだ。須田町からここまで来る間に、八重は僕とどういう知り合いか言ってなかったか」

「いいえ、何も」

透馬は八重との関係を話した。「……八重と彼女の兄さんが、僕に恩義を感じ、匿ってくれてるんだ。僕は彼らに全幅の信頼をおいてる」

「で、これからどうするつもりなの？」

透馬は首を力なく振った。「この先のことは何も分からない。ただ当初の目的を果たせたらとは思ってる」

「当初の目的って、ご両親を殺したドイツ人を見つけること？」

「うん。家には相変わらず、旦那の仲間が来てるのか」

「時々ね。外国人からの電話もたまにだけどあるわよ」

「君の耳に入った話はあるか？」

恵理子が目を伏せた。「あなたのことが新聞に載ってからは、もうそっちのことには興味をなくしてしまったから、何も聞いてない。ごめんなさい」

「いや、いいんだよ」

「これからは、前と同じように探ってみるわ」

「そうしてくれ」

「でも、どうして逃げ隠れしなければならなくなったのに、問題のドイツ人に拘（こだわ）るの？」

透馬は煙草に火をつけ、遠くを見つめるような目をした。「復員したら、両親が殺されていた。実は、八重は、その現場近くにいたんだ。だから、どんな状況だったのかは或る程度分かってる。ナチスの残党が進駐軍に追われ、両親のいた山荘に逃げ込んだ。そして、逃げのびるために、残虐なやり方でふたりを殺した。借りは返したい」

「ということは見つけたら殺す気なの？」

透馬はまっすぐに恵理子を見つめ、大きくうなずいた。

「そこまでする必要はないでしょう？　警察に通報すればいいじゃない」

「連合軍の情報部に、匿名で情報を送ったが、何の動きもない。だから、自分でカタを付けたいんだ。八重の兄さんとその仲間は僕に協力してくれてる。彼らの力を借りて、どうしても奴を見つけ出したい」

「これからも私に会える？」

「君が逃亡犯人と会う気があればね」

「あるわよ。私、あなたが一緒に逃げようと言ったら、そうするわ」

「そこまで思ってくれてるのか」透馬は感極まって、目尻に涙が滲んだ。

「私の今の生活が幸福だと思う？」

「思わないが、僕と逃げたら、君も犯罪者になってしまう」

「逃げおおせればいいんでしょう」恵理子は事もなげに言った。「でも、今はあなたのために、主人のところにいて、情報を集めるわ」

「ありがとう。でも無理はするなよ」

「あなたとの連絡はどうすればいいの？」

透馬はこの家の電話番号を教えた。

「今、僕の名前は望田隆一だ。その名前を使ってくれ」

「何かあったらすぐに連絡するけど、何もなくても、会いたい。次はいつ会える？」

「いつでも」

「じゃ、一週間後にまたここに来るわ」

「来る前には必ず電話をくれ」

「分かった。午後一時頃に電話する」

「ところでジャックから連絡はないか」

「あったわ。あなたのことが新聞に載ってすぐに」

「奴は何を言ってきたんだ」

「あなたが殺人を犯したなんて信じられないって言ってた」

「他には？」

「私を慰めてくれた」

透馬は腰を上げ、恵理子に近づいた。そして、思い切り抱きしめた。恵理子は透馬の腕の中で小さくなっていた。

抱擁は長い時間続いた。透馬は何があっても恵理子を離したくないと強く思った。

玄関が開く音がした。八重だろうと思ったが、緊張が走った。

透馬は恵理子から離れた。

果たして茶の間に顔を出したのは八重だった。

恵理子が立ち上がった。「それじゃ、来週また来ます」

「待ってる」

恵理子は八重に礼を言い、去っていった。

「素敵な方ですね」八重がつぶやくように言った。

透馬は煙草に火をつけた。「彼女と会うのに、ここを使わせてもらうよ」

「もちろん、かまいません。あの方、本当に透馬様が好きなんですね」

「どうしてそんなことが分かる？」

「目を見れば分かります」八重がそう言いながら、顔を背け、手で口を押さえた。

「なぜ、泣くんだ」

「何となく切なくて」

「泣くな。涙は縁起が悪い」透馬は冗談口調で言った。

八重は謝り、台所に姿を消した。透馬には、八重の涙に混じった彼女の気持ちを理解できるはずもなかった。

（十）

透馬が恵理子と会った翌日の夜、ゴデーは錦織寿賀子の家にいた。

中西から緊急の連絡が入り、G2は、ゴデーと寿賀子を逮捕する予定らしいと言ってきたのだ。

ゴデーはソ聯代表部に電話を入れ、メンシコフに連絡を取ろうとしたが、メンシコフは不在だった。

「寿賀子、ともかくソ聯代表部に逃げ込むしかないな」

「助けてもらえても、生きていられるかどうか」寿賀子がつぶやくように言った。

ソ聯に送られた後、粛清される可能性はある。同志がそういう目に遭ったのを知っているから、ゴデーも不安だった。しかし、他に逃げのびる方法はない。

「必要なものだけトランクに詰めよう」

ゴデーと寿賀子は逃げ出す準備を始めた。

やっと荷造りができた時、ドアをノックする者がいた。

ゴデーはテーブルの上に置いてあったブローニングを手に取った。寿賀子はハンドバッグから小型のコルトを取りだした。

「どなた？」ゴデーが訊いた。

「私だ」

メンシコフのロシア語訛りの英語を聞いたゴデーはほっとしてドアを開けた。

メンシコフが、ゴデーが握っている拳銃に目を向けた。

「そんなもの仕舞え」

ゴデーはズボンのベルトに拳銃を差し込んだ。

「俺たちの逮捕が迫ってるらしい」

「だから、助けにきた。君たちに捕まってもらっては困るから」

「どこに逃がしてくれるの？」寿賀子が訊いた。

メンシコフは答えなかった。

「私はパリに戻りたい」ゴデーが言った。

「ソ聯代表部にしばらくいてもらう。荷物はそれだけか」

ゴデーが黙ってうなずいた。

「車を少し離れた場所に停めてある。そこまで来てくれ」

メンシコフはそう言い残して先に家を出ていった。

ゴデーはトランクを持ち上げた。その時、背後でドアが開く音がした。

ふたりの男が立っていた。両方の手に拳銃が握られていた。

「メルド（クソ）！」

ゴデーがフランス語でわめき、ベルトに挟んであったブローニングを抜こうとした。

しかし、遅かった。

銃声が重なり合うようにして聞こえた。寿賀子が俯せに倒れるのが目に入った。

ゴデーは自分の腹を触った。手に血がべったりとついた。

ゴデーはブローニングをやっと握ることができた。しかし、引き金を引くことはできなかった。ゴデーは足許から崩れるようにして、床に倒れた。

気が遠くなっていく。その時、なぜかナタリーの笑顔が目に浮かんだ。

もう一発銃声が轟いた。

ゴデーはもう何も分からなくなった。

（十一）

透馬が、パスカル・ゴデーと錦織寿賀子の射殺事件を知ったのは、翌々日の朝、新聞を開いた時だった。

手広く商売をやっていた錦織寿賀子の家は荒らされていた。警察は強盗殺人事件だと決めてかかっていた。

房太郎はすでにその新聞を読んでいるはずだが、何も言わなかった。その時、まだ八重が家にいたからである。

八重が出勤した後、透馬が口を開いた。

「新聞、読んだでしょう？」

「強盗殺人じゃないな」

「僕もそう思います」

「連合軍の情報部がやったと思うか？」

透馬は首を横に振った。「連合軍が彼らを殺す理由はない。捕まえて情報を取ろうとするのが普通でしょう。ソ聯側が邪魔になったふたりを殺した気がします。ゴデーは連合軍の情報部に目をつけられていたようですから」

「口封じか」

「多分」

「これでソ聯側の財宝探しは頓挫したとみていいだろうな」

透馬はそれには答えなかった。他のことを考えていたのだ。

パスカル・ゴデーことアラン・ランベールの死に、自分は間接的にだが関係していた。ジャックが情報部員だとも知らず、ゴデーのことを教えたことがきっかけで、ゴデーは目をつけられたのだから。

ソ聯のスパイだったゴデーが悲惨な末路をたどってもしかたのないことなのだろうが、アラン・ランベールは、透馬たちのフランス語の先生、ナタリーの夫である。そんな人物を、ジャックと自分で死に追いやったようなものだ。

やりきれない気分が胸を被った。

恵理子と会う日がやってきた。しかし、午後一時を回っても、彼女から連絡はなかった。こちらから電話をするのは憚られた。落ち着かず、透馬は家の中を歩き回ったり、寝転がったりしながら時間を潰した。しかし、恵理子からは電話もなく、日が暮れても姿を現さなかった。

何かあったに違いない。

翌日の午後、思いきって電話をしてみた。誰も出なかった。翌々日も同じだった。

透馬は、家に戻ってきた房太郎に、話があると言った。房太郎は彼の部屋に透馬を連れていった。

「彼女のことだな」房太郎が小声で言った。

「今日も連絡が取れない。僕と一緒にいたことが、旦那にばれたのかもしれない」

房太郎がじっと透馬を見つめた。「で、どうしたいんだ?」

「有森恭二の家に忍び込んで、恵理子が家にいるかどうか確かめたい」

「いなかったらどうするんだ?」

「有森がどこかに隠したに決まってる。有森を締め上げて居場所を訊き出す」

「訊き出してどうする?」

「そんなこと訊くな。先のことなんか考えてる暇はない」

「家に幽閉されているだけかもしれないぜ。それでも、家から連れ出す気か」

「ともかく無事を確かめたい」

「あんたが恵理子さんを探してることが、有森に分かったら、逃亡したあんたと彼女が連絡を取り合ってることがばれてしまうぞ」

「そうなったらどんなことをしてでも連れ出す」

房太郎が眉をゆるめ、小馬鹿にしたように笑った。「そこまで熱い想いを抱いてるとはな。俺も女に惚れたことはあるが、そこまでの情熱を持ったことはない」

「馬鹿げてるとは思うが、居ても立ってもいられないんだ」

「俺に協力してほしいんだな」

「嫌なら断ってくれていいです。ひとりで忍び込んでみるから」

「明日の午後、やろう。中に入れたら、ついでに俺は、家の中を探ってみる。何も出てこないだろうけどな」

「世話になりっぱなしで申し訳ない」

「いいってことよ。あんたは妹の命の恩人なんだから」

透馬は礼を言い、房太郎の部屋を出た。

（十二）

房太郎はすぐに吉之助に連絡を取り、明日の計画を教えた。

電話を切ってから茶の間に入った。八重が編み物をしていた。

「何を編んでるんだい？」房太郎が訊いた。

「マフラーよ」

「冬はまだまだ先じゃないか」

「気持ちが落ち着くから編んでるの」

黒とグレーの毛糸が手際よく編まれていく。

「男物だな」

八重がうなずいた。「寒くなったら透馬様に使ってもらおうと思って」

「八重、諦めろ」房太郎は教え諭すような口調で言った。

八重は兄を睨んだ。「何を諦めるの？」

「俺には分かってる。お前は透馬に惚れてる」

八重の手が止まった。「変なこと言わないで」

「透馬が恵理子という女にぞっこんなのは分かってるだろう？　お前がどんなに透馬に尽くしても報われることはない」

「兄さん！」

「声が大きい」

「私が透馬様に尽くす理由は分かってるでしょう？　私、透馬様と恵理子さんに幸せになってもらいたいのよ」

「お前はいい子だ。そして大嘘つき」

房太郎は、八重が不憫でならなかったが、こればかりはどうしようもない。華族制度が廃止されても、透馬は子爵の息子である。使用人だった八重には届かぬ存在なのだ。

「兄さん、さっきの電話がちょっと聞こえたけど、透馬様のために何かやるの？」

「もしかすると恵理子という女がここで透馬と暮らすことになるかもしれない」

「恵理子さん、家を出るのね」

「まだどうなるかは分からないが、その可能性はある」

「恵理子さんがここで暮らすようになったら、私がちゃんとお世話するわ」

八重は編み物に戻った。

房太郎は茶の間を出た。肩越しに八重を見ると、編み物をする手が止まっていた。

翌日、房太郎は透馬と共に家を出た。どんよりと曇った陰気な日だった。

手筈通り、吉之助が幹夫のダットサンを昭和通りに面した山梨中央銀行の前に停めていた。

透馬が後部座席に、房太郎は助手席に乗った。

有森恭二の家は本郷にある。

ダットサンは万世橋の交差点に出、松住町を通り、目的地を目指した。

有森恭二の家はそれほど大きくはない。板塀の向こうに松の木が見えた。

家を出る前、電話を鳴らし、誰かいるかどうか確かめてあった。

昼間である。お面を被るわけにはいかない。念のために玄関の引き戸を叩いた。返事はない。

錠前を破るのは吉之助の仕事である。房太郎と透馬は、作業をする吉之助の後ろに立ち、人に見られないようにした。

鍵はすぐに開いた。素早く中に入る。土足のまま中に進んだ。玄関の左側のドアの向こうが応接間だった。手分けして、一階の部屋を調べた。一階には六畳の茶の間の他に八畳と六畳の部屋があった。台所や浴室も覗いてみたが、一階には誰もいなかった。

二階に上がった。三部屋あった。一番奥の部屋が、有森の書斎のようだ。

透馬が書斎に入ってきた。「恵理子はどこにもいない」

「あんたの勘は当たってたようだな。彼女はどこかに連れて行かれたらしい」

「有森を捕らえ、居場所を吐かせるしかないな」

「夜になったら、もう一度ここに来よう」

「うん」

「さて、家捜しをしてみるか」

房太郎は書斎机に近づいた。吉之助と透馬は書棚を漁り始めた。

一時間以上、書類などを調べたが何の成果も上げることはできなかった。

「期待はしてなかったが、何も出てこない。そろそろ引き揚げよう」

房太郎を先頭に一階に降りた。

ふと廊下に置かれた電話が目に入った。電話を載せた台は、下の部分が棚になっていた。

電話帳が目に入った。電話帳は戦争があったせいでずっと出ていなかったが、一昨年になってやっと発行された。

房太郎は電話帳を開き、ぱらぱらと捲ってみた。偶然、鉛筆で線が引かれている箇所が見つかった。

榎本自動車。溜池にある会社だった。溜池には自動車販売会社がたくさんある。おそらく、榎本自動車もそのひとつだろう。

さらにページを繰ってみた。

前島モータースというところにも線が引かれていた。住所は溜池町ではなかったが、その近くだった。

他にも自動車販売会社らしき会社に線が引かれている。

「おい」房太郎が大声を出した。

「どうしたんだい」吉之助が房太郎を覗き込むようにして訊いた。

「カウフマンの家でこんな話を聞いたのを覚えてるか。竹松は車を持っていたが、竹松が死んだ後、女房が売ってしまったって誰かが言ってたよな」

吉之助がうなずいた。「確かに、そんな話を聞いたな」

「俺たちが軽井沢の山荘で見つけた番号、あれは車に関係してるものじゃないのか。車台番号とかエンジン番号とか」

「なるほど」

「この電話帳には鉛筆で線が引かれてる箇所がいくつかある。それらのすべてが、自動車屋だ。有森は、竹松の持ってた車を探してる気がする」

「車台番号やエンジン番号だけじゃ、車種は分からないだろう」透馬が口をはさんだ。

「有森が連絡を取った自動車屋を訊き回れば、分かるかもしれない」

そう言ってから、房太郎は線の引かれた自動車屋の電話番号と住所をメモした。

有森の家を後にした房太郎たちは、三崎第一自動車に向かった。

幹夫はラ・フィアットという戦前の車の修理を行っていた。

房太郎は幹夫を呼んで二階の事務所に入った。そして、有森の家での収穫を幹夫に教えた。

「そうか。車に関する番号ね。俺は馬鹿だな。車と毎日接してるのに、そのことに気づかなかったとは」幹夫が短く笑った。

「まだ車台番号やエンジン番号とは決まってはいないがほぼ間違いないだろう。軽井沢の山荘に溶接の道具があったよな。鉄の箱か何かに財宝を隠し、蓋を溶接し、車のどこかに据え付けたと考えると何となくしっくりくる」房太郎の目に自信が漲っていた。

「さっき自動車屋を回ると言ってたが」吉之助が口をはさんだ。「そんなことをしなくても、今夜、有森を捕まえれば訊きだせるんじゃないのか」

「それはどうかな。奴はしゃべらんだろうし、こっちが車に目をつけたことがばれてしまう。密かに自動車屋を調べる方が安全だ。締め上げて吐かせるのは、恵理子さんの居所だけにしたい」

幹夫が怪訝な顔をした。「何の話をしてるんだ」

「有森の妻が行方不明なんだ」そう言ったのは透馬だった。

「付き合ってる女のためか」幹夫が目を瞬かせた。「俺には信じられねえよ。あんたは追われてるんだぜ」

「このままにしておくわけにはいかない」透馬は強い口調で言った。「幹夫、お前はこの件には参加しなくていいよ。有森を捕らえるだけだから、三人で十分だ」

吉之助が房太郎に目を向けた。「何時頃にやろうか」

「午後八時頃でいいだろう。有森が家に戻っていれば押し入るし、帰ってなければ中で待ち伏せする」

幹夫が仕事に戻った後、房太郎たちは事務所でトランプをやりながら時間を潰した。

「竹松の車は今誰の手にあるのかな」吉之助がカードを切りながら口を開いた。

「誰が乗っていようが、俺たちが手に入れる」房太郎が力をこめて言った。

（十三）

房太郎がお面と拳銃、そして懐中電灯を用意した。透馬は三十八口径のオートマチックを懐に収めた。三崎第一自動車を出たのは午後七時半頃だった。

有森の家には灯りはなかった。

ダットサンを有森の家から少し離れた場所に停めた。そして、徒歩で家に近づいた。木陰に隠れ、お面をつけた。玄関の鍵はかかっていた。昼間同様、吉之助が開けた。

家は静まり返っていた。

有森も姿を消したのかもしれない。透馬はちょっと不安になった。

じりじりと時間がすぎてゆく。

一時間半ほど経った時、表で車が停まる音がした。

透馬は、玄関脇の部屋に隠れ、房太郎と吉之助は廊下の向こう側の茶の間に姿を消した。

玄関の鍵が開けられる音がした。

廊下が軋んだ。透馬は鍵穴から様子を見ていた。黒っぽい背広を着た男が茶の間に通じる襖を開けた。

「何だ、お前らは」男が怒鳴りつけた。

透馬が拳銃をかまえて部屋から飛び出した。

有森恭二が後ろを振り返った。

「手を上げて、中に入れ」

有森は言われた通り、茶の間に歩を進めた。

部屋の電灯は消されたままである。吉之助が有森の顔を懐中電灯で照らした。

「壁際に座れ」そう命じたのは房太郎だった。「〝金色夜叉〟か、それともそのまがい物か」有森の声に動揺は感じられない。

「早く言われた通りにしろ」房太郎が続けた。

有森は壁を背にして腰を下ろした。

「俺を脅しても財宝の在処なんか分からんぞ」

「女房はどうした？」透馬がやや間をおいて訊いた。

「旅行中だ」

「女房の居場所を教えろ」

そう言った透馬を、有森が見つめた。「お前は貝塚透馬だな」

「なぜ、そう思う？」

「お前と、俺の女房は密通してた。そうだろうが」

やはり、自分を捕らえた男たちと恵理子は会ってしまったらしい。

「怒り狂って殺してしまったのか」房太郎が言った。

「まさか」

透馬は有森に近づき、こめかみに銃口を突きつけた。「じゃどこにいる」

「貝塚、お前は恵理子をどうしたいんだ」

「俺は彼女に会いたい」

有森が短く笑った。「お前は警察に追われてる。そんな人間と一緒にいたら恵理子がどうなるか。お前は恵理子を不幸にしたいのか」

「ともかく恵理子が無事かどうか、この目で確かめたい」

有森が手で口の辺りを撫で、長い溜息をついた。「恵理子はお前と通じ合って、お前たちの財宝探しの片棒を担いでたらしいな」

「財宝の件は、恵理子は何も知らない」

「そうは思ってない連中もいる」

「どういう意味だ」

「恵理子は俺でも手を出せない状態にある」

「詳しく話してみろ」

「恵理子がお前と一緒だったことを問題にしてる連中がいるんだ」

「〝こくしょうかい〟の人間の他に、ナチスの残党も絡んでるのか」

「彼らが恵理子を連れていった」

透馬が銃を握り直した。「お前は女房を守らなかったのか」

「俺は組織の命令に従うしかなかった」

「〝こくしょうかい〟の代表はお前の親父じゃないのか。親父まで、お前と嫁を引き離すことに賛成したっていうのか」

「ああ。親父は前々から恵理子をよく思ってなかった。離婚しろとまで言われたことがある」

「俺との関係を知るために、恵理子を拷問したんじゃないのか」

「それはない。軟禁されてるだけだ。しかし、これからどうなるかは分からない」

「つまり、殺される可能性があるってことか」と房太郎。

「貝塚、俺は恵理子が好きだ。だから、お前が憎い。お前さえ出てこなければ、こんなことにはならなかった」

「愚痴を聞いてる暇はない。お前だって彼女を助け出したいんだろう?」

有森が透馬を見つめた。訴えかけるような目だった。「何とかしたいさ」

「軟禁されている場所を俺たちに教えろ。必ず助け出してみせるから」

「その後は、お前と逃避行か」

「ここには戻れないだろうが」

「………」

「彼女に死んでもらいたいのか」透馬が声を荒らげた。

「彼女はどこだ」房太郎が有森に迫った。

有森が項垂れ、か細い声で言った。「赤坂の教会の地下にいる」

「見張りは何人だ」透馬が訊いた。

「ふたりだ」

「お前、女房に会うことはできるんだろう?」透馬が続けた。

「ああ」

「神父やカウフマンはあの教会にいないのか」

「神父はいる。カウフマンは時々顔を出すだけだ」

「カール・シュミットは?」

「奴もたまにやってくる。あいつが一番、凶暴だ」

「ってことは、奴が恵理子を殺したがってるということか」

「お前との絡みもあるからね」

「有森、俺にカール・シュミットの居場所を教えろ」

「俺は知らない」

房太郎が有森の横に立った。「今からお前を連れて教会に行く。お前は俺たちに脅かされて連れて来られたことにすれば、後々問題は起こらないだろう。さあ、立て」

有森は言われた通りにした。有森を先立てて、透馬たちは家を出た。

ダットサンのハンドルを握るのは吉之助。助手席に透馬が乗った。後部座席に乗せられた有森の脇腹に房太郎が拳銃を突きつけている。

ダットサンが走り出した。

「有森、竹松の財宝がどこに隠されているか掴んだか」房太郎が淡々とした調子で訊いた。

「分からんが、知っていてもお前らに教えるはずはないだろう」

「あんたの女房のことがなければ、あんたを締め上げて、知ってることを吐かせるところなんだがな」房太郎が残念そうに言った。

赤坂の教会に着いたのは午後十一時少し前だった。

有森は教会の裏に回った。有森が裏切る可能性がないとは言えない。透馬は有森にぴったりと寄り添い、注意深く彼の様子を見ていた。

裏に階段があった。階段の周りにはシラハギが風に揺れていた。

階段を降りきったところに木製のドアがあった。有森がノックをした。しかし、反応はなかった。今度は房太郎がドアを叩いた。

中で人の気配がした。

「誰だ？」

「有森だ。女房に話がある」

鍵が開けられる音がした。

ドアが内側に開いた。瞬間、房太郎が中に飛び込み、ドアを開けた男の襟首（えりくび）を捉え、首筋に銃口を突きつけた。その男は、警官を装って透馬を車に乗せた下駄のような四角い顔をした人物だった。

有森が透馬の手を振り払おうとした。しかし、透馬に押さえ込まれてしまった。奥からもうひとり男が現れた。手に拳銃を握っている。猪首の男。拉致した透馬の腹を蹴った奴である。

「銃を捨てないと仲間が死ぬぞ」房太郎が声を殺して言った。

男は呆然としてその場に立ち尽くしていた。

「奴らの言う通りにしろ」

有森の命令に従い、男が銃を床に捨てた。

「跪（ひざまず）け」そう言ったのは吉之助だった。

吉之助はまず奥から出てきた男を縛り、猿ぐつわをかませた。それから、房太郎が押さえていた男を同じように身動きが取れないようにした。

廊下の向こうにドアがあった。有森を房太郎に任せた透馬は、ドアを開けた。

簡易ベッドが置かれ、電話が引かれていた。この地下室はナチスの残党のアジトとして使われているのだろう。

「恵理子、どこにいる？」透馬が声を殺して呼びかけた。

「ここよ」

右奥のドアの向こうから声がした。透馬はその部屋に飛んでいった。ドアノブを回したが開かなかった。

透馬は廊下に戻り、縛り上げられている男たちに訊いた。「奥の部屋の鍵は誰が持ってる」

猪首の男が四角い顔の仲間に目を向けた。

透馬が四角い顔の男のズボンのポケットを探った。鍵が一本出てきた。

「これか」

四角い顔の男がうなずいた。

急いで戻り、部屋の鍵を開けた。

恵理子は縛られたりはしていなかった。部屋の中央に立ち尽くしていた。

透馬は恵理子のところまで飛んでいき、強く抱きしめた。お面が邪魔だったが取るわけにはいかなかった。

「さあ、行くぞ」

背後で房太郎の声がした。
恵理子の手を取り部屋を出た。
有森は縛られ、猿ぐつわをかまされ、ベッドの上に仰向けに寝転がっていた。
有森がうめいた。恵理子としゃべりたいらしい。目が哀れだった。
恵理子が有森に近づき、深々と頭を下げた。
透馬たちは恵理子を連れ、外に出た。
「俺の家に」房太郎が吉之助に言った。
車中、誰も口をきかなかった。
房太郎の家に着いたのは午前零時少し前だった。
去ろうとした吉之助に透馬が礼を言った。
八重が迎えに出てきた。
「八重、恵理子さんもここで生活する。必要なものを用意してくれ」
「はい」
透馬たちは茶の間に入った。
透馬は房太郎のことをきちんと恵理子に紹介した。
八重が寝間着やタオルを茶の間に持ってきた。

「後は俺がやる。お前は寝てていい」房太郎が八重に言った。

八重は不満そうな顔をしたが、兄の言いつけに従い、姿を消した。

房太郎がビールを用意した。

房太郎と透馬は呷るように飲んだが、恵理子は少し口をつけただけだった。

透馬が恵理子を見た。「大体のことは分かってるが、何があったんだ」

「あの地下室にいた男たちが、家に来たの。それで私があなたといたことがばれてしまった。主人が激怒して、私に平手打ちを食らわせたわ」

あのふたりの男が、〝こくしょうかい〟の幹部とナチスの残党にそのことを知らせた。夫の恭二は、妻のことだから自分に任せてくれと懇願したが、聞き入れてもらえず、恵理子はあの地下室に軟禁されたのだという。

「……あなたとの関係をしつこく訊かれたし、あなたが逃亡してからも密会していただろうと責め立てられたわ。でも、私は、あなたが逃げてからは会ってないと言い通した」

房太郎が煙草に火をつけた。「拷問にはかけられてないんだね」

「そういう目には遭ってません」そこまで言って、恵理子が透馬に目を向けた。「あなたの探してるカール・シュミットを見たわ。彼はわざわざ私の顔を見に来て、〝貝塚の女か〟と訊いてきた。それから〝貝塚はいずれ死ぬ〟って笑ってた。私も殺す気かって訊いたら、

〝一緒に死にたいか〟って平然として言ってたわ。その時、私、どの道殺されると思った」

透馬の顔が歪んだ。カール・シュミットは逆恨み(さかうら)し、殺られる前に、透馬を殺してしまおうと考えているのはほぼ間違いないようだ。

「あの地下室には、他にどんな連中が顔を出してた？」房太郎が訊いた。

「ドイツ人がふたり。ひとりはあの教会の神父よ。私に質問を浴びせかけたのは彼らだった」

「日本人は、あそこにいたふたりだけか」と透馬。

「私が見たのは、あのふたりだけ。でも、昨日、電話がかかってきて、カール・シュミットが誰かと話してた」

「ドイツ語で？」訊いたのは房太郎だった。

「日本語だったから、ドアに耳をつけて聞いてた。カール・シュミットは東京を出て、京都に移るみたい。五辻通(いつつじどおり)って分かる？」

透馬は首を横に振った。

「カール・シュミットは相手の言ったことを反復してた。五辻通にある〝丸富(まるとみ)〟って道具屋が新しい住まいになるみたい。その道具屋は潰れて、誰も住んでないようよ」

「いつ頃、移るか言ってなかったか？」

「十月十五日の日曜日よ。それまでは大阪にいるらしい。けど、大阪のどこにいるかは話してなかった」

透馬は険しい顔をしてビールを口に運んだ。五辻通がどの辺りなのかは分からなかったが、本屋に行って調べれば、すぐに突き止められるだろう。

十五日の夜までに透馬は京都に入ることに決めた。

カール・シュミットを仕留めた後、どうするか。ここに戻ってきてもいいが、恵理子のこともある。いつまでも房太郎の世話になっているわけにはいかないだろう。

「恵理子、これからも僕と一緒に行動するつもりはあるか」

恵理子が薄く微笑んだ。「私も、もう行き場がないわ」

「でも、一生、逃げ回らなければならなくなるよ」

「日本を脱出できればいいんだけど」

房太郎が短く笑った。「ふたりは同じようなことを考えてるんだな」

「房太郎さん、密航を手助けしてくれる人間を本気で探してほしいんですが」

房太郎がちらりと恵理子を見た。「彼女はあんたがやろうとしてることを知ってるのか」

透馬は黙ってうなずいた。

「親の仇を取ってから、ふたりで日本を離れる気なんだな」

「それが一番でしょう」

「知り合いに訊いてみるが、うまくいくかどうかは分からない」

「ともかく、やってみてください」

「でも、お金はどうするの？」恵理子が口をはさんだ。

「その心配はいらない。この男の面倒は俺がすべてみることにしてるんだから。話は変わるが、恵理子さん、奴らは車の話をしてなかったか？」

「車？」

「実は、あんたの旦那たち、つまり〝こくしょうかい〟は、フランスからナチスが略奪した財宝を探してる。その財宝が或る車の中に隠されている可能性が出てきた」

「車の話なんて聞いてません」

「そうか。だったらいいんだ」

恵理子が怪訝な顔をした。「佐々木さんは、どうしてそんなことが気になるんです？」

「俺たちもその財宝を狙ってるからだよ」房太郎はあっさりとした調子で言った。「さて、そろそろ寝るか。恵理子さんは、この隣の部屋を使ってくれ」

「私、透馬と一緒にいます」

「あの狭い納戸でふたりで寝るのか」

「駄目ですか？」

「駄目じゃないけど……。まあ、いいか。どうせくっついて寝るんだからな」

透馬は恵理子に洗面所の場所を教え、先に納戸に入った。ほどなく寝間着に着替えた恵理子がやってきた。

何とかふたりとも横になれた。

「あなたが助けにきてくれるとは思ってもいなかった」

「君が約束を破るはずはないから、何かあったと思い、君の家で旦那の帰りを待ってたんだ。どんなことをしてでも、君の居場所を吐かせようと思ってたが、案外、簡単に教えてくれたよ。彼も、君を助け出したかったんだ。自分の不甲斐なさで、女房が軟禁されてしまったんだからね。彼は、君が好きだと言ってたよ」

「好きでもない人と一緒になった私が一番悪いのよ」恵理子が力なくつぶやいた。

「これからもきついぞ」

「覚悟はできてるわ。絶対に日本を出て、最後にはパリに行きましょう」

「うん」

透馬は恵理子をしっかりと抱きしめた。

（十四）

翌日の午前中、房太郎は新宿にいた。久しぶりに日高多美夫に会いにいったのだ。日高組は今は日高興業に名前を変え、いくつかのバーやダンスホールを経営し、雑貨の輸入も行っている。多美夫は、望んだ道を着々と進んでいるのである。

社長室に通された。

「よう、佐々木さんじゃないか。連絡がないからどうしてるかと思ってたよ」

多美夫はまだ三十を越えたばかりなのに、太ったこともあって、押し出しのいい男になっていた。

女子社員が茶を運んできた。

「押しも押されもせぬ実業家になったな」

「まだまだだよ」多美夫は三つ揃いの襟を撫でながら笑った。

「今日はちょっとした頼み事があってきたんだ」

「キナ臭い話はごめんだよ」

「そう言わずに聞いてくれ」

多美夫は煙草に火をつけた。「ともかく話してみてくださいよ」

房太郎は、密かに外国に出たい男女がいることを話した。「……あんたの知り合いにだったら、密航を手助けしてくれる人間がいると思って、出向いてきたんだ」

「まさか逃げ出すのはあんたじゃないだろうな」

「俺は死ぬまで日本にいるよ」

多美夫は顎を引き、房太郎を見つめた。「今の俺は、昔の俺じゃない」

「それはよく分かってる。だけど、恩義のある人間が訳があって、日本にいられなくなった。だからあんたの力で何とかしてやってほしいんだ」

「どこに逃げたいんだ」

「どこでもいいんだ」

「密航船を取り仕切ってる人間を見つけるのは、俺でも難しい」

「密輪をやってる船はあるだろう。そういうのに乗せてもらってもかまわない。顔の広いあんただから、何とかなるだろうが」

「もうそういうことには関わり合いたくないね」

「当てはあるんだな」

「俺が口をきいたら、嫌とは言えない連中が何人もいる」多美夫が自慢げに言った。「だが、金がかなりかかるぜ」

「そっちの心配はいらない」

多美夫がふうと息を吐いた。「佐々木さんの頼みじゃ断れんな。当然急いでるんだろうね」

「できるだけ早い方がいいが、十月十五日までは身動きが取れないようだ」

「分かった、何とかしてみる。だが、確約はできないぜ」

房太郎は黙ってうなずいた。

「段取りがついたら、あんたの事務所に電話する」

「やっぱり、あんたに頼んでよかった」

「ところでまだあんたは洋服の仕事をしてるのか」

「ああ」

「朝鮮での戦争で景気がよくなってる。俺もそれに乗っていこうと思ってる。あんたも少しは考えたらどうだい？」

「いい話があれば、俺にも回してくれよ」

「前から言ってるが、俺の右腕になってくれ」

「食い詰めたら拾ってもらうよ」

「食い詰めるような奴とは組まねえよ。運が落ちるから」

房太郎はにやりとして日高興業を後にした。

その足で向かった先は溜池だった。

有森の家の電話帳で知った自動車販売会社を回り、竹松虎夫の妻が売った車についての情報を得ようとした。しかし、何の収穫も得られなかった。

こうなったら東京にある自動車販売会社を片っ端から回るしかないだろう。手間のかかる作業だが、吉之助と手分けして調べることにした。

（十五）

透馬と恵理子は房太郎の家に隠れ潜んでいた。透馬は本屋に行き、京都の地図を手に入れた。八重は恵理子の面倒をよく見てくれた。化粧品だけではなく服やバッグも彼女が買いそろえてくれた。

八重に頭を下げた恵理子が言った。「お金は、いつか必ず返します」

「気にしないでください」

金の出所は房太郎に決まっている。何もできない自分に透馬は苛立った。

どんどん日が流れていった。

透馬は十五日に京都に向かうことに決めた。

そんな透馬に吉報がもたらされたのは出発の前日の夕方だった。

家に戻ってきた房太郎が、透馬と恵理子を彼の部屋に呼んだ。

「透馬、密航できる船を見つけたぞ」

「どこまで行けるんですか？」透馬は前のめりになって訊いた。

「台湾まで。十月二十日の午前中に長崎にある小さな漁港から船は出る。沖合で台湾の船に乗り換える手筈も整ってる。長崎であんたらの面倒を見てくれる人間がいる」房太郎はそこまで言って、メモを透馬に渡した。

そこには名前と連絡先が書かれてあった。

「ありがとう。房太郎さん」透馬は深々と頭を下げた。

「ただし予定変更はなしだぜ。あんたがカール・シュミットを逃しても、その船には必ず乗れ。約束を反故にされたら俺の顔が立たないから」

「分かりました。カール・シュミットを殺れなくても、船には乗ります」

房太郎がちらりと恵理子を見た。「京都には恵理子さんも連れていくのか」

「もちろん、そのつもりです。事がうまくいこうがいくまいが、二十日までには長崎に必ず入ります。で、お金はいくらぐらいかかったんですか？」

「また金の話か。くどいぜ。今のあんたに金の用意はできないんだから、聞いてもしかたないだろうが」

そう言いながら房太郎は卓袱台の上に小振りの鞄を置いた。

「中に茶封筒がふたつ入ってる。薄い方が、メモに書いておいた男に渡す金だ。もうひとつは、餞別（せんべつ）だと思って受け取ってくれ。餞別の方はドルだから、どこでも使える。それから拳銃も一丁入ってる。三十八口径のオートマチックのコルトだ。七発装弾してあるが予備の弾はない。七発もあれば、撃ち損じることもないだろうがな」

「……そうか。よくやった……。まだ先はあるが、何とかなるさ」

透馬が礼を言おうとした時、電話が鳴った。房太郎が部屋を出ていった。

房太郎の興奮した声が聞こえてきた。

ほどなく房太郎が部屋に戻ってきた。

「吉之助からの電話だったんだが、問題の車の種類が分かったぞ」

「何ていう車なんです？　フォード、それともクライスラー？」

「いや。ＭＧＴＣってスポーツカーだ」

「ＭＧＴＣ」透馬の顔色が変わった。

「日本では滅多に走ってない車だから、持ち主を見つけるのは難しくないだろう」

「房太郎さん、僕が多摩川の元レース場でレースをやったのを覚えてますか？」

「ああ。あんたのパリ時代の友だちの日系アメリカ人の車を借りてやったんだよな」

「その車がＭＧＴＣなんです」

「何だと！　すぐに調べてみよう。車はどこに停めてあるんだ」

「ちょっと待ってください。まだ、友人の車だとは決まってないでしょう」

「まあそうだけど」

「どのようにして竹松が持っていた車がＭＧＴＣだと分かったんです？」

「竹松の女房は竹松が死んだ後、横浜の自動車販売会社に車を引き取らせた。吉之助は溜池にある会社を順番に訪ね、竹松虎夫が所有してた車を扱ったことはないか訊いて回った。その中の一社の社員が、以前、横浜にある会社で働いていて、竹松と名乗る女の車を扱ったって言ったそうだ。それがＭＧＴＣって車だった」

「その後、車はどうなったんです？」

「アメリカ人の軍属が買った。買った相手の名前はリー・ウイリアムスだそうだ」

「じゃ、リー・ウイリアムスって男が持ってるんじゃないんですか？」

「もちろん、その可能性が一番高い。だから、そっちの方を調べるつもりだよ。だけど、リー・ウイリアムスって奴から、あんたの友だちの手に渡ったかもしれないじゃないか」

ジャックは、本国に帰ることになったアメリカ人から手に入れたと言っていた。

ジャックのMGTCが問題の車なのかもしれない。溶接したような跡があったろうか。まったく不自然なところはなかったような気がするが。

「透馬、その車を停めてある場所を教えろ」

「財宝がその車に隠されていたとしても、もうどこかに移されてしまってるかもしれないな」透馬がつぶやくように言った。「この話はしてなかったですが、所有者のジャック寺内は連合軍の情報部の人間なんです」

「民間人だって言ってたじゃないか」

「装ってただけなんです。僕も騙されてた」

房太郎の眉根が険しくなった。「情報部の人間が、民間人に成りすまして何をしてるんだ」

「ソ聯のスパイの動きや〝こくしょうかい〟の活動を調べてる。ジャックがあの車を手に入れた後、溶接された箇所を見つけ調べた可能性はありますよ。そこから財宝が出てきたとすれば、ジャックは情報部に知らせているはずです」

「気づいてないってこともあるじゃないか」

「ジャックの車を調べ、車台番号やエンジン番号が合えば盗む気ですか？」

「盗むというよりは一時、借りると言った方が正確だろう。調べがすんだら、どこかに放置するんだから」

「房太郎さん、今から僕がジャックに会いにいきます」

「ジャックに会ってどうするのよ」それまで黙っていた恵理子が口を開いた。「警察に通報されるに決まってるわ」

「そんなことはしないと信じてる。僕は日本を離れる前に、ジャックと話したい」

「何を話すのよ。危険なことは止めて」恵理子が必死で止めにかかった。

「もう二度と会えないだろうから、会いにいく」透馬はきっぱりと言ってのけた。

「車はどうする？　あんたが盗むのか」房太郎が訊いてきた。

「番号を調べて一致したら、僕が三崎第一自動車に運びます」

「あんたに車を盗む腕はないだろうが」

「奴に頼んで車は僕が借ります」

房太郎の顔が歪んだ。「相手が貸してくれるはずはないよ」

「やってみます。駄目だったら、後はあなたに任せる」

「無茶よ、そんなの」恵理子の声が上擦（うわず）っていた。「彼はあなたを裏切ってた人間よ。信用できない」

房太郎が透馬を見た。「裏切ったってどういうことだ」

透馬は事情を簡単に説明した。

「恵理子さんの言う通りだ。お前は行かない方がいい」

「そうよ。絶対に行っちゃ駄目」

透馬は恵理子に微笑みかけた。「僕たちは、パリでとても愉しい時をすごした仲間だよ」

房太郎が短い溜息をつき、鞄の中から拳銃を取りだし、卓袱台に置いた。

恵理子が躰を固くした。

「今夜もこれが必要かもしれない。持ってけ」

「必要ないですよ」

透馬は平然と答え、腰を上げた。

「念のために行き先を教えろ」

「大手町の『HOTEL TEITO』。ジャック寺内の部屋は三階だ。軽井沢で見つけた番号をもう一度教えてください」房太郎がメモした。

房太郎の家を出た透馬は表通りに向かった。風は丸味を帯びていたが、芯の部分は冷ややかだった。どこからともなく虫の音が聞こえてきた。神田駅のところでタクシーを拾い、大手町に向かった。

透馬は恵理子のことを考えた。外国に逃亡する際、彼女を連れていくかどうか実は迷っていたのだ。

台湾まで無事に行き着けたとしても、それから先はどうなるか分からない。おそらく苦労の連続だろう。そんな日に彼女を遭わせていいものだろうか。かと言って、日本に残していっても、恵理子に平穏な暮らしが訪れるとはとても思えない。

透馬はどうしたらいいのか頭を痛めていたのだ。

タクシーを『HOTEL TEITO』の前で降りた。駐車場の方に目をやった。

透馬は駐車場に歩を進め、ＭＧＴＣに近づいた。そして周りの様子を窺いながら、エンジンルームのカバーを開けた。

駐車場には街灯が点っていたが暗かった。

透馬は車台番号とエンジン番号を探した。すぐに見つかった。

目を近づけてよく見ないと読み取れなかった。

１５０２　ＸＰＯＮ２０１７
房太郎がメモしてくれた番号と一致した。

１５０２はカーナンバー、ＸＰＯＮ２０１７はエンジンナンバーだった。

財宝探しには興味のない透馬だが、興奮した。

カバーを元に戻し、車を仔細に見た。財宝がこの車に隠されているとしたら、どこなのだろうか。

透馬は車の周りを一周してみたが、変わった様子はない。車内のどこかに隠されているのかもしれない。

足音がした。こちらに向かってくる男がいた。

ジャック寺内だった。

「俺の車に興味があるのか」ジャックが低くうめくような声で言った。

相手が透馬だとは気づいていないらしい。

透馬はジャックが近づいてくるのを待った。

ジャックが足を止め、顎を突き出し、目を細めて透馬を見た。

「まさか」ジャックは口を開けたまま微動だにしない。

「そのまさかだ」

「ここで何をしてる」

「お前の車を拝んでた」

ジャックが周りを気にした。「外をうろつける立場じゃないだろうが」

「お前に会いにきた。話がある。部屋に通せ」

ジャックが躊躇(ためら)いを見せた。

「俺を警察に突き出すか」

「そんなことはしない。分かった、一緒に来い」

透馬はジャックについてホテルに入った。フロントに人の姿はなかった。

部屋に入ると、ジャックはカーテンを閉めた。そして、仕事机の前の肘掛け椅子に腰を下ろした。

透馬は部屋の中央に立ったままである。

ジャックがじっと透馬を見つめた。「変われば変わるもんだな」

「お前でもすぐには気づかなかったんだから、姿を変えたことは成功したらしいな」

「お前がなぜアメリカ兵を殺したか調べたよ。お前は日本人の女の名誉を守った。立派だと思う」

「どうやって俺のことを調べたんだ」

「進駐軍に知り合いがいるって言ったろう」

透馬は鼻で笑った。

「何がおかしい」

透馬はジャックに近づいた。「お前の正体は分かってる」

「え？」

「お前は情報部の人間で、俺に近づいたのも、ソ聯のスパイではないかと俺を疑ったからだ」

ジャックの目が泳いだ。

「友だち面して、俺を探ってた。最低だと思わないか」

「…………」

「恵理子の件では、お前に悲しい思いをさせた。それがずっと気になってたが、お前が俺をスパイしてたと知った時はショックだったよ」

「どうやってそんな情報をつかんだんだ」

「そんなことはどうでもいい。俺はお前を信じて何でもしゃべった。そのせいでパスカル・ゴデーことアラン・ランベールは死んだ」

「しかたないだろう。あいつはソ聯のスパイだったんだから。それに、あいつと同志の女を殺したのは我々じゃない。ソ聯側が口を封じたんだ」

「何であれ、俺がお前に余計なことを話さなかったら、ゴデーは死ななかった」

「あいつが死んだことをなぜそんなに気にする」

「あいつがスパイだろうが何だろうが、俺たちの先生だった人の夫だよ」

「あいつもスパイだったんだから、命の危険は承知してたはずだ」

「で、竹松の隠した財宝、連合軍は手に入れたのか」

ジャックが目の端で透馬を見た。「なぜ、そんなことを訊く」

「そのことでゴデーは死んだんだぜ」

「まだ見つかってない。本当にそんなものが存在してたかどうかも怪しいと、情報部の上の方は思い始めてる。ところで、お前は何で俺に会いにきたんだ」

「お前は俺を裏切ってた」

ジャックが身構えた。「俺に恨みを晴らしにきたのか」

「いいや。お前にお願いことがあってやってきた」

「逃亡を手伝えというのか」

「できるか」

ジャックが目を伏せた。

「できないんだな」

「お前を探ってた時は心苦しかった」

「嘘つけ！」透馬の呼吸が荒くなった。「お前は平気だったはずだ。少なくとも俺にはそう見えた」

「そんなことはない。お前を探る任務から外してほしいと上司に頼んだが、聞き入れてもらえなかった。本当に悪いことをしたと思ってる。許してくれ」

「本気でそう思ってるのか」

「もちろんだ」

「じゃ、なぜ俺の逃亡を手助けできない」

「何をしてほしいんだ」ジャックが力なく言った。

「お前の車を数日間貸してくれ」

「あの車で逃走するのか」

「汽車を使って逃げようと思ったが、車があった方が便利なんだ」

先ほど、ジャックの車の話がでた時、それを利用できないかと考えたのだ。京都では車を調達できない。カール・シュミットを殺した後、歩いて逃げるわけにはいかないし、タクシーを拾うのも危険である。

「あの車は目立ちすぎる」

「逃亡犯があんな車に乗ってるなんて誰も思わないさ。乗り捨てたら、お前に連絡するから、いずれ引き取れる。車は盗まれたことにすればいいだろう」

「分かった。好きに使ってくれ」

「警察に通報したりはしないな」

ジャックが首を横に振った。「さっきも言ったが、お前の犯した殺人は日本人の男としては当然の行為だ。だから、お前には生きのびてほしい」

「もうひとつお願いがある」

「何だ？」

「恵理子を保護してくれ」

「恵理子を保護する？　どういうことだ」

「恵理子は俺と一緒に逃走する気でいる。だが、これから何が起こるか分からない。俺といたら恵理子は悲惨な人生を送ることになるだろう。俺はそれを避けたい」

「なぜ、保護が必要なんだ」

「詳しいことは言えないが、彼女も財宝探しに巻き込まれてしまった。〝こくしょうかい〟とナチスの残党は恵理子を探してる。連合軍が保護してくれれば安全だ」

「恵理子は本気でお前と行動を共にする気なのか」

「覚悟はできてるらしい」

「そんなにお前に惚れてたとは」ジャックが呆然としてつぶやいた。

「ジャック、恵理子とのことではいろいろあったが、彼女を助けてやってほしい」

ジャックが立ち上がり、透馬の前に立った。目には怒りが波打っていた。「逃走するのに、恵理子が邪魔なんだろう。だから、俺に預けていこうっていうんだな」

「そんなふうに考えたことは一度もない。本当は一緒に逃げたい。だけど、ジャック、お前にだって分かるだろう？　恵理子が苦労するのは目に見えてる」

「俺は恵理子の面倒はみない」

「やはり、俺とのことが引っかかってるのか」

「違う」ジャックが即座に否定した。「恵理子は強い意志を持って、お前と行動を共にしたいと言ってるんだろう。だったら、その気持ちを尊重してやれ。たとえ悲劇が待っていても、それは恵理子が選んだことだ。このような事態になった時、男が女を安全な立場においてやろうとするのは当たり前のことだが、女の意志を無視すべきじゃない。お前は彼女を俺に託していくのが男らしいことだと思ってるようだが、それは間違ってるよ。一緒に逃げた彼女を危険な目に遭わせないようにするのがお前の役目だ。恵理子はお前と逃げたいんだ。だったら重荷になることがあっても、行動を共にすべきだ」

透馬は一歩、ジャックに歩み寄り、彼の肩に手を置いた。

ジャックはその手を払いのけ、肘掛け椅子に戻った。

透馬は、ジャックの言葉に胸を打たれた。確かに世界の果てまでも、恵理子と一緒に逃げるのが自分のやるべきことだ。迷いが晴れた透馬の躰に力が漲ってきた。

ジャックが机の引き出しを開けた。そして、車の鍵を手に取ると、透馬に投げてよこした。

「どこまで逃げる気か知らないが逃げろ。恵理子と一緒に逃げろ」ジャックは天井を見つめ、淡々とした調子で言った。

ジャックの車に隠されているかもしれない財宝のことを口にできないのが心苦しかった。しかし、命をかけて自分を守ってくれた房太郎を裏切るわけにはいかない。

「透馬、俺の得た情報によると、ナチスの残党は近いうちに情報部に拘束されるだろう」

「俺の両親を殺した男はどうなるんだ。殺人の嫌疑で逮捕されるのか」

「それは難しいかもしれないな。おそらく、本国に送り返される可能性の方が高いだろう。お前としては無念だろうが、諦めて姿を消せ」

「教えてくれてありがとう」そこまで言って、透馬はジャックをじっと見つめた。「もう二度と会えないかもしれない。元気でやってほしい」

ジャックが手帳を取りだし、そこに何か書いた。そして、その部分を破った。

「俺のアメリカの住所だ。何年先でもいいから、落ち着いたら連絡をくれ」

透馬はジャックに歩みより、メモを受け取った。そして、ジャックに手を差し出した。

「握手はしない。俺と握手をして別れた人間の多くが戦死してる」

「戦争か」透馬がぽつりと言った。

「戦争だよ、戦争」ジャックの声にはどんな感情もこもっていなかった。

透馬はジャックに頭を下げ、ドアに向かった。

「生きのびろよ」

透馬はそれには応えず、部屋を出た。

（十六）

房太郎はダットサンの中から、『HOTEL TEITO』の様子を見ていた。

透馬らしき男が玄関から出てきて駐車場に向かった。ほどなく、吹けのいいエンジン音が聞こえ、スポーツカーが表に姿を現した。

「透馬がうまくやったようだな」房太郎がハンドルを握っていた吉之助に言った。

透馬の運転する車はすごいスピードを出していた。

「とても追いつけないな」吉之助が言った。

「追いつく必要はない。行き先は分かってるんだから」

ダットサンが三崎第一自動車に着いた時、問題の車の姿は表になかった。すでに工場内に入っているらしい。

房太郎がドアを叩いた。ドアを開けたのは透馬だった。

幹夫はＭＧＴＣのフェンダーの裏側を調べていた。

「メモしてくれた番号、この車のものでしたよ」透馬が言った。

「すでにお宝は連合軍が回収してしまったかもしれんな」

「少なくとも、僕の友だちは何も知らないようでした」

房太郎は幹夫に近づいた。「車を解体してでも見つけろ」

「そのつもりだよ。しかし、惚れ惚れする車だな。売りに出されたら俺が買いたい」

幹夫は車の下やナンバープレートが取り付けられている部分を調べた。

「細工（さいく）した跡はないな」

「シートの裏側じゃないのか」透馬が言った。

幹夫が懐中電灯で隙間を照らした。「何かあるぞ」

「何かって何だ？」房太郎の声が興奮した。

「四角い箱だ。そんなには大きくない。シートを外すから、ちょっと待っててくれ」

幹夫が作業に取りかかった。他の三人は幹夫の指示に従って手伝った。

一時間ほどでシートが取り除かれた。

房太郎はシートが外された部分を見た。運転席側の床に、横四十センチ、縦二十センチ、高さも二十センチほどの鉄の箱が、ボルトで取り付けられていた。

ボルトを外した幹夫がにやりとした。「結構な重さだぜ」

房太郎も持ってみた。箱の蓋の部分が溶接されている。

「幹夫、溶接部分を外せ。慎重にやるんだぞ」

房太郎たちは、幹夫の作業を見守っていた。

小さな箱である。蓋が開くのにそれほど時間はかからなかった。

蓋が取り除かれた箱の中身を全員が覗き込んだ。油紙で包まれた物がぎっしりと詰まっていた。

取りだしたのは房太郎だった。

最初に開けた包みには大きなダイヤが入っていた。

吉之助と幹夫も油紙を手にした。

「すごいぜ」幹夫の声に力がこもった。

エメラルド、ルビー、サファイアなどの宝石が電灯の光を受けてきらきらと光っていた。

指輪やネックレスも出てきた。

鑑定しなければ本物かどうかはっきりしないが、ナチスが略奪し、竹松が隠匿したものだとしたら、偽物とは思えない。

房太郎は口がきけなかった。手に入れようと必死だったのに、喜びはすぐには湧いてこなかった。

すべてを処分したらいくらになるのかも想像できなかった。十億、いや二十億、もっとかもしれない。

房太郎は恐ろしくなってきたのだ。

「どうしたんだい？　顔が青いぜ」

幹夫にそう言われ、房太郎は我に返った。「とりあえず、財宝を二階の金庫に入れよう」

房太郎たちは手に入れた宝石類を手にして二階に上がった。

財宝を金庫に仕舞った房太郎は、自分の心に流れた思いを隠し、口許に笑みを浮かべ、仲間に目を向けた。「俺たちは億万長者だ。乾杯しようぜ」

吉之助がウイスキーを用意した。

四人はグラスを合わせた。

「俺はまずいい車が買いたいな」幹夫が言った。

「わしは畑がほしい」と吉之助。

「あんたは何がしたい」幹夫が房太郎に訊いた。

「まだ何も考えてない。金になるのはまだまだ先だ。加工すべきものは加工して、目立たないように売っていかなきゃならない」

幹夫がグラスを空けた。「でも、他にあの財宝を見た者はこの世にはいない。それに所有者も分からないんだ。足がつく心配はないよ」

房太郎は終始無言でいる透馬に言った。「あれだけ探し回ってた財宝が、あんたの友だちの車に隠されてたとはな」

「あんたはお宝を積んだ車でレースをやってた。笑える話だな」と幹夫。「でも、何であれ、あんたが財宝を見つけてくれたようなものだ」

透馬の頰がゆるんだ。「連合軍の情報部、ソ聯代表部、〝こくしょうかい〟、ナチスの残党。奴らを〝金色夜叉〟が出し抜いた。それが痛快で気分がいい」

透馬は戦争を憎んでいるのだろう。戦争さえなければ、両親は殺されずにすんだし、アメリカ兵を殺すこともなかった。

〝金色夜叉〟なんて取るに足らない泥棒集団が、〝組織〟に勝ったことを喜んでいるのは、その気持ちの表れに思えた。

「透馬の取り分は用意する。売り捌きやすいものを選んでおく。日本を脱出した後は、ともかく金が必要になるだろうから」

「ありがとう。僕は恵理子を連れて明日、東京を発つ。幹夫さん、車のシートを元に戻しておいてください」

「もちろん、今夜中にやっておく。あの車、六十リッターはガソリンが積めそうだから、おそらく、京都まで走りきれると思う。満タンにしておくよ。でも、途中で心配になったら給油してくれ」

「どの道を走るつもりだ」房太郎が訊いてきた。

「とりあえず国道一号線を走るつもりだ」

「車でどれぐらいかかるんだい」と吉之助。

「あの車で飛ばしたら、そうだな、九時間ぐらいで着くだろう」答えたのは幹夫だった。

「明日は何時に出るつもりだい」吉之助が透馬に訊いてきた。

「午前十時頃を予定してる」

「車は整備の方もきちんとやっておくよ」幹夫が言った。

もう一度乾杯してから、房太郎は透馬を連れて三崎第一自動車を後にし、タクシーで家に戻った。

（十七）

八重と恵理子が茶の間にいた。

「ジャックに会えたの？」恵理子が不安そうな顔をして訊いてきた。

透馬は黙ってうなずいたが、それ以上のことは何も口にはせず、房太郎と八重にお休みを言い、恵理子を連れて納戸に入った。そこで何があったかを詳しく恵理子に教えた。

「……ジャックは、僕と君に逃げのびてほしいと言ってたよ」

「私、ジャックを疑いたくないけど、大丈夫かしら」

「今度は絶対に裏切ることはない。僕が保証する」

そこまで言い切れる根拠などどこにもない。だが、透馬は固くそう信じていた。

「明日はふたりで京都までドライブね」恵理子が軽い調子で言った。

「その通りだ」

恵理子が透馬に抱きついてきた。透馬は恵理子の唇を吸った。焦ったかのような動きで、恵理子は着ているものを脱いだ。透馬も裸になった。

房太郎や八重に気づかれないようにして、透馬と恵理子は愛し合った。

翌日は朝から雨だった。

食事中、八重が泣き出した。

「八重、こんな時に泣く奴があるか」

「ごめんなさい」

「八重、君には本当に世話になった。感謝してる」

「私のせいでこんなことに……」

「八重、今更、そんなこと言っても始まらない」房太郎が叱った。

八重が笑みを作り、立ち上がると箪笥から何かを取りだした。

「これを持っていってください」

卓袱台に置かれたのは神田明神のお守りだった。お守りはふたつ用意されていた。

恵理子が礼を言った。

食事を終えると、八重が風呂敷と水筒を持ってきた。風呂敷の中身は握り飯だった。

「八重、マフラー、どうした？」

房太郎の言葉に八重の頰が赤らんだ。「兄さん、余計なことは言わないで」

怪訝な顔をしている透馬を見て、房太郎がにっと笑った。「八重は、俺とあんたのためにマフラーを編んでたんだ。八重、今、渡さないと渡す時がないよ」

「取ってきます」

弾かれるように立ちあがった八重が、ややあって戻ってきた。手には黒とグレーのマフラーが握られていた。

「寒くなったらこれ使ってください」

おずおずと差し出されたマフラーを、透馬は首にかけた。

「お似合いよ」恵理子が言った。

透馬は八重をじっと見つめ、礼を言った。そして、恵理子と房太郎と共に家を出た。玄関先で八重がいつまでも見送っていた。

三崎第一自動車に着いたのは午前九時四十分すぎだった。

車のシートは元に戻されていた。

一旦、二階に上がった房太郎が、封筒を持って降りてきた。

「この中にダイヤやエメラルドが入ってる。偽のパスポートだろうが何だろうが、これで買えるだろう。あんたへの報酬だから遠慮なく受け取ってくれ」

透馬は黙ってうなずき、鞄に収めた。

房太郎が恵理子に近づいた。そして、ポケットから指輪を取りだした。ブルーの石が光っている。

「これをあんたに差し上げよう」

「そんなものもらう理由はありません」

「あんたは、俺たちに協力してくれた。そのお礼だ。サイズが合うかどうか分からないけど」

恵理子が指輪を受け取った。「まあ、綺麗。ブルー・サファイアね」

「正確なカラット数は分からないけど、売ったら大金が転がり込むことは間違いない。嵌めてみて」

恵理子は右の薬指に嵌めた。「ぴったりよ」

「よかった」

「どう似合う？」恵理子が透馬の方に右手を差し出した。

「うん。似合ってるよ」

透馬は、青く光る宝石をしばし見つめていた。

沈黙が流れた。

「さて、そろそろ僕たちは出発します」

透馬は車に近づいた。そして、幌をかけた。

恵理子を助手席に乗せてから、ハンドルを握った。

房太郎が運転席に寄ってきて、覗き込むようにして透馬を見た。

「俺は子爵の息子なんぞと友だちになるとは思っていなかった。だけど、あんたとはウマがあった。何かあったら、どこからでもいいから俺に手紙を書け。いずれ近いうちに、日本人も自由に外国に行けるようになるだろう。そしたら、どこかの遠い国で会えるかもしれない。達者で。無理するんじゃないぜ」

透馬は黙ってうなずいた。

「あんたと一度レースがしたかったぜ」幹夫が言った。

吉之助は下を向いたままだった。

「どうした?」房太郎が吉之助に訊いた。

「わしは別れってやつに弱いんだ」

透馬はエンジンをかけた。

幹夫が工場の扉を開けた。雨はさらに激しくなっていた。

透馬は〝金色夜叉〟の三人に軽く手を振り、恵理子は頭を下げた。

MGTCがゆっくりと工場を後にした。

京都までは約五百キロある。飛ばせば、幹夫が言っていた通り九時間ほどで着くだろう。

しかし、透馬は無茶な走りをするつもりはなかった。今夜のうちに到着すればいいのだから。

やがて車は品川に達した。

「恵理子、もう後戻りはできないよ」

「私の理想は、ふたりでパリに辿り着くことよ」

「この先のことはまったく見当もつかないが、資金はたっぷりある。どんなことをしてでも君の望みを叶えるつもりだ」

透馬はギアチェンジを行い、前を走る小型トラックを抜いた。

戸塚を通過したのは出発して一時間半ほど経った時だった。

走っている車の数は少なかった。透馬は飛ばせるところでは、思い切りアクセルを踏んだ。

雨は止みそうにない。

透馬も恵理子もほとんど口をきかなかった。透馬は時々、煙草を吸った。車内に灰皿はないので、吸い殻は外に捨てた。

小田原で休憩を取る。八重が用意してくれた握り飯を食べ、水筒の茶を飲んだ。用を足したのは、土産物屋でだった。

小田原を出たのは午後一時すぎである。

箱根を越えようとした時だった。キャブレターに問題が起こった。透馬は雨の中で、キャブレターの調整を行った。

沼津を通過しようとした時、警察官の姿が見えた。一台一台、車を停めている。MGTCは車の列に並んだ。

緊張が高まった。

前に停まっていたフォードが走り出した。警察官が透馬に寄ってきた。

「免許証を」

透馬は免許証を警察官に渡した。警察官は写真と透馬を見比べている。手配中の殺人犯だと気づかれる心配はまずないだろうが、トランクに積んである鞄の中身を調べられたら大変なことになる。鞄には宝石と拳銃が入っているのだから。

「どこから」

「東京からです」

「すごい自動車を持ってるんだね」

「日系アメリカ人の友だちから借りて、京都まで彼女とドライブするところなんです。何かあったんですか？」

「自動車での強盗があってね。でも、こんな派手な自動車じゃなかった。行っていいよ」

免許証を返してもらった透馬はゆっくり車をスタートさせた。

「珍しい車に乗っててよかったわね」

「ジャックにこの車を借りようと思った理由のひとつがそれだったんだ。黒いセダンより却って安全だと思った」

掛川を越えた辺りで、猛スピードで追いかけてくる車がミラーに映った。

ＭＧＴＤらしい。透馬は多摩川の元レース場で争ったマグガイアー少佐のことを思いだした。彼も今頃は朝鮮に送られているのかもしれない。

ＭＧＴＤが透馬の車の真後ろに付いた。ハンドルを握っているのは外国人だった。口にパイプをくわえていた。

ＭＧＴＤが急ハンドルを切り、ＭＧＴＣを追い抜いた。

無理をして事故でも起こしたら大変だから自重すべきだろう。しかし、血が騒いだ。

透馬はシフトダウンし、加速した。そして、対向車を気にしながら、ＭＧＴＤを抜き去った。抜かれた相手はすぐに抜き返そうとしたが、透馬はアクセルを目一杯に踏んで、抜かせなかった。

これからのことを考えると気持ちは重かったが、ＭＧＴＤとやりあっている間はすべてを忘れることができた。

「あなたの車で郊外を走ったことがあったわね。あの時も、他の車と争ってた」恵理子が明るい声で言った。

ＭＧＴＤとの争いは浜松まで続いた。

ＭＧＴＤの運転手は、透馬に手を振って、脇道に消えた。

東京を出発してから七時間以上が経っていた。距離にすると二百六十キロほど走っている。

京都までガソリンは保ちそうだが、給油所を見つけたので満タンにした。

「疲れたろう」透馬が恵理子に訊いた。

「全然」

岡崎、四日市を通過する。京都までは百キロぐらいだ。

夕暮れが迫ってきた。透馬はライトを点した。

「どうしても仇を取るのね」

津が近づいてきた時に、恵理子が言った。

透馬は恵理子に微笑みかけ、大きくうなずいた。

「彼が道具屋にいなかったら？」

「その時は諦めて、今夜の夜行で長崎を目指す」

「約束できる？」

「もちろん」

京都に入ったのは午後八時すぎだった。

「君は京都駅で待っててくれ」

「それは落ち着かないから嫌よ。祇園でもぶらついて、そうね、四条大橋の袂（たもと）で待ってる。鴨川の流れでも見て」

「何時に四条大橋につけるか約束はできないよ」

「それは気にしないで。あの辺は繁華街だから、女がひとりでぶらついていても安全だし」

透馬は四条大橋を目指した。

橋の袂に車を停めた。雨は降っていないが、路面は濡れていた。

橋の歩道を人や自転車が行き交っていた。

透馬は恵理子をじっと見つめ、手を強く握りしめた。「すぐに戻ってくる」

「私がここで待ってることを忘れないで」

透馬は大きくうなずいた。

恵理子が車を降りて、透馬の方に目をやらず祇園の方に歩き去った。

透馬はトランクに積んであった鞄を取りだし、助手席においた。

地図で確かめてから、カール・シュミットが今日、引っ越したはずの道具屋〝丸富〟に向かった。

堀川通に出ると北上し、今出川通に出た。五辻通は、今出川通と平行に走っている通りである。

五辻通に出た透馬は車をゆっくりと走らせた。〝丸富〟はすぐに見つかった。ガラス戸に白いカーテンが引かれている。

二階には灯りが点っていて、よく見ると、窓がほんの少しだけ開いていた。

道具屋の前に立った。閉店の札が貼ってあった。

二階にいるのはほぼ間違いなくカール・シュミットだろう。他にも誰かいるかもしれないが。

道具屋の右隣に人がやっと通れるほどの通路があった。透馬はそこに入ってみた。

雨樋(あまどい)が縦に走っていた。ぐらぐらしていたが何とか上れそうだ。

透馬は周りに鋭い視線を走らせてから、雨樋を上った。そして、迫(せ)り出している瓦(かわら)の上に乗り、表に向かって歩き出した。雨に濡れた瓦に足を取られそうになったが、何とか窓の端まで行き着けた。

中を覗いた。人の姿はなかった。

そろりそろりと窓を開け、中に入った。八畳ほどの部屋だった。

襖は開いていた。廊下に出る。廊下の奥にも部屋があった。銃をかまえ、静かに襖を開けた。そこにも誰もいなかった。

カール・シュミットは外出しているのだろうか。急な階段を降りた。

一階は機織り(はたお)の道具や部品で一杯だった。

急に灯りが点った。大きな糸車の向こうに人影が動いた。

頬のこけた外国人。カール・シュミットに間違いなかった。

「誰かと思ったら、カイヅカ、お前だったのか。驚いたね」

カール・シュミットはにやりとした。と同時に銃声がした。カール・シュミットが隠し持っていた拳銃の引き金を引いたのだ。

二発とも弾はそれた。一発目は透馬の左耳をかすめ、もう一発は金属製の座車に当たったようだ。

透馬は身を屈め、機織り道具の間を、糸車に向かって進んだ。

また銃声が轟いた。

機織り機の陰から覗くと、カール・シュミットが、壁を背にして身構えていた。薄い唇から笑みが漏れた。口は開かない。透馬も、両親を殺した男を見つめたまま黙っていた。なぜか、恵比寿で殺した米兵の姿が目に浮かんだ。米兵は目をかっと見開き、透馬を睨んでいたが、そんなにはっきりと覚えているはずもなかった。

カール・シュミットがまた撃ってきた。間髪を容れずに、透馬は機織り機から躰を出し、カール・シュミットの顔を狙って二発撃った。二発とも命中した。カール・シュミットは壁に背中を滑らせて、地面に倒れた。首から血が噴き出していた。

透馬はカール・シュミットに近づいた。死んでいるだろう、と思った瞬間、奴は手にしていた拳銃の引き金を引こうとした。透馬はもう一度、腹に銃弾をぶち込んだ。カール・シュミットの手から拳銃が落ちた。死に顔はとても穏やかで、まだ生きているみたいだった。

その顔に拳銃を向けたが、引き金は引かなかった。外で人の声がしたのだ。

透馬はガラス戸に向かった。鍵を開け、外に飛び出した。

黒いセダンとMPのジープが斜め右の辺りに停まっていた。

手にしていた銃を懐に隠そうとした時、三人の男が透馬の方に駆けよってきた。

「ストップ!」金髪の外国人が叫んだ。

透馬は無視して自分の車まで走った。

野次馬が道の端に大勢立っていた。

銃声が二発、通りに響いた。透馬の左肩と背中の右下あたりに衝撃が走った。それでも何とか車には乗り込めた。エンジンをかけ、MGTCを急発進させた。ジープが追ってきた。

右脇腹の後ろから血がどくどくと流れ出しているのが分かった。

頭がぼうっとしてきた。それでも、MGTCを猛スピードで走らせた。今出川通を横切ると、路地を左に曲がり、すぐの道を右に折れた。どこを走っているのか見当もつかなかったが、四条大橋の方向は分かっていた。

ジープはもう追ってこない。

やってきたのは連合軍の情報部の人間に違いない。近いうちに、ナチスの残党が捕まるだろうとジャックが言っていたではないか。

気が遠くなってきて、車が蛇行し始めた。「死んでたまるか！」透馬は大声で言い、さらにアクセルを踏んだ。「恵理子、もうすぐだ」

黒っぽいセダンが、MGTCの後ろに見えた。しかし、透馬を追ってきたにしてはスピードを出していなかった。無関係な車かもしれない。いずれにせよ、気にしている余裕はなかった。

四条大橋が見えてきた。

橋の袂で車を停めた。欄干から川を見ている恵理子の姿を見つけた。

透馬は車を降りた。そして、ふらふらと歩道を恵理子に向かって歩き出した。右脇腹の後ろを手で押さえても、血が止めどなく流れ出していた。

恵理子が透馬に気づき、駆け寄ろうとした。が、ややあってその足が止まった。恵理子の視線は透馬の後ろに向けられていた。

透馬が肩越しに振り向いた。男がこちらに向かってくる。黒いセダンから降りてきた人物かもしれない。

街路灯に浮かび上がった男の顔を透馬は目を細めて見つめた。

有森恭二だった。

有森は、透馬に目もくれず、彼の横を通りすぎ、恵理子に近づいた。

「恵理子、ここまでだ。俺はすべて水に流す。だから、帰ってきてくれ」有森が深々と頭を垂れた。ぎゅっと握りしめられた両手がかすかに震えていた。

有森の恵理子に対する想いも並大抵のものではなかったらしい。透馬は有森に優しい気持ちを抱いている自分に気づいた。

「恵理子、頼むから」

「あなたのところには絶対に戻らない」恵理子は冷たい口調で言い放った。

「このままじゃ貝塚透馬は死ぬ。俺がしかるべき病院に連れていく」

「図々しいお願いだけど、透馬を助けて」恵理子が悲鳴にも似た声で頼んだ。

「俺のところに戻ってくるか」

「恵理子……」透馬が口を開いた。声にはまるで力がなかった。「君は有森さんのところへ戻れ」

「何言ってるの！」恵理子が怒った。「私とあなたは一心同体だって前にも言ったでしょう。私を連れて逃げるのが、あなたの役目よ」

「これ以上、しゃべってると、貝塚は死ぬぞ。恵理子、お前は俺の言う通りにするしかない」

「話は後。透馬を病院に連れていくのが先。車をここに持ってきて」

有森は動かない。

通行人のひとりが脇腹から血を流している透馬に気づいた。

「どうしたんですか？」通行人が訊いてきた。

「何でもありません。ありがとう」

恵理子が作り笑いを浮かべて通行人に言った。

通行人が怪訝な表情を残し、去っていった。

恵理子は有森に視線を向けた。「早くして。ここで透馬が死んだら、私、あなたを殺す」

有森は短く笑ってから踵(きびす)を返した。

撃たれた箇所からどんどん血が流れて出ている。野次馬が集まって遠巻きに透馬を見ていた。

海老のように躰を曲げていた透馬は、顔を上げ、目の前に歩み寄ってきた恵理子に微笑んだ。と同時に足許から崩れるようにして倒れてしまった。

野次馬の中から悲鳴が沸き起こった。

透馬は目を閉じたくなったが、我慢して恵理子を見た。

「恵理子、好き……だよ。僕と……パリで暮らそう」

恵理子が透馬を抱きかかえた。「死んじゃ駄目(だめ)！　有森さん、早く！」

車が停まる音がした。

恵理子が嵌めている指輪が目に飛び込んできた。街灯の光を受けてブルー・サファイアが光っている。

両親の顔が見えた。房太郎が、ジャックが八重が笑っている。そして恵理子が……。

彼らが次第に遠のいていく。

閉じた目の中がブルーに染まった。透馬はゆっくりと青い血の海に沈んでいった。

（了）

（主な参考文献）

●『昭和の東京　カーウォッチング』　小林彰太郎責任編集　二玄社
●『写真でみる昭和のダットサン』　小林彰太郎責任編集　二玄社
●『SUPER CG』　二玄社
●「CAR MAGAZINE　117号」　企画室ネコ
●『占領軍対敵諜報活動』　明田川融訳・解説　現代史料出版
●「諜略機関ＣＩＡの政治学」　角間隆（「潮」1976年6月号）
●『東京闇市興亡史』　東京焼け跡ヤミ市を記録する会　猪野健治編　草風社
●『図説　占領下の東京』　佐藤洋一　河出書房新社
●『軽井沢物語』　宮原安春　講談社

解説

上野敦（共同通信文化部記者）

本書『ブルーブラッド』は戦後の占領期を舞台にした冒険小説であり、華族出身の青年が探偵の役回りを担う異色のハードボイルドだ。カーレースあり、スパイの暗躍あり、格闘も、恋愛も、友情と裏切りもあって、読者へのサービス満点なエンターテインメント小説である。著者の藤田宜永さんは、二〇二〇年一月三〇日に亡くなった。刊行はそのわずか二カ月前。未完の小説は別にあるが、本作は遺作といっていいだろう。作家デビューから三〇年余りにわたって磨いてきた技術、深めてきた味わい、小説の書き手として見極めていたであろう好みが、本書には惜しみなく注ぎ込まれている。

実は本書は四半世紀前、いずれ書かれることがそれとなく予告されていた。一九九五年に日本推理作家協会賞などを受賞した冒険小説の金字塔『鋼鉄の騎士』は一九三〇年代のフランスを舞台に「縦軸を自動車レース」「横軸はスパイ事件」として描かれた。このあとがきによると、第二次世界大戦後まで扱って「千枚ぐらいの長編」を予定していたが、戦前だけで二千五百枚となってしまった。その分厚さに仲間うちでは「弁当箱」との異名も付いたという（新潮文庫版の上下巻でも厚さ五センチを超える）。

長い時を経て構想が実を結んだ「戦後編」なのだが、単に「続き」（中断した続編は別にある）と言ってしまうと本書の輝きを大きく傷つけることになる。探偵もので作家生活をスタートさせた藤田さんは一九九七年の『樹下の想い』で大人の恋愛を描くという鮮やかな〝転身〟をしてみせ、読者を驚かせた。直木賞受賞作『愛の領分』も恋愛が主軸の物語。さらに『女系の総督』（二〇一四年）ではユーモアとペーソスのあふれたホームドラマをものし、短編集『大雪物語』（二〇一六年、吉川英治文学賞）では自然の中で生きる人間の機微を情感豊かに描いた。さらに『探偵・竹花』シリーズの新作や新たな探偵小説、心理サスペンス『彼女の恐喝』（二〇一八年）も発表している。つまり『鋼鉄の騎士』と『ブルーブラッド』の間に横たわる時間に、著者は旧来のジャンルの枠を超えて多様な物語を精力的に書き続けながら、人間への洞察を深め、らせん階段を幾層も駆け上がるようにして円熟していったのだった。

そろそろ『ブルーブラッド』の内容に触れよう。物語はある子爵夫妻が戦後間もなく、長野・軽井沢の別荘で外国人に殺害される惨劇で幕を開ける。別棟で寝起きしていたお手伝いの少女・八重が犯人を目撃するが、事件は未解決のまま時が過ぎる。本書の主人公・

貝塚透馬は子爵夫妻の息子で、大陸に出征、シベリアでの抑留生活を経て復員した。家族も身分も財産も失い、自身の体一つをよすがに、両親を殺した犯人を探す。世の中では金持ちばかりを狙う怪盗「金色夜叉」が庶民の鬱屈を慰めていた。バーに勤めながらアパートで独りつましく暮らす透馬はある深夜、若い女性が酔った米兵に襲われそうになっていたところに遭遇、米兵が持っていた拳銃を奪い、誤って撃ち殺してしまう。助けた女性は偶然にも八重だった。透馬は八重から両親殺しの手がかりを得るとともに、警察からは追われる身に。やがて、戦時中にヨーロッパで行方が分からなくなった財宝を追うナチス・ドイツの残党、超国家主義者のグループの争いに巻き込まれていく——。

著者の熟練ぶりを垣間見ることができるのは、例えばその文体。透馬と米兵の格闘シーンを見てみよう。

> 小型のピストルが見えた。撃鉄が上げられる乾いた音がした。透馬は、拳銃を握った男の右手首を押さえ、ねじ上げ、壁に男の躰を押しつけた。透馬の股間に蹴りが入った。透馬は動じなかった。男は銃から手を離さない。もみ合いになった。銃口が透馬に向けられた。

短文を連ねて空間を切り裂くような、この手際はどうだろう。読者に息をつくいとまを与えない。こうして偶発的に人を殺めた「ブルーブラッド（＝貴族階級出身者）」の透馬は、後戻りのできない立場に追い込まれ、その日その日の宿命に生きる。あるのは「がらんどうのような心だけ」。まさにハードボイルドである。

時代を戦後の占領期に設定したことが絶妙だ。少し前には「現人神」がいた国には、もはや主権がない。あらゆる秩序が破壊された後で、新たな秩序はまだ見えない。「絶対」のない日常は、ある側面では「自由」でもある。また、主人公だけが戦争を体験したのではなく、登場人物たちもそれぞれに、戦争による〝傷〟を負っている。まず強盗団「金色夜叉」の頭領。「盗人は天職。ただし殺しだけは避けたい。戦地で戦ったことで、人殺しがいかに簡単なものかを（中略）思い知らされた」。主人公の友人である日系二世のジャックは戦時中に強制収容され、その後はサイパンで戦った。「戦場でのことを思い出すと反吐がでる。だから、何をやってたかなんて訊くな。無残な死体ばかり見てきたとだけ答えておくよ」。戦場だけが戦争ではない。主人公と深く関わる女性は「家が破産し、戦争があった」「抜け殻の状態で戦後を生きてきた」のだった。透馬とジャックの別れのシーンはとりわけ余韻を残す。透馬がジャックに手を差し出すと――。

「握手はしない。俺と握手をして別れた人間の多くが戦死してる」

「戦争か」透馬がぽつりと言った。

「戦争だよ、戦争」ジャックの声にはどんな感情もこもっていなかった。


藤田さんは生前、取材記者である私にインタビューでこう話してくれたことがある。「日本のハードボイルドは全部戦争と関係がある。大藪春彦さんに生島治郎さん…。（大陸から／筆者補）引き揚げてみたら『明るい世の中』があって『えっ』と思ったところに虚無を抱える理由があったんですよ」――。本作の主人公を、ソ連での抑留経験者として戦後占領期に登場させたのは、この「虚無」を描くためだったように思える。そうだとすれば藤田さんはなぜ、この時代に「虚無」を描こうとしたのか。現実社会を覆う虚無感は、占領期とはまた別の形で２０２０年代の今、強まっている。気象災害で、パンデミックで、戦争の気配で生命は危機にさらされている。「格差」の不平等感が「頑張っても報われない」という暗黙の絶望をもたらし、人々から生気を奪っている。自分（たち）の「正義」を声高に言い立てる狭量な声がネット空間にあふれ、切実な肉声を発する場、受け止める人はもう、あらかた消えてしまった。本作は、過ぎた時代への憧憬と同時に、体一つで

「個」として生き抜くということを私たちに教えてくれているとも思う。

◆　◆

藤田さんは細身の長身で、ロックスターのような風貌だった。類いまれな饒舌と細やかな心配りを忘れない優しさ。一方でどこか覚めてもいて、アンビバレントな魅力があった。青春期の「人生の中で一番壊れていた時代」を書いた『愛さずにはいられない』（二〇〇三年）はぜひお薦めしたい藤田作品の一つ。唯一の私小説であり、青春小説の傑作であり、不可解な人間というものを考えさせてくれる作品である。「心の空洞を抱えた子供」だった藤田さんの優しさの理由の一端をうかがわせる。

肺がんを告知された後のインタビューで、藤田さんが「作家は天職」と話していたことを思い出す。「才能があるという意味ではなくて、他にない、ということです。依頼がなくなってもたぶん書き続けるでしょう。小説しか、やりたいことがない。他に色気がないんです」。あの声と笑いじわが、今は無性に懐かしい。

二〇二一年十月

この作品は2019年11月徳間書店より刊行されました。
なお、本作品はフィクションであり実在の個人・団体などとは一切関係がありません。

徳間文庫

ブルーブラッド

2021年11月15日　初刷

著者　藤田宜永（ふじたよしなが）

発行者　小宮英行

発行所　株式会社徳間書店

東京都品川区上大崎三-一-一
目黒セントラルスクエア　〒141-8202

電話　編集〇三(五四〇三)四三四九
販売〇四九(二九三)五五二一

振替　〇〇一四〇-〇-四四三九二

印刷
製本　大日本印刷株式会社

ISBN978-4-19-894695-1　（乱丁、落丁本はお取りかえいたします）

FUJITA
藤田宜永
影の探偵
徳間文庫